W0414432

SCIENCE FICTION

Herausgegeben
von Wolfgang Jeschke

Von **SHADOWRUN™** erschienen in der Reihe
HEYNE SCIENCE FICTION & FANTASY:

1. Jordan K. Weisman (Hrsg.): *Der Weg in die Schatten* · 06/4844

TRILOGIE GEHEIMNISSE DER MACHT

2. Robert N. Charrette: *Laß ab von Drachen* · 06/4845
3. Robert N. Charrette: *Wähl deine Feinde mit Bedacht* · 06/4846
4. Robert N. Charrette: *Such deine eigene Wahrheit* · 06/4847

5. Nigel Findley: *2 X S* · 06/4983
6. Chris Kubasik: *Der Wechselbalg* · 06/4984
7. Robert N. Charrette: *Trau keinem Elf* · 06/4985
8. Nigel Findley: *Schattenspiele* · 06/5068
9. Carl Sargent: *Blutige Straßen* · 06/5087

TRILOGIE DEUTSCHLAND IN DEN SCHATTEN

10. Hans Joachim Alpers: *Das zerrissene Land* · 06/5104
11. Hans Joachim Alpers: *Die Augen des Riggers* · 06/5105
12. Hans Joachim Alpers: *Die graue Eminenz* · 06/5106 (in Vorb.)

13. Tom Dowd: *Spielball der Nacht* · 06/5186
14. Nyx Smith: *Die Attentäterin* · 06/5294
15. Nigel Findley: *Der Einzelgänger* · 06/5305
16. Nyx Smith: *In die Dunkelheit* · 06/5324
17. Carl Sargent: *Nosferatu 2053* · 06/5348 (in Vorb.)

SHADOWRUN

NYX SMITH

IN DIE DUNKELHEIT

Sechzehnter Band
des
SHADOWRUN™-ZYKLUS

Deutsche Erstausgabe

WILHELM HEYNE VERLAG
MÜNCHEN

HEYNE SCIENCE FICTION & FANTASY
Band 06/5324

Titel der Originalausgabe
FADE TO BLACK
Übersetzung aus dem Amerikanischen von
Christian Jentzsch
Das Umschlagbild malte Romas Kukalis
Die Innenillustrationen
zeichnete Larry MacDougal

Redaktion: Rainer Michael Rahn

Printed in Germany 1995
Umschlaggestaltung: Atelier Ingrid Schütz, München
Technische Betreuung: M. Spinola
Satz: Schaber Satz- und Datentechnik, Wels
Druck und Bindung: Elsnerdruck, Berlin

ISBN-453-08575-2

Jedes Geräusch soll in Stille enden,
aber die Stille stirbt niemals.

SAMUEL MILLER HAGEMANN

Freiheit gibt es nicht umsonst.

LUCIUS ANNAEUS SENECA
(DER JÜNGERE)

1

Um 01:14 wurde alles dunkel: die Dachlounge, der Landeplatz davor, jeder Scheinwerfer, jedes Leuchtfeuer und alle Sicherheitssysteme im oberen Teil des Towers fielen aus.

Gordon Ito setzte eine Lichtverstärkerbrille auf, warf einen Blick auf die Uhr und scheuchte die uniformierten Sicherheitsleute aus der Lounge. Nur seine persönliche Leibwache blieb.

Die Abschaltung aller Systeme war von Gordon befohlen und vermittels eines Diagnoseprogramms in die Tat umgesetzt worden, das auf den Tower-Mainframes lief – und irrtümlich gestartet worden war, sollte sich je irgend jemand danach erkundigen. Die Abschaltung war eine Voraussetzung für das Treffen, das gleich stattfinden würde. Gordon gefielen die Voraussetzungen nicht, aber die Gründe, die ihn veranlaßt hatten, das Treffen zu arrangieren, gefielen ihm noch weniger.

Die jüngsten Ereignisse zwangen ihn jetzt, eines seiner Spiele zu beenden, ein Geheimunternehmen. Die Aussicht mißfiel ihm, erst recht weil die Einstellung des Unternehmens besondere Aktionen erforderlich machen würde. Alle Hinweise auf das Unternehmen würden den Händen der Konkurrenz entwunden oder ausgelöscht werden müssen, bevor es zu peinlichen Enthüllungen kam. Das würde Gordons geheimes Unternehmensbudget weitere Nuyen kosten, aber verglichen mit den Risiken und dem Katastrophenpotential bedeutete das nichts. Seine Spiele waren immer mit hohen Einsätzen, entsprechenden Risiken und verhängnisvollen Eventualitäten verbunden.

Jetzt kam der Kopter in Sicht, ein graues Gespenst, dessen Umrisse von der grellen Beleuchtung der hoch aufragenden Tower Manhattans nachgezeichnet wur-

den. Das rhythmische Schrappen der Rotoren ließ die deckenhohen Fenster der Lounge erbeben. Gordon erkannte den Helikoptertyp: Es handelte sich um einen A.C. Plutocrat, eine große Maschine mit Luxuseinrichtung, die normalerweise der Konzernelite vorbehalten war.

Vorsichtig senkte sich der Kopter auf das Landepolster vor der Lounge.

»*Iku beki desu*«, sagte Gordons Leibwächter.

Gordon schüttelte den Kopf. Er würde wie vereinbart allein zu diesem Treffen gehen. Er würde den Schutz des Leibwächters nicht brauchen. Dessen konnte er sicher sein. Die Person, mit der er sich traf, betrachtete ihn als zu wertvollen Kunden – und vielleicht auch als zu gefährlichen potentiellen Feind –, um es zu einem unklugen Zwischenfall kommen zu lassen.

Draußen verlangsamten sich die wirbelnden Rotoren. Gordon trat vor. Doppeltransparextüren öffneten sich vor ihm. Als er das Landepolster betrat und auf den wartenden Kopter zuging, heulte ihm der Wind um die Ohren und zerrte an seinem Maßanzug. Das Landepolster befand sich gut zweihundertfünfzig Stockwerke über der Straße auf dem Dach von Tower Fünf des Monuments für den ökonomischen Imperialismus von Fuchi Industrial Electronics. Hier oben tobte immer der Wind, und es war immer kalt und unfreundlich. Kaum jemand wußte das besser als Gordon.

Die Tür in der Flanke des Kopters öffnete sich wie ein Maul, als sich die in die untere Hälfte integrierte Treppe senkte. Ein Mann, der zu groß und hager war, um etwas anderes als ein Elf zu sein, stieg die Treppe herunter, wobei sein langer schwarzer Duster im Wind flatterte. Während er sich Gordon langsam näherte, streckte er die Handsonde eines Waffendetektors aus, warf einen kurzen Blick auf die Anzeige und ruckte dann das Kinn in Richtung des Plutocrat.

»*Está bien*«, sagte der Elf. »*Entré.*«

Gordon erklomm die Stufen, die in das winzige Abteil hinter der Besatzung führte. Sowohl Pilot als auch Kopilot trugen Helme mit verspiegeltem Vollvisier, die ihre Züge vollständig verbargen. Die beiden saßen da wie Statuen, die Gesichter auf ihre Kontrollen und die vordere Windschutzscheibe des Kopters gerichtet, und drehten sich nicht einmal zu ihm um.

Die Tür zur Passagierkabine öffnete sich. Gordon trat hindurch. Der Elf folgte ihm.

Die Kabine war protzig in Schwarz, Rot und Gold eingerichtet – Knautschsamt an den Wänden, Teppiche auf dem Boden, schwere Vorhänge vor den Fenstern. Zwei Männer mit schwarzen verspiegelten Sonnenbrillen und modisch geschnittenen grauen Anzügen warteten links und rechts von der Tür. Einer war groß genug, um ein Ork-Bodybuilder zu sein. Der andere sah asiatisch aus und hatte den Körperbau eines Sumo-Ringers. Ausdruckslose Miene, lässige Haltung. Nichts, was Gordon nicht erwartet hatte. Nichts, was er nicht kannte.

Die Frau, die im hinteren Teil der Kabine auf einem Sitz saß. der einem Pilotensessel nachempfundenen war, schien lateinamerikanischer oder südeuropäischer Abstammung zu sein. Ihr schwarzes Haar war straff zurückgekämmt. In ihrer rechten Schläfe steckte ein goldenes Datenkabel. Sie trug eine schwarze Sonnenbrille, eine grellrote, mit Schwarz abgesetzte Jacke, enge schwarze Slacks und glänzende scharlachrote Stiefel. Sie hieß Sarabande und war *Kuromaku*, eine Schieberin. Sie deutete lässig zu dem Sitz ihr gegenüber auf der anderen Seite eines kleinen ovalen Tischchens.

Gordon akzeptierte das Angebot und setzte sich.

Das unterschwellige Schrappen der Rotoren des Kopters wurde lauter, als die Maschine abhob und über den Hudson in Richtung Jersey City und Newark flog. Gordon warf einen Blick auf die verhangenen Fenster und versuchte zu schätzen, wie schnell sie flogen. Dann sah er auf die Uhr: 01:18. Mittlerweile würden die oberen Stockwerke von Tower Fünf wieder an das Stromnetz angeschlossen und damit hell erleuchtet und funktionstüchtig sein, während sich irgendein Bursche unten im Kontrollraum fragen würde, was eigentlich passiert war.

»Ihr Anliegen?« sagte Sarabande.

»Auf Chip.«

»Muy bien.«

Gordon öffnete den Nagel am Ende des künstlichen kleinen Fingers seiner linken Hand und holte einen Chip heraus, der in einem papierdünnen Plastikbehälter ruhte. Er hielt dem Elf den Behälter hin, der ihn untersuchte und dann an Sarabande weitergab. Aus der Mitte des Tisches erhob sich eine Kompaktkonsole. Sarabande legte den Chip samt Behälter in den Eingabeschlitz ein.

Mehrere Minuten verstrichen.

Gordon wartete.

»Ein sehr vollständiges Dossier«, sagte Sarabande schließlich. »Die Arbeit erfordert umfangreiche Vorbereitungen und beinhaltet ein hohes Risiko. Was sind Sie bereit, dafür zu bezahlen?«

Gordon erwiderte: »Was nötig ist.«

»Ich verlange eine umgehende Anzahlung von dreihunderttausend Nuyen.«

»Ich verlange umfassende Rückendeckung und sofortige Erledigung.«

»Fünfhunderttausend Nuyen.«

»Und eine Erfolgsgarantie.«

Sarabande ließ keine Reaktion erkennen. »Die Arbeit wird von kompetenter Seite angegangen, die alle erforderlichen Schritte unternehmen wird, um den Erfolg zu gewährleisten«, sagte sie. »Das ist Ihre Garantie.«

Gordon nickte. Das würde reichen.

2

Die Bar war wenig mehr als ein Tresen, den man in eine Gasse zwischen eine Nudelbar und einen Laden gezwängt hatte, der raubkopierte SimChips verkaufte. Der silberäugige Trog hinter dem Tresen hatte einen Satz Schnappklingen um den rechten Unterarm geschnallt und eine Remington Roomsweeper in einem tiefhängenden Halfter an der linken Hüfte stecken. Er nahm nur beglaubigte Kreds. Der Tequila, den er ausschenkte, war synthetisch, lausig und billig. Dasselbe galt für den Soykaf. Für einen Drink oder Kaf mußte man sich zwischen die anderen ›Gäste‹ quetschen, um dann unter der Markise zu stehen und zu beobachten und zu warten.

Rico bestellte ›Kaf mit Schuß‹ und betrachtete dann den Strom der Passanten in der Gasse, die sich an ihm vorbeischoben, manchmal so dicht, daß sie seine Brust streiften.

Dies war Sektor 3 im Metroplex Newark. Freie Zone. SIN-loses Gebiet. Keine Ausweise, keine Kennmarken, keine Beschränkungen. Keine Systemidentifikationsnummern. Keine Pinkel. Die Leute, die hier lebten, konnten in Manhattan nicht landen, weil sie keine Konzernconnection, keine SIN und keine Vergangenheit hatten. Kein wie auch immer geartetes offizielles Irgendwas.

Jeder hier hatte sein eigenes Überlebensprogramm. Alle, die es als Messerklauen versuchten, kannten die Spielregeln. Wenn man hier in Sektor 3 überleben wollte, hatte man Metall bei sich, Schwermetall, und man machte kein Hehl daraus. Falls man implantiertes Chrom besaß, sorgte man dafür, daß es alle wußten oder zumindest Grund hatten, es zu vermuten. Wenn jemand seinem Blick begegnete und ihm standhielt, sah man nicht einmal für einen winzigen Augenblick weg, weil ein Augenblick schon reichte. Dies war 2055. Die Straßen wimmelten von Kerlen, die einem das Herz herausreißen und wieder zurückstopfen konnten, bevor man überhaupt wußte, daß man tot war.

Rico lehnte sich gegen die Bar, eine Hand dicht am Kolben des Ares Predator 2, der an seiner Hüfte baumelte. Er hielt seine Augen in Bewegung und sein Gesicht ausdruckslos.

Nach kurzer Zeit beugte sich der silberäugige Trog über den Tresen und flüsterte in Ricos Ohr: »Der Mann ist jetzt soweit, Chummer.«

Rico nickte.

Die Gasse führte auf die Ridge Street. Rico fädelte sich in den Strom drängender, hastender Passanten ein, die in diese Richtung unterwegs waren: Chipheads, Gangmitglieder, Möchtegern-Groupies, Tagelöhner, billige Muskeln, anonyme Gossenpunks. Alle Schattierungen von Menschen, Orks, Elfen, Trollen, was auch immer. Sie trugen billige Papieruniformen, beschlagenes Kunstleder, glänzendes Mylar, glitzerndes Spandex mit Ketten und Bändchen und leuchtenden Glasfasern. Gesichtstätowierungen und Körperfarben. Zumindest einige dieser Leute waren hier, weil sie im Geschäft sein wollten. Sektor 3 mochte verarmt, überbevölkert, eine Brutstätte der Kriminalität und der siebente und letzte Kreis einer verrottenden urbanen Hölle sein, aber er war auch einer der besten Märkte im Plex. Für die richtige Menge Nuyen konnte man hier alles bekommen. Und manche Dinge gab es praktisch umsonst.

Die Leute sagten, dieser Teil des Plex sei früher einmal eine Ansammlung kleiner zwei- und dreistöckiger Wohn- und Apartmenthäuser gewesen. Nette Buden, in denen nette Familien lebten. Rico bezweifelte das. Es gab kaum Hinweise dafür, und der größte Teil dessen, was die Leute sagten, war gewöhnlich purer Drek.

Sektor 3 war jetzt ein sieben Stockwerke hohes Gebilde aus Stahl und Beton mit nachträglich gelegten Röhren und Leitungen, die alle von der Säure der nächtlichen Regenfälle verätzt waren und schwarze und braune Flecke vom Ruß und all dem anderen Müll in der Luft aufwiesen. Grelle Neonschilder leuchteten überall, und die Nacht strahlte ebenso hell wie der Tag. In den untersten Stockwerken der Gebäude drängten sich Geschäfte und Läden. Buden, Stände und Reklametafeln säumten die Bürgersteige, Soundtracks hallten durch die Straße, die ihrerseits von vier- und fünfstöckigen Wohnsilos, deren Apartments die Größe von Särgen hatten, der Länge nach in zwei Hälften geteilt wurde. Die Wohnsilos zogen sich von Ecke zu Ecke und waren über metallene Laufstege zu erreichen. Fahrzeuge waren verboten. Im Untergrund nahm man ein Automatentaxi oder die U-Bahn, oder man ging zu Fuß.

Rico blieb stehen, als er aus der Richtung der Abington Avenue East plötzlich das Stakkatohämmern automatischer Waffen hörte. Doch er sah nur die ihn umgebende Menschenmenge, gleichgültige, wie in Stein gemeißelte Gesichter, und schließlich ging er weiter. Das lauter werdende Jaulen einer Alarmsirene warnte ihn vor dem DocWagon-Rettungswagen, der sich hinter ihm einen Weg durch die überfüllte Straße bahnte. Die beiden zum Rettungswagen gehörigen Orks sorgten zusätzlich für Platz. Rico drängte nach links, um dem Rettungswagen auszuweichen, und bog dann um die Ecke und in die Treadwell Street ein.

Etwa in der Mitte des Blocks stand ein vierstöckiges Wohnhaus aus braunen Ziegeln mit Veranda und einer Treppe mit schwarzem Metallgeländer – ein Überbleibsel längst vergangener Zeiten, wenn das stimmte, was die Leute sagten.

Auf der Veranda des Wohnhauses warteten zwei Messerklauen in beschlagenem blauen Kunstleder. Sie waren erste Wahl, bis zum Gehtnichtmehr verchromt und gewillt, es zu beweisen. Das wußte Rico definitiv. Ein Blick reichte, um das zu erkennen. Die Messerklauen standen da, als hätten sie alles, was es brauchte, um jeder Herausforderung zu begegnen. Sie beobachteten Rico, der die Treppe erklomm, mit lässig gleichgültiger Miene, doch als er die Veranda erreichte, versperrten sie ihm den Weg – ohne jedes Zögern, ohne den geringsten Zweifel hinsichtlich ihres Tuns.

Stehenbleiben oder kämpfen, so lautete die Botschaft.

Manchmal blieb einem keine andere Wahl, als zu kämpfen. Hier und heute war das anders. Während er die Augen der Messerklauen beobachtete, sagte Rico: »Ich werde erwartet.«

»Wissen wir«, sagte einer der beiden gelassen.

Ein paar Augenblicke verstrichen. Rico wartete. Rituale mußten erfüllt werden. Gewisse Dinge mußten auf gewisse Art erledigt werden. Man ging nicht einfach die Treppe zum Haus des Mannes hinauf und spazierte durch die Vordertür. Rico wußte das und hatte keine Einwände. Es war eine Frage des Respekts.

Eine andere Messerklaue kam an die Tür, sah hinaus, winkte Rico hinein und führte ihn durch das Haus. Niemand verlangte einen Blick auf seine Waffen zu werfen oder legte ihm nahe, sie abzugeben. Der Respekt war beiderseitig.

Sie kamen zu einem ausgedehnten Atrium, das sich bis zu dem transparenten Dach vier Stockwerke über ihnen erhob. Farbenprächtige exotische Vögel flatterten umher, hüpften zwischen den Ästen einiger hoher Bäume herum oder beobachteten alles von hoch oben an den Wänden angebrachten Sitzstangen. Alleine die Vögel waren wahrscheinlich ein Vermögen wert. Der Rest war wie etwas, das man sonst nur im Museumsprogramm zu sehen bekam: Büsche, blühende Sträucher, Blumenbeete. Ein Wasserfall. Ein Pfad, der sich durch die Anlage wand wie ein Strom aus reinweißem flüssigen Marmor. Ricos Begleitung blieb am Eingang zu diesem Garten stehen und bedeutete ihm weiterzugehen.

Der Weg führte zum Zentrum des Gartens, einem kreisrunden Patio, der von Säulen umgeben war, auf denen Büsten irgendwelcher Burschen aus dem Altertum standen. Rico erkannte zwei von ihnen – die Büsten Alexanders des Großen und Julius Caesars. Der Mann, den zu sprechen er gekommen war, redete manchmal ganz gerne über diese Burschen.

Der Mann war als Mr. Victor bekannt. Er saß an dem runden Transparextisch in der Mitte des Patio und musterte Rico. Sein dünnes schwarzes Haar war zurückgekämmt und im Nacken zu einem extravaganten Pferdeschwanz zusammengebunden. Das war der einzige extravagante Aspekt seiner äußeren Erscheinung. Der Rest war ernst, sogar grimmig. Er trug einen pechschwarzen Anzug und eine ebensolche Krawatte, dazu ein weißes Hemd und keinen Schmuck. Seinem Äußeren nach zu urteilen hätte er ein Unternehmer oder Konzernexec sein können. In Wirklichkeit war er viel mehr.

Er lächelte grüßend und deutete kurz auf den anderen Transparexstuhl am Tisch. Rico nickte und nahm Platz. »Wie geht es Ihnen, mein Freund?« sagte Mr. Victor.

»Gut.«

»Wie es sich für einen der Besten gehört.«

Rico zuckte die Achseln.

»Die reine Wahrheit, mein Freund.« Mr. Victor lächelte dünn, dann schnippte er mit den Fingern und vollführte eine winzige Geste. Der in der Nähe wartende Hausboy brachte ein Tablett mit Kaffee, den er in kleinen Tassen aus chinesischem Porzellan servierte. Keinen Kaf, kein synthetisches Zeug. Es war echter Kaffee mit einem vollen, starken Aroma. Wie Wein, dachte Rico. Wein aus den besten Weinbergen

Frankreichs. So gut roch er. Der Geschmack war unbeschreiblich.

Mr. Victor winkte, und der Hausboy entfernte sich. »Ich bedauere, daß ich mich heute abend noch um andere Geschäfte kümmern mußte«, sagte Mr. Victor. »Aus diesem Grund konnte ich Sie nicht sofort empfangen. Verzeihen Sie die Verzögerung.«

»Seguro«, sagte Rico mit einem entschiedenen Nicken. »Aber Sie sind mir keine Erklärungen schuldig.«

»Ich bin Ihnen eine ganze Menge schuldig.« Mr. Victors Miene nahm einen nüchternen Ausdruck an, um sich dann plötzlich mit Abscheu zu füllen. »Diese Kerle, mit denen ich vor Ihrer Ankunft geredet habe ... sie machen mich krank. Es sind keine Männer, verstehen Sie? Sie sind wie Hunde. Lechzen nach jedem Bissen, den ich ihnen zuwerfe. Es gibt nichts, was sie nicht für Geld täten.«

»Sie haben keine Ehre«, sagte Rico ruhig.

Mr. Victor nickte. »Keine Ehre. Keine Moral. Keinen Respekt. Weder vor sich selbst, noch vor anderen. Ein Job ist für sie wie der andere. Wenn der Preis stimmt, würden sie ihre eigenen *Madras* umbringen. Sie nennen sich Runner. ›Shadowrunner‹.« Mr. Victor wandte sich ab, beugte sich vor und tat so, als spucke er aus. »Sie haben die Trennlinie zur Finsternis längst überschritten, diese Hunde. Es sind Verbrecher. Ich würde mich nicht mit ihnen abgeben, aber ich habe nichts dagegen, Hunde auf andere Hunde anzusetzen. Verbrecher auf andere Verbrecher. Ich hoffe, Sie machen mir das nicht zum Vorwurf, mein Freund.«

»Ich sollte mir ein Urteil über Ihr Tun erlauben?« erwiderte Rico. »Ich glaube nicht.«

»Aber das ist Ihr Recht. Ihr Recht als Mann. Ich respektiere Sie. Ich respektiere Ihre Ansichten. Sagen Sie mir, was Sie denken.«

Rico brauchte nicht lange nachzudenken. »Ich

glaube, Sie haben gute Gründe für alles, was Sie tun. Wie Sie mit Verbrechern umgehen, ist Ihre Sache. Nicht meine.«

»Sie leisten sich großzügige Ansichten, mein Freund.«

»Vielleicht. Wo es angebracht ist.«

Mr. Victor saß ein paar Augenblicke still und betrachtete den Garten. Als er weiterredete, war seine Stimme leise, vertraulich und mit einer gewissen Trauer unterlegt. »Es ist schwierig, für einen Mann wie Sie Arbeit zu finden. Es gibt immer Arbeit in den Schatten, aber manche Jobs würden Sie ablehnen. Ich bin immer auf der Suche nach der richtigen Sorte Arbeit für Sie, das wissen Sie. Jobs, die nicht nur für Sie, sondern auch für ihr Spezialistenteam angemessen sind.«

Rico nickte.

»Sie kennen den Namen L. Kahn?«

»Seguro«, sagte Rico mit einem neuerlichen Nicken. Der Name L. Kahn war im ganzen Newarker Metroplex wohlbekannt. Mit diesem Namen waren viele Gerüchte, aber nur wenige veritable Tatsachen verknüpft. Rico hielt den Namen für einen Johnson, für eine Art Kennwort. Ein Name, der benutzt wurde, wo echte Namen niemals benutzt wurden. Der Mann hinter dem Namen ›L. Kahn‹ hatte angeblich Einfluß, Connections und Geld. Es hieß, daß er einige der größten Jobs in Auftrag gegeben hatte, die je im Newarker Plex über die Bühne gegangen waren.

»Ich kann ein Treffen mit diesem Mann arrangieren.«

Rico zweifelte nicht daran. Mr. Victor hatte selbst genügend Einfluß. »Worum geht es?«

»Mein Freund, ich bin Geschäftsmann«, sagte Mr. Victor. »Ich bin der Mann in der Mitte. Ich bringe potentielle Klienten mit Spezialisten wie Ihnen zusammen. Ob der Klient Geschäftsmann wie ich oder eine Partei ist, die ihrerseits einen Kontrakt anzubieten hat, ist in meinem Gewerbe ohne Belang. Sie wissen, warum ich Sie daran erinnere?«

»Sie kennen nicht alle Einzelheiten.«

»*Si,* nur ein paar. L. Kahn will mit einem erfahrenen Team in Kontakt treten, dessen Fähigkeiten breit gestreut sind. Er hat verlauten lassen, daß es sich um einen Kontrakt für einen Job mit hohem Risiko und entsprechender Bezahlung handelt. Ich habe den Eindruck gewonnen, daß dieser Auftrag von allerhöchster Stelle kommt. Ein Erfolg hier könnte Ihrem Ruf großes Gewicht verleihen.«

»Worum geht es in dem Run?«

»Er wurde mir als Rettungsunternehmen beschrieben. Selbstverständlich dachte ich mir, daß das Ihren Beifall findet.«

»Was soll gerettet werden?«

»Das zu sagen, liegt an L. Kahn.«

»Könnte sich um die Wiederbeschaffung von Daten handeln.«

»Es könnte sich um viele Dinge handeln, mein Freund.«

»Ich hörte, L. Kahn hat den Winter Systems-Job in Auftrag gegeben.«

»Das ist nur ein Gerücht.«

»Trotzdem ...«

Winter Systems besaß Kontrakte für Polizeidienste in Manhattan, Union City und anderen Orten in der Gegend des New York-New Jersey-Megaplex. Der Winter Systems-*Job* hatte die Entführung und Ermordung mehrerer Execs von Winter Systems und nebenbei eine Verschwörung beinhaltet, von der praktisch jeder größere Konzern im Megaplex betroffen gewesen war.

Die Morde waren es, die für Rico zählten. Er mordete nicht auf Bestellung. Und hatte auch nichts mit Entführungen zu schaffen. Dasselbe galt für die Mitglieder seines Teams. »Sie trauen diesem L. Kahn?«

»Kann man überhaupt jemandem trauen, mein Freund?«

»Manchen ja. Manchen nein.«

Mr. Victor überlegte einen Augenblick, dann sagte er: »Wie Sie wissen, gibt es keine Garantien in diesem Leben. Ich würde sagen, daß man L. Kahn trauen kann. Mehr als manchen, weniger als anderen. Ich habe noch nie gehört, daß L. Kahn einen Kontrakt nicht eingehalten oder Vertrauen mißbraucht hätte. Sie müssen selbst entscheiden, mein Freund. Sagen Sie mir nur, ob ich ein Treffen arrangieren soll.«

Rico dachte darüber nach und nickte. »*Si.*«

»Betrachten Sie die Sache als erledigt, mein Freund.«

3

Thorvin bemerkte das Knallen und Dröhnen an den Seitenwänden des Lieferwagens zuerst gar nicht. Er war beschäftigt. Es war ihm gelungen, den G-6-Drehmomentwandler aus dem ansonsten völlig ruinierten Gaz-Willys Nomad auszubauen. Das war so, als sei er auf Gold gestoßen. Der G-6 war wie ein Amboß gebaut und so stabil und haltbar wie eine Stange aus gehärtetem Stahl. Daß er einen auf dem von Geistern heimgesuchten, verseuchten Friedhof in Newarks Sektor 13 gefunden hatte, war ein verdammtes Wunder, obwohl es ihn eigentlich nicht überraschte. Er durchforstete die verfallenen Bauten und heruntergekommenen Häuser in der Umgebung des alten Flughafens schon seit Jahren. So hatte er auch das Parkverbotsschild der Stadt Linden ausgegraben, das jetzt in seiner Garage hing. Und wer sah heutzutage noch welche von den Dingern herumstehen? Thorvin wußte, daß hier Schätze auf ihn warteten, kleine mechanische Wunderwerke, funkelnde Glanzstücke technischer Erhabenheit, die dem gewöhnlichen Auge nicht auffielen. Er hatte nur nicht gerade erwartet, von allen möglichen Dingen ausgerechnet über einen G-6-Wandler zu stolpern. Bei der Beute, die man in diesem Sektor machen konnte, handelte es sich normalerweise um mikroelektronische Bauteile, Haushaltsgeräte und ähnlichen Drek.

Irgendwas hämmerte laut gegen die Seite des Lieferwagens. Gleichzeitig ertönte ein Heulen, das entschieden unnatürlich klang.

Thorvin hielt inne und sah auf.

Als der Lieferwagen hin und her zu schaukeln begann wie ein Boot bei schwerer See – zur Begleitung eines Gewitters aus Hämmern und Knallen –, ließ er seine verchromte Sperrklinke und die Dose mit dem

Gleitmittel fallen und rannte mit klirrendem Werkzeuggürtel in den vorderen Teil des Lieferwagens, indem er über Werkzeugkisten, einen zerlegten Motorblock, eine ausgeschlachtete Suzuki Aurora, einen zum Teil auseinandergenommenen KD A.C.-Doppelkondensator, Radkappen, Muttern, Schrauben, eine antike CRT und einen uralten Generator von General Products hüpfte *wie ein wildgewordenes Känguruh*!

Die Ghulies statteten ihm einen Besuch ab.

Thorvin sprang auf den Fahrersitz und stöpselte das schwarze Kabel aus der Fahrerkonsole in die Datenbuchse in seinem Hals. Sein Blickfeld wurde schwarz, um sich gleich darauf wieder zu klären. Die Außenkameras des Lieferwagens ersetzten seine Augen und Ohren. Der Lieferwagen war zu seinem Körper geworden.

Die Ghulies waren tatsächlich da, hatten ihn umzingelt. Hämmerten gegen seine gepanzerten Metallflanken. Mit Fäusten, Ziegelsteinen und Metallstangen. Mit ihren Skelettschädeln, krallenartigen Fingernägeln und zerfetzten Klamotten sahen sie wie verweste Leichen aus, die gerade ihren wurmverseuchten Gräbern entstiegen waren. Und Thorvin wußte, was sie wollten. Sie standen auf rohes Fleisch. Das von Menschen war am besten, besonders dann, wenn es schon halb verwest war, aber wenn Not am Mann war und sich genug von ihnen zusammentaten, nahmen sie mit allem vorlieb, sogar mit etwas Lebendigem. Sogar mit einem verdammten *Zwerg*!

Der bloße Gedanke an diese schleimigen, verwesenden Monstrositäten, die sich in seine Metallhaut verkrallten, jagten ihm Schauer über die rückwärtige Tür. Den Rücken. Was auch immer.

Aber sie hatten keine Chance reinzukommen.

Sein Herz war ein benzingetriebener Magnum V-12 mit 850 PS. Sein Blut bestand aus Superkraftstoff mit 98 Oktan und Nitroeinspritzung. Er ließ den Motor an, der brüllend zum Leben erwachte, und stellte den Wählhebel für das Automatikgetriebe auf Fahren. Seine Hinterräder qualmten, kreischten, wirbelten eine gewaltige Staubwolke auf, faßten schließlich und schleuderten ihn vorwärts.

Die leuchtend roten Anzeigen, die sein Blickfeld überlagerten, spielten völlig verrückt. Die Geschwindigkeit näherte sich rasend schnell 200 km/h. Die Motordrehzahl bewegte sich im roten Bereich. Die von seinem Kampfcomputer gesteuerten Zielindikatoren schlugen blitzend und blinkend nach rechts und links aus. Eine rauhe Sinfonie aus elektronischen Warntönen, Piepsern und Blips erfüllte seinen Hinterkopf, seinen richtigen Kopf irgendwo darin... noch nicht ganz vergessen.

Dinge prallten von seinem Lieferwagen-Körper ab, knallten dagegen und fielen dann von ihm ab. Bauschutt, Autowrackteile, verschiedener Müll und andere Dinge, die nicht in diese Kategorien fielen. Dinge, die platschten und klatschten. Wie Leiber. *Ein ganzer Stamm dieser wildgewordenen Zombiekannibalen* mußte hier herumhängen und ihn umzingelt haben. Das hatte er davon, so nahe der verdammten Friedhöfe auf Schatzsuche zu gehen.

Plötzlich stand einer direkt vor ihm auf der Straße, eine watschelnde Monstrosität mit spindeldürren Gliedern und etwas bewaffnet, das wie eine verdammte Panther-Sturmkanone mit Schulterstütze aussah.

Jetzt bewegte sich Thorvins Nervensystem im roten Bereich.

Die M-134-Minikanone auf dem Dach eröffnete das Feuer. Der Ghulie auf der Straße zuckte spastisch, wurde herumgerissen und krachte dann gegen den Stoßfänger, der Thorvins Kühlergrill schützte.

Ein Meer aus rotem Schleim klatschte gegen Thorvins Außensensoren. Im Geiste zuckte er zusammen. Der Lieferwagen schlingerte und schwankte, hob von der Straße ab und landete krachend. Im Laderaum flog alles durcheinander, und Dinge gingen zu Bruch. Glücklicherweise konnten seine selbstflickenden General Products F-6900-Allzweckreifen einiges aushalten. Er schaltete sein nach vorn gerichtetes Infrarot-Radar ab und stellte fest, daß er auf eine Hausmauer zuschleuderte.

Zeit für einen Panikanfall.

Er riß seine Räder nach rechts, jagte eine Gasse entlang, durchbrach einen Drahtzaun und schoß auf ein ausgedehntes Feld, das wie ein mit Unkraut überwachsener Parkplatz aussah.

Nicht gut.

Ein halbes Dutzend verbeulter, ausgelutschter Bezinschlürfer ratterte auf dem zerbröckelten, abfallübersäten Beton herum. Mindestens ein Dutzend Motorräder flitzte hin und her. Jeder Fahrer und jeder Beifahrer hielt irgendeine Waffe – Revolver, Gewehr, Schrotflinte, Maschinenpistole. Thorvin hatte die Farben bereits erkannt, bevor das donnernde Getöse der Schußwaffen seine Außenmikrofone überfiel. Er hatte sich direkt in einen verdammten *Krieg* manövriert! Chiller-Thriller gegen eine Motorradgang, die Toxic Marauders gegen die Rahway Blades.

Sahne. Einfach Sahne.

Ein Motorrad fuhr direkt auf ihn zu. Kugeln aus einer automatischen Waffe prallten von seinem Stoßfänger ab. Blinkende rote Zielmarkierungen kamen mit dem Motorrad zur Deckung. Thorvin eröffnete das Feuer mit seiner Minikanone und legte sich mit quietschenden Reifen in eine enge Kurve.

Das Motorrad explodierte.

Thorvin jagte durch die Gasse zurück. Ein Hagel aus Steinen, Ziegeln, Metallbrocken und anderem Abfall krachte gegen seine Flanken und auf sein Dach, als er auf die Straße bog. Wieder die Ghulies. Allererste Sahne. Er ließ seinen Motor aufheulen und nahm die nächste Ecke fast, aber doch nicht ganz, auf zwei Rädern.

Die Peerless ADH-Stoßdämpfer machten sich bezahlt.

Nett. Sehr nett.

»Shank.«

Was war das? Jemand rief ihn? Er wußte nicht, wer und warum, und es war ihm auch egal. Er ignorierte das Rufen.

»Shank!«

»Verdammt noch mal, Shank, *wach auf!*«

Jemand packte seine Schulter und rüttelte ihn. Das konnte er jetzt nicht mehr ignorieren. Er konnte sich denken, wer ihn da schüttelte, und ihm war klar, daß es sinnlos sein würde, sie zu ignorieren. Evonne war normalerweise ganz okay, cool genug, daß er es aushielt mit ihr zusammenzuleben. Aber wenn ihr etwas quersaß, und zwar so quer, daß sie es riskierte, ihn zu wecken, konnte sie ihn so auf die Palme bringen, daß es ihm fast wie eine gute Idee vorkam, ihr den Verstand aus dem Leib zu prügeln oder noch nachdrücklichere Maßnahmen zu ergreifen.

Zum Glück für sie brauchte er nichts zu beweisen. Evonne brauchte das bißchen Grips, das sie besaß.

Das Fluchen wurde lauter. Hände packten seine Arme und zogen ihn hoch, so daß er sich aufrichtete. Wasser spritzte in sein Gesicht, vielleicht ein halber Liter. Irgendwie erfrischend, echt. Er rieb sich die Augen, reckte die Arme, gähnte und sah sich um.

Die bernsteinfarbene Lampe neben dem Bett warf einen gelblichen Schein, der Shank alles zeigte, was er sehen mußte. Er befand sich in seinem Schlafzimmer, das einfach möbliert, mit Kunstpelzen verkleidet und mit hochflorigen Teppichen ausgelegt war. Evonne und ihre Schwester Kefee standen neben dem Bett. Evonne sah wütend aus, Kefee aufgeregt. Beides war nicht so ungewöhnlich, daß Shank mehr als nur flüchtig Notiz davon nahm.

Was ihm wirklich auffiel, und zwar nicht zum erstenmal, war die Tatsache, was für eine heiß aussehende Braut Evonne war – bis hin zu ihren beiden mädchenhaften Fangzähnen solide gebaut. Eine echte Augenweide, besonders wenn sie grantig wurde, und noch mehr, wenn sie sich richtig aufregte. Ihre Schwester Kefee sah irgendwie zerbrechlich aus, mehr wie eine Menschenschnalle, nicht besonders verführerisch.

»Sie sind wieder da!« grollte Evonne.

Shank strich sich mit der Hand über das Haar und kratzte sich hinter dem rechten Ohr. »Wer?«

»Die *Schläger!*« grollte Evonne noch eindringlicher als zuvor, wobei sie ihn anstarrte, als müsse er automatisch wissen, wovon sie redete. »Sie verdreschen Chak! Direkt in der Gasse!«

Verdreschen Chak...?

Evonne streckte den Arm aus und zeigte nach links in Richtung Gasse. Kefee sah nur ängstlich aus und sagte: »Shank, *bitte!*«

Klar.

Shank schüttelte sich wach. Offenbar hatten alle beschlossen, daß dieses Problem – Chak wurde verdroschen, verprügelt oder was auch immer – eines war, das Shank regeln sollte. Wahrscheinlich war das Evonnes Idee. Sinnlos zu streiten. Sie hatte wahrscheinlich recht. Shank hatte Kefee und ihre Kinder irgendwie geerbt, als Kefees Mann bei einer Schießerei in der Bronx umgelegt worden war. Chak, ihr ältestes Kind, war immer noch ziemlich jung, erst neun oder zehn, und Ork oder nicht, zu einem großen Kämpfer machte ihn das nicht. Nicht mal gegen gewöhnliche Menschen. Vielleicht eins gegen eins, aber nicht gegen eine ganze Gang. Eine Gang ging über seine Kräfte.

Shank rappelte sich auf und ging zur Tür. Die Frauen gingen ihm rasch aus dem Weg – und das war auch gut so. Es sah ganz danach aus, als stünde ihm ein Kampf bevor. Und nachdem er so früh und so abrupt geweckt worden war, hatte er keine Schwierigkeiten, in die richtige Stimmung zu kommen.

Der Durchgang draußen war verstopft, hauptsächlich von Frauen und Kindern. Diese Woche waren die meisten erwachsenen Männer aus Shanks Halle, diejenigen, die in einem Kampf was taugten, im Roselle Park-Gefängnis in der Raritan Road. Hatte damit zu tun, daß sie einen Trupp Mafiosi verrollt hatten. Die Mafia sollte inzwischen gelernt haben, die Nase nicht in den Hafen-Sektor zu stecken.

»Macht Platz«, knurrte Shank.

Die Leute gingen ihm aus dem Weg, und diejenigen, die es nicht taten, wurden gestoßen. Am Ende des Durchgangs stauten sich alle und lugten um die Ecke und die Stufen zur Gasse hinauf. Shank drängte sich durch den letzten Meter aus Leibern, bog dann um die Ecke und flitzte die Stufen hinauf. Die Stahltür zur Gasse stand offen. Shank trottete direkt hindurch.

Und da stand die ganze Gruppe, keine drei Meter entfernt und im trüben Grau einer mondlosen Nacht ganz deutlich zu erkennen. Chak schien derjenige auf dem Boden zu sein, der alle Schläge und Tritte einsteckte. Keines der Gangmitglieder schien Shank zu bemerken, als er hinter ihnen auftauchte. Das vereinfachte alles. Er griff sich die nächsten beiden Gangmitglieder und ließ ihre Köpfe zusammenkrachen. Sie fielen schlaff zu Boden. Und da bemerkten ihn die anderen. In erster Linie sahen sie ihn nur an und starrten. Und gafften. Mächtig eindrucksvoll. Shank packte den nächsten am Arm, riß ihn von den Beinen, schwang ihn herum und knallte ihn dann gegen die Hausmauer zur Rechten. Auch dieses Gangmitglied ging zu Boden. Nicht besonders hart im Nehmen, diese Schläger. Auch nicht besonders schnell, alles in allem. Und nicht besonders clever.

Einer stach mit einem Messer nach Shanks Nase und fauchte: »Ich zieh dir bei lebendigem Leib die Haut ab!«

Shank packte sein Handgelenk hinter dem Messer, dann riß er den Arm in die Luft, wodurch das Gangmitglied den Boden unter den Füßen verlor. Der Bursche schlug mit seinem freien Arm um sich und versuchte sogar, Shank zu treten. Shank schnaubte verächtlich. Was für ein Witz. Ein Schlag ins Gesicht, und der Bursche wurde schlaff. Shank ließ ihn fallen.

Damit standen noch drei Gangmitglieder. Eines zog eine Kanone und richtete sie direkt auf Shanks Gesicht, was echt ziemlich dumm war. Wenn man einen Ork erschießen wollte, zielte man besser irgendwohin, wo es weh tat, und nicht auf seinen steinharten Schädel. Shank duckte sich. Seine Hand schoß vor, und die Kanone ging los. Er spürte eine Hitzewelle an seinem linken Ohr vorbeirauschen, aber das war auch schon alles. Ein zweiter Schuß löste sich, aber mittlerweile hatten sich Shanks Finger bereits um den Lauf der Kanone geschlossen. Und mehr Halt brauchte er nicht. Er riß dem Burschen die Kanone aus der Hand und packte ihn dann am Kragen seiner Jacke.

»Gute Nacht«, sagte er, um den Burschen dann gegen eine geeignete Hausmauer zu schmettern, zur Abwechslung die zur Linken. Das Gangmitglied sackte auf die gleiche Weise wie die anderen zu Boden, nämlich wie ein nasser Sack.

Und damit standen nur noch zwei.

Die beiden wichen jetzt vorsichtig zurück, wobei sie so aussahen, als hätten sie echt Schiß. Shank richtete die Kanone, einen Colt Manhunter, der in den Händen eines Orks erst richtig zur Geltung kam, auf sie und sagte: »Noch 'ne Bewegung, und ihr seid tot.«

Die beiden erstarrten.

Inzwischen war Chak auf den Beinen und sah hierhin und dorthin, als wisse er nicht, was er tun sollte –

was wahrscheinlich auch der Fall war. Das Gesicht des Jungen war blutverschmiert und sah irgendwie verschwollen aus, aber es war schon mehr als das nötig, um ihn flachzulegen. Ungeachtet seiner Mutter war Chak stämmig für sein Alter, und er hatte Mumm. *Cojones,* würden manche sagen. Das alles ergab eine beachtliche Kraft.

Chank verbiß sich ein Lächeln. Um die Wahrheit zu sagen, er mochte den Jungen. Chak fragte ihn immer nach seinen Tätowierungen und den Keilereien, an denen er mit dem Drachenregiment und anderen Söldnereinheiten in Aztlan und anderswo teilgenommen hatte. Es war schwierig, unverhohlener Bewunderung zu widerstehen.

»Alles klar?« fragte Shank.

Chak nickte schwer atmend, vielleicht ein wenig zu schwer, um eine klare Antwort zu geben.

»Hol ein Seil und ein Messer.«

»Klar ...«

Chak nickte und rauschte ab, war aber kaum eine Minute später zurück. Evonne und ihre Schwester folgten Chak zusammen mit der halben Meute aus dem Durchgang die Treppe hinauf. Shank bedeutete der Menge, sich zurückzuhalten. Er hatte eine Kanone in der Hand und Arbeit vor sich, der er seine Aufmerksamkeit widmen mußte. Er hatte nicht vor, sich jetzt irgendwelches Gequatsche oder unwillkommene Fragen oder Vorschläge anzuhören. Auf ein Winken von ihm brachte Chak das Seil und das Messer.

»Fessle sie«, sagte Shank zu ihm. »Die beiden zuerst.«

Shank zeigte auf die beiden Burschen, die noch standen. Chak machte sich an die Arbeit, ihnen die Hände auf den Rücken zu binden, und das nicht zu sanft. Shank war das egal. Die verdammten Schläger hatten es verdient. Das und Schlimmeres. Was ihn beschäftigte, war die Frage, wie es weitergehen sollte.

Gefangene hinzurichten, war nicht seine Art. In dem verdammten Azzie-Land hatte er genug davon zu sehen bekommen. Früher hatte er gedacht, er hätte schon alles gesehen, aber das war nichts verglichen damit, was für Schlächter die Aztlan-Soldaten sein konnten. Jedenfalls kam das hier und jetzt nicht in Frage. Welche anderen Möglichkeiten hatte er? Er konnte die Cops rufen, aber die scherten sich wahrscheinlich einen Drek um irgendein unwichtiges Gang-Problem hier in Sektor 12. Und er konnte die Burschen nicht einfach laufen lassen. Bis morgen bei Sonnenuntergang würden sie den Kindern aus der Halle und insbesondere Chak im Genick sitzen. Schlimmer, er würde es immer wieder aufs Butterbrot geschmiert bekommen. Dafür würde Evonne sorgen. Er mußte irgendwas unternehmen, um die Angelegenheit ein für allemal zu regeln.

Aber was?

Zum Teufel mit seinem dicken Schädel. Wäre er noch etwas dämlicher geboren worden, hätte er sich sogar beim Kacken einen abgebrochen. Und ein paar von den Burschen in seinem alten Regiment hatten ihn damit auch immer aufgezogen.

Evonne sagte: »Shank …«

»Halt die Klappe.«

Das tat sie.

Genau in diesem Augenblick bogen ungefähr eine Milliarde Kerzenstärken an Scheinwerfern, Fernlichtern, Nebelleuchten, Geländeleuchten und an den Seiten und auf dem Dach montierten Zusatzscheinwerfern um die Ecke am Ende der Gasse und rollten direkt auf ihn zu. Shank begriff in der Sekunde, als ihn die blendende Helligkeit zwang, die Augen zu schließen, was sich hinter den verdammten Lichtern verbarg.

Das Ding polterte wie ein GMC Banshee, der zum Angriff ansetzt. Es kam einem echten Panzer so nah, wie dies im Newarker Plex überhaupt möglich war, ohne daß die hiesige Bürgerwehr die Kampfhubschrauber rief. Es hatte seine Karriere als kurze Version eines Landrover begonnen und ähnelte immer noch dem Basismodell, aber so ungefähr jedes Teil war ersetzt, verbessert oder aufgerüstet worden. Die nicht serienmäßige Laderaumabdeckung auf dem Dach verbarg zwei Geschützvorrichtungen, und es wimmelte von Waffenluken und anderen Extras, nicht serienmäßigen Extras.

Als der Lieferwagen ausrollte und die Scheinwerfer erloschen, wurde der Wagen zu einem düsteren, grimmigen Geist, der mit dem kühlen Grau der Nacht verschmolz.

Shank machte sich nicht vor Angst in die Hosen, nicht einmal ein wenig, weil er der halben Portion, die jetzt aus dem Landrover hüpfte, beim Einbau des einen oder anderen Extra geholfen hatte.

»Hoi, Zahngesicht.«

»Hoi, Hornschädel.«

Wer sagte, Orks und Zwerge konnten keine Chummer sein? Thorvin mochte untersetzt und häßlich und manchmal ziemlich stur sein, aber er war zäh wie ein Ziegelstein und so zuverlässig wie die Dämmerung. Auf Chanks Liste reichte das für einen erstklassigen Chummer.

»Was ist mit dem Müll?« fragte Thorvin, indem er in Richtung der Gangmitglieder nickte, während er sich mit klirrendem Werkzeuggürtel vor dem Landrover aufbaute.

»Sie nerven mich.«

»Wär ich nie darauf gekommen. Willst du sie umlegen?«

»Ich denk noch darüber nach. Was machst du überhaupt hier?«

»Was glaubst du wohl? Ich hol dich ab.«

»Ach ja?«

»Wir haben 'n Treffen.«

Das klang gut. Es bedeutete, ihr Anführer hatte ihnen endlich einen Job besorgt oder zumindest irgendein Angebot, und das wurde auch Zeit. Die Kohle reichte nie sehr lange im Plex, nie lange genug. Besonders, wenn man sich noch um Frau und Kinder eines anderen Kerls kümmern mußte. »Wo und wann?«

»Wir müssen noch den Mann und das Deck abholen. Sektor 3. Sobald du dir was angezogen hast.«

Anziehen. Genau. »Warst du in letzter Zeit mal in Sektor 13?«

»Dämliche Frage.«

»Hängen die Ghule immer noch da rum?«

»Noch 'ne dämliche Frage.«

»Dann laß uns den Müll da abladen.«

Thorvin runzelte die Stirn, warf einen kurzen Blick auf die Gangmitglieder und wandte sich dann wieder an Shank.

»Lad sie auf«, sagte er.

4

Die Kabine war klein, gerade groß genug für eine Person. Die Wände waren mit braunem Holzimitat verkleidet. Piper schloß die Tür, dann drehte sie sich um und kniete sich auf die gepolsterte Fußbank.

Sie nahm sich ein paar Augenblicke, um sich zu sammeln, strich sich das Haar hinter die Ohren und steckte dann ihren Kredstab in den verchromten Eingabeschlitz an der Seite der Bank.

Der Videoschirm vor ihr erwachte zum Leben. ›Ein Neuer Tag‹ leuchtete langsam in großen Buchstaben in der Mitte des Schirms auf, dann verblaßten die Buchstaben. Der ›Tag‹ begann damit, daß sich eine glühende orangerote Sonne aus einem urtümlichen Meer erhob, dessen Wasser frisch und sprudelnd war, ein Ozean, in dem es von Fischen und Tausenden anderer Lebensformen wimmelte. Die Sonne nahm eine goldene Färbung an, als sie höher in den kristallklaren blauen Himmel stieg, und Hunderttausende von Vögeln erhoben sich am Horizont, um in riesigen Schwärmen über den glitzernden Ozean zu fliegen.

Musik, bis dahin nur ein entferntes Murmeln, erhob sich volltönend und majestätisch, kraftvoll und lebendig, und feierte die Herrlichkeit des Lebens in all seinen mannigfaltigen Formen.

Die Stimme von John Donne IX, dem direkten Abkömmling des Heiligen und Haupt der Kirche der Ganzen Erde, ertönte zusammen mit der Musik, beginnend mit einem direkten Zitat aus dem Heiligen Sonett Nummer 10: »Nach einem kurzen Schlaf erwachen wir auf ewig… und der Tod wird nicht mehr sein… Gesegnet sei der Schöpfer… die lebendige Erde… und der ewige Kreislauf des Lebens, der sich bis in alle Ewigkeit wiederholt…«

»Amen…«

Nach einiger Zeit war der Sermon zu Ende, und die Musik wurde leiser. Die Bilder von einer üppigen und wunderschönen Welt dauerten an und wechselten von einem zum anderen. Piper schlug die Augen nieder und fing an zu sprechen.

Wie sie es sah, ließen sich alle Probleme der Welt auf eine Sache zurückführen: Habgier. Die Menschen wollten besitzen. Sie waren nie zufrieden mit dem, was sie hatten. Infolgedessen plünderten gigantische Konzerne die Ressourcen der Erde und hinterließen nur Giftmüll. Infolgedessen ignorierten normale Menschen die Zeichen, die sie aus jeder Richtung ansprangen, und arbeiteten nur, um ihre gesellschaftliche und berufliche Stellung und ihre materiellen Lebensumstände zu verbessern. Niemand kümmerte sich um den Planeten, um die Gifte in der Luft, in der Nahrung und im Wasser. Irgend etwas dagegen zu unternehmen, würde nur wertvolle Ressourcen wie Geld und Zeit, kostbare Zeit, verschwenden. Die Machthaber an der Spitze der Nahrungskette hatten alle davon überzeugt. Sie benutzten die Medien, um die Schwächen der Leute auszunutzen. Sie sorgten dafür, daß die gewöhnlichen Arbeiter durch die Bürde des täglichen Lebenskampfes und das Verlangen nach immer *mehr,* zu niedergedrückt waren, um sich noch Gedanken über bloße Ökologie machen zu können oder zu wollen.

Die Leute waren schwach. Nur wenige hatten die Mittel, die Tyrannen der Wirtschaftspolitik zu bekämpfen. Noch weniger hatten den Willen, die nötige Geisteskraft. Zu viele waren von dem Stahl-und-Beton-Stiefelabsatz der Megakonzerne zerschmettert und in den Staub getreten worden.

Irgend etwas mußte unternommen werden. Die Megakonzerne mußten ihrer Macht beraubt und zurechtgestutzt werden. Den Leuten mußte die Kontrolle über ihr Leben und das Leben der Welt, in der sie lebten – *des Planeten, von dem das Überleben der gesamten Metamenschheit abhing* –, zurückgegeben werden!

Tränen liefen ihr über das Gesicht, als Piper die letzten Worte herausschrie und dabei mit den behandschuhten Fäusten auf die Armlehnen der Fußbank schlug.

Danach fühlte sie sich geläutert, gestärkt und erfrischt.

Sie tat, was sie konnte. Fast jede Nacht. Sie betete nur, daß am Ende ihre Bemühungen im Verein mit denen Hunderter, ja Tausender anderer reichen würden, um die vergewaltigte Erde zu retten.

Als sie die Kabine verließ, war die kleine Kirche fast leer. Die Abendandacht war schon seit einiger Zeit zu Ende. Nur ein paar Nachzügler saßen noch auf den Bänken, dem Altar und dem riesigen Videoschirm mit dem Bild der Ganzen Erde darüber zugewandt – weiße Wolken, blauer Ozean und braune Erde –, die von grünen Yin-Yang-Pfeilen umgeben war, welche sie ewig umkreisten und auf diese Weise die zyklische Natur des Lebens darstellten. Piper legte die Fingerspitzen zusammen und formte den Globus mit den Händen, dann verbeugte sie sich und wandte sich zum gehen.

Ein Priester in den Gewändern der vier Kardinalfarben – Weiß, Blau, Braun und Grün – erwartete sie im hinteren Teil der Kirche. Er trug wie alle Priester der Kirche der Ganzen Erde den Namen Pater John. Piper kannte seinen wirklichen Namen nicht, aber das spielte keine Rolle. Er formte den Globus und verbeugte sich, als sie sich ihm näherte. Sie tat es ihm nach.

»Heute abend findet eine besondere Versammlung statt«, sagte Pater John leise. »Unsere Brüder erbitten deine Teilnahme.«

Das überraschte sie nicht.

Praktisch jeder, der überhaupt irgendwelche Fähigkeiten besaß, war irgendwo im Newarker Plex ständig gefragt. In Newark gab es eine unübersehbare Menge von Tagelöhnern. ›Ausschuß‹ wurden sie genannt. Bei der besonderen Versammlung, auf die sich Pater John bezog, würde es sich unzweifelhaft um eine Zusammenkunft der als ›Bodenwelle‹ bekannten Gruppe handeln, der hiesigen Zelle von Grün 4800, einer Organisation von internationalem Format. Bodenwelle hatte Bedarf nach Deckern, und zwar solchen mit der richtigen Perspektive. Leute mit Pipers Erfahrung und Fähigkeiten wurden dringend benötigt.

Piper verbeugte sich und sagte: »Es tut mir leid, Pater. Verzeihen Sie mir. Ich kann heute abend nicht kommen.«

»Ich hoffe doch, daß du keinen plötzlichen Sinneswandel erfahren hast.«

»Selbstverständlich nicht.« Die bloße Unterstellung war schon fast eine Beleidigung. »Ich habe andere Verpflichtungen.«

»Welche andere Verpflichtung kann es geben als die Wiederherstellung der Ganzen Erde?«

Darüber konnte Piper nicht streiten, denn Pater John würde ihre Argumente nicht verstehen. Das Leben brachte viele Verpflichtungen mit sich. Eine mochte vordringlich sein, aber die anderen ließen sich nicht einfach ignorieren. Zum Beispiel brauchte sie Geld, und sei es nur, um zu essen oder weiterhin der Sache dienen zu können. »Das ist sehr kompliziert«, sagte Piper mit einer weiteren Verbeugung. »Aber natürlich haben Sie recht. Ich wünschte, ich könnte es erklären. Es ist meine Schuld. Ganz allein meine Schuld. Bitte verzeihen Sie mir.«

Pater John zögerte, dann nickte er. »Ich nehme an, wir können in Zukunft wieder auf dich zählen?«

»Selbstverständlich.« Piper verbeugte sich, wobei sie ihre Miene – ihr Bemühen, ihren Ärger zu unterdrücken – zu verbergen suchte. Pater John schien es heute abend darauf anzulegen, sie zu ärgern oder ein Schuldgefühl in ihr zu wecken. Natürlich konnte er in Zukunft auf sie zählen. Sie arbeitete seit über einem Jahr mit der Bodenwelle zusammen. Piper hatte mehr Erfahrung mit Antikonzernaktivitäten als jeder andere in der Gruppe.

Unglücklicherweise war sie diese Art Gespräche gewohnt. Leute, die überheblich und unhöflich waren. Leute mit außerordentlich egozentrischen Persönlichkeiten. Leute mit der Einstellung, daß alles, was zufällig für sie gut war, auch für alle anderen gut sein mußte. Hin und wieder gönnte sie sich *Cha-no-yu*, die Teezeremonie, und sei es auch nur, um nicht zu vergessen, daß zumindest einige Leute wenigstens in Grundzügen zivilisiert waren.

»Dozo, gomen kudasai«, sagte Piper, sich noch einmal entschuldigend, wobei sie sich ein weiteres Mal verbeugte und den Globus formte. »Ich muß jetzt gehen, Pater. Guten Abend.«

Pater John verbeugte sich und formte den Globus. »Gute Nacht.«

Die Straße draußen war äußerst belebt. Ein mächtiger Strom von Leuten floß stetig den Bürgersteig entlang. Die schmale Straße war vom Verkehr verstopft, der kaum schneller als im Schrittempo vorankam. Grelle Neon- und Laserreklamen in Japanisch und einem Dutzend anderer asiatischer Sprachen erklommen die Häuserfronten neun und zehn Stockwerke hoch. Piper ging den Block entlang und schloß sich der Menge an, die an der Ecke Custer Avenue wartete.

Abrupt trat ein Mann im charakteristischen rotschwarzen Jackett der Honjowara-Yakuza vom Bürgersteig auf die Straße, wobei er eine Pfeife in den Mund nahm und einen schrillen Pfiff ausstieß, während er die Arme seitlich ausstreckte. Der Verkehr hielt an. Piper bewegte sich mit der Menge, die jetzt die Straße überquerte. Eine Reihe von Leuten lobte lautstark die Honjowara-*Gumi*, als sie den Mann im rotschwarzen Jackett passierten.

»*Domo arigato*«, erwiderte der Mann mit einer Verbeugung auf jede lobende Bemerkung.

Die Yakuza, das wußte Piper, mochte eine Bande bösartiger Krimineller sein, aber sie war auch sehr auf ihr öffentliches Ansehen bedacht. Die Honjowara-*Gumi* hatten diesen Teil von Sektor 6, Little Asia, das Gebiet um die Bergen Street, zu einer der sichersten Gegenden im ganzen Plex gemacht. Sie übernahmen viele öffentliche Dienstleistungen und würden es niemandem gestatten, ihre Bürger zu mißhandeln. Gangs und andere kriminelle Elemente betraten dieses Gebiet auf eigene Gefahr.

Piper ging den nächsten Block in Richtung Hawthorne entlang, doch nur bis zu einer mit kunstvollen Schnitzereien verzierten Tür aus Holzimitat, die zum Buddhistentempel des Heiligen Erlösers gehörte.

Als sie sich der Tür zuwandte, tauchte neben ihr plötzlich ein weiterer Mann in Rot und Schwarz auf, öffnete ihr die Tür und verbeugte sich mit den Worten: »*Dozo* ... Gestatten Sie ...«

Piper verbeugte sich vor dem Mann. »*Domo arigato gozaimasu.*«

Als sie eintrat, glitt der Mann an ihr vorbei, zog die Innentür auf, verbeugte sich und sagte: »*Dozo.*«

»*Domo arigato.*« Piper verbeugte sich und trat ein.

Ein Akoluth des Tempels begleitete sie zu einer kleinen Kammer, wo ein Buddha-Priester wartete. Für eine Spende von zehn Nuyen führte der Priester ein kurzes Gebetsritual mit ihr durch und hielt ihr dann einen raschen Vortrag über das Wesen Buddhas am Beispiel Christus', ein Vortrag, den sie eigentlich nicht hören wollte, aber sie fühlte sich verpflichtet, ihn über sich ergehen zu lassen. Sie hatte Schwierigkeiten mit den buddhistischen Lehren, auch mit denen der einigermaßen innovativen Sekten im Newarker Metroplex. Sie glaubte nicht wirklich an irgendwelche mystischen Erleuchtungen – das war ihr Problem. Die meisten Leute, denen sie in ihrem Leben begegnet war, schienen sogar für die grundlegendsten Wahrheiten ihres alltäglichen Lebens praktisch blind und taub zu sein. Anzunehmen, daß ein bedeutenderes Ereignis wie der Tod einen Schock in ihnen hervorrufen könnte, der zu irgendeiner Form ›erleuchteten‹ Bewußtseins führte, erforderte ein blindes Vertrauen, das ihr abging.

Trotzdem, dies gehörte zum Leid der Existenz. Die Lehren des Buddhismus und der Kirche der Ganzen Erde hatten vieles gemeinsam, darunter auch die Betonung der zyklischen Natur des Lebens. Piper fühlte sich verpflichtet, ihre eigene Erleuchtung zu suchen, wenngleich sie an diese Vorstellung nicht richtig glauben konnte. Vielleicht konnte der Glaube auch erst nach der Erleuchtung kommen.

Als der Vortrag beendet war, ging sie wieder nach draußen und dann durch die Transparex-Schiebetüren in den Shinto-Schrein nebenan. Dieser Besuch kostete sie zwanzig Nuyen. Shinto-Priester waren sehr weltlich und immer teurer als ihre buddhistischen Kollegen. Der Priester durchlief alle üblichen Routinen, Klagen, Singen, Kreischen und Gestikulieren, dazu Rasselschwingen, Glockenläuten, Gongschlagen und Pfeifen.

Für ihr Geld hatte Piper böse Einflüsse vertreiben lassen und die Versicherung bekommen, daß der hiesige Kami sie mit Wohlwollen betrachtete. Manchmal konnte sie kaum glauben, daß ein echter Kami in einem Plex wie Newark leben sollte, doch selbst das war noch leichter zu akzeptieren als die Lehren der Buddhisten.

Wieder auf der Straße ging sie zur Watson Avenue. Rico wartete bereits auf sie.

»Alles klar, Chica?« sagte er, wobei er jedoch rechts an ihr vorbeisah.

»Ja.« Piper nickte. »Alles bestens.« Sie legte ihm eine Hand auf die Schulter und küßte ihn auf die Wange. Jede weitergehende Zurschaustellung von Zuneigung war unangebracht. Rico zog es vor, sich ganz auf seine Umgebung zu konzentrieren.

»Achte auf deine Pflichten, okay?« sagte er mit einem Blick auf die zur Chadwick führenden Seitenstraße.

»Ja«, sagte Piper nickend.

»Was macht deine Klampfe?«

Natürlich meinte er ihr Cyberdeck und nicht etwa eine Gitarre. Piper besaß überhaupt keine Gitarre und interessierte sich auch kaum für Musik. Einige ihrer Vorfahren waren angeblich große Musikliebhaber gewesen, und das hatte gereicht, um ihr die Musik ein für allemal zu vergällen. »Ich hatte eine Schabe im Knoten.«

Rico runzelte die Stirn und musterte sie fragend. »Was?«

»Ein Virus, das sich geometrisch reproduziert.«

»Tatsächlich?«

Piper zögerte, fixierte Rico, versuchte seine sphinxhafte Miene zu durchschauen, dann holte sie tief Luft und sagte: »Schaben duplizieren den gesamten Speicherinhalt, sich selbst eingeschlossen, bis kein Platz mehr ist. Diese ist in meinen Benutzercode eingedrungen und ... hat Eier gelegt. Deshalb kam ich nicht mehr herein. Der Speicher war belegt. Ich konnte das Deck nicht mehr starten. Ich mußte mich mit einem anderen Deck einstöpseln und alles mit einem Mikroscanner durchgehen.«

Rico drehte sich um und beobachtete die Hunterdon Street. »Hat es deshalb so lange gedauert?«

»Ja, klar.«

Tatsächlich fast eine Woche. Das war nicht lange, wenn man bedachte, daß sie über tausend Megapulse Onboard-Code hatte durchgehen müssen, ganz zu schweigen von den vierzig Gigapulsen extern gespeicherter Daten. Da ihr nur ein paar Smartframes als

Hilfe zur Verfügung gestanden hatten, grenzte es tatsächlich an ein Wunder, daß sie es überhaupt noch in diesem Jahr geschafft hatte.

»Aber jetzt ist alles wieder in Ordnung, richtig?«

»Ja, es gibt keine Probleme mehr, *Jefe*.«

Rico nickte, aber dann lösten sich drei rotschwarze Jacketts aus der Menge um sie herum und bauten sich vor ihnen auf. Einer der Männer verbeugte sich, ohne den Blick von Rico zu lassen, dann fragte er Piper in flüssigem Japanisch: »Entschuldigen Sie, bereitet Ihnen diese Person Ungelegenheiten?«

Piper blinzelte. Die Frage kam ihr bemerkenswert dreist und beleidigend vor, bis ihr auffiel, daß Rico die einzige Person mit Latino-Zügen – tatsächlich die einzige nichtasiatische Person – war, die sie seit einigen Blocks gesehen hatte. Die schwere automatische Pistole in dem Halfter an seiner Hüfte trug auch nicht gerade zur Verbesserung des Eindrucks bei. Piper verbeugte sich knapp und antwortete in ebenso flüssigem Japanisch: »Verzeihen Sie bitte. Das ist meine persönliche Leibwache, die mir von meinem Arbeitgeber zur Verfügung gestellt worden ist. Vielen Dank für Ihre Anteilnahme.«

»Ah, ich verstehe.« Der Mann verbeugte sich. »Entschuldigen Sie unsere Aufdringlichkeit.«

»Keine Ursache.«

Die drei Männer entfernten sich. Rico, der den Wortwechsel aufmerksam verfolgt hatte, sagte: »Worum ging es?«

»Der Honjowara-Clan ist heute sehr rege. Wir sollten gehen.«

»Ohne Drek.«

An der Ecke nahmen sie die Rolltreppe in den Untergrund. Ein schmaler Durchgang, der von kleinen Läden und Ständen flankiert wurde, führte an den Eingängen zur U-Bahn-Station Bergen Street vorbei, aus denen ein Donnergrollen und ein öliger Gestank drang, dann zum

Eingang eines Parkhauses und schließlich weiter zu den Lastwagen- und Taxispuren in der Nähe der unterirdischen Transit-Schnellstraße. Dort erwarteten sie der vertraute, verbeulte schwarzgraue Landrover sowie Thorvin und Shank.

Sie mußten zu einem Treffen.

5

Im Herzen der Bestie ... Market Street, Sektor 1.

Die ausgebrannte Ruine des alten Bezirksgerichtsgebäudes stand gegenüber dem glänzenden zwölfstöckigen Hochhaus, das von Omni Police Services und angegliederten Subunternehmen in Beschlag genommen wurde. Wo Rico auch hinsah, überall vermischte sich das Verfallene, Verkohlte, Verbrauchte mit Glanz und Glitter. Ein Süchtiger, der wahrscheinlich seine Beine, einen Arm, ein Auge und ein Ohr für BTL-induzierte Highs eingetauscht hätte, lag lang ausgestreckt auf dem Bürgersteig, vermutlich in einem durch SimChips hervorgerufenen Koma, während Touristen in glitzerndem Neo-Monochrom und blitzenden Kristalljuwelen vorbeischlenderten. Schwarze Limousinen teilten sich die Straße mit den jaulenden Plastikmopeds verschiedener Gangmitglieder und donnerten an den ausgeschlachteten Überresten eines alten GMC-Lieferwagens und anderen Wracks vorbei, die am Straßenrand vor sich hin rosteten.

Über ihnen schrappte ein Kopter mit blinkenden Lichtern durch die dunstige, rauchverschleierte Dunkelheit.

Der Teufel mußte sich hier wohl fühlen.

Zeit, sich zu konzentrieren, sagte sich Rico. Der Rest des Teams war in Stellung, und er war ebenfalls bereit. Rico gefiel es nicht, Piper in etwas wie das hier hineinzuziehen, es gefiel ihm nicht einmal, daß sie überhaupt auf der Straße war, wo alles passieren konnte, aber sie hatte darauf bestanden. Sie wollte immer persönlich dabei sein, in Fleisch und Blut, wenn die Möglichkeit bestand, daß ihre Anwesenheit von Nutzen war. Rico bewunderte solchen Mut, ganz besonders bei einer Frau. Aber das zerstreute nicht seine Bedenken.

Er trug einen langen schwarzen Duster, um die schwere Automatik an seiner Hüfte und die Ersatzmagazine an seinem Gürtel zu verbergen. Er zog das schwarze, um seinen Hals gewickelte Tuch hoch, so daß es sein Gesicht bis zum Nasenrücken verdeckte, und schlug den Kragen des Dusters hoch.

Der Club lag um die Ecke des hinteren Endes der Springfield Avenue. Über die glitzernde Front des Ladens zog sich in mattgoldenen Buchstaben das Wort *Chimpira*. Das war Japanisch. Ein Witz. Piper hatte ihm erklärt, daß das Wort eine Ableitung anderer Wörter war, die ›Katzengold‹ bedeuteten. Billige Punks. Eine schicke, glänzende Fassade, doch wenn man die Kleider und die Stellung wegnahm, blieb nichts übrig. Ein Witz war es deshalb, weil all die billigen Punks in den Haupträumlichkeiten nur Tarnung waren.

Trolle bewachten den Haupteingang, und eine kleine Truppe von Messerklauen der Yakuza überwachte die Trolle. Die Anwesenheit der Yakuza-Muskeln bedeutete, daß die großen Jungs, die wahrhaft Mächtigen im Newarker Plex, diejenigen, welche dem Club seinen Namen gegeben hatten, im obersten Stock eine Versammlung abhalten mußten. Das deutete wiederum darauf hin, daß eines oder mehrere der Fahrzeuge am Randstein oder einige der Fenster auf der anderen Straßenseite von UCAS-Cops besetzt waren: FBI, Secret Service, wer auch immer. Überwachungsteams. Techs und Videokameras. Um das Kommen und Gehen zu beobachten. Die Bundes-Cops versuchten seit Jahren, zum Herzen der Organisationen vorzustoßen, die den Plex kontrollierten. Es war ein Spiel, das die Cops nicht gewinnen konnten.

Rico ging zum schwarzen Tunnel des Haupteingangs. Die herumstehenden Messerklauen und auch die Trolle trugen alle irgend etwas, das ihr Gesicht verbarg: Sonnenbrillen, Schals, Halstücher, eine Vielzahl verschiedener Halloween- und Theater-Masken, von denen manche im Dunkeln leuchteten. Das war der Stil des Clubs. Man ging nicht mit nacktem Gesicht ins Chimpira.

Im Schatten des Eingangs stand ein Bursche, der einen breitrandigen Hut, einen schwarzen Trench und eine Maske trug, die an eine Cartoon-Mumie erinnerte. Die seltsamen Anstecknadeln und anderen Gegenstände am Revers des Trenchcoats hatten nichts mit Chimpira-Stil oder irgendeinem anderen Stil zu tun. Soweit es sich nicht um den Arkanen-Stil handelte.

Ein Überwachungsmagier.

Als Rico sich dem Eingang näherte, streckte einer der Trolle eine Hand von der Größe einer Kohlenschaufel aus und grollte: »Was willste?«

»Geschäfte.«

»Bist du 'n Cop?«

»Vergiß es.«

»Was für Geschäfte?«

»Private.«

Der Magier nickte.

»Zwanzig Kreds.«

Rico gab dem Troll einen beglaubigten Kredstab.

Der Troll winkte ihn hinein. »Umwerfende Nacht noch.«

Angst-Rap dröhnte durch den Eingangstunnel. Trids an beiden Seitenwänden warben für Pachinko, SimSinn, Huren und alles andere, wonach sich ein Körper sehnen mochte. Geld regierte, Drek spazierte. Am Ende des Tunnels warteten zwei Schnallen, die nur dünne Goldkettchen auf ihrer glänzenden schwarzen Haut trugen. Sie lächelten und gurrten eine Begrüßung, als Rico den Club durch die zur Seite gleitenden schwarzen Türen betrat.

»Willkommen im Chimpira«, leuchtete ein Laser-Display auf. »Besuchen Sie unsere SimChip-Suite, und erleben Sie das Ultimative Simmertainment!«

Die Musik wurde noch lauter. Lichter blitzten und

flackerten. Darstellungen von Fraktalen an den Wänden funkelten in kaleidoskopischen Farben. Und das war nur das Vorzimmer, eine Art Foyer. Die Mitte des Raumes wurde von einem sechseckigen Tresen in Beschlag genommen. Die Haare der Schnallen dort leuchteten in glühenden Farben, die von Rot nach Gelb und Grün wechselten, und waren wie kurze, stummelige Würmer geformt, die ihnen über die Köpfe krochen.

Fünf wie grottenhafte Röhren aussehende Gänge führten aus diesem Raum in fünf verschiedene Richtungen. Rico nahm den äußersten rechten Gang. Die Wände dieser Röhre pulsierten im Licht wie eine Ader. Scharlachroter Nebel wallte um Ricos Beine.

Am Ende der Röhre wartete eine weiße Schnalle, die silbriges Spandex, fingerlose Handschuhe und dazu passende Stiefel trug. Hals, Taille, Hand- und Fußgelenke waren mit silberbeschlagenen Bändern und Ketten beringt. Ihre Augen waren wie violette Gruben, bodenlos. Ihre Miene war wie in Stein gemeißelt, ausdruckslos. Ihr Haar sah wie ein weißer Flaum aus und war praktisch bis auf die Kopfhaut geschoren. Sie hatte eine gute Figur, schlank, doch wohlgerundet und offenbar gut durchtrainiert. Rico zollte ihrer Figur wenig Beachtung. Zu gefährlich.

Sie wurde Ravage genannt. Rico hatte sie schon gesehen und auch von ihr gehört. Sie war eine Messerklaue und betätigte sich als Leibwache, Kurier und Schuldeneintreiber. Angeblich war sie aalglatt und blitzschnell. Die Leute sagten, sie gebe sich nicht mit Schußwaffen ab, weil sie unter ihrer Haut alles habe, was sie brauche. Reflexbooster, Talentsoft, Cybersporne, vielleicht sogar eine implantierte Pistole. Wieviel Schaden konnte dieser geschmeidige Körper tatsächlich anrichten? Rico wünschte, er wäre in dieser Hinsicht nicht auf Vermutungen angewiesen.

Wenn sie heute abend eine Kanone bei sich hatte, war sie jedenfalls gut verborgen.

Sie stand mit leicht gespreizten Beinen da, die Arme locker herabhängend, den Kopf aufrecht, auf der Hut. Die violetten Gruben waren auf ihn gerichtet.

Rico blieb zwei Schritte vor ihr stehen.

»Bist du solo?« sagte Ravage.

»Rate mal.«

»Wenn ich raten soll, würde ich sagen, daß du verbraucht bist, alter Mann.«

In der Stimme lag gar nichts, keine Bosheit, nicht einmal eine Spur von Drohung. Es spielte keine Rolle. Nichts, was sie sagte, spielte eine Rolle. Nicht von einer Frau. Eine Frau, die wie sie redete, verdiente keinen Respekt oder irgendwas, sondern nur eine Einschätzung im Hinblick auf die Gefahr, die sie darstellen mochte. Rico senkte den Blick auf die bescheidene Wölbung ihrer Brüste, dann auf ihren Schritt. Das war seine Antwort. Ravage schien es nicht zur Kenntnis zu nehmen.

»Keine Chance«, sagte sie.

Rico zwang sich zu einem Grinsen. »Jederzeit, *Muchacha*.«

»Sobald ich frei bin.«

Sie wandte ihm den Rücken und ging voran, als bereite ihr Rico hinter ihr nicht die geringste Sorge. Ihm fielen die beschlagenen Bänder an ihrem Körper wieder auf. Einige dieser Beschläge konnten Kameras sein. Ravage mochte durchaus eine Dreihundertsechzig-Grad-Cybersicht von der Welt haben. Bis zum Gehtnichtmehr verchippt und geschmeidig wie eine Schlange. Nichts würde ihn überraschen.

Sie führte ihn auf einen niedrigen Balkon, von dem aus man auf die Hauptebene des Clubs hinuntersah. Zur Rechten wurden die Umrisse indirekt beleuchteter Alkoven von grellem Neon nachgezeichnet. Ravage blieb vor dem fünften in der Reihe stehen, und Rico erblickte zum erstenmal L. Kahn.

Er saß hinter einem ovalen Tisch auf einer halbkreisförmigen Bank, die den hinteren Teil des Alkovens ausfüllte. Die indirekte Beleuchtung hüllte sein Gesicht in Schatten, aber nur so lange, wie Ricos Jikku-Shadowhunter-Augen brauchten, um sich den veränderten Lichtverhältnissen anzupassen. Lichtverstärker und Blitzkompensator holten L. Kahns wie gemeißelt wirkende Züge aus dem Schatten. Er sah aus wie ein Amerindianer mit vielleicht einer Spur von schwarzafrikanischem Blut. Eine dichte Welle schwarzer Haare fiel ihm in die Stirn. Vor seinen Ohren baumelten dünne Bändchen. Er hatte buschige Brauen, eine große Nase und einen breiten, vollippigen Mund. Sein mittelbrauner Anzug sah nach Armanté aus. Die dünnen Kragenenden der Jacke erhoben sich zu einer mächtigen Halskrause, die sich um seine Schultern zog. Ein Umhang verbarg seine Arme oberhalb des Ellbogens.

»Ihr Mitspieler«, sagte Ravage.

L. Kahn betrachtete Rico und deutete auf die rechte Seite der Bank in dem Alkoven. Rico setzte sich dorthin, während Ravage ihm gegenüber Platz nahm. L. Kahn tippte auf den Ziffernblock auf dem Tisch vor sich, und die beiden nackten Schnallen, die auf der Tischplatte tanzten – vierzig Zentimeter große Laserkonstrukte – erloschen abrupt.

»Interessantes Lokal für ein Treffen«, sagte L. Kahn gemessen.

Rico erwiderte: »Waren Sie noch nie hier?«

»Ich ziehe zurückgezogenere Lokalitäten vor.«

Rico war das ziemlich egal. Sein Hauptaugenmerk galt der Tatsache, daß sich Jobangebote manchmal als Fallen von Leuten entpuppten, die irgendeinen Groll gegen einen hegten. Es zahlte sich aus, vorsichtig zu sein. Das Chimpira mochte sich auf dem schmalen Grat zwischen Licht und Dunkelheit bewegen, aber es war sicherer als irgendein kleines Zimmer in einer Hintergasse. Die Yakuza reagierte nicht sehr freundlich auf Morde in ihren Lokalen. Und sie ließen keine Cops herein. Daß der Bursche, der sich L. Kahn nannte, tatsächlich hier aufgekreuzt war, schien darauf hinzudeuten, daß er war, wer und was er zu sein behauptete, und nicht irgendein Kontraktkiller.

»Sie brauchen sich keine Sorgen zu machen«, sagte Rico. »Sie brauchen nichts weiter zu tun, als zu reden und Kreds zu überweisen. Ich trage das Risiko, und ich kenne Sie absolut nicht.«

L. Kahn musterte ihn ein paar Augenblicke mit stetem Blick, dann sagte er in schleppendem Tonfall: »Ich habe Kontrakte zu erfüllen. Klienten zufriedenzustellen. Das Risiko präsentiert sich zwar in anderer Form, wird aber von beiden Seiten getragen. Sie wurden mir von einer verläßlichen Quelle empfohlen. Darum verschwende ich jetzt meine Zeit mit Ihnen.«

»Ich verschwende Ihre Zeit?« sagte Rico ruhig.

»Ihr Name ist mir unbekannt. Das läßt vermuten, daß es Ihr Name wahrscheinlich nicht wert ist, gekannt zu werden.«

Bei einer Schnalle wie Ravage wäre es ihm egal gewesen. Bei diesem anderen Mann ging das zu weit. L. Kahns Tonfall machte weit mehr daraus als eine angelegentlich hingeworfene Bemerkung oder die schlichte Feststellung einer Tatsache. Rico zögerte etwa zwei Sekunden lang, dann beugte er sich vor und spie ihm ins Gesicht.

L. Kahn rührte keinen Muskel. Das brauchte er auch nicht – Ravage hatte sich bereits in Bewegung gesetzt. Rico bekam den Anfang nicht mit, aber im nächsten Augenblick sah er sie näher kommen und dann den Tisch beiseite schleudern, so daß er ihr nicht mehr im Weg war.

Konnte er seinen Predator noch rechtzeitig ziehen? Er hatte vielleicht einen Sekundenbruchteil Zeit, um sich zu entscheiden.

Die aus der Erfahrung geborenen Instinkte beantworteten die Frage für ihn. Wenn man jemanden wegpusten will, macht man sich nicht die Mühe, näher an ihn heranzukommen, nicht in einer Situation wie dieser, in der ohnehin alle aufeinanderhockten. Das bedeutete, Ravage wollte es auf persönliche Weise erledigen. Rico konnte den verchromten Stahl beinah spüren, der jetzt bereitgemacht wurde, wie ein Erdbeben in der Ferne, das rasch näher kam.

Ricos rechter Arm schoß vor, wobei er die Faust ballte und am Handgelenk nach unten abknickte. Den Rest erledigten seine Muskeln.

Ravages linke Hand wurde zu einer Klaue, die vor seinem Gesicht verschwamm – auf Kollisionskurs. Sie hatte Klingen dort, erkannte Rico, die unter ihren Nägeln vorstanden. Sie würden durch seine Augen und Wangen schneiden, um dann zurückzuzucken und wahrscheinlich seine Kehle aufzuschlitzen.

Die schemenhafte Hand verharrte kaum zwei Zentimeter vor seinem Gesicht und blieb dort reglos in der Luft hängen. Ravage konnte ihm das Gesicht zerfetzen, aber für dieses Privileg würden sich ihre Gedärme auf den Boden ergießen. Die gekrümmten Chromklingen, die jetzt aus seinem Unterarmrücken ragten, berührten beinahe den Schritt der Schnalle.

Rico grinste ihr ins Gesicht.

»Na los«, krächzte er.

Die violetten Gruben ihrer Augen verrieten nichts, nicht einmal den Anflug einer Empfindung. Ihre Stimme klang fast mechanisch, als sie murmelte: »Keine Chance.«

Rico wartete. Die Augenblicke dehnten sich wie Minuten. Sackgasse oder Doppelmord? Rico hatte schon öfter an dieser Weggabelung gestanden. Manchmal kam es ihm so vor, als setze sich sein ganzes Leben aus Augenblicken wie diesem zusammen. Sein Herz raste, aber er konnte dem Tod problemlos ins Angesicht schauen. Wie einmal jemand gesagt hatte: *Das Schicksal eines Mannes ist eben sein Schicksal*. Was geschah, würde eben geschehen. Wenn er starb, dann zumindest den

Tod eines Mannes, einen ehrenvollen Tod, bei dem er das austeilte, was er empfing.

Plötzlich erhob sich eine neue Stimme. »Zurück mit der Schnalle, sonst bist du Hundefutter, Chummer.«

Aus dem Augenwinkel sah Rico die große Gestalt, die dort stand, wo sich die Ecke des Alkovens mit dem Balkonboden traf. Shanks große Hände hielten eine riesige Automatik, eine Israeli LD-100. Der rote Punkt des Laserzielrohrs der Waffe ruhte auf L. Kahns Nasenrücken.

»Ravage«, sagte L. Kahn gelassen.

Ein weiterer langer Augenblick verstrich, dann wich Ravage zurück wie eine Welle, die langsam von einem Strand ins Meer zurückfließt. Die Klingen an ihren Fingerspitzen verschwanden. Fast im Flüsterton sagte sie: »Beim nächstenmal mußt du schnell sein, alter Mann.«

Rico wollte nichts vom nächsten Mal hören. Es war ihm egal. Ob er Ravages Schnelligkeit bei ihrem nächsten Zusammenstoß auch nur annähernd erreichte, war unwichtig. Bis dahin konnte er tausendmal gestorben sein. Er konnte auf der Stelle einen Herzschlag erleiden, indem er sich nur daran erinnerte, wie schnell ihre Klingen vor seinem Gesicht aufgetaucht waren. Wenn es überhaupt je ein nächstes Mal gab, würde er gut beraten sein, sie sofort und aus möglichst großer Entfernung zu erledigen.

L. Kahn tupfte sich das Gesicht mit einem braunen Taschentuch ab und sagte: »Lassen wir es bei einem Unentschieden bewenden und kommen wir zum Geschäft.«

»Wir haben noch etwas zu besprechen?«

»Wenn nicht, wären Sie bereits tot.«

»Sie haben ein gefährliches Mundwerk.«

»Ich kann es mir leisten.«

Plötzlich fielen Rico zwei rote Punkte auf, die kreisförmig auf seiner Brust tanzten. Ein dritter Punkt bewegte sich auf Shanks Seite auf und ab. Die Punkte gehörten nicht zu den stroboskopischen Lichteffekten auf dem Boden der Hauptebene des Clubs. Es waren Laserzielpunkte. Rico musterte seine Umgebung eindringlich, wobei er von Infrarot auf Mikrochipverstärkt wechselte, doch er konnte die Schützen nicht ausmachen. Zuviel Restwärme, zu viele Leiber auf der Hauptebene, die sich alle asynchron zueinander bewegten. L. Kahn hatte Profis in der Hinterhand, die ihm den Rücken freihielten.

Wenigstens drei.

Wo, zum Teufel, war Piper? War sie in Sicherheit? Er hoffte, daß ihre Deckung ebensogut war wie die von L. Kahns Schützen.

»Bitten Sie Ihren Freund, sich zu entspannen«, sagte L. Kahn. »Wir werden reden.«

Rico gestikulierte mit dem Kinn. Shank hatte sich auf ein Knie sinken lassen, und versuchte das zierliche Geländer, das den Rand des Balkons schützte, als Deckung vor L. Kahns Schützen zu benutzen. Mit einem Knurren und einem Feixen im Gesicht ließ er die Automatik unter seiner Jacke verschwinden.

Ravage richtete den Tisch auf und stellte ihn wieder an seinen Platz. Sie tat das mit einer Hand, und der Tisch sah schwer aus. Sie lächelte, als sie sich wieder Rico gegenüber niederließ. Es war nur der Anflug eines Lächelns, sah jedoch bei ihr wie ein Todesgrinsen aus.

»Dann reden Sie«, sagte Rico.

L. Kahn nickte. »Zunächst einige Erläuterungen. Meine Klienten sind mächtige Leute. Wenn sie einen Kontrakt eingehen, erwarten sie, daß er erfüllt wird. Und ich sorge dafür, daß sie zufriedengestellt werden. Wenn Sie mein Geld nehmen, werden Sie den Kontrakt vollständig erfüllen. Wenn Zeit ein entscheidender Faktor ist, und bei diesem Job *ist* sie das, akzeptiere ich keine Rückerstattungen. Sie werden den Job erledigen oder die Konsequenzen tragen.«

Mach deinen Job oder stirb. Das war so weit verbreitet, daß man es als Standardbedingung betrachten konnte. »Halten Sie mich für einen Amateur?« fauchte Rico. »Sie können sich diesen und ähnlichen Drek schenken. Sagen Sie mir, wie der Job aussieht, dann sage ich Ihnen, ob ich interessiert bin.«

L. Kahn wirkte unbeeindruckt: ruhig und gelassen. Rico beneidete den Burschen um seine Selbstkontrolle. Nichts schien ihn aus der Ruhe zu bringen, nicht einmal Speichel auf seinem Gesicht. »Bei dem Job handelt es sich um eine Flucht.«

»Ich mache keine Entführungen.«

»Es ist eine Rettung.«

»Reden Sie weiter.«

»Die Person, die gerettet werden soll, wurde tatsächlich entführt. Der Job besteht darin, die Person nach Hause zu bringen. Diese spezielle Person ist eine Kapazität auf einem ganz bestimmten Gebiet und daher äußerst wertvoll. Die Partei, die die Person entführte, hat den Ehepartner dieser Person bedroht und diese dadurch gezwungen, wesentlich zu verschiedenen ihrer Unternehmungen beizutragen.«

»Sie reden von Konzernparteien.«

»Sie werden erst Einzelheiten erfahren, nachdem Sie den Job übernommen haben.«

»Klar. Wo ist dieser Ehepartner, den Sie erwähnten?«

»Der Ehepartner steht unter dem Schutz der Heimatpartei und ist kein Faktor bei der Erfüllung des Kontrakts. Ihre Aufgabe besteht einzig und allein darin, der Zielperson die Flucht zu ermöglichen und sie unverletzt zu einer bestimmten Zeit an einem bestimmten Ort abzuliefern.«

»Welches Sicherheitsniveau?«

»Zuverlässigen Schätzungen zufolge Code Orange.«

»A oder Doppel-A.«

»Korrekt.«

»Also handelt es sich nicht um Fuchi-Town.«

»Offensichtlich.«

In dem immensen Komplex, der die fünf Wolkenkratzer von Fuchi-Town in Manhattan einschloß, lag das Sicherheitsniveau bei Tripel-A oder Code Rot. Fuchi setzte alles mögliche ein, um die Sicherheit des Komplexes zu gewährleisten: bewaffnete Wachen, Elektronik, Magie. Man trat nicht gegen solch eine Sicherheit an, wenn man nicht Zugang zu einer Hintertür oder die Möglichkeit besaß, sich eine zu schaffen – und selbst dann war es höchstwahrscheinlich Selbstmord. »Erzählen Sie mir mehr über Ihren Code Orange.«

»Akzeptieren Sie den Kontrakt?«

»Nicht ohne zusätzliche Informationen.«

»Sie haben alle Informationen, die Sie brauchen.«

»Nicht, um über den Preis zu reden.«

»Dann akzeptieren Sie den Kontrakt.«

»Mit gewissen Bedingungen. Wenn das Geld dem Risiko nicht entspricht, vergessen Sie's. Sollte sich herausstellen, daß es sich doch um eine Entführung handelt, vergessen Sie's. Wenn Ihre Zielperson keine bereitwillige Zielperson ist, vergessen Sie's.«

»Haben Sie je einen Run gegen Sicherheit des Codes Orange durchgeführt?«

Rico fluchte, dann sagte er leise: »Beleidigen Sie mich nicht noch einmal, sonst können Sie auch Ihre Schützen nicht mehr retten.«

»Sie stellen viele Bedingungen für einen Mann Ihrer Branche.«

»Vergessen Sie das nicht.«

Der Plex war voller Amateure, Kinder mit gefährlichen Spielzeugen, die sich auf alle möglichen Dummheiten einließen, nur weil irgendein steingesichtiger Bursche wie L. Kahn mit ein paar Nuyen wedelte. Rico wußte es besser. Der Kampf begann am Verhandlungstisch. Dort mußte man sich behaupten. Wenn dem Johnson die Bedingungen nicht gefielen, lehnte man den Kontrakt ab. Man hatte zwei Möglichkeiten in diesem Leben: Man konnte schnell oder langsam leben.

Rico mochte es langsam, und dabei rang er auf jedem Stück des Weges verbissen um alles, was er kriegen konnte. Das oder gar nichts.

Augenblicke verstrichen. Rico versuchte zu entscheiden, wer mehr wie eine Statue aussah: L. Kahn oder Ravage. Beide schienen aus demselben Steinblock gemeißelt zu sein.

»Ich bin mit Ihren Bedingungen einverstanden«, sagte L. Kahn schließlich, »aber ich stelle ebenfalls Bedingungen. Sie haben angedeutet, daß Sie den Kontrakt akzeptieren. Ich werde Ihnen noch mehr über den Job erzählen. Wenn irgend etwas von dem, was ich sage, auf die Straße dringt, sind Sie tot.«

Rico zögerte, schwieg dann jedoch.

Es ergab keinen Sinn, daß ein Bursche mit L. Kahns Ruf Punkte, Bedingungen und Modalitäten zur Sprache brachte, die der blutigste Amateur kannte. Diese Tatsache nagte an Rico, bis ihm schließlich die Erleuchtung kam. Er erkannte, daß L. Kahn ihn absichtlich reizte. Offenbar wußte der Bursche einiges über ihn. So schien er über seine Empfindlichkeit in bezug auf persönliche Beleidigungen und sein schwer im Zaum zu haltendes Temperament im Bilde zu sein. L. Kahn hatte ihn von Anfang an aufgestachelt und ihn absichtlich in einen beinahe tödlichen Zusammenstoß mit Ravage getrieben.

Das ließ das kleine Todesgrinsen von Ravage in einem ganz neuen Licht erscheinen. Die Schnalle wußte Bescheid.

L. Kahn forschte ihn aus. Testete ihn.

»Reden Sie weiter«, knurrte er leise.

»Die Anlage, in der sich die Person befindet, bedient sich in erster Linie passiver Elektronik«, sagte L. Kahn. »Es gibt zahlreiche Sicherungen und Kontrollen. Die Wachen sind bewaffnet und von durchschnittlicher bis guter Qualität. Sie sind an Kontrollpunkten sowie Ein- und Ausgängen postiert, nehmen jedoch nur oberflächliche Kontrollen der Umgebung und der Anlage selbst vor. Meine Beurteilung läuft darauf hinaus, daß Sie sowohl Matrixunterstützung als auch technischen Sachverstand bezüglich normaler Einbruchstaktiken benötigen, um den Job mit Erfolg zu beenden.«

»Was ist mit Magiern?«

Magie war immer der Joker im Spiel. In einer Welt der Unsicherheiten war sie das unberechenbarste Element. »Es gibt diverse Magier in der Anlage«, sagte L. Kahn, »aber keiner ist in das Sicherheitssystem der Anlage integriert.«

»Klingt ziemlich schwach.«

»Es gibt noch einen weiteren Faktor. Der Sicherheitsstatus der Anlage wird überwacht. Sollten Eindringlinge einen aktiven Alarm auslösen, werden zusätzliche Sicherheitstruppen zu der Anlage beordert. Diese Truppen müssen als einer militärischen Einheit gleichwertig eingestuft werden. Sie sind als Kommandotruppen ausgebildet, schwer bewaffnet und verfügen über astrale Unterstützung.«

»Wie ist ihre Reaktionszeit?«

»Minuten.«

»Wie viele Minuten?«

»Vorauselemente können die Anlage in vier bis fünf Minuten erreichen. Die astrale Unterstützung würde sehr wahrscheinlich zur zweiten Welle gehören.«

»Ist das eine Tatsache oder eine Vermutung?«

»In der Sechsten Welt gibt es keine Tatsachen. Nur Mutmaßungen.«

Danach kamen sie auf das Geld zu sprechen, Nuyen, die einzig unstrittige Tatsache des Lebens. Rico feilschte verbissen, bekam mehr oder weniger, was er wollte, und akzeptierte den Kontrakt. L. Kahn gab ihm einen Chip, der die Einzelheiten des Jobs enthielt. Danach mußte nur noch L. Kahns Anzahlung in beglaubigten Kredstäben auf Echtheit überprüft und der Run geplant und ausgeführt werden.

»Die Chinesen haben eine Redensart«, bemerkte L. Kahn am Ende. »Auf daß Sie in interessanten Zeiten leben. Sie haben wesentlich zu interessanten Verhandlungen beigetragen, Mr. Rico. Ich werde Ihre Bedingungen nicht vergessen. Denken Sie aber auch an meine.«

Rico warf noch einen flüchtigen Blick auf Ravage und ging.

6

Vogel ist gestartet.«

Die Abschußvorrichtung auf dem Dach schleuderte sie weg von der Beton-Erde. Der Beschleunigungsschub kreiste durch die Titanlegierung ihres Rumpfes. Die Kraft ihrer vier Turbofan-Triebwerke trug sie in die Nacht.

Sie stieg mit voller Triebwerksleistung, die Nase auf den Schleier aus Dunst und Qualm gerichtet, der die Sterne verbarg. Transparente rote Zahlen jagten an ihren Augen vorbei, unterrichteten sie über Flughöhe, Energie und ein Dutzend anderer statistischer Werte. Ein Teil von ihr nahm diese Werte zur Kenntnis, aber nur flüchtig. Bloße Zahlen konnten die Herrlichkeit des Fliegens oder auch die umfassenderen, in der Dunkelheit verborgenen Wahrheiten niemals quantifizieren. Sie entfaltete ihre Schwingen, fuhr sie auf maximale Länge aus, um dann den Schub auf einen kaum meßbaren Wert zu reduzieren und praktisch lautlos in eine langgezogene Kurve zu gleiten, die einen Anflug des Mitleids für die vielen Millionen Seelen in ihr hervorrief, welche an die Erde unter ihr gefesselt waren.

Nun, da sie endlich in der Luft war, konnte sie atmen. Aufklärungsdronen zu fliegen, hielt kaum einem Vergleich mit der Steuerung von Federated-Boeing Eagles und Strike Hawks stand, die mit militärischer Bewaffnung und einer kompletten Elektronik-Palette ausgerüstet waren, aber sie konnte mit dem Unterschied leben. Sie hatte ihre erste Drone mit vierzehn geflogen. Es war ein beruhigendes Gefühl zu wissen, daß es nicht ihr eigener Körper aus Fleisch und Blut war, der sich mit Mach Zwei in den Beton unter ihr bohren würde, wenn das System einen Schaden oder Ausfall erlitt.

Zum einen kam diese Aufklärungsdrone vom Typ CyberSpace Designs Stealth Sniper nicht einmal in die Nähe der Schallgeschwindigkeit. Zum anderen befand sich ihr Körper aus Fleisch und Blut tief unter ihr in dem verdammten Rollstuhl innerhalb des Kommandofahrzeugs der Executive Action Brigade.

Sie konnte das Fahrzeug jetzt durch die lichtverstärkenden Linsen in ihrem Bauch sehen. Der stark modifizierte Ares Roadmaster mit der Satellitenschüssel auf dem Dach parkte in einer kleinen Schlucht auf einem freien Platz zwischen Stahlbetonhütten.

Stimmen flüsterten in ihre Ohren. »Status Luft Eins…« – »Wird gerade aktiv, Sir…« – »Sagt dem verdammten Luftjockey, sie soll sich ranhalten…«

Vor ihrem geistigen Auge konnte sie die Szenerie im Inneren des Roadmaster auch sehen. Die abgedunkelten Lampen, die Konsolenreihe. Colonel Butler Yates, Oberbefehlshaber der Executive Action Brigade, der nervös auf und ab ging. Major Skip Nolan, der Erste Offizier der EAB, der die Kommunikation zwischen den Bodentruppen überwachte, sich kurz mit den Kom-Offizieren in Verbindung setzte und sich dann über ihre Schulter beugte, über die Schulter des einzigen echten Riggers im Team.

Übergangslos murmelte Skips Stimme in ihrem Kopf, als sei er bei ihr und gleite mit ihr durch die Nacht. »Geh in Position, Bobbie Jo«, sagte er leise. »Der Colonel ist nervös heute nacht.«

Sie lächelte und sagte: »Bestätigt.«

Das Lächeln war für Skip bestimmt. Sie hoffte, daß er es richtig interpretierte. Alle anderen nannten sie B.J., sogar ihre eigene Mutter, aber das reichte Skip Nolan nicht. Er wollte immer mehr, irgend etwas Besonderes, und sei es auch, um sie daran zu erinnern, daß zwischen ihnen etwas Besonderes war. Das gefiel ihr. Irgendwie wirkte dadurch die ganze Welt wärmer und freundlicher.

Was die Nervosität des Colonels betraf, so konnte sie sie gut nachvollziehen. Die Brigade war, wenngleich unter anderem Namen, einmal eine der besten Söldnereinheiten der westlichen Hemisphäre gewesen. Seitdem Aztlan im Anschluß an diverse Scharmützel in Südamerika Mexico annektiert hatte, kochte das Söldnergeschäft nur noch auf Sparflamme. Der Colonel war gezwungen gewesen, sich vom größten Teil seiner Luftwaffe zu trennen, während er sich in einem Akt purer Verzweiflung dem weiten Feld der Konzernsicherheit zugewandt hatte. Die Tatsache, daß es der Brigade an Spezialisten und dem Colonel an Kontakten mangelte, hatte diese Wendung riskant erscheinen lassen. Der Übergang war rauh gewesen, und es war immer noch nicht ganz klar, ob sich dieser Wechsel des Betätigungsfeldes auszahlen würde.

Bobbie Jo orientierte sich, flog über die schwarzen Striche von einem Dutzend Straßen, dann verlangsamte sie ihren Flug, um über einer Straßenkreuzung zu schweben, ihrer vorgesehenen Position.

Im Stealth-Modus an Ort und Stelle zu schweben, fraß Treibstoff wie Feuer Sauerstoff. Zum Glück hatte sie den Colonel dazu gebracht, die Hochleistungs-Sniper mit Langstrecken-Treibstofftanks auszurüsten.

»Luft Eins in Position, Colonel …«

»Wurde auch Zeit, verdammt …«

Springfield und Market Street liefen wie ein großes V zusammen, schnitten durch den Wirrwarr von Gebäuden und Querstraßen im Herzen des Newarker Sprawl. Ironischerweise zeigte die Spitze des V über den Passaic River auf Jersey City und die hochaufragenden Wolkenkratzer Manhattans. Die Enklave der Macht und des Geldes. Wo jeder sein wollte. Die meisten der Millionen Newarker würden nie dorthin gelangen.

»Status, Luft Eins.«

Das war Skip, der jetzt sehr offiziell klang. Der Colonel mußte sich gerade über ihre Schulter beugen oder

Skip dicht auf der Pelle hängen. Bobbie Jo konzentrierte sich auf ihre abwärts gerichteten Augen und machte sich an die Arbeit. Die besten Ansichten ließ sie durch den Computer vergrößern.

Der Club befand sich auf der Springfield. Die Front des Ladens war schmuddelig und schwarz bis auf die großen Goldbuchstaben über dem Haupteingang, die das Wort ›Chimpira‹ bildeten, was das auch bedeuten sollte. Angeblich war der Laden ein Treffpunkt der Yakuza und anderer Schurken. Insbesondere auch derjenigen, welche die Brigade beschatten sollte.

Zielindikatoren blinkten vor ihren Augen, als sie Bewegung am Boden registrierten, vom Computer angewiesen, nur menschengroße Ziele zu berücksichtigen. Siebenunddreißigmal hintereinander sackte ihr Blickfeld auf Straßenniveau ab, um einen Kameraklick-Blick auf jedes Gesicht zu werfen, dann auf jede sich bewegende Person, dann auf jede zweibeinige Person in der Nähe der Front des Clubs. Das beinhaltete auch die drei Trolle und elf asiatischen Norms, alle männlich, direkt vor der Clubfront. Von den eigentlichen Zielpersonen befand sich keine darunter. Sie schickte ihre gesammelten Daten zum Roadmaster. Der Colonel würde seinen Statusbericht bekommen, und die Brigade würde zweifellos eine Verwendungsmöglichkeit für die digitalisierten Bilder in ihrer Übertragung finden.

Eine Stunde verging. Der Colonel verlangte ständig neue Daten von Skip, und Skip ließ sie ständig nach neuen Digibildern jagen. Sie umkreiste den Club. Als schließlich der erste der Schurken, angeblich der Anführer, auftauchte, schickte Bobbie Jo dem Roadmaster ihr Alarmsignal.

Ziel Eins erfaßt … Ziel Eins erfaßt …

Sie sandte jetzt einen kontinuierlichen Strom von Digibildern zum Roadmaster. Ziel Eins verließ den Club durch den Vordereingang. Die computerverstärkten Nahaufnahmen ließen sie erkennen, daß es sich um einen Latino-Mann von mittlerer Größe und Statur handelte, und daß die Bilder von ihm ganz genau den Digibildern in ihrem Speicher am Boden entsprachen. Kurz darauf folgte ihm eine asiatische Frau aus dem Club nach draußen. Das war Ziel Zwei. Groß und gutaussehend. Hellhäutig für eine Asiatin, aber die Schrägstellung ihrer Augen war nicht zu übersehen. Die beiden trafen sich in der Gasse neben dem Club und gingen zu der Gasse hinter dem Club. Dort trafen sie Ziel Drei und Ziel Vier: einen kräftig gebauten Ork und einen langhaarigen Zwerg. Gemeinsam streiften sie durch die Straßen und Gassen bis zum King Boulevard und dann um die Ecke zur Stirling Street. Dort stiegen sie in einen schwarzgrauen Geist von einem Lieferwagen.

Ziel Alpha erfaßt, alle Ziele an Bord …

Sie wiederholte das.

Der Funkverkehr der Brigade murmelte jetzt ununterbrochen in ihren Ohren. Am Boden stationierte Überwachungseinheiten fuhren in Stellung, um dem Lieferwagen mit der Bezeichnung Ziel Alpha zu folgen. Sie hatten nicht viel Zeit. Ziel Vier war ein Rigger und ein As auf Rädern. Kaum war der letzte der Gruppe in den Lieferwagen gestiegen und hatte die Seitentür geschlossen, als der Lieferwagen auch schon mit qualmenden Reifen losfuhr und rasch Geschwindigkeit aufnahm.

Bobbie Jo bereitete sich auf die Verfolgung vor. Für den Stealth-Modus bestand jetzt keine Notwendigkeit mehr. Ihr Kampfcomputer an Bord der Drone ließ drei grüne Zielindikatoren vor ihren Augen aufflackern. Das waren die Verfolgungsfahrzeuge. Boden Eins, Zwei und Drei, dunkle, mittelgroße Familienkutschen mit ganz normalen New Jersey-Kennzeichen. Die übliche Vorgehensweise bestand darin, daß ein Wagen dem Zielfahrzeug eine Weile folgte, dann abbog und der zweite Wagen die Verfolgung übernahm, und so weiter.

Doch die Verfolgungsfahrzeuge kamen nicht richtig zum Zug. Der Lieferwagen überfuhr eine rote Ampel an der Howard und raste über die South Orange Avenue. Nur Bobbie Jos Warnung verhinderte, daß die Verfolgungsfahrzeuge den Lieferwagen verloren. Während sie sich aufzuschließen bemühten, bog der Lieferwagen nach links auf die Fourteenth Street ein und verschwand in einem Netz aus Straßen und Querstraßen, in denen es von am Straßenrand geparkten Wagen und Häusern wimmelte. Der Lieferwagen jagte mit halsbrecherischer Geschwindigkeit durch dieses Labyrinth und dehnte seinen Vorsprung mit jeder Kurve aus. Schließlich bog er auf die Springfield Avenue, überfuhr eine Reihe roter Ampeln und flog eine Minute später die Auffahrt zur South Newark Transitstraße hinauf.

Plötzlich hörte Bobbie Jo ein unterdrücktes Knattern, das nach Schnellfeuer klang, und dann eine Stimme, entfernt, aber drängend ausrufen: »Boden Drei! Boden Drei! Wir sind mitten in einen Bandenkrieg geraten!«

Die anderen beiden Wagen waren aus dem Labyrinth heraus und auf der Springfield, hatten den Sichtkontakt zum Lieferwagen jedoch längst verloren.

»Luft Eins, übernehmen!« bellte Skip.

Keine Wahl.

Der Lieferwagen verschwand gerade in der Dunkelheit eines unterirdischen Abschnitts der Schnellstraße. Die Verfolgungsfahrzeuge würden ihn nicht mehr einholen. Ziel Alpha flog förmlich über den Asphalt. Bobbie Jo brachte die Triebwerke auf Leistung und stürzte mit kreischenden Turbofans abwärts, dem Dach eines Lastwagens mit zwei Anhängern entgegen, der gerade über die Rampe und in das Dunkel des Tunnels fuhr.

Es war wie bei einem Sturzangriff.

Gerade hatte sich nur die Dunkelheit der Nacht über ihr befunden. Jetzt war sie zwischen dem Dach des ersten Anhängers und den massiven Trägern eingeklemmt, die die Tunneldecke stützten. Sie hatte nach oben und unten etwa einen halben Meter Spielraum. Eine verirrte Bö, ein winziger Fehler in der Elektronik, und entweder die Träger über ihr oder der Truck unter ihr würden sie zerschmettern.

Die Vorstellung machte ihr angst, aber sie riß sich zusammen. Sie sagte sich immer wieder, daß sie in Wirklichkeit gar nicht hier war. Sie war in Sicherheit. Nur das elektronische Sensorium der Drone stand auf dem Spiel. Aber das half auch nicht viel.

Sie flog weiter, unterdrückte ihr Gefühl.

Der Laster war eine gute Deckung. Das breite Dach des Hängers und die blendenden Lichter an der Zugmaschine würden sie vor allen Blicken schützen. Sie musterte den vor ihr liegenden Teil der Straße. Zielindikatoren blinkten, dann sichtete sie den schwarzgrauen Geisterlieferwagen, der gerade quer über zwei Fahrspuren und in die graue Röhre einer Tunnelausfahrt schlingerte.

Ziel verläßt Schnellstraße … Ziel verläßt Schnellstraße …

Ihr Zielindikator blinkte noch ein paarmal hektisch und erlosch dann.

Sie wagte nicht, dem Lieferwagen zu folgen. Die Tunnelausfahrt war zu schmal, und man würde sie bemerken. Die Ziele waren Profis, und der Lieferwagen war dem Vernehmen nach mit elektronischen Spielereien der Spitzenklasse ausgerüstet, die auch ein Kurzstreckenradar beinhalten mochten. Bobbie Jo tat, was sie tun mußte. Sie blieb noch achthundert Meter über dem Laster. Als die Transitstraße wieder zur Oberfläche zurückkehrte, gab sie Vollschub. Das stetige Dröhnen der Turbinen schwoll zu einem orkanartigen Kreischen an. Sie zog die Drone hoch und legte sich in eine enge Kurve, raste über die Stadt und richtete die Drone dann wieder so aus, daß ihr mit Elektronik bestückter Bauch auf den Boden gerichtet war.

Ein Dutzend Zielindikatoren blinkten vor ihren Augen.

Sie war immer noch damit beschäftigt, auf der Jagd nach dem Ziel allen nachzugehen und dabei kreuz und quer über die Stadt zu fliegen, als Skip sie zur Basis zurückrief.

Der Colonel war nicht zufrieden.

Rico schnitt eine Grimasse und biß die Zähne zusammen. Kaum eine Stunde war vergangen, seit er den Job von L. Kahn übernommen hatte, und er gefiel ihm bereits nicht mehr. Die ganze Geschichte konnte durchaus eine abgekartete Sache, eine Falle sein.

»Und du hast ganz bestimmt eine Drone gesehen?«

»Natürlich hab ich sie gesehen«, schnappte Thorvin, der den Lieferwagen um die letzte Ecke auf die Mott Street steuerte. »Jeder Idiot mit 'ner verdammten Infrarotbrille hätte sie gesehen. Ich müßte 'ne verdammte Cyber Designs Stealth Sniper Serie 53 erkennen, wenn ich eine sehe. Vor ungefähr einem Jahr habe ich eines von diesen verdammten Dingern auseinandergenommen, um zu sehen, wie sie funktionieren. Ist kein Spitzenmodell, aber auch nicht gerade schlecht. Ganz brauchbar. Durchaus geeignet für normale Aufklärung. Hat nur nicht annähernd das an Elektronik aufzubieten, was ich in diesem Lieferwagen habe.«

»Ja, aber wessen Drone war es?« mischte sich Piper ein. »Und wen hat sie beobachtet?«

Shank grunzte. »Vielleicht nur 'n Zufall.«

Rico wandte den Kopf, um in den Rückspiegel der Beifahrertür zu sehen und dann die düsteren, verfallenen Häuser zu betrachten, die langsam vorbeizogen. Pipers Fragen drangen direkt zum Kern des Problems vor. Rico wünschte, er hätte Antworten darauf gehabt. Er hatte einen Haufen Vermutungen, aber die gefielen ihm auch nicht besser als Shanks Anregung, es könne sich um einen Zufall handeln.

L. Kahn könnte ihnen eine Drone hinterhergeschickt haben, um ihnen dadurch die Botschaft zu vermitteln, daß er sie beobachten und jeden Verrat rechtzeitig entdecken würde. Ein dummer Zug, weil Rico ihn seinerseits als Zeichen des Verrats betrachten würde, aber L. Kahn mußte nicht notwendigerweise wissen, daß Thorvin die Ausrüstung besaß, um die Drone zu entdecken.

Alles war möglich. Jeder von ihnen wurde irgendwo in den UCAS steckbrieflich gesucht. Cops und Bundes-Cops und praktisch jeder Konzern verfügten über Rigger, die Dronen fliegen konnten. Einige der hiesigen Sicherheitsgesellschaften benutzten Dronen für ganz gewöhnliche Beobachtungsflüge, als eine Art Nachtwächter. Und, wie Shank schon gesagt hatte, war es durchaus möglich, daß die Drone nichts mit ihnen und dem soeben abgeschlossenen Kontrakt zu tun hatte. In jedem beliebigen Augenblick waren in den Grenzen des Newarker Plex Dutzende von Jobs in Arbeit. Manchmal konnte man kaum die Straße überqueren, ohne den Staub zu schlucken, den irgend jemand gerade aufwirbelte. Nur kam es ihm zu zufällig vor, daß ausgerechnet in dem Augenblick eine Drone über ihnen aufgetaucht war, als sie das Chimpira verlassen hatten.

Andererseits hatte Thorvin den Kontakt mit der Drone verloren, als sie die Schnellstraße erreichten, und sonst war nichts geschehen, was darauf hindeutete, daß sie verfolgt wurden.

»Du hast keine Wagen gesehen, die uns verfolgt haben?«

»Keinen einzigen.«

Doch was Rico störte, war die Möglichkeit, die niemand erwähnt hatte: Vielleicht waren sie bereits aufgeflogen. Die Konzern›partei‹, bei der sie einbrechen sollten, um der Zielperson die Flucht zu ermöglichen, wußte möglicherweise bereits, daß man sie für diesen Job angeworben hatte. Diese ›Partei‹ hatte vielleicht L. Kahn überwachen lassen und machte womöglich schon in diesem Augenblick Jagd auf sie.

›Präventivschlag‹ nannten die Burschen von der Konzernsicherheit solche Unternehmen.

Sie mußten vorsichtig sein. Jetzt mehr denn je. Sie

würden die Straße meiden und sich so unsichtbar wie möglich machen, bis der Job erledigt war. Sie würden alles zwei-, drei- und viermal überprüfen, bevor sie mit dem Run begannen. Sie würden zusätzliche Sicherungen für den Fall einplanen, daß irgendwas schiefging. Wenn sie auch nur den geringsten Hinweis darauf entdeckten, daß L. Kahn falsch spielte, würden sie sich auch darum kümmern.

Um vier Uhr früh setzte der Regen ein. Wie vorhergesagt. Zuerst nieselte es, dann schüttete es. In weniger als einer Minute war aus dem Regen ein Wolkenbruch geworden. Die Konzerne, die Manhattan kontrollierten, besprühten die Wolken fast jede Nacht mit Chemikalien, damit sie sich abregneten, und zwar in dem Versuch, die Luft vom Drek zu reinigen. Wie sie auf TV/3V immer sagten: Der Regen ließ den Drek willkürlich auf alle herabfallen, auf die Gerechten und die Ungerechten gleichermaßen.

Zur Rechten kam ihr Unterschlupf in Sicht, ein dreistöckiges Ziegelhaus, das vor einem Jahrzehnt zum Abbruch freigegeben worden war. Kurz darauf war diese Freigabe wieder rückgängig gemacht worden. Das Katasteramt der Stadt wies aus, daß das Haus in den Besitz der New Jersey Consolidated Power and Light übergegangen war. Piper hatte für die nötigen Einträge gesorgt.

Das Haus war zwischen eine zweistöckige Fabrik und ein neunstöckiges Umzugs- und Lager-Hochhaus gequetscht. Es hatte zwei braune Metalltore, die groß genug für einen LKW waren, und keine Fenster im Erdgeschoß. Das rechte Tor rollte langsam nach oben, als sie sich ihm näherten. Thorvin hatte den Öffnungscode gesendet. Er fuhr den Lieferwagen über den Bürgersteig und direkt hinein. Hinter ihnen schloß sich das Tor wieder.

Das Erdgeschoß sah wie eine Müllhalde aus, eine große Halle, die mit mechanischen Teilen und Ausrüstungsgegenständen sowie zwei Harley Scorpions und einem weiteren Lieferwagen vollgestopft war. Thorvin nannte diese Halle seine Notwerkstatt. Wie er sie nannte und wie er sie benutzte, war Rico weit weniger wichtig als die Tatsache, daß der Rigger alles hatte, was er brauchte, um auf einem Run provisorische Reparaturen ausführen zu können.

Rico führte die Gruppe nach oben. Im ersten Stock befanden sich Schlafräume, eine Küche und ein großer Raum, der als Wohnzimmer und als Konferenzraum diente. Rico beauftragte Shank und Thorvin damit, den Müll aufzuräumen, der seit Gott weiß wann herumlag, und gab Piper dann den Chip, den er von L. Kahn bekommen hatte. Piper hatte ihr Deck dabei. Sie hatten es unterwegs abgeholt. Sie würde den Chip durchgehen und einen Ausdruck davon machen, und dann konnten sie mit dem Job beginnen.

Piper nahm den Chip, doch dann legte sie Rico die Arme um den Hals und sagte leise und ein wenig besorgt: »Dieser Job ist mir nicht geheuer, *Jefe*.«

Rico holte tief Luft und atmete geräuschvoll aus. »Wir müssen einfach vorsichtig sein, Chica. Ich glaube, diesmal spielen wir mit den ganz großen Jungens. Mit irgendeinem verdammten Megakonzern.«

Sie nickte. »Ich mache mich an die Arbeit.«

»Gute Idee.«

Rico überprüfte ihre Vorräte: Essen, Munition, Ausrüstung. Die Teufelsratten im Keller hatten sich an den Stromleitungen zu schaffen gemacht, also beauftragte er Thorvin damit, sich der Sache anzunehmen. Als er in den ersten Stock zurückkehrte, saß Piper auf dem Sofa, das Deck auf dem Schoß. Sie hob den Kopf und begegnete seinem Blick.

»Hast du was?« fragte er.

»Surikov«, sagte Piper. »Ansell Surikov. Das ist der Mann, den wir rausholen sollen.«

7

Jeder wollte irgendwas. Deshalb stand die Menge wartend vor dem alten Stadion unter dem riesigen TV/3V-Schirm, der für Chromgelenke warb. Deshalb verstopften so viele Tausende von Leuten die Main Line entlang der Bloomfield Avenue in der Westhälfte von Sektor 3. Und deshalb stand Monk mitten auf der Straße inmitten einer Menschenmenge, umgeben von sechsstöckigen Apartmentsilos auf der Linken und verfallenen Stahlbeton-Häusern auf der Rechten, denen grelle Neonschilder ein flackerndes, blitzendes Leben verliehen.

Nur ein paar Schritte vor ihm stand ein Mann auf einer Plastikkiste. »Was stimmt nicht mit der Gesellschaft?« schrie der Mann, während er dazu ein Blatt Papier schwenkte. »Zuviel Zwang! Ausgeübt von Konzernen, von der Regierung, von den Lebensverhältnissen! Niemand kann ihm entkommen, nicht die Obdachlosen, nicht die Sararimänner, nicht die Execs, nicht einmal die SIN-losen! Der Zwang verurteilt uns alle zu einem sterilen und sinnentleerten Leben, zu Jahren ohne Hoffnung, ohne Ziel und ohne Ende!

Der Neo-Anarchismus ist die einzige Lösung! Die einzige Möglichkeit, wie die Menschheit die Ketten der Unterdrückung abwerfen kann! Überwindet die Degeneration und erhebt euch aus dem Elend des neuen Konzern-Feudalismus!

Wir müssen einer gemeinsamen Sache folgen und nach Paretos Optimalität streben!«

Monk runzelte die Stirn.

Paretos was?

Weiter vorn schob eine Frau einen Karren die Straße entlang, während sie Weevo-Warzen zum Verkauf anbot, die, wenn sie zusammen mit einer dreiprozentigen Natriumbikarbonat-Lösung angewandt wurden, alle Männer gutaussehend und potent und alle Frauen wunderschön und fruchtbar machen würde.

Weevo-Warzen… Monk fragte sich, was das war.

Danach kamen Pyramiden und Kristalle, positive und negative Ionengeneratoren, ein Züchte-Deinen-Eigenen-Clon-Stand, eine Tarotkartenlegerin, eine Handleserin, ein Nudelstand, billige Organe und Cyberware, noch ein Nudelstand, Soykaf, ein fahrender Doc und eine Gruppe maskierter Männer, die so groß wie Orks waren und alle die schwarzen Kapuzen, Overalls, Handschuhe und Stiefel der Müllabfuhr trugen.

»Wo ist die *Leiche?*« rief einer.

Monk versuchte sich eines Urteils zu enthalten. Aufgabe des Schriftstellers war es, zu beobachten und zu lauschen. Die Strukturen der Welt in Erfahrung zu bringen und sie dann anderen zu enthüllen. Und um das tun zu können, mußte er wie ein Schwamm sein. Er mußte alles in sich aufsaugen und sich merken und schließlich Möglichkeiten finden, den anderen die Sinnlosigkeit der Existenz zu erklären, und zwar unabhängig von dem Medium, das er benutzte.

In Kürze würden die Leute seine Telebücher lesen, sich seine Trideofilme ansehen oder SimSinn-Vorstellungen erleben, die er inszeniert hatte, und darin würden sie Wahrheit finden.

Und das würde ein großer Tag sein.

Er sah den Titel bereits vor sich: »Ein Tag im Leben des Main-Line-Mega-Markts im Metroplex Newark!«

Oder andere Wörter, die das besagten.

»Bei *Monk!*«

Er grinste.

Was dann geschah, traf ihn völlig unvorbereitet. Von irgendwo inmitten des Straßenlärms, des Stimmengewirrs, des Schallens der Reklamen, des Rumpelns der U-Bahnen und Schnellstraßen, des Dröhnens der Lautsprecherboxen und des entfernten Hämmerns von Gewehrfeuer hörte er ein schrilles Jaulen, dem er aber keine Beachtung schenkte. Er dachte sich nichts dabei.

Als er sich in eine Richtung wandte, traf ihn etwas aus der anderen, zuerst am Bein, dann an der Hüfte. Der Anprall selbst war kein großer Schock. Er wurde seit Stunden von Leuten angerempelt, tatsächlich sogar praktisch jeden Tag seines Lebens. Vielmehr war es das, was folgte, das ihm den Atem raubte.

Was ihn getroffen hatte, schien ihn mitzureißen. Eine Sekunde oder zwei spürte Monk, wie er mit halsbrecherischem Tempo mitgeschleift wurde. Dann verlor er den Boden unter den Füßen, und seine Arme und Beine wirbelten sinnlos durch die Luft, ohne auf Widerstand zu treffen. Am Rande seines Gesichtsfeldes fielen ihm ein paar Dinge auf: die verschwommenen Buchstaben einer Neonreklame, die für Soykaf warb; das Gesicht eines asiatischen Mannes, dessen Mund vor Erstaunen weit aufgerissen war und dem die Augen aus dem Kopf zu quellen drohten, als er Monk anstarrte; eine Frau mit einer Kapuze, die mit zwei jugendlichen Gangmitgliedern um eine Handtasche kämpfte; der Hinterkopf eines fetten, glatzköpfigen Mannes; eine Ratte, die über den Bürgersteig huschte und sich dabei einen Weg durch ein halbes Hundert Paar Füße suchte.

Und er hörte auch das seltsame Jaulen.

Und eine Art Ausruf, so etwas wie: »Hey!«

Dann wurde Monk plötzlich klar, daß er sich im freien Fall befand. Er war nicht ganz sicher, wie es dazu gekommen war. Es war echt sonderbar. Als schwebe er einfach in der Luft. Als sei er immun gegen die Gravitation. Er erhaschte einen kurzen Blick auf jemanden, der eine rote Zigarette rauchte, dann sah er einen Abschnitt von einer Betonmauer, dann brach alles um ihn herum zusammen. Er fiel, überschlug sich, wurde herumgeschleudert, prallte gegen Sachen. Sein Körper schlug auf den Boden. Das tat irgendwie weh.

»Alles in Ordnung?« rief jemand.

Monk war sich dessen nicht ganz sicher. Er fühlte sich irgendwie komisch. Als müsse er ersticken, sich übergeben und ohnmächtig werden, und das alles gleichzeitig. Außerdem fühlte er sich ziemlich angeschlagen. Er brauchte ein paar Augenblicke, um sich das Atmen wieder anzugewöhnen. Sobald er das geschafft hatte, versuchte er die Augen zu öffnen und sich umzusehen. Das erste, was ihm auffiel, war der Haufen Plastikmülleimer, in dem er lag. Das zweite war, daß jemand neben ihm kniete. Jemand, der eine Jacke mit Leopardenfellmuster, eine Hose und Stiefel trug. Einen Augenblick später ging Monk auf, daß dieser jemand weiblich war *und ihn geradewegs ansah*. Seine Augen weiteten sich. Er betrachtete sie genauer. Ihr Haar war kraus und wirr und änderte ständig die Farbe, wechselte von Rot zu Orange und Gold und wieder zurück. Sie hatte hellblaue Augen, eine kecke Nase und Lippen wie Cupidos Bogen. Sie lächelte, sah ihn an und zeigte dabei Zähne, die so weiß waren wie … nun, wie nichts, was er je gesehen hatte. Sie duftete wie ein blühender Garten. Sie war … sie war …

Sie war *wunderschön* …

»Hey, du bist irgendwie niedlich.«

»Hä?«

Sie kicherte.

Schmerzen und Wehwehchen verblaßten zu nichts. Monk gaffte. Frauen beachteten ihn nie. Schöne Frauen wie diese schienen niemals auch nur seine Existenz zur Kenntnis zu nehmen. Sie waren nicht an Schriftstellern interessiert. Betrachteten sie nicht als gutes Nistmaterial. Sie konzentrierten sich auf Sarimänner, Execs und auf die hohen Wolkenkratzer und das große Geld drüben auf der anderen Seite des Hudson.

Sie hielt sich die Hand vor den Mund, dann half sie ihm auf. Sie hatte schlanke kleine Hände wie ein Mädchen.

»Du mußt in einer anderen Welt gewesen sein«, sagte sie lächelnd. »Hast du mich nicht hupen gehört?«

Monk runzelte die Stirn und fragte sich, was sie damit meinte.

»Hey, bist du ein Elf?« Sie strich sein stacheliges Haar nach hinten und beugte sich vor, als wolle sie seine Schläfe betrachten, vielleicht auch eines seiner Ohren. Seine Ohren *waren* irgendwie komisch. Spitz.

»Äh…«

»Mein Vater war ein Zwerg. Kaum zu glauben, was?« Sie sah ihn wieder an, dann lächelte sie und breitete die Arme aus, als wolle sie ihn einladen, sie zu begutachten. Monk konnte diese Einladung einfach nicht ablehnen. Sie war schlank und ganz einfach umwerfend.

»Wow… Sahne«, sagte er schwer atmend.

Sie kicherte wieder, dann bedachte sie ihn mit einem warmen Lächeln. »Ich bin Minx«, sagte sie. »Wer bist du?«

»Monk«, stotterte Monk.

»Sahne!« sagte sie leise. »Weißt du, du erinnerst mich an die Blumenkinder. Die waren immer in einer anderen Welt. Das waren diese Leute damals im zwanzigsten Jahrhundert, die gesagt haben, wir sollen Liebe machen und im wesentlichen nicht viel mehr.« Sie lächelte, als finde sie den Gedanken lustig. »Und sie haben auch meditiert. Viele haben auch gebatikte Klamotten getragen, genau wie du.«

»Ja?«

»Und auch Sandalen.«

Monk schaute auf seine Brust und auf die Farben, die sein Fixe Rescue-T-Shirt förmlich überfluteten, dann hinunter auf seine verwaschenen Jeans und bis zu den schwarzroten Sandalen an seinen Füßen. Blumenkinder? Nannten die Leute so nicht die Müslifresser? Die Elfen? »Ich…«

»Hmmm?« Minx betrachtete ihn mit unverhohlener Neugier.

»Ich glaube … etwas im … im California Channel … über … äh …« Wie hatte sie es genannt? »Blumenkinder.«

Plötzlich hielt sich Minx beide Hände vor das Gesicht und krümmte sich in der Hüfte. Sie lachte, wurde Monk plötzlich klar, lachte so heftig, daß sie sich über die Augen wischte und nach Luft schnappte, als sie sich wieder aufrichtete. »Siehst du!« sagte sie. »Siehst du, was ich meine!«

Monk sah es nicht so recht.

»Wo wohnst du eigentlich?« fragte Minx, wobei sie ihr Haar aufzupfte, um es dann mit zierlichen Handbewegungen wieder zu glätten. Sie hielt inne, um ihn anzusehen, und sagte: »Monk.«

»Hm?«

»Willst du mit zu mir kommen?«

Monk starrte sie an und spürte, wie eine seltsame Hitze in seinem Nacken und seinem Gesicht aufstieg. Das konnte doch nicht wahr sein. Diese wunderschöne, umwerfende, bezaubernde Frau konnte einfach nicht so mit ihm reden. Er mußte irgend etwas überhört, falsch verstanden oder fehlgedeutet haben. Doch dann ergriff Minx seine Arme und zog ihn hoch. Für ein Mädchen schien sie ziemlich stark zu sein.

Und sie war klein, echt winzig. Ihr Kopf reichte ihm kaum bis zur Brust, und er war nicht besonders groß. Doch das ließ sie nur noch umwerfender erscheinen. Als sie ihr Haar in den Nacken warf, zu ihm aufsah, lächelte und ihm die Hände auf die Brust legte, spürte Monk, wie sein Herz zu hämmern begann. Als wolle es im nächsten Augenblick zerspringen.

»Du bist ein Leisetreter«, sagte sie. »Du hörst zu und beobachtest. Das gefällt mir.«

»Hä?«

Sie lachte.

Ein paar Schritte entfernt lag ein rotschwarzer Honda-Motorroller. Er paßte zu Monks Sandalen. Minx richtete ihn auf, drückte auf den Anlasser und drehte am Gas. Das Ding hatte ihn über den Haufen gefahren, wurde Monk jetzt klar. Der Motorroller.

»Komm schon, Monk, du Kick«, sagte Minx. »Steig auf.«

Kick?

Es war kaum genug Platz. Monk zwängte sich direkt hinter Minx auf den Sitz des Rollers. Es gab einfach keine Möglichkeit dazusitzen, ohne sie zu berühren, ohne die sanfte Rundung ihrer Hüften an den Innenseiten seiner Schenkel zu spüren. Das Gefühl war unbeschreiblich und irgendwie atemberaubend.

Plötzlich drehte sich Minx zu ihm um, warf ihr krauses Haar in den Nacken und legte seine Arme um ihre Taille. »Sei nicht so schüchtern«, sagte sie. »Ich bin ein Mädchen, du bist ein Junge. Begriffen?«

»Was?«

»Halt dich fest!«

Der Roller heulte auf, und sie fuhren los, aus der Gasse heraus und die Main Line hinauf. Es war eine Fahrt, die Monk niemals vergessen würde. Der Roller schwankte wild hin und her, und zu beiden Seiten huschten Menschenmengen an ihnen vorbei. Arme, Ellbogen und andere Körperteile von Leuten prallten gegen Monks Kopf, Schultern und Beine. Die Dinge bewegten sich so rasch, daß er nicht mehr mitkam. Die Welt wurde zu einem verschwommenen Nebel, einem wogenden Meer aus Leuten, Häusern und ab und zu einem Fahrzeug, zu einer Reihe von Beinahezusammenstößen, die sein Begriffsvermögen überstiegen. Monk erinnerte sich an die Ratte, die er noch vor ein paar Minuten gesehen hatte und die sich einen Weg durch hundert Füße gesucht hatte. Genauso war es. Kein Mensch konnte einen Roller so durch die Menschenmengen auf der Main Line steuern, wie Minx es gerade tat, und doch schaffte sie es.

Ein großer schwarzer Lastwagen der Müllabfuhr

ragte plötzlich vor ihnen auf – der Motorroller fuhr direkt auf ihn zu. In den letzten Sekunden erblickte Monk einen Trupp schwarz gekleideter Gestalten, die Leichensäcke aus Plastik auf die Ladefläche des Lastwagens warfen.

Monk riß die Augen auf und schrie.

»Aaaaaaaaaaaaahhhhhhhhhhh!«

Im nächsten Augenblick, jedenfalls kam es ihm wie der nächste Augenblick vor, war der Roller in einer Hintergasse und hielt an. Minx löste sich aus seiner Umarmung und stieg ab. Monk stieg ebenfalls ab, doch seine Beine zitterten wie der Boden in der Nähe der U-Bahn-Station. Minx lächelte und kettete den Roller an eine der Metallstreben des siebenstöckigen Apartmentsilos, der sich zwischen den Rückseiten zweier kleinerer Gebäude erhob.

»Das war 'ne Fahrt, was?« sagte sie.

»Ja«, antwortete Monk. *»Claro.«*

»Sahne.« Minx nahm seine Hand, dann trat sie dicht vor ihn. Monk schluckte. »Das ist meine Privatwohnung, klar?« sagte sie leise. »Also verrate niemandem, daß du sie kennst.«

Monk schüttelte den Kopf.

»Du bist echt kickig«, sagte Minx, wobei sie ihm mit einer Hand so kühl und geschmeidig wie Sahne über die linke Wange strich.

Kickig …

Plötzlich zog sie ihn die Metalltreppe hinauf und in den Gang vor dem dritten Stock. Drei Schritte tiefer in dem Gang balgten sich zwei jugendliche Orkrowdys knurrend und fluchend, Arme und Schultern ineinander verkeilt. Minx duckte sich zwischen ihnen hindurch und zog Monk hinter sich her.

»Hey!« brüllte einer der Orks. *»Glatte!«*

Irgend etwas riß Monks rechtes Bein unter ihm weg, doch Minx rannte einfach weiter und zog ihn mit. Auf halbem Weg durch den Gang blieb sie stehen, zog einen

Kredstab aus der Tasche, steckte ihn in das Schloß und öffnete die Tür des Apartments.

»Schnell«, sagte sie.

»Ich reiß euch in Stücke!« fauchte jemand hinter ihnen.

Monk sah sich nicht um. Er stürzte in das Apartment, wobei er sich den Kopf am Türrahmen stieß. Minx folgte, ohne sich den Kopf zu stoßen, und schlug die Tür hinter ihnen zu.

Jemand fing an, von draußen gegen die Tür zu hämmern, doch Monk nahm es kaum zur Kenntnis. Das Apartment war irre, eine Luxuszelle mit genug Platz, um tatsächlich neben dem Bett stehen zu können! In die linke Wand waren mehrere Schränke eingelassen. Gegenüber der Tür waren Telekom und Trideo in die Wand eingelassen. Das niedrige Bett, Wände und Decke waren scharlachrot und mit einander überlappenden fünfundzwanzig mal zwanzig Zentimeter großen Fotos behangen.

Die Fotos fielen Monk sofort ins Auge, fesselten seine Aufmerksamkeit. Sie waren verblüffend. Er hatte so etwas noch nie gesehen. Die ersten, die er sich ansah, waren diejenigen über dem Bett, und sie sahen aus wie Aufnahmen von... Verkehrsunfällen. Toten. Leute lagen mit sonderbar verrenkten Gliedern auf dem fleckigen Asphalt, hingen halb aus völlig demolierten Fahrzeugen. Die nächsten Bilder, die er sich ansah, schienen in irgendwelchen Gebäuden aufgenommen worden zu sein und zeigten ebenfalls Leichen. Manchen fehlten Gliedmaßen. Anderen der Kopf. Ein oder zwei sahen gar nicht wie Menschen aus, nicht auf den ersten Blick, weil sie so grauenhaft verstümmelt waren, daß sie nichts Menschliches mehr an sich hatten.

»Hey«, sagte Minx.

Monk drehte sich um. Irgend etwas blitzte auf – Licht, grellweißes Licht. Blendend hell. Als sich schließlich die weißen Punkte vor seinen Augen auflösten und er wieder sehen konnte, lächelte Minx ihn an und hob die kleine Kamera, die sie in der Hand hielt.

»Schon passiert«, sagte sie lächelnd.

In ihren Augen lag ein merkwürdiger Ausdruck.

8

Auf dem kleinen, im Dunkeln leuchtenden Schild an der Seitengassenmauer stand Rot auf Weiß: ›CyberDoc: Top Chrom, Ersatzorgane, Vorzugspreise.‹

Shank drückte auf die Klingel neben der schwarzen Metalltür. Augenblicklich blinkte eine kleine rote Birne an der Sprechanlage und eine zweite an der Überwachungskamera über der Tür auf. Die Sprechanlage knisterte und rauschte. »Wir haben geschlossen«, sagte eine modulierte Stimme mit klirrenden Obertönen. »Haut ab.«

»Mach die Tür auf.«

»Shank?«

Shank grunzte. Leute mit Überwachungskameras sollten ab und zu auch einen Blick auf ihre Monitore werfen.

Die Tür summte und glitt zur Seite. Thorvin drängelte sich an Shanks Hüfte vorbei und ging als erster hinein. Das war typisch. Shank runzelte die Stirn, dann streckte er sein langes Bein aus und hakte den Fuß um den Knöchel der halben Portion. Thorvin stolperte, fing sich wieder und wirbelte dann zu Shank herum, um zu fauchen: »Paß bloß auf, du verdammter Hauer!«

»Verpiß dich«, knurrte Shank.

»Leck mich.«

Shank grinste und folgte Thorvin durch die Tür in ein kleines, trübe beleuchtetes Wartezimmer, das mit drei Plastikstühlen und einem Plastikabfalleimer eingerichtet war. Holografische Poster an den Wänden warben für suborbitale und semiballistische Flüge zu exotischen Orten. Das war es an Dekor.

Für Shank reichte es.

Ein Wandpaneel glitt zur Seite und gab den Blick auf eine Tür und eine Glatte frei. Ihr Name lautete Filly. Sie war groß für eine Normfrau und sah auch nicht schlecht aus. Sie trug ein schwarzrotes T-Shirt, das dicht unterhalb der Stelle abgeschnitten war, auf die es ankam, ein dazu passendes Lederbändchen um die Hüften und schwarze Socken. Ihr Lächeln wirkte irgendwie sarkastisch. »Dok ist gerade mit der Großhirnrinde von irgendeinem Kerl beschäftigt«, sagte sie. »Was liegt denn an?«

»Wir haben 'nen Job«, sagte Thorvin.

»Schön für euch«, erwiderte Filly.

Thorvin brummte irgend etwas Unzusammenhängendes. Shank erklärte: »Rico will dich und Dok dabei haben.«

»Große Sache?«

Shank nickte. »Starke Opposition. Irgendein Konzern.«

»Es ist immer ein Konzern. Wie steht's mit der Bezahlung?«

Die Bezahlung bestand aus einem gleichen Anteil. Jeder erhielt grundsätzlich einen gleichen Anteil, weil jeder, der an einem Job teilnahm, das gleiche Risiko einging, dabei ums Leben zu kommen. So handhabte es Rico jedenfalls. Shank wollte es auch nicht anders haben. Er nannte Filly die Summe. Für ein paar Tage Arbeit war es ein Haufen Kohle. Vorausgesetzt, niemand ging dabei drauf.

»Kommt mit«, sagte Filly. Sie drehte sich um und ging ihnen voraus. Shank setzte sich in Bewegung, um ihr zu folgen, doch wiederum kam ihm Thorvin zuvor. Sie folgten Filly den Flur entlang, vorbei an Doks Büro und Untersuchungsraum bis zur Operationszimmertür. Shank kannte sich aus: Er war nicht zum erstenmal hier. Das Haus war schmal und länglich, und Dok und Filly hatten die untersten beiden Stockwerke für sich. Für nur zwei Personen war das eine Menge Platz. Shank ging davon aus, daß die CyberDok-Geschäfte ganz gut liefen. Man wurde nicht reich davon, brauchte aber auch nicht zu hungern. Tatsächlich sah Fillys schwingendes Hinterteil verdammt wohlgenährt aus. Und auch gut in Form, nicht fett, nicht mager, sondern weich und fest und wohlgeformt.

Am Ende des Flurs legte Filly einen Finger auf den Abdruck-Scanner an der Wand, und die Tür zum OP öffnete sich.

Funkelnde Chrom-Schränke und -Tresen säumten die Wände. Der Operationstisch stand in der Mitte. Der Bursche, der dort auf dem Rücken lag, war in ein transparentes Isolationszelt gehüllt, das von den Umrissen her einem Sarg ähnelte. Ein Metallring umgab seinen Kopf wie ein Heiligenschein. Aus dem Ring und, wie Shank bei genauerem Hinsehen erkannte, auch aus dem Kopf des Burschen ragten vielleicht ein Dutzend dünner Stäbe in verschiedenen Winkeln.

Dok stand am Kopfende des Tisches. Er war mit einem schwarzroten Jersey Annihilators Urban Brawl-T-Shirt und Sandalen bekleidet. Sein silbernes Kurzhaar und der ebenfalls silberfarbene Bart ließen ihn wie einen alten Mann aussehen.

»Siehst du dir jetzt die Brawl-Spiele an, Dok?«

Dok warf einen Blick über die Schulter und grinste. »Ich liebe es, wenn Körperteile herumfliegen. Hoi, Shank. Thorvin.«

»Dokker«, sagte Thorvin.

»Womit bist du gerade beschäftigt?« fragte Shank.

»Mit grauen Zellen«, erwiderte Dok. »Ihr haltet besser Abstand. Ich entferne gerade eine Cortex-Bombe.«

Doks Hände steckten in Handschuhen und befanden sich innerhalb des Isolationszelts. Er schien einen der Stäbe im Kopf des Burschen langsam und vorsichtig zu drehen. Die Monitore an seinem linken Ellbogen zeigten verschiedene Ansichten: Etwas, das wie ein Wurm aussah und in einem Haufen Schmiere lag, und verschiedene Haufen Schmiere, manche grau, manche rot, manche gelb und manche in einer Farbe, die an Kotze erinnerte.

Shank kam ein bißchen näher. »Sind die meisten Cortex-Bomben nicht so eingestellt, daß sie hochgehen, wenn man daran herumpfuscht?«

»Das hat man mir auch gesagt.«

»Was für 'ne Ladung?«

»Sieht nach Chiba Black aus. Wahrscheinlich eine winzige C-9-Ladung. Nur ein paar Gramm Sprengstoff.«

»Und das ergibt was? Einen Explosionsradius von ungefähr einem halben Meter?«

»Jedenfalls genug, um das Hirn dieses Burschen zum Teufel zu jagen.«

»Vielleicht auch ein paar von deinen Fingern, Dok.«

»Durchaus möglich. Das sind Securemed-Handschuhe. Mit Kevlar-II isoliert. Bißchen Luxus kann nicht schaden.«

Auf einem Motor zog etwas, das wie eine Zange aussah, etwas anderes, das wie eine Ameise aussah, langsam aus einem Haufen Schmiere auf etwas, das wie ein Faden von einem Spinnennetz aussah.

»Was ist das?« fragte Shank.

»Der Zünder«, erwiderte Dok.

»Du mußtest ja unbedingt fragen«, brummte Thorvin.

»Rico will uns für einen Job«, sagte Filly.

»Tatsache?« erwiderte Dok. »Und, ist der Job gut?«

»Die Bezahlung ist okay«, antwortete ihm Filly.

»Wir sollen einen Kerl aus der Konzernhölle raushauen«, erklärte Shank. »Zumindest stellt es sich so dar.«

»Einen Lohnsklaven, der sich nach der Freiheit sehnt?« fragte Dok.

»Nee, der Bursche ist vor ungefähr einem Jahr entführt worden. Ist 'ne reine Konzernsache. Der eigentliche Konzern von dem Burschen will ihn wiederhaben.«

»Will er denn wieder zurück?«

»Unsere Info besagt, daß der Konzern, der ihn entführt hat, seine Frau bedroht, damit er bei der Stange bleibt. Ich kann mir nicht vorstellen, daß er sehr glücklich darüber ist.«

»Wahrscheinlich nicht. Und alles andere ist auch okay?«

»Piper hat so viel überprüft, wie sie konnte. Ihr wißt ja, wie es mit diesem Drek ist. Alles sieht cool aus. So ungefähr das einzige, was noch bleibt, ist hinzugehen und den Burschen von Angesicht zu Angesicht zu treffen.«

»Und was ist, wenn er nicht mitkommen will?«

»Dann sitzen wir ziemlich tief im Drek, nehme ich an.«

Dok drehte sich wieder um und grinste. »Das wäre nichts Neues, oder?«

»Nee«, stimmte ihm Shank zu. »Bist du dabei?«

»Ich schätze, ich kann die Abwechslung vertragen.«

»Hast du 'ne Ahnung, wo sich Bandit rumtreibt?«

Dok runzelte die Stirn, dann sagte er: »Verdammt gute Frage.«

Farrah Moffit wußte, wie sie aussah. Sie lag in dem abgedunkelten Schlafzimmer auf dem riesigen, mit schwarzem Satin bezogenen Bett und hatte ihr Bild ganz klar vor Augen, als sehe sie sich im Spiegel.

In einem gewissen Sinn war sie zu einer Karikatur ihrer selbst geworden. Ihr Körper war neu gestaltet, ausgepolstert und an den richtigen Stellen beschnitten worden – all das mit präziser chirurgischer Aufmerksamkeit für Details –, bis sie weniger der Frau ähnelte, die sie einmal gewesen war, sondern mehr der wollüstigen Phantasievorstellung eines Mannes. Sie war ein holografischer Traum, eine Vision sinnlicher Begierden. Es gab Gründe, warum das so war, gute Gründe, Gründe, die sie mehr als akzeptierte, aber sie konnte sich nie ganz des Eindrucks erwehren, daß all diese kosmetischen Verbesserungen sie erniedrigten. Sie verrieten anderen, daß ihr wahrscheinlich die angeborene Intelligenz fehlte, um das zu bekommen, was sie wollte, ohne sich der Verlockung ihres Körpers zu bedienen, daß sie sich wahrscheinlich alles, was sie je erreicht hatte, im Bett erarbeitete. Ob das stimmte oder nicht, spielte keine Rolle. Die Botschaft war klar. Sie las sie jeden Tag in den Augen der Leute. Neid, Ressentiments, Verachtung ...

Eine beträchtliche Summe war in ihren Körper investiert worden. Praktisch jeder Teil war auf irgendeine Weise verändert worden. Ihr Haar war zu einem dichten Urwald geworden, üppig und wunderbar, der ihr bis über die Schultern fiel. Ihre Augenwimpern waren so lang und dicht, daß sie beinahe unwirklich aussahen. Ihre sinnlichen Lippen waren zu einem ständigen Schmollmund verzogen. Ihre Brüste waren groß genug für eine Kuh, vielleicht sogar für zwei. Rund und vorstehend. Und die Liste ließ sich beliebig fortsetzen. Sogar ihre Haut war verändert worden und wies jetzt eine blaßgoldene Bräune auf, die nie verblassen würde.

Sie konnte sich kaum bewegen, ohne an die Veränderungen erinnert zu werden, ohne daß ihr irgendein Körperteil die Unterschiede deutlich vor Augen führte. Sie nahm an, daß sie sich im tiefsten Innern nie richtig wohl damit fühlen würde. Es gab tatsächlich so etwas wie *zu* sinnlich. Ihr Körperbau, ihre Figur, ihr ganzes *Aussehen* war ziemlich empörend.

Das Telekom summte.

Anstatt im Dunkeln herumzufummeln und dabei zu riskieren, sich einen ihrer permanent implantierten extralangen Fingernägel abzubrechen, holte sie einmal tief Luft und sagte: »Telekomantwort ... Ja.«

Das Gerät summte erneut. Ein Augenblick der Stille, dann erscholl Ansell Surikovs Stimme aus den Lautsprechern. »Liebling?« sagte er. »Ist alles in Ordnung? Ich empfange kein Bild von dir. Und du klingst so ...«

»Es geht mir blendend«, unterbrach Farrah ihn in unbeschwertem Tonfall. Sie lächelte und ließ ihre Stimme sanft und ausdrucksvoll klingen. »Ich bin nur gerade aus dem Bad gekommen. Ich habe nichts an.«

»Ah, ich verstehe«, sagte Ansell, ein wenig belustigt klingend.

»Kommst du heute abend später?« fragte Farrah.

»Ja, etwas. Ich hoffe, du bist noch auf, wenn ich komme.«

»Erwarte ich dich nicht immer, wenn du nach Hause kommst?«

»Natürlich tust du das.« Ansell kicherte. »Du mußt mich für einen verrückten Narren halten, Liebling.«

»Nicht verrückter und närrischer als ich, Liebling.«

Ansell sagte, er käme bald nach Hause, dann verabschiedete er sich von ihr und unterbrach die Verbindung. Das Telekom summte und schaltete sich selbständig aus. Farrah blieb noch eine Weile im Dunkeln liegen, in der sie ihre Willenskraft, ihren Ehrgeiz und ihre Energie mobilisierte, dann richtete sie sich langsam auf und strich sich die Haare aus dem Gesicht.

»Licht.«

Das Licht ging an, und die überall im Raum verteilten Onyx-Lampen schufen kleine Lichtinseln, die sich allmählich zur vollen Beleuchtung erhellten. Farrah erhob sich und ging durch die Verbindungstür in ihr Ankleidezimmer. Der verrückte Narr, der sie angerufen hatte, würde erwarten, von einer üppigen, sinnlichen Frau an der Tür in Empfang genommen zu werden. Wenn er statt dessen eine nackte Nymphe vorfand, noch dazu eine mit ihren Proportionen, bekam er vielleicht einen Herzinfarkt und fiel tot um. Und das wäre kaum zu ertragen.

Es überraschte sie immer noch, wie leicht ihr der Wechsel von einer bloßen Lohnsklavin zur Vollzeit-Konzernprostituierten gefallen war. Das war so ein schmutziges Wort, und doch traf es den Nagel auf den Kopf. Sie stellte fest, daß es ihr egal war, daß ihr nicht einmal die Bezeichnung etwas ausmachte. Sie war in der Konzernumgebung aufgewachsen. Um des ökonomischen Vorteils willen hatte sie ihr Leben lang praktisch alles, was sie besaß, an den einen oder anderen Konzern verkauft. Jetzt war auch ihr Körper ein Teil dieses Arrangements. So einfach war das. Die Kompensation war mehr als adäquat gewesen, ausreichend, um jede gewöhnliche Prostituierte vor Neid grün und blau werden zu lassen. Und wenn ihr gegenwärtiges Projekt gelang, würde sie sich lange, lange Zeit keine Sorgen mehr zu machen brauchen.

Der Sicherheitstrupp traf ein, um die Wohnung nach Wanzen und unbefugten Eindringlingen zu untersuchen. Das war Standardprozedur. Farrah vergewisserte sich lediglich, daß das Drei-Mann-Team zum richtigen Konzern gehörte, bevor sie die Leute einließ.

Ansell kam zehn Minuten später. Sein persönlicher Begleitschutz blieb im Flur zurück.

Farrah, jetzt in ein scharlachrotes Neo-Monochrom-Gewand gehüllt, auf dem tausend Lichtpunkte funkelten, lächelte. Das Gewand betonte jede sinnliche Rundung ihres Körpers und ließ Schultern und Arme sowie ein beeindruckend tiefes Dekolleté frei. Ansell starrte sie mehrere Sekunden lang nur an, dann zog er seinen Trench aus und warf ihn mit einer weit ausholenden Armbewegung auf ein kleines Sofa in der Nähe.

»Du siehst *hinreißend* aus, meine Liebe«, sagte er lächelnd und ging auf sie zu.

Farrah wartete, bis er ihr eine Hand auf die Schulter legte und sich vorbeugte, um sie zu küssen. Dann zog sie hinter ihrem Rücken zwei Kristallgläser und eine Flasche Bordeaux Superieur, Château Haut Brion hervor ...

Ansell zögerte, dann hob er die Flasche und betrachtete das Etikett. »Meine Liebe«, sagte er mit einem

Lächeln, »das ist der neunzehner Jahrgang. Er bekommt gerade die richtige Reife.«

Farrah hob eine fein gezogene Braue. »Laß uns ein wenig leben.«

»Sollen wir es wagen?«

Farrah nickte schwach und lächelte.

Es war die Art extravaganter Geste, der dieser Mann nicht widerstehen konnte, das wußte Farrah. Mit einem wilden Grinsen nahm er die Flasche in die Hand und erklärte leidenschaftlich, daß sie den Korken noch heute abend öffnen würden. *Sofort!* Seinem Liebling könne er nichts abschlagen. Der Impuls des Augenblicks werde Erfüllung finden. Und ein Impuls führe zu anderen.

Das Wohnzimmer war in sanftes, indirektes Licht getaucht. Ansell machte sich daran, die Flasche zu öffnen und den Wein zu dekantieren. Farrah holte eine üppige, zwanzig Zentimeter lange Montecruz Individuale aus dem Feuchthaltebehältnis hinter der Bar, kappte das Ende und reichte die Zigarre unangezündet an Ansell weiter.

»Das Beste vom Besten«, erklärte er leise.

»Nur der Anfang«, erwiderte Farrah.

»Ja«, erwiderte Ansell schelmisch lächelnd. »Der Anfang.«

Auf Knopfdruck startete die Unterhaltungskonsole eine vorprogrammierte Routine. Die Beleuchtung wurde schummriger. Laserlicht blitzte auf und erlosch, erfüllte das Zimmer mit brütenden Farben. Musik erklang, arabisch angehaucht. Farrah trat in die Mitte des Zimmers und begann einen Tanz, geschmeidig wie eine Schlange, flüssig wie warmer, fließender Honig.

Als Ansell lachte und applaudierte, griff Farrah hinter sich und öffnete einen Verschluß. Daraufhin wich sein Gelächter leisen Ausrufen des Entzückens, da er offenbar wußte, was ihn erwartete. Farrahs Gewand löste sich in hauchdünne Stoffstreifen auf, die nach und nach den üppigen Teppich um ihre Füße bedeckten. Sie fuhr fort, nur noch mit dem fadenscheinigen Kostüm bekleidet, das sie unter dem Gewand trug. Nach einiger Zeit fiel es ebenfalls.

Der Tanz führte zwangsläufig ins Schlafzimmer.

Ansell stöhnte vor Entzücken.

9

Das Schloß war nicht sehr heikel. Waschbärs magische Finger tasteten sich mit Leichtigkeit hinein und fanden das kritische Element, einen einfachen Federbolzen. Ein Ruck, und der Bolzen war geöffnet, die Tür unverschlossen. Doch da war noch mehr, ein Alarm, und noch etwas ... eine Art Falle. Magie durchströmte den Rahmen, nicht die Tür selbst. Schlau. Es hätte sogar funktionieren können, wenn Waschbär nicht genauso schlau gewesen wäre. Den Alarm auszuschalten, dauerte nur ein paar Augenblicke. Den schlauen Zauber zu neutralisieren, der ... ja, was bewirkte er eigentlich? Schlaf. Er versetzte jeden, der die Tür öffnete, in Schlaf. Diesen Zauber zu neutralisieren, dauerte ein paar Minuten. Wirklich, ein sehr schlauer Zauber. Ja, ein Zauber, der Waschbärs würdig war.

Als sich die Tür schließlich öffnete, hielt Bandit inne, beobachtete, lauschte, atmete die mit Duftstoffen durchsetzte Luft ein, die in die Gasse trieb. Alles schien seine Richtigkeit zu haben. Es sah so aus, als hätte er diese schlaue Sicherheitskombination überwunden.

Äußerst erfreulich, äußerst zufriedenstellend.

Doch wenn seine Informationen stimmten, erwartete ihn die eigentliche Belohnung drinnen.

Auf seinen mit Plastischaum besohlten Schuhen glitt er praktisch lautlos durch die Tür und in einen ganz gewöhnlich aussehenden Raum. Die Lichtverstärkerlinsen seiner Maske zeigten ihm eine kleine, überfüllte Kammer, in der hohe Regale, eine große Werkbank, ein paar Schränke und Hunderte von verschiedenen kleinen Behältern, Kartons und Kisten so angeordnet waren, daß sie drei Gänge bildeten. Ein Lagerraum. Für seine astrale Wahrnehmung war der Ort dunkel, emotionslos, tot. Er bestand aus leblosen Dingen: Plastik,

Metall und Beton. Substanzen, die aus der Erde gerissen worden und so ihres Lebens beraubt worden waren. Wären die strahlende Lebensenergie, die von draußen hereinfiel, und das schwache Glimmen einer Topfblume auf der Werkbank nicht gewesen, hätte undurchdringliche Finsternis geherrscht.

Die Lichtverstärkerlinsen seiner Maske ließen ihn die Beschriftungen auf den Behältern erkennen. Er las Namen wie UCAS Fetish, New Magic, Arcane Instruments, Genuine Focii. Bandit kannte die Namen und wußte, daß die Konzerne, die sich hinter diesen Namen verbargen, nichts Wertvolles herstellten. Er ging zur Tür auf der anderen Seite des Raumes, trat dann hindurch und in den Laden des Taliskrämers.

Hier gab es leuchtendes, strahlendes Leben, und zwar an verschiedenen Stellen des Ladens. Viele der Schaukästen und Regale waren mit Touristenkram aus den Kisten im Lager gefüllt: Trommeln und Rasseln, Messer, Zauberstäbe, Kristalle, seltsam geformte Knochen, Gipsfigürchen. Hübsche Kinkerlitzchen zur Erbauung der Unwissenden. Krimskrams und Spielzeuge für Kinder oder Verwandte irgendwo in Duluth. Einige der Talismane und Tränke und bemalten Amulette waren durchaus echt, von wahrer Macht erfüllt und glänzend vor magischem Leben, doch keiner dieser Gegenstände besaß die Qualität der Macht, die einen Jünger Waschbärs interessierte.

Bandit wandte sich der Treppe zu, der alten Holztreppe, die vom Laden in den Raum im ersten Stock führte.

Hier befanden sich die wahren Schätze: alte Holztische und Regale und antike Vitrinenschränke, die alle im hellen Glanz der Macht erstrahlten. Was sie gesagt hatten – die Obdachlosen und Straßenbengel und ausgebrannten Magier, die er an Straßenecken belauscht hatte –, alles stimmte. Waschbär hätte viele Stunden hier verbringen und die leuchtenden Gegenstände untersuchen können, doch das wäre unklug. Bandit wußte, was er wollte, und das lag deutlich sichtbar direkt auf dem Tisch vor ihm.

Die Maske des Sassacus verlieh angeblich große Macht, was Beeinflussung und Überzeugungskraft betraf, und war möglicherweise noch mit besonderen Zaubern gekoppelt. Bandit zögerte, sie auch nur zu berühren, doch Instinkt, Verlangen und die Gefahr, entdeckt zu werden, ließen ihn nicht lange zögern. Vorsichtig hob er die Maske auf und hielt sie sich vor das Gesicht, um festzustellen, wie sich dadurch sein Blickfeld verändern würde. Er erfuhr nichts für seine Mühe, spürte jedoch große Macht. Er konnte die Macht fast riechen. Er würde die Maske mitnehmen und ihre Geheimnisse enträtseln. Das würde ihm ihren Wert verraten.

Mit großer Behutsamkeit verstaute er die Maske in einem Beutel an seinem Gürtel. Auf die Stelle, wo die Maske auf dem Tisch gelegen hatte, stellte er einen kleinen Kristalldrachen mit funkelnden roten Augen. Im Innern dieses dekorativen Behältnisses befand sich die pulverisierte Essenz der Geschlechtsorgane einer Wyrd-Gottesanbeterin, einem riesigen Erwachten Insekt aus Europa.

Das Pulver leuchtete vor Macht, doch es hatte keinen Wert für Bandit. Seine Magie würde von allem, was auch nur die geringste Verbindung zu Insekten oder Insektentotems aufwies, befleckt werden. Das bedeutete nicht, daß das Pulver für alle wertlos war. Tatsächlich würden einige Leute diesen Gegenstand sogar äußerst wertvoll finden. Vielleicht nicht so wertvoll wie Drachenblut, eine Phoenixfeder oder das Horn eines Einhorns, aber weitaus wertvoller als alles andere in diesem Laden. Dadurch war es ein fairer Tausch, tatsächlich sogar mehr als fair, weil es Waschbär nicht nötig hatte, überhaupt etwas hierzulassen. Diebstahl, wie manche es nannten, gehörte einfach zu Waschbärs Natur.

Plötzlich flammte Licht in dem Raum auf, helles Licht wie aus einem Scheinwerfer. Es kam aus den halbtransparenten Röhren an der Decke. Bandit spürte das Licht wie Feuer. Mit einer fließenden, geschmeidigen Bewegung duckte er sich und tauchte unter den nächsten Tisch.

Waschbär leitete ihn sehr gut heute.

Es war besser, sich zu verstecken, als zu kämpfen.

Ein alter Mann betrat den Raum. Bandit vermutete, daß es ein alter Mann war, weil er durch die Tischbeine zwischen sich und dem hinteren Teil des Raumes zwei spindeldürre Beine sehen konnte. Außerdem sah er einen altmodischen Revolver in einer knorrigen Hand.

»Wer ist da?« rasselte eine schwache Stimme. »Ich weiß, daß du hier bist ... Hast meine Schutzvorrichtung lahmgelegt ... Hinterlistiger Bastard ...«

Bandit zeigte mit dem Finger auf eine Stelle und hauchte ein einziges Wort. Aus der Richtung, in die er gezeigt hatte, kam ein gedämpftes Scheppern, gefolgt vom heiseren Fauchen einer Hinterhofkatze.

»Was war das?« murmelte der alte Mann. »Der alte Trick. Darauf falle ich nicht rein.«

Bandit grinste. Der alte Mann mußte ein Magier sein und schlau obendrein. So schlau, daß er die Falle an der Hintertür eingerichtet hatte. Tatsächlich war die Katze-in-der-Gasse-Illusion ein alter, ein uralter Trick, wie er gesagt hatte. Waschbär benutzte ihn oft. Die meisten Leute fielen darauf herein.

»Jemand treibt seine Possen«, knurrte der alte Mann.

Nickend und breit grinsend griff Bandit in seine Manteltaschen, zog die Hände wieder heraus und blies dann leise in die Richtung des alten Mannes, wobei er gleichzeitig die Hände ausstreckte und öffnete.

»Hm?« machte der alte Mann. »Also was ... schon wieder ...«

Er stand mehrere Augenblicke reglos da, dann gähnte er laut. Die dürren Beine stolperten ein paar

Schritte rückwärts, dann gingen sie in die Knie. Schließlich konnte er den alten Mann vollends sehen, als er sich auf dem Boden ausstreckte und einschlief.

Augenblicke später schnarchte er leise und gleichmäßig, da eine Abart seines eigenen Zaubers gegen ihn eingesetzt worden war.

Bandit kehrte in die schmale Gasse hinter dem Laden zurück. Die Nacht war dunkel und ruhig und wurde nur von den Stimmen der Nacht gestört: dem entfernten Grollen der U-Bahn, vorbeifahrenden Autos auf den Straßen in der Nähe, den gelegentlichen Rufen der Straßenhändler und den Unterhaltungen der Passanten. Nichts schien ungewöhnlich zu sein.

Ein kurzer Spaziergang führte ihn über die High Street und durch den Nishuane Park, in dem es von Buden und Ständen der Taliskrämer und Okkultisten wimmelte, zur Harrison Avenue. Plötzlich war ihm nach essen zumute.

Vor der Seven Hexes Pizzeria fiel ihm ein schwarzgrauer Lieferwagen auf. Er ging direkt daran vorbei und trat um die Ecke in den tiefen Schatten, der von den hohen Stahlbeton-Gebäuden auf beiden Seiten der Sutherland geworfen wurde. Der Lieferwagen folgte ihm. Als Bandit in den noch dunkleren Schatten eines Hauseingangs glitt, hielt der Lieferwagen am Bordstein an. Die Beifahrertür öffnete sich; ein großer Ork in schwarzer Panzerweste und Drillichhose trat auf den Bürgersteig und schlenderte langsam zu Bandit herüber. Die Leute nannten diesen Ork Shank. Ein Zwerg namens Thorvin folgte ihm.

»Hoi, Bandit«, sagte Shank.

Thorvin grunzte.

Bandit musterte die beiden eindringlich. Ihre Anwesenheit hier weckte seine Neugier. Sie suchten ihn nur selten auf, und dann auch nur, wenn sich eine besondere Gelegenheit ergeben hatte. Ein Blick auf ihre

Auren verriet ihm lediglich, daß sie gelassen, unbesorgt und in Einklang mit dem Plex waren.

»Wir haben 'n Job«, sagte Shank. »Rico will, daß du mitmachst.«

Interessant. Bandit kannte auch diesen Rico. Rico war schlau, in mancher Beziehung genauso schlau wie Waschbär. Er hatte eine Frau, eine Asiatin, die vielleicht mehr war, als sie zu sein schien. Nicht völlig menschlich, vielleicht etwas anderes als ein Mensch. Sie war ebenfalls schlau. »Die Deckerin«, sagte Bandit leise. »Ist sie auch dabei?«

Shank runzelte die Stirn, dann sagte er: »Du meinst Piper?«

»Ja.« Das war der Name.

»Klar ist sie dabei. Sie und Rico planen den Run gerade. Willst du mitmachen?«

»Wahrscheinlich« sagte Bandit. »Gute Bezahlung?«

Shank nannte ihm die Summe. Sie war beachtlich. Bandit war das eigentlich egal. Geld war nützlich, um sich etwas zu essen zu kaufen und einen Unterschlupf mieten zu können, aber das war auch alles. Er fragte nur nach dem Geld, weil man das von ihm erwartete. Leute, die kein Geld wollten, waren nicht vertrauenswürdig. »Der Run führt uns wohin? An einen interessanten Ort?«

Shank nickte zögernd. Anscheinend verwirrt. »Ja. Klar. Ich wette, es wird echt interessant. Massive Sicherheit. Konzerngelände.«

»Hochsicherheitsgelände?«

»Sagte ich das nicht gerade?«

Shank meinte ja. Das war in der Tat sehr gut. Hochsicherheitsanlagen gab es nur, um wertvolle Dinge zu schützen. Dinge, die man sich nehmen konnte, die man horten konnte. Oder verkaufen. Oder tauschen. Oder auf ihre Bedeutung untersuchen. Auf den ersten Blick ließ sich nur selten herausfinden, was wertvoll war und was nicht, also mußten viele Dinge zuerst an einen sicheren Ort gebracht werden, wo sie versteckt und eingehend untersucht werden konnten. Oft mit Magie. Ausgedehnter Magie. Was die Uneingeweihten ›rituelle Magie‹ nannten, als könne diese Magie rein mechanisch und ohne Inspiration gewirkt werden.

»Interessiert?« fragte Shank.

Bandit nickte, nur einmal. »Wann fangen wir an?«

Die Nacht funkelte vor pulsierender, lebendiger Energie. Maurice erhob sich langsam, dann ließ er sich wieder sinken, wobei sich seine Astralgestalt zunächst so hoch wie die Mauern der umliegenden Häuser erhob, um dann mehrere Meter unterhalb des schwarzen Asphalts der Gasse zur Ruhe zu kommen. Alles schien in Ordnung zu sein. Die Energien der Astralebene flossen glatt und harmonisch. Keine bösartige Spezies, kein Phantom oder magisch aktives Wesen schien in der Nähe zu sein.

Natürlich gab es eine unbedeutende Fluktuation, eine winzige Störung im Fluß des Astralraums, deren Ausgangspunkt sich innerhalb des Lagerhauses zu seiner Rechten befand, aber das hatte er erwartet.

Er war vorbereitet.

Er kehrte in seinen leiblichen Körper zurück. Dieser Vorgang brachte ein Gefühl der Unzufriedenheit mit sich, genau wie die Notwendigkeit, seine Studien heute nacht ruhen zu lassen, um seine Kunst in der schäbigen Welt des Vergänglichen zu ›praktizieren‹. Als er seine Sinne in der physikalischen Ebene beisammen hatte, saß er wieder auf dem Rücksitz seiner Mercedes-Limousine. Die Limousine wartete mit ausgeschalteten Scheinwerfern in einer Gasse, die von irgendeiner Straße im Sektor 2 abzweigte, in der Nähe des Flughafens und der Piers.

»Ihr bleibt im Wagen«, sagte er.

Die fünf Frauen, die sich den Fond der Limousine mit ihm teilten, murrten unzufrieden. Wie nicht anders zu erwarten. Sie waren seine Frauen. Sie kümmerten sich um die unzähligen bedeutungslosen Details des täglichen Lebens, so daß er Zeit für seine arkanen Forschungen hatte. Außerdem hatten sie eine ganze Reihe von Kindern geboren, die ihm zu gegebener Zeit ebenfalls dienen würden. Sie wollten ihn immer und überallhin begleiten, da sie sich einbildeten, daß sie sich durch seine Dienste gewisse unveräußerliche Rechte erworben hatten.

In einer Nacht wie dieser, wenn gewisse unbestreitbare Tatsachen der Existenz in die geheiligte Domäne seiner Forschungen eindrangen, gewährte er keine Freiheiten und duldete keinen Widerspruch. Die Schnallen würden tun, was er sagte, oder die Konsequenzen tragen. Zum Glück für sie alle hatte Daniella, seine erste Frau, genug Verstand, um die anderen zum Schweigen aufzufordern.

Daniella würde sie bei der Stange halten.

Mit einem makellos manikürten Finger zeigte Maurice auf die Tür zu seiner Rechten, die sich daraufhin klickend öffnete. Das schwache Glimmen in der Luft unter dem Dach der Limousine schwebte ins Freie hinaus. Maurice folgte ihm nach draußen.

Die Nacht war kühl, und widerwärtige Gerüche lagen in der Luft. Der Boden vibrierte schwach wie vom entfernten Donnern von Maschinen oder vorbeifahrenden U-Bahn-Zügen. Maurice klemmte sich den Gehstock mit Elfenbeingriff unter den Arm und zog die Schärpe seines dunklen Kapuzenmantels enger. Eine triviale Willensanstrengung ließ ihn auf die Ebene astraler Wahrnehmungen zurückkehren. Er fand seinen vor ätherischer Energie leuchtenden Verbündeten, der ihn aus einer Entfernung von höchstens einer Armeslänge ansah.

Der Verbündete, den er erst kürzlich beschworen hatte, war eine sonderbare Mischung aus Naivität und Exzentrizitäten. Zwar war der Geist Maurice' Willen unterworfen und mußte ihm dienen, aber er ließ Anzeichen erkennen, daß er eine einzigartig eigenwillige Persönlichkeit entwickelte. Er zog es vor, sich als Frau anreden zu lassen. Mit Maurice' Erlaubnis hatte er eine Astralgestalt wie die einer kurvenreichen jungen weißen Frau mit langen goldbraunen Haaren angenommen, die ein schulterfreies Kleid trug, dessen Saum ihr bis zur Wade reichte. Er wünschte, ›Vera Causa‹ gerufen zu werden. Maurice fand das beunruhigend.

Der Geist sprach ihn direkt auf geistiger Ebene an und fragte: *Dein Verlangen, Meister?*

Bewachung, dachte Maurice.

Ja, Meister, erwiderte der Geist. *Ich bewache dich immer. Der Meister ist freundlich, und Geister sind dankbar.*

In der Tat.

Wieder zurück auf der Ebene seiner körperlichen Wahrnehmungen, streckte Maurice seinen Gehstock aus und ging die Gasse entlang. Rechts von ihm stand die große schwarze Metalltür eines Lagerhauses teilweise offen. Er hielt inne, um sowohl Tür als auch Eingang zu begutachten, die beide unbewacht zu sein schienen, sowohl von astraler Seite als auch sonst. *Meister, sei vorsichtig*, warnte sein Verbündeter. *Große Gefahr. Viel Gewalt.*

Das war gewiß richtig.

Die offene Tür führte direkt zu einem Treppenabsatz. Ein schwacher Glanz von den Lichtern der umliegenden Stadt fiel durch den Eingang, um den Absatz trübe zu erleuchten. Die Stufen führten jedoch in eine pechschwarze Finsternis hinab. Mit einem Fingerschnippen beschwor Maurice sein magisches Licht. Das Licht flammte strahlend hell auf und schwoll von der Größe eines Stecknadelkopfes zu einer Kugel auf dem Knauf seines Gehstocks.

Maurice streckte den Stock aus und ging die Treppe herunter. Wiederum warnte ihn sein Verbündeter vor einer Gefahr, vor der Gewalt, die in der Luft lag. Maurice kannte den Ursprung dieser Gewalt. Das war der Mann, den zu sprechen er gekommen war.

Die Treppe führte in einen Gang, in dem es, abgesehen von Maurice' magischem Licht, keine Beleuchtung gab. Ein Stück voraus wartete eine weitere halb geöffnete Tür. Maurice blieb kurz stehen, um sie zu untersuchen, dann trat er hindurch.

Sie führte ihn in den Hauptraum, der doppelt oder gar dreimal so groß wie ein durchschnittliches Sim-Sinn-Theater war. Am anderen Ende brannte eine einzelne Kerze. Direkt hinter der winzigen Kerzenflamme stand ein Mann, der bis zur Taille nackt war. Er hatte einen dichten Schopf lockiger blonder Haare und einen muskulösen, athletisch gebauten Körper. Er stand da, die Füße dicht zusammen, die Arme an den Seiten und das Gesicht der Finsternis der Decke zugewandt, die dicht über seinem Kopf hing.

Hinter dem Mann konnte Maurice die zusammengekrümmte Gestalt einer Frau ausmachen, die nackt war. Und tot.

»Sie sind wiedergekommen.«

Die Stimme hallte leise durch den Raum. Sie gehörte dem Mann. Er trug viele Namen, doch soweit Maurice wußte, war sein wirklicher Name Claude Jaeger. Seine Aura war ein wirbelnder Strudel dunkel getönter Energien. Maurice war schon wahnsinnigen Mördern mit klarerer Aura begegnet, doch Jaeger war viel gefährlicher als jeder Psychopath. Der Tod klebte an ihm, aber nicht wie ein Schmarotzer, sondern als Quelle seiner Macht.

Mit einem Aufschrei wirbelte Jaeger plötzlich herum und trat zu. Die Bewegung erfolgte so rasch, daß Maurice sich dessen nicht ganz sicher war. Eine dunkle Gestalt zu Jaegers Rechten, die in Form und Größe Ähnlichkeit mit einer Feuertür aufwies, läutete wie eine Glocke. Das Geräusch hallte durch den Raum und erzeugte ein bedrohlich klingendes Echo. Die Tür, oder was es auch war, fiel laut scheppernd zu Boden und zerbrach in zwei Teile.

»Macht Ihnen diese Art der Übung Spaß?«

Jaeger wandte sich an Maurice mit einem Gesicht, das so kalt wie der Beton unter seinen Füßen war. »Es ist keine Übung«, sagte er. »Und es macht mir großen Spaß.« Er hielt einen Augenblick inne, dann sagte er: »Wollen Sie es auch mal versuchen? Ich habe noch eine Tür.«

Maurice dachte kurz darüber nach, dann verwarf er den Gedanken. Jaeger folgte dem Pfad eines Kindes, dem des körperlichen Adepten. Seine Kunst, wie er es nannte, war der Stärkung seiner körperlichen Macht gewidmet. Seine Übungen schlossen das Zerbrechen unbelebter Gegenstände und lebendiger Wesen ein. Die Ausübung dieser Kunst entzog sich jeder Erklärung, und zwar aus dem einfachen Grund, weil diese Kunst an sich absurd war. Sie war zweifellos außerordentlich praktisch, besaß jedoch außerhalb des rein Physikalischen keinen Wert. Jaeger selbst war wie eine Waffe, wirkungsvoll, aber im wesentlichen bar jeglichen Verlangens nach Wahrheit oder nach mehr als bloßer körperlicher Anregung.

»Wir haben Arbeit«, sagte Maurice.

»Was für Arbeit?« schnappte Jaeger grob.

Maurice ignorierte den unangemessenen Tonfall. Es war schon schwierig genug, sich zu überlegen, welche Worte die gewünschte Wirkung erzielen mochten. Im allgemeinen mißfiel ihm das gesprochene Wort. Die Sprache konnte unerträglich heikel und ungenau sein. Er bevorzugte die mathematische Präzision der arkanen Künste, der Einen Wahren Kunst. Ihr allein konnte man vertrauen.

Ruhig und präzise sagte er: »Unser Klient beabsichtigt ein heikles Unternehmen. Wir sollen der Rückendeckung den Rücken decken, wenn man so will. Für den Fall, daß etwas schiefgehen sollte.«

Jaeger kicherte leise und kehlig. »Ich würde diesen Sachverhalt in ganz andere Worte kleiden, Magier.«

Das nahm Maurice auch an.

10

Anders als das alte dreistöckige Ziegelhaus in der Mott Street gehörte der große GMC-Lieferwagen tatsächlich der New Jersey Consolidated Light and Power Corporation. Er war in den Konzernfarben Blau und Gelb lackiert, mit verschiedenen Identifikationsnummern gekennzeichnet und mit Ausrüstung beladen.

New Jersey C.L.&P. hatte den Lieferwagen für den Moment aus den Augen verloren, dafür hatte Piper gesorgt. Ihr zu Folge hatte der Konzern eines der schlechtesten Matrix-Sicherheitssysteme aller Konzerne im Megaplex Jersey-New York, aber ob das der Wahrheit entsprach oder der Konzern einfach nur unterhalb des Niveaus ihrer Fähigkeiten lag, wußte Rico nicht. Letzten Endes spielte es wahrscheinlich auch keine Rolle.

Rico setzte sich auf den Beifahrersitz, stemmte einen Fuß gegen das Armaturenbrett und nickte Shank zu. Shank drückte auf die Fernbedienung, so daß das große Tor vor ihnen hochrollte, und dann fuhren sie zur Doremus Avenue am Nordrand des Hafens, wo sie den Jersey Turnpike nahmen.

Es war kurz nach 23:30 Uhr. Die Spuren für die Lastwagen waren mit schwerem, rasch fließendem Verkehr gefüllt – gewaltigen Lastzügen mit zwei und drei Hängern, Transportern, normalen LKWs und Lieferwagen. Rico wandte den Kopf zu dem Trio auf der Rückbank: Bandit, Filly und Dok. Wie Shank und er trugen sie leuchtend orangefarbene Schutzhelme und Westen mit dem Logo der C.L.&P. Sie waren nur einer von vielen Reparaturtrupps in einem aufgeblähten Ozean aus Technikern und langsam zusammenbrechender Infrastruktur. Niemand würde ihnen einen zweiten Blick gönnen.

Die Schnellstraße brachte sie über den Passaic River und auf die Halbinsel Kearny, einer der am dichtesten industrialisierten Gegenden im Plex. Güterbahnhöfe, Fabriken, Vorratssilos und Lagerhäuser, alle in einem Mammutmaßstab konstruiert, glitten zu beiden Seiten der Schnellstraße vorbei. Warnlichter von Fabrikschloten und flammenumzüngelte Schornsteine von Chemiewerken erhoben sich hoch in das Orange-Phosphor-Glühen der Nacht.

Über eine weitere Brücke und den Hackensack River, dann nach Secaucus, einem neuerlichen Industriegebiet, und den Hudson entlang bis weit jenseits der George Washington Bridge.

Weiter als bis zur Rückseite von Union City brauchten sie nicht zu fahren.

Shank fuhr den Lieferwagen die Ausfahrt zur Paterson Plank Road entlang und dann zur West Side Avenue.

Nördlich der Kläranlage wurde die Straße zu einem breiten Boulevard. Es war eine Art Executive Row, als sei ein kleines Stück von Manhattan zwischen Chemie- und Nahrungsmittelfabriken und die engen, verfallenen Straßen von Union Citys Zone 2, West New York, gestopft worden. Breite Plazas erstrahlten im Licht. Springbrunnen funkelten und glitzerten. Glänzende Wolkenkratzer erhoben sich wie polierter Chrom aus den Leuchtkränzen um ihre Fundamente, um den Himmel in Beschlag zu nehmen.

Dicht hinter der Neunundsechzigsten Straße bremste Shank den Lieferwagen ab, schaltete das orangefarbene Warnblinklicht ein und fuhr quer über den Boulevard, dann mit zwei Rädern auf dem Bürgersteig und auf die golden erhellte Plaza vor dem imposanten Hauptquartier von Shiawase Compudyne, einem Ableger der Shiawase Corporation aus Kyoto, Japan. Compudynes nordamerikanische Zweigstelle wies ein bedeutendes Merkmal auf. Rico stieg aus dem Lieferwagen aus, und da war es, direkt neben ihm. Inmitten der goldenen Steinplatten der Plaza befand sich der schwarze Kreis eines Schachtdeckels.

Shank hakte den Deckel auf und zog ihn beiseite. Dok und Filly sicherten mittlerweile das offene Loch mit einem orangefarbenen Schutzgeländer und stellten dann den orangerot gestreiften Kompressor auf, der frische Luft in den Schacht pumpen würde. Rico öffnete einen Sony Palmtop-Computer mit dem Logo der New Jersey C.L.&P., hielt noch einmal inne, um sich auf der Plaza umzusehen, und hämmerte dann auf die Tastatur des Palmtops ein.

Fünf Minuten verstrichen. Shank kletterte in das Loch und hinunter in den Wartungsschacht unterhalb der Plaza. Dok und Filly reichten ihm mehrere Werkzeugtaschen herunter, dann machten sie sich an dem Kompressor zu schaffen. Rico beschäftigte sich immer noch mit dem Palmtop, als irgendein Bursche aus dem Shiawase-Hauptgebäude kam, um nachzusehen, was vorging.

Der Bursche trug einen Anzug und eine plastiklaminierte Ausweiskarte mit der Aufschrift ›Shiawase Compudyne – Sicherheit‹. Rico drückte weiterhin die Tasten seines Palmtops, bis der Mann neben ihn trat.

»Was ist denn los?« fragte der Sicherheitsbeamte. »Gibt es ein Problem?«

Rico hielt inne, um den Burschen von oben bis unten zu betrachten, dann fuhr er mit seiner Tipperei fort. »Das Hauptbüro sagt, wir haben einen Spannungsabfall in einer Zuleitung im Quadrant K-Sieben. Wahrscheinlich nur Ratten, aber wir müssen der Sache nachgehen. Könnte ein paar Stunden dauern.«

»Haben Sie einen Arbeitsauftrag oder sowas?«

»Das ist streng geheim«, erwiderte Rico. »Ich könnte es Ihnen sagen, aber danach müßte ich Sie umlegen.«

Der Wachmann musterte ihn scharf. »Wie bitte?«

Kein Sinn für Humor. Rico betrachtete den Burschen

stirnrunzelnd und sagte: »Ja, ich habe einen Auftrag. Was geht Sie das an?«

»Ich mach nur meinen Job, Chummer.«

»Was für einen Job?«

»Shiawase-Sicherheit.« Der Bursche zeigte auf die Ausweiskarte an seinem Revers. »Vielleicht seid ihr in Wirklichkeit Öko-Freaks, die den ganzen Laden hier sprengen wollen. Ich muß das überprüfen. Verstanden?«

Rico grinste sarkastisch und schüttelte den Kopf. »Ihr Burschen seid alle gleich.« Er drückte ein paar Tasten des Palmtops. »Sie wollen meinen Arbeitsauftrag sehen? Hier ist er. Sie können unter der angegebenen Nummer anrufen, wenn Sie ganz auf Nummer Sicher gehen wollen.«

»Danke.« Der Bursche warf einen Blick auf die Anzeige des Palmtops, dann zog er ein ultradünnes Funktelefon aus der Jackentasche. »Dauert nur 'ne Sekunde, Chummer.«

»Null Problemo. Ich werde so oder so bezahlt, ob fürs Arbeiten oder fürs Quatschen.«

Es klingelte zweimal.

»Vielen Dank für Ihren Anruf bei der Reparaturabteilung der New Jersey Consolidated Light and Power. Unsere Kundenleitungen sind im Augenblick alle besetzt. Bitte warten Sie ...«

»Reparaturabteilung. Jane am Apparat. Was kann ich für Sie tun?«

»Ja, hoi, mein Name ist Mike Kosaka. Ich arbeite für die Sicherheitsabteilung von Shiawase Compudyne. Ich habe hier einen Ihrer Trupps auf unserem Firmengelände. Ich wollte mich erkundigen, ob das seine Richtigkeit hat.«

»Wenn ein Reparaturtrupp losgeschickt wird, bekommt er automatisch eine Arbeitsauftragsnummer, Sir. Fragen Sie bitte den Leiter des Trupps nach dieser Nummer.«

»Äh ... Sekunde ... Die Nummer lautet G wie Golf, zwo-vier-neun-null-sieben-fünf.«

»Einen Augenblick, Sir.«

»Klar.«

»... Das ist eine gültige Auftragsnummer, Sir. Reparaturleiter Ramos und sein Team sind zu Ihrem Standort geschickt worden, um eine mutmaßlich fehlerhafte Zuleitung zu überprüfen. Damit sollten keinerlei Störungen in der Versorgung Ihres Betriebs verbunden sein. Die geschätzte Arbeitsdauer beträgt vier Stunden. Haben Sie sonst noch eine Frage, Sir?«

»Äh, nein. Das reicht. Danke.«

»Vielen Dank für Ihren Anruf bei der New Jersey Consolidated Light and Power.«

»Sind Sie jetzt zufrieden?« sagte Rico.

Der Sicherheitsbeamte lächelte und nickte. »Vielen Dank für Ihre Zeit.«

»Ich werde so oder so bezahlt, ob fürs Arbeiten oder fürs Quatschen«, sagte Rico. Der Sicherheitsbeamte nickte noch einmal und wandte sich zum gehen. Rico sah Dok und Filly an und sagte: »Schmeißt endlich das Gebläse an.«

Filly steckte das Kabel des orangeroten Kompressors in die Steckdose an der Seite des Lieferwagens, und das Gerät erwachte stotternd und hustend zum Leben.

Der Anruf wurde von einem Smartframe gehandhabt – einem Programmkonstrukt, das nur eine bescheidene Menge an aktivem Speicher benötigte. Kaum war der Anruf erledigt, als sich das Frame abschaltete.

Mittlerweile sauste Piper bereits die Datenleitungen des Lokalen Telekommunikationsgitters von Secaucus entlang. Die Planargeografie der Matrix hier reflektierte das Gelände der wirklichen Welt. Systemkonstrukte wie riesige Fabriken und mächtige Wolkenkratzer erhoben sich in den Sternenhimmel und reckten sich den entfernten Nebeln der Zugangsknoten zum Regionalen Gitter entgegen. Piper achtete auf die hexadezimalen Adressen, die an ihr vorbeiflogen, dann bog sie scharf nach links zum Matrixäquivalent der Executive Row ab.

Konstrukte wie Bürohochhäuser und riesige Anwesen türmten sich um sie herum auf. Das, welches sie suchte, sah aus wie eine kleine Burg mit einer Kugel darauf, den Insignien von Kuze Nihon, einem multinationalen Konglomerat mit Hauptquartier in Tokio. Die Burg an sich und das Computersystem, das sie darstellte, gehörten zu Maas Intertech mit Hauptquartier an der West End Avenue in Secaucus.

Piper raste direkt darauf zu.

Niemand würde sie kommen sehen.

Kaum hatte sich der Bursche in dem Anzug verabschiedet, als zwei Wachen in schneidigen blauen Uniformen vor der Doppeltür des Haupteingangs von Shiawase Compudyne aufmarschierten. Daraus ließ sich die offensichtliche Schlußfolgerung ableiten, daß Shiawase aus irgendeinem Grund beschlossen hatte, die Sicherheitsvorkehrungen ein wenig zu verschärfen oder zumindest eine kleine Show abzuziehen. Die Wachmänner standen da wie Soldaten bei einer Parade. Sie störten Rico nicht im geringsten.

Zeit, ein paar Gesetze zu brechen. Rico waren die Gesetze ziemlich egal, weil sie für die Konzerne und diejenigen Leute arbeiteten, die sie machten, diejenigen mit Geld und Macht. Recht war Recht und Unrecht war Unrecht. Jeder Mann mit ein wenig Moral wußte, was Recht und was Unrecht war, und konnte mit ein wenig Nachdenken herausfinden, was deswegen zu tun war. Manchmal mußte man eben ein paar Gesetze brechen, um die Dinge ins Lot zu bringen.

Ob das Gesetz dafür oder dagegen sprach, darüber konnten sich die Blutsauger von Rechtsanwälten streiten.

Bandit folgte der letzten Werkzeugtasche in den Schacht. Dok hatte in der Zwischenzeit den dicken orangerot gestreiften Schlauch vom Kompressor in den Schacht heruntergelassen und half jetzt Filly dabei, ein Kabel wie eine überdimensionale Verlängerungsschnur in den Schacht abzuwickeln. Luftschlauch und Verlängerungskabel waren nur Bühnenrequisiten, damit die Szenerie richtig aussah. Das gleiche galt für Ricos ständiges Ein- und Aussteigen in und aus dem Lieferwagen und seine Beschäftigung mit dem Palmtop.

Fünf Minuten später setzte Rico seinen echten C.L.&P.-Schutzhelm wieder auf und kletterte die Metallsprossen des Zugangsschachts zum Wartungskorridor herab.

Der Korridor war fast drei Meter hoch, doch kaum breiter als einen Meter. Mehr Platz stand eben nicht zur Verfügung. Kabel, Rohre und Leitungen liefen eine Wand hinauf und die andere herunter, so daß die Decke vielleicht einen halben Meter niedriger war, als sie ohne Rohre und Leitungen gewesen wäre. An der rechten Wand waren in Abständen von etwa zehn Metern kleine Notlampen angebracht, die auch brannten.

Zu Ricos Füßen lagen mehrere schwarze Säcke. Er hob denjenigen auf, der mit einer großen Eins beschriftet war, und ging den Tunnel entlang. Auch mit dem Sack war das Gehen kein Problem. Durch so einen schmalen Gang zu rennen, würde dagegen nicht leicht sein, doch Rico hatte nicht vor zu rennen.

Ungefähr hundertfünfzig Meter weiter hatte Shank eine Infrarot-Sperrfolie aufgehängt. Niemand, der in den Tunnel schaute, würde erkennen können, was sich hinter der Folie abspielte, und zwar ungeachtet aller optischen Verstärkungen. Rico überprüfte das, indem er seine Jikku-Augen auf Infrarot schaltete. Der einzige Zweck der Folie bestand darin, jemanden, der den Schacht hinabstieg, daran zu hindern, sofort zu entdecken, was hinter der Folie vorging.

Hundert Meter weiter bog ein zweiter Tunnel im rechten Winkel nach links ab. Shank wartete an der Ecke, voll eingekleidet und einsatzbereit: ballistische Maske, Flakweste, Colt M22A2 Sturmgewehr am Schultergurt, Wallacher Streitaxt und diverse andere Ausrüstungsgegenstände an Hüft- und Brustgürtel.

»Status«, sagte Rico.

»Frag mich nicht«, knurrte Shank. »Er hat die ganze Zeit nur so herumgestanden wie jetzt.«

Bandit, der seinen schwarzen Trenchcoat am Körper und sein Schwert in der Hand trug, stand fünf Meter tief in dem Seitengang. Vielleicht eine Armeslänge vor seinem Gesicht war der Tunnel durch eine Ziegelmauer verschlossen. Die Rohre und Leitungen an der Decke führten durch die Ziegelmauer hindurch.

Der Plan sah vor, daß Bandit seine Schamanenfähigkeiten einsetzte, um den Tunnel hinter der Ziegelmauer auszukundschaften. Nur als Vorsichtsmaßnahme. Sobald klar war, daß der Tunnel dahinter frei war, würden sie die Mauer einreißen. Rico betrachtete Bandit und wußte nicht, was er davon halten sollte. Das Problem bestand darin zu erkennen, wann der Schamane tatsächlich Magie wirkte, wann er seinen Körper verlassen hatte und wann er einfach nur dastand und vor sich hin starrte, um nachzudenken, weil er vielleicht an einem Problem zu knacken hatte.

Wenn es ein Problem gab, wollte Rico sofort darüber Bescheid wissen. »Bandit«, sagte er.

Plötzlich schüttelte Bandit sein Schwert. Das kunstvoll verzierte Heft des Schwerts rasselte kurz, dann murmelte Bandit tief und leise vor sich hin, wobei sich seine Stimme hob und senkte wie bei einem Lied. Das Lied endete in Schweigen. Bandit stand einige Augenblicke stocksteif da, dann schwang er sein Schwert in die Horizontale und zeigte damit auf die Ziegelmauer.

Ansonsten schien nicht viel zu passieren.

Rico wartete, bis Bandit sich zu ihm umdrehte, und sagte dann: »Fertig?«

»Wenn ihr es seid«, erwiderte Bandit.

Der System-Zugriffsknoten hatte das Aussehen einer geräumigen Lobby, enorm breit, eine Front aus transparenten Fensterscheiben und Umrisse aus computersimulierten Darstellungen von knisterndem Neon.

Gegenüber der Fensterfront öffneten und schlossen sich hundert transparente Türen, da beständig Datenblöcke und Botschaften in Gestalt grünuniformierter Boten-Icons über hundert verschiedene Datenleitungen eintrafen.

In der Lobby warteten die Boten-Icons auf violett gefärbten Linien, die im Boden pulsierten und zum Informationsschalter eines Subprozessors kurz hinter den Eingängen zur Knotenlobby führten. Weißuniformierte Kontrollmodule, die dem Subprozessor unterstellt waren, dirigierten die Boten-Icons zu den chromverspiegelten Wänden auf der linken und rechten Seite der Lobby. Die Boten-Icons hasteten rasch die Linien entlang, dann über den Informationsschalter zu den Seiten der Lobby, wo sie in den verspiegelten Wänden verschwanden.

Alles sehr wohlgeordnet und präzise.

Piper trat vor und folgte der pulsierenden violetten Linie im Boden. Zu dem Boten-Icon direkt vor ihr sagte sie: »Entschuldigen Sie bitte.«

Das Boten-Icon sah sich um und ging ihr dann rasch aus dem Weg, indem es auf die violette Linie rechts von ihnen auswich. Die Boten-Icons dort veränderten sofort ihre Position dergestalt, daß die korrekten Abstände zwischen den Icons wiederhergestellt wurden. Piper rückte weiter vor. Die anderen Boten-Icons vor ihr folgten dem Beispiel des ersten Icons, indem sie sich ebenfalls umsahen und dann auf die Nebenlinien auswichen, so daß sie direkt zum Informationsschalter-Subprozessor vordringen konnte. Eines der weißuniformierten Kontrollmodule dort sah sie kommen und verbeugte sich.

Piper erwiderte die Verbeugung und sagte: »User mit Vorrang erbittet Interface mit der für die Steuerung der Anlage zuständigen Subprozessor-Einheit.«

Direkt vor ihrem Gesicht öffnete sich ein von grellem Orange umrandetes Fenster. Das riesige, scheinbar in der Luft schwebende Auge einer Watcher-7K-Zugangs-IC starrte sie direkt an. Das normale UMS-Icon für IC-Programme, wie erwartet. Ihre eigene Masken-Utility war bereits aktiviert. Sie trug das Kostüm einer traditionellen japanischen Geisha: Make-up, Haare, Kimono und Sandalen. Ihr Kimono, ein strahlend weißer, war mit dem Logo von Maas Intertechs Muttergesellschaft Kuze Nihon bedruckt.

Das riesige Auge der Watcher-IC zog sich in sein Fenster zurück. Das Fenster schloß sich und verschwand.

»Kreis zwoundzwanzig-null-fünf«, sagte das weißuniformierte Kontrollmodul hinter dem Informationsschalter, indem es nach links deutete.

Piper machte kehrt und folgte einer anderen violetten Linie zur Spiegelwand, um dann geradewegs durch die Wand zu treten. Einen Sekundenbruchteil später schoß sie eine andere Datenleitung entlang und durch die orangefarben gerasterte Nacht des Maas Intertech-Computernetzes.

Der Run hatte begonnen.

11

Rico deutete auf die Ziegelmauer.

Shank trat vor und an Bandit vorbei: dann attackierte er die Mauer mit seiner Wallacher Streitaxt. Ziegel und Mörtel splitterten und bröckelten wie eine alte Gipswand in einem baufälligen Haus. Nach den ersten Schlägen benutzte Shank seine freie Hand, um riesige Brocken aus der Mauer zu reißen, die zwischen seinen Fingern zu Staub zerkrümelten. Der dabei entstehende Lärm war minimal. Rico bedachte Bandit mit einem anerkennenden Nicken, das der Schamane jedoch nicht zur Kenntnis zu nehmen schien.

Dok und Filly kamen durch den Haupttunnel gerannt, während Rico seine Ausrüstung anlegte. Kevlarmaske mit integriertem Kopfset, Kommandotruppen-Harnisch, Flak-Jacke, schwere Automatik vom Typ Predator 2, Ingram 20T-MP, beide mit integralen Smartgunverbindungen.

Für die besondere Arbeit des heutigen Tages waren er und das Team außerdem mit Ares Special Services bestückt, mittelschweren Automatikwaffen mit Schalldämpfer und vergrößerten Vierzehn-Schuß-Magazinen. Die Magazine waren mit Armamax-Gelgeschossen geladen, die zusätzlich mit besonderen chemischen Wirkstoffen angereichert waren. Wenn das Ziel nicht durch die Aufprallwucht außer Gefecht gesetzt wurde, dann mit Sicherheit durch die Chemikalien, die durch Rüstung, Kleidung, Haut und so gut wie alles andere direkt ins Blut drangen. Die Bewußtlosigkeit trat nach drei Sekunden ein. Manchmal auch schneller. Ab und zu kam es vor, daß Leute mit einem Dutzend panzerbrechenden Geschossen im Körper noch weiterschossen, also war die Verzögerung kein Thema. Nicht mehr als bei jeder anderen Munition auch.

Und die Frage des Tötens oder Nichttötens hatte auf jeden Fall Vorrang. Die Armamax-Kugeln setzten außer Gefecht, ohne zu töten. Rico befaßte sich nicht mit Wetwork, auch Mord genannt. Er und der Rest des Teams würden nur dann auf harte Munition zurückgreifen, wenn sie keine andere Wahl hatten. Wenn es hieß, töten oder getötet werden.

Aber nur dann, wenn es dazu kam.

Ihr Ziel war, hinein- und wieder herauszukommen, bevor auch nur irgend jemand mitbekam, daß sie da waren. Glatt wie eine Teflon-Rutschbahn und schmerzlos wie der Schnitt einer Messerklaue. Ein mit chirurgischer Präzision durchgeführter Eingriff. Der Peng-Peng-Unfug war etwas für die Amateure draußen auf den Straßen.

Bis Dok und Filly ihre Ausrüstung angelegt hatten und einsatzbereit waren, hatte Shank ein Loch in die Ziegelmauer geschlagen, das fast groß genug für einen Troll war.

Rico fingerte an seinem Kopfset herum. »Uhrzeit?«

Piper antwortete: »Es ist ein Uhr drei.«

»In Ordnung«, sagte Rico, indem er sein Team musterte. »Durchladen und entsichern. Und benutzt nur die Codenamen. Bleibt wachsam.«

Bolzen rasteten ein und klickten. Munition wurde in Schußkammern transportiert. Rico glitt an Bandit vorbei und bedeutete Shank vorzugehen. Sie duckten sich durch das Loch in der Mauer, wobei sie Abstände von etwa drei Metern zueinander einhielten, die Waffen entsichert und im Anschlag. Dok und Filly würden nach hinten absichern. Dadurch befand sich Bandit in der Mitte, also dort, wo er auch hingehörte.

Dieser Tunnel glich dem Hauptkorridor, wies jedoch einen bedeutsamen Unterschied auf. Er führte direkt zum Hauptversorgungsgebäude der Maas Intertech-Anlage. Die Mauern waren mit Vibrations- und Bewegungsdetektoren gespickt, und es war Pipers Aufgabe sie auszuschalten. Mittlerweile mußte sie im Maas Intertech-Computernexus angelangt sein und den Job erledigt haben.

Wenn nicht, waren die fünf Personen im Tunnel erledigt.

Wie jedes individuelle System hatte auch jedes Mehrfachsystem seine Schwächen, und diese Schwächen ließen sich ausnutzen.

Pipers Karte zeigte, daß die miteinander verbundenen Mainframes, aus denen sich das Maas Intertech-Computersystem zusammensetzte, eine bedeutende Schwachstelle hatten. Forschungs- und Entwicklungs-Mainframes waren die am besten geschützten und unter Sicherheitscode Rot-4 eingestuft. Die ICs, welche die Zugangsknoten zu diesen Systemen bewachten, würden schwarz und so tödlich sein, wie ICs überhaupt sein konnten. Der Konzern wußte, wo sich sein wertvollster Besitz befand, und sparte keine Kosten und Mühen, ihn zu schützen. Das für die Sicherheit zuständige Mainframe war jedoch lediglich Code Orange, also gut gesichert, aber auf keinen Fall unüberwindlich. Und das Hauptversorgungssystem, welches die Installationen wie Wasser, Strom und Heizung überwachte und kontrollierte, war nur leicht durch Code Grün geschützt. Und das war die Schwachstelle des Systems.

Abgesehen davon, daß das Hauptversorgungssystem Heizung, Licht, Fahrstühle, automatische Türen und so weiter kontrollierte, war es auch für die Stromversorgung der Überwachungsmonitore und aller damit verbundenen Vorrichtungen verantwortlich.

Das war die Schwachstelle, die Piper ausnutzen würde.

Das wie gemeißelt wirkende Innere der Versorgungs-CPU sah aus wie der Kontrollraum eines Kraftwerks oder vielleicht auch wie die Brücke eines Trideo-Raumschiffs. Das Herz des Knotens hatte die Gestalt eines Chefingenieur-Icons, das vor einer riesigen, halbkreisförmigen Kontrollkonsole saß. Eine ganze Reihe riesiger Bildschirme hing an den Wänden über und neben dieser Konsole. Daten, die wie elektrisches Neon blitzten, huschten beständig über die Wandbildschirme und die kleineren Kontrollmonitore in der Hauptkonsole. Von Millisekunde zu Millisekunde streckte das Chefingenieur-Icon eine fahlweiße Hand aus, um irgendeinen Regler nachzustellen oder über die Konsolentastatur eine kurze Befehlskette einzugeben.

Als Piper die Schwelle des CPU-Knotens überschritt, öffnete sich direkt vor ihrem Gesicht ein Fenster mit leuchtend grünen Umrißlinien. Das riesige Auge eines anderen Watcher-IC-Zugangsprogramms starrte sie an. Ihre Maskenutility hatte das Aussehen ihres Icons bereits verändert. Sie trug jetzt den dunkelgrauen Anzug eines Execs von Maas Intertech. Auf der am Revers ihrer Jacke befestigten Ausweiskarte stand in großen Druckbuchstaben: BENUTZER MIT VORRANG, AA-FREIGABE.

Das Fenster schloß sich, und die Watcher-IC verschwand.

Piper trat hinter das Chefingenieur-Icon.

Das Icon ignorierte sie. Es repräsentierte die wichtigsten Entscheidungsschaltkreise im Kern der CPU und verließ sich darauf, daß die ICs es vor Schaden bewahrten. Ihm fehlte sowohl die Fähigkeit, unbefugte Eindringlinge zu identifizieren, als auch die Möglichkeit, etwas gegen sie zu unternehmen.

Piper startete eine selbstgestrickte Kampfutility, die sie Power Play nannte. In der konsensuellen Halluzination der Matrix zog sie eine riesige chromglänzende automatische Pistole mit einem Lauf von der Dicke ihrer Faust und richtete sie auf den Hinterkopf des Chefingenieurs. In einer anderen Version dieser Realität überschwemmten dreißig Megapulse Programmcode die Programmierung der CPU.

Das Chefingenieur-Icon zögerte und wandte dann den Kopf ein wenig, als wolle es sie ansehen.

»Ich übernehme das Kommando«, sagte sie.

»Bestätigt«, erwiderte das Icon. »Anweisungen?«

»Normale Funktionen fortsetzen. Keine Einmischungen in eventuelle Veränderungen, die ich im System vornehme. Besondere Aktivitäten und Sicherheitsalarm dürfen nur mit meiner Zustimmung ausgelöst werden.«

»Bestätigt.«

Der Chefingenieur widmete sich wieder seinen Kontrollen. Piper drückte mit der freien Hand eine Taste an der Konsole. Einer der großen Bildschirme an der Wand erlosch, um sich gleich darauf wieder zu erhellen, als das grellweiße Icon-Gesicht der Sicherheits-CPU sichtbar wurde.

»Identifikation«, sagte die Sicherheits-CPU.

»Versorgungs-CPU«, erwiderte Piper.

»Ich erkenne Ihr Icon nicht.«

»Manuelle Vorrangssituation in Kraft. Berechtigung stellvertretender Leiter der Anlageversorgung, Code sieben-sieben-neun-vier-neun, Freigabe Doppel-A. Anlageversorgung verfolgt Mikroanomalien in der Stromversorgung und beginnt jetzt mit manuellen und computergesteuerten Kontrolldiagnosen der Stufe Eins.«

»Verstanden.«

»Hiermit wirst du davon in Kenntnis gesetzt, daß Techniker der Anlage ab null-null-vier-fünf Uhr in Hauptversorgungstunnel Eins und anderen Wartungskorridoren im Bereich der gesamten Anlage mit außerplanmäßigen Wartungsarbeiten beschäftigt sein werden. Alle dort ausgelösten Sensoralarme sind bis auf weiteres zu ignorieren. Neue Anweisungen folgen nach Abschluß der erforderlichen Arbeiten.«

»Bestätigt.«

»Ende der Mitteilung.«

Piper unterbrach die Verbindung zur Sicherheits-CPU und brauchte dann weniger als eine Millisekunde, um die Sicherheitssensoren in Hauptversorgungstunnel Eins und an anderen für Rico und den Rest des Teams wichtigen Orten abzuschalten.

Sie brauchte lediglich auf die richtigen virtuellen Knöpfe zu drücken.

Aus einer Höhe von eintausendfünfhundert Metern sah der Plex wie ein dunkler Ozean aus dunstigem Orange aus, der von den leuchtendroten Feuersäulen am Ende der Chemiewerk-Schlote und den Hunderten von Millionen glitzernder, funkelnder Lichter der Wolkenkratzer, Häuser und Fabriken erleuchtet war.

Der Hughes Stallion Helikopter glitt geschmeidig durch die farbenprächtige Dunkelheit. In der Pilotenkanzel des Kopters hielt Thorvin seine Sensoren in Bewegung und sich ansonsten zurück. Kein Grund zur Eile. Noch nicht.

Direktsicht-Überlagerungen trennten das Gelände unter ihm in seine Bestandteile: Jersey City im Süden, Newark im Südwesten, Union City, der Hudson River und Manhattan im Osten und der Passaic-Ridgefield-Sprawl direkt im Norden. Thorvin registrierte das nur am Rande. Er hatte einen sechseckigen Kurs um das Industriegebiet Secaucus vorprogrammiert; nur kontrollierte er den Kurs und ließ seine Sensoren nach verdächtigem Luftverkehr Ausschau halten.

Das Kom unterbrach seinen Gedankengang. Zuerst ein Summen, dann sagte Rico: »Beta ... Es wird Zeit.«

Wie spät war es überhaupt?

Egal ...

Thorvin überprüfte Radar und Navigationscomputer, schaltete den Autopilot des Kopters ein und legte dann den Hauptschalter seines Multiplex-Controllers zur Fahrzeugfernsteuerung um.

Kein Helikopter mehr.

Statt dessen hatte er jetzt den Rumpf eines Sikorsky-Bell Microskimmer, einer wurstförmigen Drone von der Größe eines Mülltonnendeckels. Die Sensoren versorgten ihn mit einem vollständigen Rundumblick, was verwirrend war, doch nur im ersten Augenblick.

Dok und Filly zogen ihn gerade aus dem Rucksack auf Shanks Rücken und legten ihn auf den Boden, der nach Stahlbeton aussah. Das Team befand sich in einem der unterirdischen Wartungstunnel unter der Maas Intertech-Anlage. Auch aus seiner Position ein paar Zentimeter über dem Boden, der Spitze der Sensorenkapsel des Skimmers, sah Shank noch wie ein dämlicher Trog aus.

»Beta«, sagte Rico. »Auf geht's.«

Null Problemo.

Thorvin schmiß seine Turbinen an und setzte sich in Bewegung. Er schlängelte sich um Shanks und Ricos Knöchel und glitt bis zum Ende des Tunnels. Direkt vor ihm befand sich ein höhlenartiges Labyrinth aus gewaltigen Rohren und Apparaturen, die sich drei Stockwerke hoch erhoben und rumpelten wie ein Lastzug bei Höchstgeschwindigkeit.

Dies war Maas Intertechs Verteilerstation für Strom und Wasser. Thorvin schoß unter die Decke und schwenkte dann zu einem raschen Erkundungsflug nach rechts. Jeder Laufgang und jeder Wartungskorridor wurde von Überwachungskameras erfaßt, aber das war Pipers Problem. Thorvins Problem war das Dutzend Techniker in der Verteilerstation.

Über Laserlink nahm er direkte Verbindung zu Rico auf, um das Team durch das Labyrinth zu dirigieren.

Das Katz-und-Maus-Spiel konnte nicht gutgehen. Es gab zu viele Techs, und sie schienen sich nie länger als ein paar Augenblicke an einem Fleck aufzuhalten. Früher oder später würde sich einer von ihnen im falschen Moment umdrehen und das Falsche sehen. Rico wußte das, aber er spielte das Spiel so lange wie möglich. Je weiter er und das Team kamen, ohne Leute außer Gefecht zu setzen, ohne irgend etwas zu tun, das Argwohn hervorrief, desto besser waren ihre Chancen, den Run lebend zu überstehen.

Sie befanden sich gerade in einem Wartungsgang zwischen einem Gewirr aus mindestens einen halben Meter durchmessenden Rohren, das auf beiden Seiten zwei Stockwerke hoch war, als Thorvin meldete: »Kontakt voraus, nächster Gang rechts, drei Meter Abstand zur Kreuzung.«

Keine Ausweichmöglichkeit, keine alternativen Routen, keine Zeit, darauf zu warten, daß sich der Kontakt entfernte. Rico tippte Shank auf die Schulter, und als der sich zu ihm umdrehte, machte er ihm durch Zeichen verständlich, daß sie irgendwo rechts um die Ecke des nächsten Quergangs eine Gefahr erwartete. Als Shank zur Bestätigung nickte, drehte sich Rico zu Bandit um und bedeutete ihm vorzugehen. Ein rasches Flüstern, und Bandit nickte, dann beschrieb er eine Geste mit der Hand.

Etwa fünf Meter vor ihnen klirrte und schepperte etwas. Dem folgte ein Geräusch, das wie das schrille Kreischen einer Hinterhofkatze klang.

»Was, zum *Teufel,* war das?« rief ein Mann.

Ein großer Bursche im graublauen Overall eines Technikers trat vor ihnen in den Gang, wobei er zuerst nach rechts und dann in ihre Richtung sah.

Die Augen des Mannes weiteten sich, doch Shank war bereit, kauerte mit der Ares Special Service in seinen klobigen Händen im Gang. Die Waffe hustete einmal. Der Techniker grunzte, hob die Hände an die Rippen, stolperte und brach zusammen.

»Larry?« rief eine Frau. »Larry! Oh ...«

Eine Frau in dem gleichen graublauen Overall betrat den Gang und beugte sich über den bewußtlosen

Mann. Shank schoß noch einmal. Die Frau zuckte zusammen, fiel auf Hände und Knie und sank schlaff zu Boden.

Hier lag ein weiterer Vorteil der Gelgeschosse. Die beiden Techs würden etwa eine Stunde lang bewußtlos sein, aber nichts an ihnen gab einen offensichtlichen Hinweis darauf, was geschehen war. Keine Schäden an der Kleidung, keine offensichtlichen Spuren einer Wunde. Nichts, das zwangsläufig einen umfassenden Sicherheitsalarm auslösen würde. Die beiden konnten sinnlos betrunken sein. Hier in dieser Verteilerstation war es durchaus denkbar, daß sie mit irgendeiner giftigen Substanz in Berührung gekommen waren oder einen elektrischen Schlag bekommen hatten und daher eher zufällig betäubt oder bewußtlos waren. Wer die Techs auch fand, würde die Rohre und Apparaturen in ihrer unmittelbaren Umgebung wahrscheinlich ganz genau auf Anzeichen für irgendein technisches Versagen überprüfen. Das war gut, weil das Zeit kostete, und des einen Leid war des anderen Freud.

Bis der Run vorbei war, würden sie jede Millisekunde Vorsprung brauchen, die sie bekommen konnten.

Die Kontrolle über die Versorgungs-CPU war nur der Anfang. Durch Manipulation verschiedener Aspekte des Versorgungs-Mainframes konnte Piper ihre Kontrolle ausdehnen und andere Aspekte der Maas Intertech-Anlage manipulieren, die Auswirkungen auf den Run haben mochten.

Das Chefingenieur-Icon, die kritischen Schaltkreise der Versorgungs-CPU, arbeiteten jetzt freiwillig für sie. Zusätzlich zu seinen normalen Pflichten überwachte es die Fortschritte des Teams. Außerdem schaltete es Sicherheitsmonitore und Sensoren in scheinbar wahlloser Folge ab, wodurch nicht nur das Team geschützt und seine Entdeckung verhindert, sondern auch das eigentliche Ziel des Teams verschleiert wurde.

Plötzlich erklang ein Warnton.

»Medizinischer Alarm«, informierte sie der Chefingenieur. »Automatisches Signal. Subebene zwei, Abschnitt sieben, Einheit für Feinklärung des Wassers.«

»Signal abfangen und unterbrechen«, sagte Piper.

»Negativ. Signal wird über Funkverbindung abgestrahlt. Medizinische Station der Abteilung antwortet bereits, geschätzte Ankunftszeit drei Minuten.«

Das war zu schnell, weil sich die Stelle, an der der Alarm ausgelöst worden war, viel zu nah am Standort des Teams befand. Piper rief Pläne der Anlage auf, die auf den großen Bildschirmen an den Wänden erschienen. Die Einheit für medizinische Notfälle war zentral stationiert. Sie mußte den Versorgungstrakt durch einen Eingang im Erdgeschoß betreten. »Alle Stromkreise zu den Ein- und Ausgängen und Lobbys im Erdgeschoß auf der Nordseite für fünf Minuten unterbrechen. Meldung an Sicherheits-CPU, daß wir es mit vereinzelten Stromausfällen zu tun haben, die mit den bereits gemeldeten Anomalien in Verbindung stehen. Außerdem alle mit Prioritätsstufe A, Doppel-A und Dreifach-A belegten Versorgungsterminals auf die CPU für Datenbank-Management umlegen.«

»Bestätigt«, erwiderte der Chefingenieur. »Anweisung wird mit einer Ausnahme ausgeführt: Ich habe keine Befugnis, Terminals mit Prioritätsstufe Dreifach-A umzuleiten.«

»Wenn du die Befugnis hättest, welchen Knopf würdest du drücken?«

»Den großen roten dort drüben.«

Piper drückte auf den Knopf.

Hauptwartungstunnel Neun verließ das Versorgungsgebäude am Nordende und führte zu einer Reihe von Hilfstunneln, die in die Versorgungs-Subebene von

Wohneinheit Quad Eins mündeten, welche aus vier vierzehnstöckigen Wohnsilos bestand. Die Mehrheit der Angestellten von Maas Intertech lebte mit ihren Familien in diesem und anderen Wohnkomplexen innerhalb der Anlage.

Das Katz-und-Maus-Spiel mit den Technikern der Anlage endete an der Wartungsluke von Fahrstuhl Drei West. Die Luke öffnete sich, als sie sich ihr näherten. Das war Pipers Werk.

Das Innere des Fahrstuhlschachts maß zwölf Quadratmeter – nicht allzuviel Platz für fünf Personen, darunter ein stämmiger Ork und ein Schamane, der den Vorgängen keinerlei Aufmerksamkeit zu widmen schien –, aber sie hatten gewußt, was sie erwartete, und ihre Vorgehensweise tausendmal geprobt.

Luke sichern. Waffen sichern. Die kevlarverstärkten Gurte der Körperharnische sichern. Ducken und warten.

Sie brauchten nicht lange zu warten.

Kabel auf beiden Seiten des Schachtes setzten sich in Bewegung. Ein tiefes Summen hallte von oben zu ihnen herab. Ricos Mikrochip-unterstütztes Sehvermögen filterte das Bild aus der Dunkelheit. Der Fahrstuhl über ihnen befand sich ungefähr im neunten Stock und sauste zu ihnen herunter. Er hielt erst ein paar Zentimeter über Ricos Kopf an, etwa eine halbe Tonne Metall, die dort in der Luft hing und wartete.

Sie machten sich an die Arbeit.

Wie die meisten Fahrstuhlkabinen hatte auch diese einen soliden Stahlboden, der mit der Maßgabe konstruiert war, möglichst viel Aufprallwucht zu absorbieren. Ein Loch in diesen Boden zu schneiden, würde Zeit in Anspruch nahmen, Minuten, die zu verschwenden sie sich nicht leisten konnten. Der Run dauerte bereits zwanzig Minuten, fünfzehn seit dem ersten Eindringen. Aller Wahrscheinlichkeit nach blieb ihnen nicht mehr viel Zeit.

Ein leiser elektronischer Summton ertönte in Ricos Kopfset, dem Pipers Stimme folgte: »Es ist ein Uhr achtundzwanzig.«

Das war eine Warnung, und sie bestätigte die Warnung seiner Instinkte. Sie bedeutete, daß Dinge in den Computern von Maas Intertech vorgingen, die zwangsläufig zu irgendeinem Alarm führen würden. Nicht sofort, aber in absehbarer Zeit. Wenn das geschah, waren sie hoffentlich schon auf dem Weg nach draußen.

Der Gurt, der jetzt mit Ricos Körperharnisch verbunden war, endete an einem Saugnapf für Industriezwecke. Rico stieß den Saugnapf gegen den Boden des Fahrstuhls und zog den Metallverschluß fest. Der Saugnapf wurde gegen den Stahl des Fahrstuhlbodens gepreßt, bis er flach anlag. Rico beugte die Knie, bis sein gesamtes Körpergewicht an dem Saugnapf hing. Er hielt.

Als auch die anderen Teammitglieder so weit waren, drückte Rico auf die Sendetaste an seinem Kopfset. »Uhrzeit.«

»Es ist ein Uhr neunundzwanzig.«

Der Fahrstuhl summte und setzte sich nach oben in Bewegung. Der Schachtboden fiel schnell unter ihnen zurück. Die Tatsache, daß Rico nur an einem einzelnen dünnen Gurt hing und nichts hatte, woran er sich festhalten konnte, falls Saugnapf oder Gurt nachgaben, unterstützte diesen Eindruck noch.

Zwei Stockwerke hinauf, dann drei. Die wurstförmige Drone, die Thorvon flog, folgte ihnen den Schacht hinauf, hielt sich vielleicht einen Meter unterhalb ihrer Füße. Rico schaute nach oben, aber außer der ebenen Stahlplatte des Fahstuhlbodens gab es dort nichts zu sehen. Vier Stockwerke, fünf, dann sechs. Sie waren fast da. Rico zog seine Ares Automatik. Rechts neben ihm folgte Filly seinem Beispiel.

Sieben Stockwerke.

»Bereitmachen zur Landung«, sagte Rico.

Der Fahrstuhl wurde langsamer, dann hielt er in perfekter Position an. Sie hingen direkt vor den Türen zum achten Stock. Rico stemmte die Füße gegen die Unterkante der Türen, packte die Ares mit beiden Händen und hielt sie im Anschlag. Filly tat es ihm nach. Ein Augenblick verstrich, dann noch weitere. Die Türen öffneten sich nicht.

Shank grunzte. Offenbar vor Ungeduld.

Vielleicht eine halbe Minute verstrich, Zeit, die zu verlieren sie sich absolut nicht leisten konnten. Entweder war Piper in der Matrix auf ernsthafte Probleme gestoßen und konnte die Zeit nicht erübrigen, die Türen für sie zu öffnen, oder ein anderes Problem war aufgetaucht. Vielleicht waren draußen im Flur Leute. Vielleicht sogar Sicherheitspersonal. Vielleicht war ein Alarm ausgelöst worden.

Die einzige Möglichkeit, das herauszufinden, ohne das Risiko weiteren Funkverkehrs einzugehen, bestand darin, Bandit dazu zu bringen …

»Ein Mann und eine Frau«, sagte Bandit. »Im Flur. Auf der linken Seite.«

»Was machen die beiden?« fragte Rico.

»Sie langweilen sich.«

»Langweilen sie sich wie Wachen auf Posten?«

»Schon möglich.«

Rico wartete noch eine Minute. Sie konnten es sich nicht leisten, etwas zu tun, das sie verriet, aber sie konnten auch nicht warten. Jemand würde die Techs finden, die sie außer Gefecht gesetzt hatten. Jemand würde bemerken, daß offenbar ein Fahrstuhl außer Betrieb war. Jemand würde über ein paar scheinbar zusammenhanglose Vorfälle nachdenken, eine plötzliche Eingebung haben und den Alarmknopf drücken. Je länger sie warteten, desto wahrscheinlicher wurde das, und dann war auch Piper in Gefahr. Ein Decker konnte in der Matrix sterben. Und dies war ein klassischer Fall, wie es dazu kommen mochte.

Die Sekunden tickten dahin. Nichts änderte sich. Rico traf die unausweichliche Entscheidung. »In Ordnung. Wir rücken vor. Vier, du nimmst den linken, ich den rechten. Zwei und drei, haltet euch zum Sprung bereit.«

Filly bestätigte.

Rico drückte auf die Sendetaste seines Kopfsets. »Alpha, öffne die Türen auf drei. Achtung, eins, zwei, drei.«

Die Türen öffneten sich geschmeidig, enthüllten den Flur dahinter, der etwa fünfzig Meter lang war. Vor einer Tür auf etwa der Hälfte des Flurs zur Linken standen ein Mann und eine Frau in locker sitzenden grauen Anzügen und verspiegelten Sonnenbrillen.

Als Rico seine Ares anlegte, zeichnete die Smartgunverbindung ein leuchtend rotes Dreieck auf die Brust des Mannes. Die Automatik hustete einmal. Fillys Ares hustete praktisch im gleichen Augenblick. Der Mann fiel auf die Knie und wälzte sich dann auf den Rücken. Die Frau ging zu Boden wie ein nasser Sack.

Thorvins Drone jagte summend an ihnen vorbei.

Dok und Shank schwangen vorwärts, pflanzten die Füße auf den Boden und klinkten ihren Harnisch aus. Dann gingen sie mit dem Rücken zueinander auf die Knie und richteten ihre Automatik auf das jeweilige Ende des Flurs, um den anderen, falls nötig, Feuerschutz zu geben.

Als sie in Stellung waren, folgten ihnen Rico und Filly, die dann Bandit aus dem Fahrstuhlschacht zogen. Filly klinkte Bandits Harnisch aus. Das dauerte kostbare Sekunden, aber es ließ sich nicht ändern. Bandit neigte dazu, Dinge auf eine von zwei möglichen Arten zu erledigen, wie ein Experte oder wie ein Dummkopf. Auf sich selbst angewiesen, würde er wahrscheinlich einige Stunden unter dem Fahrstuhl hängen, bis er ausgeknobelt hatte, wie er herauskam, und sich dann tatsächlich an die Umsetzung seiner Erkenntnis machte.

Rico machte sich nicht zum erstenmal klar, daß die Stärken des Schamanen seine Schwächen mehr als wettmachten. Und jeder hatte Schwächen. Das lag in der Natur der Dinge.

Innerhalb des strahlend hellen Würfels der Versorgungs-CPU öffnete sich plötzlich ein grün umrissenes Fenster, und das riesige Auge eines Watcher-Programms starrte Piper direkt ins Gesicht.

In das Maas Intertech-Computersystem kam jetzt Bewegung. Die Stromausfälle, die sie angeordnet hatte, waren nicht unbemerkt geblieben. Programmierer und Techniker versuchten ohne Erfolg, sich Zugang zum Versorgungs-Mainframe zu verschaffen. Die Sicherheits-CPU hatte das System zweifellos in einen passiven Alarmzustand versetzt. Sie wußte, daß irgend etwas nicht stimmte, aber sie wußte nicht, was. Sie brauchte mehr Daten.

Das riesige Auge, das ihr ins Gesicht starrte, bewies das.

Piper zog einen Luftballon aus ihrer Jackentasche, blies ihn auf und bugsierte ihn in Richtung Watcher-IC. Der Ballon waberte und dehnte sich aus. Das Auge des Watchers schwebte zur Seite, um ihm auszuweichen, was ihm jedoch nicht gelang. Der Ballon beschleunigte, hüllte den Watcher ein und hielt ihn dann ganz einfach fest. Das Auge des Watchers bewegte sich hin und her, trieb dabei aber langsam und stetig – und im Innern des Ballons – aufwärts zur strahlend weißen Decke des Knotens. Dort blieb er bewegungsunfähig hängen.

»Sicherheits-CPU fordert Knoten-zu-Knoten-Interface an«, meldete das Icon des Chefingenieurs.

»Abgelehnt«, sagte Piper. »Alle externen Systeme aussperren.«

»Bestätigt.«

Die Uhr lief ab.

12

Die Tür zu Wohnung 9-B flog auf. Rico tauchte geduckt hindurch und wich sofort zur Seite aus. Shank folgte ihm. Das war lediglich Vorsicht. Bandit hatte festgestellt, daß die Wohnung, vom Schlafzimmer abgesehen, leer war.

Zwei Anwesende. Ein Mann, eine Frau.

Ihre Zielperson hatte heute nacht Gesellschaft, und das war keine Überraschung. Die Konzerne konnten echt großzügig sein, was Vergünstigungen anbelangte. Falls Surikov die Mittel oder auch nur das Glück gefehlt hatten, selbst die geeignete Gesellschaft zu finden, würde der Konzern vermutlich für alles sorgen, wonach es ihn gelüstete. So gingen die Konzerne vor. Sie bedrohten die Gatten, wenn man sich weigerte, den Job für sie zu erledigen, und besorgten einem Huren, wenn man es doch tat. Sie taten alles Notwendige, um zu bekommen, was sie wollten. Nicht mehr und nicht weniger.

Die Schlafzimmertür öffnete sich. Shank ging als erster, und Rico folgte ihm. Ein trübes orangefarbenes Licht umgab das Bett wie ein Schleier. Zwei Leiber bewegten sich dort. Ricos Blickfeld-Überlagerungen zeigten ihm die Umrisse der Leiber durch den Lichtschleier und die Satinbettlaken hindurch. Der Mann lag oben, die Frau unter ihm.

Ehe Rico die Ares anlegen konnte, hatte ihn die Frau entdeckt. Ihre Augen weiteten sich, und sie fuhr sich mit der Hand an den Hals. Rico sah die Bewegung und erkannte ihre Bedeutung, doch er hatte keine Möglichkeit, sie aufzuhalten, ohne das Risiko einzugehen, den Mann zu treffen, der auf ihr lag.

Er konnte den Schuß nicht wagen.

Ein leiser Glockenton erklang. Rote Streifen in den

Ecken des Zimmers leuchteten grellrot auf. »Eine Sicherheitsmaßnahme ist eingeleitet worden«, verkündete eine gedämpfte Frauenstimme von irgendwo an der Decke. »Bewahren Sie die Ruhe. Falls dies ein tatsächlicher Notfall ist, tun Sie nichts. Sicherheitspersonal ist bereits zu Ihnen unterwegs. Seien Sie nicht beunruhigt. Sollten Sie die Sicherheitsmaßnahme irrtümlich eingeleitet haben, wählen Sie bitte eins-eins-eins und weisen Sie sich beim Sicherheitsleiter aus.«

Die Schnalle auf dem Bett trug irgendeine Alarmvorrichtung um den Hals. Jetzt lächelte sie, als sei sie zufrieden mit sich. Der Mann warf einen Blick über die Schulter, zuckte überrascht zusammen und wälzte sich von der Frau herunter.

»Drei«, sagte Rico.

Dok ging zum Bett, hielt der Schnalle eine Injektionspistole ans Bein und schoß. Die Schnalle schrie auf und erschlaffte dann. Rico richtete die Mündung der Ares auf den Mann. »Identifizieren Sie sich.«

Der Mann war ungefähr fünfzig und sah mit seinem dünner werdenden Haar und dem kurzgeschnittenen und mit Grau durchsetzten Bart distinguiert aus. Ein paar Pfunde zuviel um die Hüften. Kein großer Mann. Auch kein kleiner. Er schluckte, dann holte er ein paarmal keuchend Atem, um schließlich zu stammeln: »Surikov ... Ansell Surikov ...« Er warf einen Blick auf die Frau, die Augen voller Unsicherheit und Angst weit aufgerissen. »Was hat das zu bedeuten? Ich bestehe darauf ...«

Der Stimme-Streß-Analysator an Ricos Uhrarmband schlug für eine eindeutige Analyse zu wild aus. Der Bursche war echt fertig. Rico nickte Dok zu, der mit seinen Tests begann, einem raschen Retina-Abdruck sowie einer DNS-Probe. Die Tests waren nicht narrensicher, aber das Beste, was sie unter diesen Umständen tun konnten. L. Kahns Chip-Dossier hatte die korrekten

Muster beinhaltet. Die Tests dauerten etwa eine halbe Minute.

»Wir sind positiv«, sagte Dok.

Rico nickte in Surikovs Richtung und sagte: »Wer ist der Garten?«

Surikovs Augenbrauen ruckten in die Höhe. »Das ist meine *Frau*! Woher ...«

Ein Garten Irdischer Freuden.

Eine Privatsache zwischen Surikov und seiner Frau, wie Rico wußte, und zwar ebenfalls aus dem Chip-Dossier von L. Kahn.

»Woher wissen Sie ...«

»Wir sind hier, um Sie nach Hause zu bringen, Dr. Surikov«, sagte Rico, indem er seine Ares senkte. »Nach Hause zu Ihrer Frau.«

Surikov starrte Rico mehrere Sekunden lang an, dann rieb er sich mit der Hand über den Mund und unternahm eine offensichtliche Anstrengung, sich zu fassen.

»Sie wollen doch gehen, oder?«

Surikov zögerte, dann nickte er und sagte: »Sagen Sie mir einfach, wie wir vorgehen.«

Rico zog ein Päckchen aus seinem Gürtel, öffnete es und schüttelte den Inhalt heraus. Ein hellorangefarbener Overall mit integrierten Plastikschuhen in Surikovs Größe. »Ziehen Sie das an. Und beeilen Sie sich.«

Während Surikov tat, wie ihm geheißen, untersuchte Dok ihn noch einmal. »Die Organwerte sind in Ordnung. Sind Sie an die Einnahme von Medikamenten gewöhnt?«

»Nein. Nichts dergleichen.«

»Dann los«, sagte Rico.

Bandit sah sich im Wohnzimmer um. Die Möbel erweckten den Eindruck von Luxus und Wohlleben, aber das war eine Lüge. Wände, Vorhänge, Sofas, Teppiche, auch die Onyx-Skulpturen und semi-holografischen Bilder, sie alle waren tot, da sie aus Plastik und anderen künstlichen Materialien bestanden. Hier gab es nichts Lebendiges mit Ausnahme der Elektrizität und des Wassers in den Rohren, und das war der vage Schlüssel für das Erkennen der Wahrheit über diesen Ort. Er war kein so guter Platz zum Leben, wie es den Anschein haben mochte, sondern vielmehr ein Plastikbehälter für Konzernsklaven, eine Art Sarg, wirklich. Nur ein bißchen geräumiger.

Hier gab es nichts von Wert, wenn man vielleicht von Surikov absah. Bandit sah mit an, wie Rico und Dok den Wissenschaftler durch den Flur und ins Wohnzimmer führten. Surikov war einen Haufen Geld wert. Damit konnte man immerhin ein paar wertvolle Dinge kaufen.

Bandit steckte die Hand in eine seiner Manteltaschen. Seine Finger schlossen sich um eine kleine Statuette aus Silber, die wie ein aus Weiden geflochtener Mann aussah. Die Statuette mochte für einen Druiden oder eine Hexe einen gewissen Wert haben. Für ihn hatte sie keinen, also stellte er sie auf den kleinen platinfarbenen Tisch am Ende des Sofas. Er würde sie im Tausch gegen Surikov hier zurücklassen. Die Statuette eines kleinen Weidenmannes. Ein fairer Tausch.

»Fünf, beweg dich«, befahl Rico.

Bandit nickte verstehend.

Fünf war der ihm zugewiesene Namenscode.

Rico scheuchte Surikov durch den Flur zur Wohnungstür. Die körperliche Verfassung des Mannes war ein Problem. Er war nicht mehr jung und tat nichts für seine Fitneß – auch das stand in seinem Dossier. Wahrscheinlich würde er die Belastungen der nächsten Minuten überleben, aber wenn es wirklich anstrengend für ihn wurde, konnte alles passieren. Der Plan sah vor, den Burschen nicht zu sehr anzutreiben, solange es sich vermeiden ließ.

»Es ist ein Uhr vierunddreißig«, meldete Piper über

Funk. Das bedeutete, daß die Sicherheitskräfte reagierten. Das brauchte Rico nicht erst gesagt zu werden. Die Stimme, die immer noch ihren Sermon von der Decke herunterleierte, erinnerte ihn ständig daran, daß die Zeit verging und die Gefahr mit jeder Sekunde größer wurde.

Als Rico die Wohnungstür öffnete, schoß Thorvins wurstförmige Drone zu den Fahrstühlen am Ende des Flurs. Shank und Filly hatten bereits Kampfhaltung angenommen. Rico sah, wie sich die Tür am Ende des Flurs öffnete, und dann die jähen, blendenden Blitze der Stroboskoplichter an Thorvins Drone. Rico schob Surikov in Richtung Fahrstühle. Am Ende des Flurs explodierte eine Betäubungsgranate. Rico hoffte, daß sie von der Drone stammte.

Fahrstuhl Drei West wartete mit weit geöffneten Türen und in der richtigen Höhe. Dok scheuchte Surikov hinein, während Rico den Flur im Auge behielt.

Die Stroboskoplichter der Drone blitzten. Eine weitere Betäubungsgranate explodierte, und irgendein Bursche in Uniform taumelte durch die Tür zum Treppenhaus. Rico zielte auf diese Tür, während Shank und Filly durch den Flur gerannt kamen und in den Fahrstuhl stürzten. Kaum waren sie drin, sprang er ebenfalls in den Fahrstuhl, und die Türen schlossen sich.

Die Drone würde zurückbleiben, um die Sicherheitskräfte innerhalb der Anlage zu verwirren und aufzuhalten. Sie war entbehrlich.

Der Fahrstuhl fuhr nach oben.

Surikov atmete schwer und sah besorgt aus. Dok untersuchte ihn erneut und schoß ihm irgend etwas in den Arm. »Bleiben Sie ruhig«, sagte Dok. »Wir machen so etwas nicht zum erstenmal.«

»Ich fürchte, ich schon!« plärrte Surikov.

»Es ist ein Uhr sechsunddreißig«, meldete Piper.

Das bedeutete Ärger. Maas Intertech hatte Sicherheitstruppen in der Anlage, aber das waren Fliegengewichte. Der echte Ärger würde von draußen kommen. Kuze Nihon unterhielt eine Einheit namens Daisaka-Sicherheit, und die schnellen Eingreiftrupps der Daisaka stellten eine Rückendeckung für alle Tochtergesellschaften Kuze Nihons im Jersey-New York-Plex dar, darunter auch Maas Intertech. Diese Trupps waren erstklassig ausgebildet und ausgerüstet und würden in wenigen Minuten eintreffen. Bis dahin wollte Rico die Anlage längst verlassen haben.

Die uniformierten Truppen der Daisaka trugen Abzeichen, die eine gewisse Ähnlichkeit mit den schwarzen Gorillas aufwiesen, einem sehr aggressiven Tier, das dafür bekannt war, daß es Autos umwarf, bevor es sie in Stücke riß.

Der Fahrstuhl hielt auf der vierzehnten Etage. Die Türen öffneten sich. Zwei Männer in hellgrauer Sicherheitsuniform standen direkt vor dem Fahrstuhl. Einen Augenblick lang runzelten die Wachen nur die Stirn, doch dann griffen sie abrupt nach ihren Waffen. Shanks und Fillys Ares' husteten gleichzeitig. Beide Wachen gingen zu Boden.

Rico führte die Gruppe aus dem Fahrstuhl und bog scharf nach links ab. Die Tür neben dem Fahrstuhl öffnete sich zu einer schmalen Treppe, die direkt auf das Dach führte.

Aus dem dunstigen, orange leuchtenden Dunkel der Nacht tauchte ein olivgrüner Hughes Stallion zu ihnen herab, der ohne Positionslichter flog.

Sie stiegen in aller Eile ein.

13

Der Raum war dunkel, doch Ricos Jikku-Augen verwandelten die Dunkelheit in ein dämmriges Staubgrau. Er schlüpfte unter den Laken hervor und dann von der Matratze, auf der Piper und er schliefen. Das Haus in der Mott Street war keine richtige Wohnung, und das Mobiliar beschränkte sich auf das Allernotwendigste. Eine einfache Matratze war gut genug als Schlafgelegenheit. Eine abgenutzte alte Couch war gut genug als Sitzgelegenheit. Rico ging zur Couch, setzte sich und zündete sich eine Zigarre an. Der Tee in der Tasse auf dem niedrigen Tischchen vor der Couch war längst kalt geworden.

Pipers kleine Pfeife mit dem dünnen Stiel lag im Aschenbecher neben der Teetasse. Rico erinnerte sich noch, wie merkwürdig es ihm vorgekommen war, als er sie zum erstenmal mit dem Ding hatte herumhantieren sehen. Während seiner Zeit in der Karibik und Südamerika hatte er Frauen gesehen, die alles mögliche geraucht hatten – aber eine Pfeife? Das war etwas anderes. Piper sagte, sie habe die Angewohnheit von ihrer Mutter übernommen, aber sie redete nie sehr viel über ihre Mutter. Rico hatte aufgeschnappt, daß ihre Mutter eine Japanerin mit einer besonderen Vorliebe für Elfen war. Über ihren Vater redete Piper noch weniger, doch wenn sie etwas über ihn sagte, dann nichts Gutes. Rico nahm an, daß ihr Vater ein Elf und ebenso unzuverlässig und treulos wie jeder beliebige Konzernangestellte war. Bei den seltenen Gelegenheiten, bei denen sie ihn erwähnt hatte, war sie immer sehr schnell auf die Konzerne und darauf zu sprechen gekommen, daß man keinem trauen konnte.

Das Bettlaken raschelte. Piper hob den Kopf, sah sich um und stützte den Kopf auf einen Ellbogen. »*Jefe?*« sagte sie leise.

»Schlaf weiter, *Querida*.«

»Wie spät ist es?«

»Fast fünf.«

Die Uhrzeit spielte keine Rolle. Piper und er waren erst in zwei Stunden mit der Wache an der Reihe. Sie hatten sich von der Maas Intertech-Anlage abgesetzt, den Kopter aufgegeben und waren schließlich noch eine Weile in Thorvins Lieferwagen herumgefahren, um ganz sicherzugehen, daß sie nicht beschattet wurden. Verfolger waren keine aufgetaucht. Irgendwann heute nacht würden sie mit L. Kahn Kontakt aufnehmen und Ansell Surikov gegen den Rest ihrer Bezahlung eintauschen, und damit war der Deal gelaufen.

»Du solltest dich ausruhen, *Jefe*.«

»Ich ruhe mich aus. Schlaf weiter.«

Runs wie diese waren hart für Piper, das wußte Rico. Sie konnte sich nicht nur auf die Matrix konzentrieren, sondern mußte sich auch mit der fleischlichen Welt auseinandersetzen. Mit den Reaktionen der Sicherheit, den Fortschritten eines Einbruchs, der Koordination verschiedener Dinge. Zum Beispiel, daß der richtige Fahrstuhl zum richtigen Zeitpunkt in der richtigen Etage wartete. Oder daß Thorvin sein Startzeichen bekam, nicht zu früh, nicht zu spät, so daß der Kopter für ihren Heimflug so kurz wie möglich exponiert war. Das waren eine Menge Dinge. Und ein Haufen Druck. Wahrscheinlich das schlimmste von allem war die Tatsache, daß niemand, am wenigsten Rico, wirklich wissen konnte, was sie durchmachte, weil sie immer allein in die Matrix ging.

Es erniedrigte ihn. Es gab ihm das Gefühl, als seien seine Fähigkeiten in Wirklichkeit keine große Sache. Die meisten Männer waren dafür geschaffen zu kämpfen, sich Druck und Konflikten zu stellen. Sie waren so geboren. Aber was Piper durchmachte … für eine Frau war das etwas ganz Besonderes.

»Wir haben unsere Sache gut gemacht«, sagte sie leise.

»Bis jetzt«, stimmte Rico zu.

»Die Kami waren mit uns.«

»Es ist noch nicht vorbei.«

»Was quält dich?«

»Ich weiß es nicht.« Rico fühlte sich unruhig, unbehaglich. Sein Instinkt sagte ihm, daß der Run zu glatt abgelaufen war. Niemand hatte auch nur einen Kratzer abbekommen. Das kam nur selten vor. Der Preis eines Runs gegen einen großen Konzern wurde normalerweise in Blut gemessen. Hatten sie einfach nur Glück gehabt? Stand ihnen noch eine Überraschung bevor? Etwas, das die Leichtigkeit, mit der bisher alles abgelaufen war, mehr als wettmachen würde ...?

Sein Verstand wies ihn immer wieder auf das Team und den Plan hin. Das Team war erfahren, und der Plan war gut und bis ins Detail ausgearbeitet gewesen. Die Maas Intertech-Anlage hatte massenhaft Schwachstellen aufgewiesen, und der Plan hatte sie ausgenutzt. Allein auf dieser Basis hatte der Run eigentlich auch glatt verlaufen müssen.

»Ich glaube nicht, daß ich schlafen werde, bevor wir diesen Burschen nicht los sind«, sagte Rico.

»Du bist ein zu guter Anführer.«

»Ich bin verantwortlich.«

»Du bist kein Gott.«

»Ich tue, was ich kann. Das ist schließlich mein Job.«

Genau das konnte man von ihm erwarten, nicht mehr und nicht weniger, und sein unnachgiebiger Tonfall ließ Piper verstummen. Sie hatten sich schon öfter über dieses Thema unterhalten. Rico gab sich keinerlei Illusionen hinsichtlich seiner Fähigkeiten hin. Er konnte nicht wissen, wie sich die Dinge entwickeln würden. Er konnte nicht in die Zukunft sehen und herausfinden, wie sie benutzt wurden – *falls* sie benutzt wurden –, oder wie L. Kahn oder auch jemand anders Verrat an ihnen plante. Ricos Job bestand darin, dafür zu sorgen, daß sie diese Sache lebendig überstanden, das ganze

Team und Piper insbesondere. Das machte es ihm sehr schwer, zu schlafen oder sich auszuruhen, überhaupt irgend etwas anderes zu tun, als sich darum Gedanken zu machen, was wohl als nächstes kam.

»Ich sehe mich mal kurz um.«

»Du brauchst Ruhe, *Jefe*.«

»Es dauert nicht lange.«

Einen Moment, um sich die Hose anzuziehen, einen weiteren, um den Predator 2 an sich zu nehmen, der auf dem Tisch neben dem Bett lag. Und noch ein paar Sekunden, um das zu tun, was er tun mußte. Er ging durch den Flur zum zweiten Schlafzimmer. Dort schlief Surikov auf einer Matratze. Er sah ganz gut aus. Dok sagte, er habe die Flucht in recht guter Verfassung überstanden. Ein wenig erschöpft, ein wenig übererregt, aber ansonsten okay. Dok und Filly hatten das Zimmer rechts am Ende des Flurs. Die beiden machten ebenfalls einen guten Eindruck.

Nirgendwo brannte Licht. Das war selbstverständlich.

Rico ging durch den Flur ins Wohnzimmer. Shank stand an einem der Fenster zur Mott Street, das M22A2 an der Hüfte. Thorvin stand mit einer MP an den rückwärtigen Fenstern. Bandit saß mit gekreuzten Beinen mitten auf dem Boden.

»Wie sieht's aus?« fragte Rico.

»Sahne, Boß«, antwortete Shank.

Thorvin grunzte und nickte.

Rico blieb vor Bandit stehen. Die Augen des Schamanen waren geöffnet und blickten starr geradeaus. »Irgendwas liegt in der Luft«, sagte Bandit. »Fühlt sich nicht gut an.«

»Zum Beispiel Ärger?« fragte Rico.

Bandit schaute zu ihm auf und sagte: »Gute Wette.«

Die Infrarot-Kameras an ihrem Bauch erfaßten den großen Ork ganz deutlich, der seitlich versetzt am Fenster im ersten Stock stand und die Mott Street beobachtete, und auch die kleinere Zwergengestalt am rückwärtigen Fenster. Die beiden hatten sich eine Stunde lang nicht gerührt, sondern höchstens einmal den Kopf bewegt, und das gab Bobbie Jo zu denken. Der durchschnittliche Gossenpunk brachte nicht einmal annähernd die dafür erforderliche Disziplin auf. Die meisten Runner, die sie hier in Newark und in anderen Plexen ausspioniert hatte, besaßen die Disziplin des typischen Rock'n'Rollers. Sie waren mehr daran interessiert, sich bei jeder Gelegenheit mit Bier oder Whiskey vollaufen zu lassen. Nach einem Run wie dem gegen Maas Intertech hätten die meisten eine Party steigen lassen, und zwar mit allem drum und dran, raubkopierte Chips und Entspannungspsychopharmaka eingeschlossen.

Eine ruhige Stimme und die Worte, »Gute Wette ...«, kamen über die Funkverbindung. Wahrscheinlich über den Horchposten in der Wohnung gegenüber von dem Versteck der Runner. Ein auf das Fenster gerichtetes Lasermikro. Die Runner schienen sich wegen irgend etwas Sorgen zu machen. Bobbie Jo konnte das gut verstehen.

Skip Nolans ruhige Stimme drang an ihr Ohr. »Luft Eins, Status.«

»Keine Bewegung«, erwiderte Bobbie Jo. »Keine Veränderung.«

Und keine weiteren Scherze über Funk. Die waren ihnen in den letzten ein, zwei Stunden vergangen. Das Team im Roadmaster war müde. Das galt auch für Skip. Sie hörte die Müdigkeit aus seiner Stimme heraus. Bobbie fühlte sich selbst ein wenig abgespannt. Die Runner hatten den größten Teil des Tages vor dem Run gegen Maas Intertech geschlafen und schliefen auch jetzt abwechselnd. Die Einheiten der Executive Action Brigade arbeiteten in Vierzehn-Stunden-Schichten, seitdem sie die Runner in dieser Yakuza-Bar, im Chimpira, aufgespürt hatten. Jetzt schien nur noch Colonel Yates überschüssige Energie zu besitzen, und das auch nur, weil sich die Beschattung der Runner nicht zu einem Spaziergang, sondern zu einer äußerst ernsthaften Angelegenheit entwickelt hatte. Die Runner verfügten über Ausrüstung, die sie eigentlich nicht hätten haben dürfen. Der Kopter, den sie benutzt hatten, um die Maas Intertech-Anlage zu verlassen, war nicht so erstklassig gewesen, nur mit ganz gewöhnlichem Radar bestückt, aber der Lieferwagen, dieses schwarzgraue Phantom, hatte sie vor Probleme gestellt. Der Zwergen-Rigger, der für das Team die Fahrerei und wahrscheinlich den größten Teil der anfallenden Reparaturen erledigte, hatte den Lieferwagen mit irgendeinem wüsten Sensorium ausgerüstet, das sich durchaus auf Militärniveau bewegte. Die Ausrüstung zu bekommen, um es mit ihm aufnehmen zu können, hatte die Executive Action Brigade ein paar Nuyen mehr gekostet, als Colonel Yates ursprünglich auszugeben bereit gewesen war.

Bobbie Jo konnte ihn immer noch fluchen hören. Er hatte alles und jeden verflucht, insbesondere die Runner und den gegenwärtigen Kunden der Brigade. »Wenn dieser Abschaum noch mehr Drek abzieht, legen wir sie auf Eis! Wir legen sie alle auf Eis!«

Derartiges Gerede beunruhigte sie.

Die Runner auf Eis zu legen, wäre schlicht und einfach Mord und stünde, wenn auch sonst nichts, so doch im direkten Widerspruch zu ihren Befehlen, zu ihrem Kontrakt mit dem Klienten. Dadurch würde alles, was sie bisher geschafft hatten, zu einer Verschwendung von Zeit und Mühe. Sie würden den Kontrakt gebrochen und damit auch jedes Anrecht auf die noch ausstehende Summe ihrer Bezahlung verloren haben, und der Ruf der Brigade würde sich noch um ein paar Grade verschlechtern. Bobbie Jo glaubte nicht, daß sich die Brigade das leisten konnte.

Plötzlich schaltete der Kampfcomputer auf Aktivmodus um. Zielindikatoren begannen vor ihren Augen zu blinken. Sie spürte den Schock der Überraschung direkt in ihren Eingeweiden, als sich scheinbar zufällige Bewegungen unter ihr in so etwas wie ein Schema einordnen ließen.

Sie sah gleichartige Fahrzeuggruppen, dunkelblaue Limousinen mit Lieferwagen durch die Straßen fahren, die die Mott Street umschlossen. Wenn sie Kurs und Geschwindigkeit richtig interpretierte, würden all diese Fahrzeuge gleichzeitig an entgegengesetzten Enden der Mott Street ankommen.

Sie sendete ihr Alarmsignal.

Kaum hatte sie es abgeschickt, als zwei dunkel gekleidete Gestalten auf dem Dach des Hauses auftauchten, das dem Versteck der Runner gegenüberlag. Diese Gestalten tasteten sich zum Rand des Daches vor, als wollten sie sich dort als Heckenschützen auf die Lauer legen. Sie veränderte die Brennweite ihrer Linsen und zoomte näher heran. Eine der Gestalten trug eine dunkle Uniform mit einem Schulterabzeichen, das Ähnlichkeit mit einem schwarzen Gorilla aufwies.

Was, zur Hölle, ging da vor?

Die Bodenteams meldeten weitere Bewegungen in den Hintergassen, Uniformierte mit automatischen Waffen, die in Stellung gingen.

Das war doch verrückt. Plötzlich sah es so aus, als sei das Versteck der Runner hier mitten in Newarks Sektor 2 Ziel eines Kommandounternehmens. Das schien kaum möglich zu sein. Doch jetzt hörte sie, wie Skip den Brigadeeinheiten am Boden Befehle erteilte, in denen er die sich nähernden Fahrzeuge als feindlich deklarierte, und dann sah sie, wie sich das große Rolltor auf der Vorderseite des Verstecks der Runner hob.

»Boden Vier und Fünf«, sagte Skip. »Den Gegner abfangen.«

Wo die Mott Street auf den Raymond Boulevard stieß, schoß plötzlich ein dunkelbrauner Wagen der Brigade quer über die Straße und rammte einen der feindlichen Wagen, um gleich darauf von dem Lieferwagen, der die Limousine begleitete, am Heck getroffen zu werden.

Dann schoß plötzlich der schwarzgraue Lieferwagen der Runner auf die Mott Street und wandte sich in Richtung Fleming. Die feindlichen Fahrzeuge, die aus dieser Richtung kamen, eine Limousine und ein Lieferwagen, wichen nach rechts und links aus und stellten sich quer, so daß sie die Straße sperrten. Der Lieferwagen der Runner wurde nicht langsamer. Er rammte die vordere linke Seite der Limousine, wurde auf den Bürgersteig geschleudert und raste weiter zur Kreuzung.

Überall in der Gegend brachen jetzt heftige Schießereien aus, automatisches Feuer, das hin und wieder vom Donnern schwerer Waffen übertönt wurde.

Thorvin gab Vollgas, als sie auf die Straße schossen. Der Motor heulte auf, die Reifen quietschten und zogen eine Spur aus verbranntem Gummi über den Asphalt. Er sah die große Limousine und den Lieferwagen direkt auf sich zufahren und sich dann querstellen, um die Straße zu versperren. Er würde auf gar keinen Fall bremsen oder gar anhalten. Die Kampf-Subroutine auf seinem Bordcomputer nahm augenblicklich eine Analyse der Limousine vor und legte einen schnell blinkenden roten Pfeil über die Stelle, wo er die Limousine rammen mußte, um die größte Wirkung zu erzielen.

Der Aufprall war ziemlich heftig. Schüttelte ihm fast die Datenbuchse aus dem Schädel. Kostete ihn außerdem eine Reihe Außensensoren. Aber er fuhr mittlerweile achtzig, und – Teufel auch – die Physik stimmte! Er sah ganz kurz, wie die Limousine herumgeschleudert wurde, während er über den Bordstein segelte und bis zur Kreuzung über den Bürgersteig pflügte. Nur ein ganz simpler Fall von Masse gegen Energie, echt.

Die Kreuzung kam schnell.

Rutschpartie – anders ging es nicht.

Kugeln prallten von seiner Außenhaut ab, als die Reifen ein schrilles Kreischen ausstießen und er seitwärts um die Ecke schleuderte.

Alarmglocken in seinen Ohren.

Ein Bild sprang ihn förmlich an, etwas, das wie ein Düsenjäger aussah und dicht über den Häusern links von der Kreuzung schwebte. Eine rote Rißzeichnung blitzte vor seinen Augen auf: Eine Aufklärungsdrone vom Typ CyberSpace Designs.

»Der Vogel ist wieder bei uns!« knurrte er.

»Schieß ihn ab!« bellte Rico.

Ein Zielindikator blinkte – Ziel erfaßt! Thorvin fuhr die M-134 Minikanone auf dem Dach aus und eröffnete das Feuer. Drei Salven, und die Drone geriet ins Trudeln und stürzte wie ein Stein außer Sicht.

Bobbie Jo spürte, wie die Kugeln ihren Rumpf durchschlugen, und dann die Explosion, als der Treibstoff in ihren Langstreckentanks Feuer fing. Warnlampen blinkten und flackerten. Die Haut über ihrem rechten Flügel riß auf und ging in Fetzen. Der Betonboden wirbelte ihr entgegen.

Sie schrie auf. Schwärze verschluckte sie.

14

Ein weiterer markerschütternder Zusammenstoß, und die angreifenden Einheiten lagen hinter ihnen.

Thorvin holte alles aus dem Motor des Lieferwagens heraus, und der Lärm war ohrenbetäubend. Das Dröhnen der Maschine steigerte sich zu einem stotternden Jaulen, das an den Nerven zerrte wie das ununterbrochene Rattern einer Automatik. Rico, dessen eine Hand den Sitz und die andere den Predator 2 umklammert hielt, biß die Zähne zusammen und sah in den Rückspiegel. Er versuchte, nicht an die Leute zu denken, die im Laderaum des Lieferwagens herumgeschleudert wurden. Dafür war keine Zeit.

»Die Drone ist erledigt!« bellte Thorvin über das Dröhnen des Motors hinweg. »Ich fahre jetzt zu dem verdammten *Du-weißt-schon-was*!«

Rico nickte. »Tu das!«

Surikov schrie hinten im Laderaum auf. Der Bursche hatte Schiß, und das mit Recht, aber Dok und er würden sich damit befassen müssen. Bandits Warnung, daß irgendwer dabei war, ihr Versteck in der Mott Street zu überfallen, war keinen Augenblick zu früh gekommen. Der Gegner war zu Fuß und in Wagen und Lieferwagen gekommen und hatte sogar eine Drone aufsteigen lassen. Wahrscheinlich war es Daisaka-Sicherheit, die Elite-Truppe von Maas Intertechs Muttergesellschaft Kuze Nihon.

Niemand, der über organisierte paramilitärische Truppen verfügte, brachte die schweren Kaliber zum Einsatz, weil ihm einfach danach war. Es mußte einen Grund für den Angriff geben, und Surikov war der einzige Grund, der einen Sinn ergab. Aber der Punkt, der Rico am meisten zu schaffen machte, war nicht das Wer oder Warum, sondern vielmehr das Wie.

Wie hatte der Gegner sie in der Mott Street aufgespürt?

Zwei Möglichkeiten fielen ihm ein. Die erste war die, daß sie von jemandem verfolgt worden waren, obwohl Thorvin das Gegenteil behauptete. Rico hielt diese Möglichkeit für nicht sehr wahrscheinlich. Zweitens, vielleicht war Piper durch die Matrix verfolgt worden. Sie war gleichfalls sicher, daß ihr niemand gefolgt war, aber das hieß nicht, daß sie sich nicht irren konnte. Rico hielt auch von dieser Möglichkeit nicht viel, und zwar aus dem einfachen Grund, daß Piper gewöhnlich richtig lag, wenn es um die Matrix ging.

Übersah er vielleicht etwas? Und was, zum Teufel, konnte das sein? Er konnte nicht glauben, daß sie von einem Mitglied seines Teams verkauft worden waren.

Ihm kam ein Gedanke.

Er sah Dok an. »Sieh nach, ob der Bursche einen Sender hat.«

»Was?« rief Dok. *»Jetzt?«*

»Glaubst du, ich mache *Witze?«*

Dok starrte ihn einen Augenblick lang an, schwankte, als der Lieferwagen um eine Kurve schleuderte. Dann bückte er sich, öffnete seinen Med-Koffer und machte sich an die Arbeit.

Sie wußten bereits, daß Surikov Implantate besaß: Datenbuchse, Speicherchips, Subprozessor. Ein echt hochwertiges System zur Verarbeitung von Talentsoft. Haufenweise Tech-Drek, um seine wissenschaftlichen Forschungen zu fördern und zu beschleunigen. L. Kahns Chip-Dossier hatte all das erwähnt. Das hatte Rico auf die Idee gebracht, daß Surikov vielleicht auch irgendeine Art von elektronischem Mikrotransmitter eingesetzt worden war, ein Gerät also, das Maas Intertech oder die Daisaka-Sicherheit anpeilen konnte, falls der Bursche ›verlorenging‹ oder entführt wurde.

Diese Praxis war normalerweise unüblich, aber bei

Spitzenexecs und Forschungskanonen wie Surikov auch nicht ganz unbekannt. Rico verfluchte sich selbst, weil er nicht an diese Möglichkeit gedacht und Surikov nicht früher hatte untersuchen lassen.

Surikov lag flach auf dem Boden. Dok beugte sich über ihn, wobei er sich an einem Befestigungsgurt für die Ladung festhielt. Zwei Sekunden später brach der Med-Scanner in Doks Hand in ein schrilles Piepsen aus, und Dok begegnete Ricos forschendem Blick mit weit aufgerissenen Augen.

»Komm schon, Monk! *Beeilung!*«

Minx nahm seine Hand und zog daran, zerrte Monk vorwärts und eine Treppe hinunter, die zu einer U-Bahn-Station führte. Am Fuß der Treppe wandte sich Minx jedoch nach rechts anstatt nach links, riß eine Metalltür mit der Aufschrift ZUTRITT FÜR UNBEFUGTE VERBOTEN auf und zog ihn hindurch.

Die Tür knallte hinter seinem Rücken zu, dann wurde alles schwarz. Minx zog ihn im Laufschritt weiter. Ihre Schritte hallten auf dem Boden, einem glatten, harten Boden, der im wesentlichen eben zu sein schien, obwohl überall irgendwelches Zeug herumlag, das um seine Knöchel raschelte und unter seinen Sandalen knirschte.

Minx wurde langsamer. Etwas Schweres knallte, und etwas Metallenes kreischte. Eine Tür öffnete sich. Sie betraten einen Sicherheitslaufsteg aus Beton, der neben einer unterirdischen Straße verlief. Monk konnte sich nicht erinnern, diesen Teil der Transitstrecken je gesehen zu haben. Die Straße, die nur zweispurig und durch eine unterbrochene weiße Linie geteilt war, erstreckte sich ein paar hundert Meter in beide Richtungen, bevor sie eine Kurve beschrieb und dahinter nicht mehr zu sehen war. Der Asphalt sah richtig sauber aus. Nirgendwo Abfälle.

Minx sah die Straße entlang, dann warf sie ihr krauses Haar in den Nacken, das jetzt rot und orangefarben leuchtete, und grinste.

»Hier ist es«, sagte sie.

»Was?«

Ein Rumpeln steigerte sich zu einem Röhren wie von einem Rennwagen. Ein schwarzgrauer Lieferwagen kam um die Kurve rechts von ihnen geschossen, jagte an ihnen vorbei und verschwand hinter der Kurve zur Linken. Minx runzelte die Stirn.

»Hm?« machte Monk.

Während der Lieferwagen verschwand, wusch ein Gewitter aus bernsteinfarbenen Flecken über die Mauern der unterirdischen Straße, die ihren Anfang in der Kurve zu ihrer Linken nahmen. Das Dröhnen des Lieferwagens wurde leiser, um dann wieder anzuschwellen. Ein Lastwagen, eine Art Abschleppwagen, kam um die Kurve zur Linken geschossen. Diesmal nickte Minx, warf einen flüchtigen Blick auf Monk und zog ihn mit, unter das Geländer des Laufstegs hindurch und dann nach unten auf die Fahrbahn.

Der Abschleppwagen röhrte wie ein semiballistischer Jet, bernsteinfarbene Blinklichter blitzten auf dem Führerhaus und hinter dem mächtigen Kühlergrill. Monk sah diesen Grill immer näher kommen, bis er ihm gewaltig, titanisch vorkam und ihm jäh aufging, daß der Laster nicht bremste und er ihm im Weg stand.

Plötzlich riß Minx ihn zur Seite, und die Reifen des Abschleppwagens quietschten, und weißer Qualm stieg von ihnen auf.

»Mach schon!« rief Minx.

Der Abschleppwagen hielt an, die Beifahrertür öffnete sich, und Minx zerrte Monk die Stufen hinauf und in das Führerhaus.

Der Laster rollte an. Die Beschleunigung war unglaublich. Sie schleuderte Monk gegen die Lehne der breiten Sitzbank und hielt ihn dort fest, bis er kaum noch atmen konnte. Er erhaschte einen Blick auf zwei schwarz behandschuhte Hände, die ein Lenkrad umklammerten, und auf das vordere Armaturenbrett, das vor Kontrollen wimmelte – Lämpchen, grafische Indikatoren, LED-Anzeigen und Meßinstrumente –, und alle blinkten, leuchteten und blitzten unablässig. Er starrte mit weit aufgerissenen Augen auf die weißen Linien auf der Straße, die so schnell an ihm vorbeischossen, daß sie vor seinen Augen verschwammen. Musik von Exocentrical Rumination dröhnte aus den Lautsprechern, die überall angebracht waren.

»Wer ist dein Freund?« rief jemand. »Echt kickig!«

Da war das Wort schon wieder.

Minx grinste. »Das ist Monk!« rief sie. »Monk, das ist Kookie! Kookie die Kutsche nennen sie die Leute! Sie ist die beste Kutsche der ganzen Stadt!«

»Ach ja?« rief Monk, der sich fragte, was wohl eine ›Kutsche‹ war.

Minx nickte lächelnd.

»Bin früher mal Taxi gefahren!« rief Kookie. »Und hab dabei nie meine Zulassung verloren!«

Minx lehnte sich zurück, und Monk beugte sich vor, um Kookie genauer zu betrachten. Sie hatte goldblondes Haar, das zu einem dicken Zopf geflochten war. Außerdem hatte sie das perfekte, durch kosmetische Chirurgie erzeugte Gesicht eines Maria Mercurial-Novastars, mitsamt den lässigen Schlafzimmeraugen und einem kleinen dunklen Muttermal ein klein wenig oberhalb und neben den sinnlich vollen, roten Lippen. Sie trug eine glänzende, beschlagene schwarze Jacke und schwarze Technikerstiefel. Sie nahm einen raschen Zug von einer braunen Sunset Neon-Zigarette, dann sah sie zu Monk herüber und grinste.

»Was glotzt du so?« rief sie.

Monks Blick wanderte zum Armaturenbrett. In der Glotze dort lief eine TV/3V-Show. Die Show hieß ›Wohin die E-Mail fällt‹. In der ersten Szene war ein leuchtender Neon-Mann in einem leuchtenden Neon-

Raum zu sehen, der leuchtende Neon-Umschläge auf einem leuchtenden Neon-Tisch herumschob und dazu unzusammenhängend vor sich hin murmelte. Monk hatte diese Show noch nie zuvor gesehen. Wenn sie irgendeinen Sinn ergab, entging er ihm.

Irgend etwas bellte. Monk blickte zur Seite und sah, wie Minx einen riesigen Hund mit leuchtend roten Augen und bösartigen weißen Zähnen umarmte. »Wir nennen ihn *Fürst!*« rief Harry.

Fürst der Dunkelheit? fragte sich Monk.

Minx und Kookie brachen in Gelächter aus.

Abrupt verschwand der unterirdische Tunnel, und sie pflügten durch ein Meer aus Autos und Lastwagen. Der Abschleppwagen dröhnte und kreischte. Hupen blökten, Sirenen jaulten. Monk sah einen Bus direkt auf die rechte Führerhausseite des Abschleppwagens zuschleudern, eine solide Autowand direkt auf die Nase zuschießen und eine Menschenmenge, die vor und neben ihnen in alle Richtungen auseinanderspritzte. Häuser, drohend vor ihnen aufragende Häuser, schwarze, vom Regen verätzte Ziegel- und Betonhäuser huschten in einem verschwommenen Wirbel an ihnen vorbei.

Monk spürte, wie er vorwärts und praktisch aus seinem Sitz heraus geschleudert wurde, dann gegen die Beifahrertür, dann wieder zurück, direkt auf Minx' Schoß und praktisch ins Maul des riesigen, rotäugigen Fürst-der-Dunkelheit-Hundes.

Minx sah zu ihm herab, lächelte und strich ihm sanft die Haare aus dem Gesicht.

»Das ist die andere Sache, du Kick!« rief sie über das ohrenbetäubende Dröhnen des Lasters hinweg. »Wenn man mit Kookie fährt, muß man IMMER den SICHERHEITSGURT anlegen!«

Das war es schon wieder, dieses Wort.

Kick.

»DA SIND WIR!« rief Kookie.

Einen Moment lang schien sich der Laster querzulegen. Reifen quietschten. Monk, der immer noch der Länge nach auf der Sitzbank lag, spürte, wie seine Füße und Unterschenkel unwiderstehlich zum Dach gezogen wurden. Dann blieb der Laster plötzlich stehen, und er fiel auf den Boden unter das Armaturenbrett.

Minx und Kookie brachen in Gelächter aus.

»Komm schon, Monk! *Komm schon!*«

Minx packte seine Hand und zerrte ihn aus dem Führerhaus und auf irgendeine Straße in Sektor 2 ganz in der Nähe des Hafensektors. Er konnte den stinkenden Fluß riechen, den Passaic River, soviel war sicher. Vielleicht auch die Newark-Bucht. Die Straße, auf der sie sich befanden, wurde von alten Fabrikgebäuden und Wohnhäusern gesäumt und sah aus wie ein Katastrophengebiet. Hoffnungslos verbeulte Autos verstopften den Bürgersteig und versperrten die Straße. Überall lagen Leute herum, von denen sich manche noch bewegten. Burschen in paramilitärischer Rüstung standen herum und schrien einander an. Blinklichter auf Krankenwagen, Omni-Polizeiwagen und anderen Autos und Lastwagen flackerten und blitzten grell im düsteren Dämmerlicht des Morgengrauens.

Der Abschleppwagen dröhnte. Kookie hatte ein dickes Kabel vom hinteren Ende des Lasters an einer großen blauen Limousine befestigt, die auf der Seite lag.

Minx zog Monk in eine andere Richtung, direkt zu einem schwer gepanzerten Burschen, der reglos auf dem Bürgersteig lag. Das Abzeichen an seiner Schulter schien eine Art Gorilla darzustellen.

Ein Licht blitzte auf, und Monk wurde klar, daß Minx eine Kamera auf den Burschen gerichtet hatte. Sie bückte sich, um eine Nahaufnahme zu machen. Eine richtige Nahaufnahme. So nah, daß die Kameralinse beinahe mit dem Blut in Berührung kam, das langsam unter dem verspiegelten Helmvisier des Burschen hervorrann. Und dann bewegte sie die Kamera ein wenig zur Seite und drückte ihren Mund ... ihren Mund ...

»Monk?«

Die Welt begann sich langsam um ihn zu drehen. Er erhaschte noch einen Blick auf Minx, die ihn seltsam anlächelte, und erblickte Kookie, die grinste und lachte, bevor ihm die Straße entgegenkam und alles schwarz wurde.

»Du Kick ...«

15

Der Lieferwagen glitt durch die Hintergassen von Rahway, wobei er die Grenze von Sektor 13 streifte. Die Morgendämmerung war angebrochen, und draußen herrschte ein düsteres Zwielicht. Die alten Häuser am Straßenrand warfen dunkle Schatten. Rico kannte diesen Teil des Sprawls als die Todeszone. Hier lebte niemand außer Ghulen, umherziehenden Banden und dem einen oder anderen Flüchtigen. Es gab keinen Strom und kein Wasser, nur das, was die Leute sich beschaffen konnten. Die Cops wußten nicht einmal, daß dieser Ort überhaupt existierte, und das war wahrscheinlich gut für sie, für die Cops nämlich. Der Nebel einer längst vergessenen metaphysikalischen Katastrophe wälzte sich auf ewig durch die Straßen. Teufelsratten, manche so groß wie kleine Hunde, spähten aus Schlupflöchern und aus den Fenstern verlassener Häuser. Das einzige Licht rührte von den Feuern, die in Metallfässern brannten, oder sickerte durch eine Wand dunkler Wolken vom Himmel.

»Verfluchte Staubteufel!« knurrte Thorvin.

Ein Nebelfetzen entwickelte sich zu einem Sturm aus Staub und Dreck, der gegen die Seiten des Lieferwagens prasselte. Rico erblickte eine Reihe grotesker Gestalten, Gesichter verzerrter, nur annähernd menschlicher Leiber, die wie Geister über die Windschutzscheibe und um den Lieferwagen flossen, aber er wußte, daß es sich dabei nur um Rückstände des Sturms handelte. Um metaphysikalische Effekte. Ein Merkmal der Todeszone. Es ging so schnell vorbei, wie es gekommen war.

»Status«, sagte er.

»Klar«, brummte Thorvin. »Verdammt klar. Ich habe

eine Reihe kaputter Sensoren, aber ansonsten ist alles klar.«

Der Lieferwagen holperte quer über die Straße und bremste, dann rollte er eine steile Rampe hinunter und in eine unterirdische Garage. Die Garagentür schloß sich hinter ihnen. »Ist das Haus in Ordnung?« fragte Rico.

Thorvin nickte. »Es ist sauber.«

Rico warf einen Blick auf Bandit, machte sich aber gar nicht erst die Mühe, nach einer Bestätigung zu fragen. Magisch begabte Leute setzten ihre Magie in diesem Teil von Sektor 13 nur sehr ungern ein. Zuviel Statik. Das hatte Bandit jedenfalls gesagt. Rico glaubte ihm. »Schalte das Überwachungssystem ein«, sagte er zu Thorvin.

»Ist bereits eingeschaltet«, knurrte Thorvin.

Von draußen sah das Haus nach nicht viel aus, zwei Stockwerke bröckelige Ziegelmauern mit verrostet aussehenden Stahljalousien vor jeder Tür und jedem Fenster. Der Schein trog jedoch. Das Haus war eine Festung und mit Sensoren und Offensiv- wie Defensivsystemen bestückt, die alle zu unabhängigem, computergesteuertem Handeln fähig waren. Hier würde niemand aus irgendwelchen Fenstern starren müssen. Das Haus und seine automatischen Systeme würden für sie Wache halten.

Rico sah sein Team aus dem Lieferwagen aussteigen. Zwei Stunden Schlaf hatten keinem viel genützt. Bei jedem Run erreichte man einen Punkt, an dem einen das Adrenalin glauben ließ, man könne ewig so weitermachen. Aber man brauchte nur die Augen zu schließen und sich für einen Augenblick zu entspannen, und schon brach die Müdigkeit über einem zusammen wie eine Flutwelle. Der überstürzte Aufbruch aus dem Versteck in der Mott Street und die wilde Flucht hierher, die Ähnlichkeit mit einer Fahrt durch ein Kriegsgebiet gehabt hatte, waren auch keine Hilfe gewesen.

Den Predator 2 in der Hand, führte Rico Shank einmal durch das ganze Haus. Es war sauber. Der Lieferwagen war sauber. Jedes Teammitglied war sauber. Und jetzt war auch Surikov sauber. Mit Sicherheit. Untersucht und noch einmal untersucht und für unbedenklich erklärt.

Surikov war das Problem gewesen. Maas Intertech hatte ihm einen Mikrotransmitter in den Nacken implantiert, dann hatte jemand das elektronische Signal des Senders angepeilt, um ihn zu finden. Derartiger Drek hörte sich immer ganz einfach an, aber es stellte die immer sehr auf ihr Ansehen bedachten Konzerne vor ein potentielles Image-Problem. Ungeachtet der Wahrheit, sahen es die Konzerne nicht gerne, wenn sie als Tyrannen und Unterdrücker dargestellt wurden, die jeden Aspekt im Leben der Leute überwachten und kontrollierten.

Daß Maas Intertech in dieser Hinsicht ein beträchtliches Risiko einging, legte nahe, daß Surikov eine größere Kanone auf seinem Gebiet war, als irgend jemand bisher zugegeben hatte, oder daß die Konzerne ihre Mitarbeiter besser denn je schützten.

Rico machte sich Vorwürfe, weil er damit nicht gerechnet hatte. Das Unerwartete war ein integraler Bestandteil dieses Spiels. Man plante, so gut es ging, und hoffte und betete, daß man nichts Wichtiges übersehen hatte, und wenn doch, daß man es hinbiegen konnte, bevor jemand zu Schaden kam.

Dok hatte den Transmitter entfernt, null Problemo. Rico hatte ihn auf der Straße im Vorbeifahren auf die Ladefläche eines Transporters geworfen.

Vielleicht bekamen sie jetzt etwas Luft zum atmen.

Zumindest für ein paar Stunden.

Thorvin verzog sich in den Versorgungsraum im Keller, um die Hilfssysteme in Betrieb zu nehmen. Rico schickte Filly und Shank in die Küche, um sich um das Essen zu kümmern, und Dok und Surikov ins Wohnzimmer, um sich zu entspannen. Dann legte er Piper einen Arm um die Taille. Sie gab ihm einen Kuß. »Wäre nicht schlecht, wenn du dich in den Nachrichtenkanälen umtust«, sagte er. »Finde heraus, was los ist.«

»Ich verstehe, *Jefe*.«

Er brauchte ihr nicht erst zu erklären, daß sie nichts unternehmen sollte, was die Gefahr barg, daß ihr Signal durch die Matrix verfolgt wurde. Sie wußte, daß dieses Haus ihr Unterschlupf war. Dies war der Ort, an den sie sich zurückzogen, wenn sie in Schwierigkeiten gerieten. Es wurde erst benutzt, wenn ihr Primärversteck aufflog. Nur Thorvin war öfter als ein halbes dutzendmal hier gewesen, und das auch nur, um die Sicherheitssysteme zu installieren und das Haus in Schuß zu bringen.

Piper ging durch den Flur in das Telekom-Zimmer. Rico überzeugte sich davon, daß die Toilette funktionierte, dann ging er ins Wohnzimmer. Surikov lag auf dem Sofa und war tief in die Kissen gesunken. Er sah eigentlich gar nicht so schlecht für einen Burschen seines Alters und Gewichts aus. Ein wenig müde, vielleicht ein wenig überarbeitet. Dok untersuchte ihn gerade. Er sah auf, als Rico sich eine Zigarre anzündete.

»Wo sind wir?« fragte Surikov.

Wahrscheinlich konnte es nicht schaden, Surikov das zu verraten, doch Rico mußte mehr berücksichtigen als nur Surikov. Er mußte an morgen denken, an all die Tage, die sein Team und er noch vor sich hatten. Surikov war unterwegs nach Hause. Wer wußte schon, was er den Leuten von der Sicherheit erzählte, wenn er dort ankam. Wer wußte schon, wer schließlich hören würde, was er zu erzählen hatte. Es war besser, ihm nichts zu sagen, nicht mehr als das, was er unbedingt wissen mußte. Wer heute in der Konzernwelt noch ein Freund war, konnte morgen bereits ein Feind sein, und letzten Endes mußte man alle Konzerne als Feinde betrachten. Konzerne und Konzernangestellte dienten nur einem

Herrn, dem allmächtigen Nuyen. Nur ihm gehörte ihre Treue. »Wir sind in Sicherheit«, sagte Rico. »Mehr brauchen Sie nicht zu wissen, *Compadre.*«

»Was ... was geschieht jetzt?«

»Wir warten ab. Sie entspannen sich. Sie brauchen sich keine Sorgen zu machen.«

»Ich würde mich besser fühlen, wenn ich über Ihre Pläne Bescheid wüßte.« Surikov zögerte. Er machte einen verängstigten Eindruck. »Was als nächstes geschieht, sollte ich sagen. In bezug auf mich.«

Rico nahm an, daß diesbezügliche Fragen ganz natürlich waren. Kein Mann fühlte sich gerne machtlos. Wenn Piper ein Maßstab war, galt für Frauen dasselbe. »Es verhält sich folgendermaßen«, sagte er. »Wir treffen letzte Vereinbarungen, um Sie zu übergeben. Dann gehen Sie nach Hause.«

»Ich nehme an, Sie sind der Anführer?«

Rico nickte.

»Wir sind einander nicht vorgestellt worden.«

Rico nahm einen tiefen Zug von seiner Zigarre und ließ langsam den Rauch durch die Lippen entweichen. »Numero Uno«, sagte er. »Nummer Eins. So werden Sie mich nennen.«

»Ich verstehe.« Surikov schien sich dessen jedoch nicht allzu sicher zu sein. In erster Linie wirkte er verängstigt. »Ich würde gerne mit Ihnen über ... über meine Heimkehr reden, wie Sie es nennen.«

»Was ist damit?«

»Auf welches ›Zuhause‹ beziehen Sie sich?«

Das war ein wunder Punkt.

Es war keine große Sache gewesen herauszufinden, wo Surikov gearbeitet hatte, bevor er von Maas Intertech entführt worden war. Surikov genoß einen internationalen Ruf in Biotech und Kybernetik, speziell Headware-Design. Piper hatte nicht weiter als bis zu den öffentlichen Datenbanken zu gehen brauchen, um seinen ganzen Werdegang auszugraben. Er hatte für eine Tochtergesellschaft von Fuchi I.E. namens Multitronics gearbeitet, bis Maas Intertech beschlossen hatte, ihn abzuwerben, ohne ihm die Möglichkeit zu geben, nein zu sagen.

Was Rico nicht mit Sicherheit wußte, niemals mit Sicherheit wissen würde, war, wohin Surikov wirklich unterwegs war. Allem Anschein nach ging es für ihn direkt zu Fuchi Multitronics zurück. Wenn der Run als Entführung gedacht war, wenn Surikov in Wirklichkeit nicht ›nach Hause‹ ging, wäre L. Kahn schlau genug gewesen, Rico zu sagen, er solle sich verziehen, und sich dann einfach ein anderes Runner-Team zu suchen, das versessen auf Nuyen und nicht so wählerisch war, womit es sie sich verdiente.

Für Rico reichte das als Arbeitshypothese, aber das bedeutete nicht, daß er gerne von Hypothesen ausging.

»Wieviel wissen Sie über meinen Hintergrund?« fragte Surikov plötzlich.

»Ich weiß, wo Sie gewesen sind. Warum?«

»Wissen Sie, daß ich entführt wurde?«

»Kommen Sie zur Sache.«

Surikov zögerte, hob eine Hand zum Nacken und betastete den Verband dort. Dok hatte Surikov eine örtliche Betäubung verpaßt, während er den Sender entfernte, so daß Surikov keine Schmerzen haben konnte. Vielleicht juckte der Verband. »Ich war fast mein ganzes Leben lang bei Multitronics Labs«, sagte er. »Ich bin unter dem Fuchi-Banner aufgewachsen, könnte man sagen. Ich bin ein echtes Konzernkind. Ich habe an der Fuchi-Universität promoviert. Mir sind von mehreren prestigeträchtigen Institutionen bedeutende akademische Grade verliehen worden...«

»Zur Sache«, sagte Rico.

»Die Sache ist die, daß ich, wie Sie vielleicht wissen, als Autorität auf dem Gebiet des intracerebralen Designs, also der bionetischen Verstärkung, betrachtet werde. Um meine Forschungen vernünftig betreiben zu können, brauche ich absolute Freiheit.«

Rico biß die Zähne zusammen. »Und?«

»Wenn Sie vorhaben, mich zu Fuchi Multitronics zurückzubringen, tun Sie damit mir und meiner Arbeit unrecht.«

Ein Konzernlakai, der seinen eigenen Konzern anschwärzte. Wie oft hatte Rico schon Sprüche wie diesen gehört? Er konnte die Gelegenheiten an den Fingern einer Hand abzählen. Er hatte Dutzende von Runs wie diesen unternommen, und in praktisch allen Fällen war die Zielperson des Runs erfreut gewesen zu hören, daß sie heimkehrte. So wie manche von ihnen redeten, gab es keinen besseren Platz auf der Welt, an dem man leben konnte, als innerhalb der stählernen Fäuste solcher Giganten wie Fuchi, Aztechnology, Saeder-Krupp und so weiter ...

Doch jetzt merkte er, wie er zornig wurde. Rico funkelte Surikov eine Weile an, während er versuchte, seine Wut und seine Frustration im Zaum zu halten. Er spürte, wie sein Nacken heiß wurde, und wollte losdonnern, doch er zwang sich, einen tiefen Zug von seiner Zigarre zu nehmen und den Rauch ganz langsam auszublasen, als liege ihm nichts ferner, als jeden Augenblick durchzudrehen. »Ich habe Sie gefragt, ob Sie mitkommen wollen«, sagte Rico leise. »Und jetzt erzählen Sie mir was? Daß Sie doch nicht mehr wollen? Daß Sie wieder zurück zu Intertech wollen? Daß Sie sich selbständig machen wollen?«

»Immer mit der Ruhe, Boß«, sagte Dok ruhig.

»Ich will eine Antwort.«

Surikov rieb sich über die Lippen. Seine Augen waren ein wenig weiter geöffnet als sonst. Sein Gesicht war ein wenig rötlich angelaufen, aber das war nicht auf Wut zurückzuführen. Es war irgendeine Unruhe, als sei er durcheinander oder nervös. Wie eine Frau. »Lassen Sie mich erklären«, sagte er ein wenig außer Atem. »Mir ist klar, daß Sie große Risiken auf sich genommen haben. Meinetwegen. Ich bin Ihnen wirklich dankbar, sehr dankbar. Ich wünschte nur, Sie wären über das Problem, wie ich es sehe, vollständig informiert gewesen, bevor Sie mit Ihrem Unternehmen begannen. Wissen Sie, das Forschungsprogramm bei Maas Intertech ist praktisch genauso willkürlich eingeschränkt wie das bei Fuchi Multitronics. Darum geht es. Keiner dieser Konzerne ist ein angemessener Förderer der Art von reiner Forschung, die ich zu leisten versuche. Man hat mich buchstäblich wie einen Gefangenen gehalten. Sie haben mich benutzt wie jeden x-beliebigen anderen Konzernangestellten!«

Rico nahm einen weiteren tiefen Zug von seiner Zigarre. Es half nicht. Die ätzende Schärfe blieb in seiner Stimme. »Vielleicht würden Sie gerne in die Karibik gehen. Unter einer Palme sitzen. Vielleicht sollte ich nach Camden oder Atlantic City gehen. Und ein paar Runden Keno spielen. Darauf warten, daß die Axt fällt.«

Surikov machte einen verwirrten Eindruck. »Es tut mir leid. Ich ...«

»Maas Intertech gehört zu Kuze Nihon. Kuze Nihon ist fast so groß wie Fuchi I.E. Im Moment sind sie dort ein wenig sauer auf uns. Jetzt reden Sie davon, Fuchi auch noch auf die Palme zu bringen. Dafür sollten Sie besser einen verdammt guten Grund haben.«

Surikov sagte: »Prometheus Engineering.«

Rico hatte den Namen schon gehört. Prometheus gehörte zur Oberliga. Der Konzern hatte einen Sitz im Konzernbeirat, der Manhattan regierte. Außerdem hatte er einen hundertstöckigen Wolkenkratzer in Manhattans West Side, der wie eine DNS-Spirale aussah und für dessen Doppel-A-Sicherheit New York Police Department Incorporated verantwortlich zeichnete. »Was ist damit?« knurrte Rico.

»Bringen Sie mich zu Prometheus«, platzte es aus Surikov heraus. »Treffen Sie irgendeine Vereinbarung, die Ihnen und Ihren Kameraden gefällt. Verlangen Sie eine Bezahlung. Vielleicht einen Finderlohn. Die Forschungsleiterin bei Prometheus müßte bei der Aussicht darauf, mich zu bekommen, vor Freude an die Decke springen. Sie fährt ein äußerst verständiges Programm. Sie begreift die Bedeutung grundlegender wissenschaftlicher Neugier. Ihre Forscher haben völlig freie Hand.«

»Und was ist mit Ihrer Frau?«

»Wir könnten sie ebenfalls mitnehmen. Tatsächlich müßten wir das sogar.«

Rico nickte langsam und nahm noch einen tiefen Zug von seiner Zigarre. Surikovs einziges Problem bestand darin, daß er verrückt war. »Vielleicht sagen Sie uns auch, wo wir Ihre Frau finden können. Vielleicht helfen Sie uns auch dabei, sie rauszuhauen.«

Surikov verstand den Witz nicht.

Dok saß ganz ruhig da, beinahe reglos.

Rico drehte sich um und ging hinaus.

Rasche Stippvisiten in den virtuellen Bars, die als schwarze Bretter und Gerüchteküchen innerhalb des Newarker Telekommunikationsgitters dienten und eine Art Untergrundgitter bildeten, versorgten Piper mit einigen Neuigkeiten.

Stunden nach ihrem Run gegen Maas Intertech befanden sich die Systeme im ganzen Megaplex immer noch in aktivem Alarmzustand.

Die Hälfte der Decker hatte ihren Spaß und war begeistert, daß offenbar jemand auf Gold gestoßen und irgendein großes Ding abgezogen hatte. Die andere Hälfte, jene, die Geschäfte zu erledigen und ihrerseits Runs zu erledigen hatte, war nicht ganz so begeistert.

Vaux Hall Pirate News wartete mit zwei besonders interessanten Einzelheiten auf: Schwer bewaffnete Einheiten der Daisaka-Sicherheit durchkämmten die Straßen Newarks, und über die regionalen Polizeikanäle war eine vollständige Beschreibung von Thorvins Lieferwagen herausgegangen, Kennzeichen eingeschlossen. Piper hielt diese Neuigkeiten zwar für wichtig, aber nicht für bedrohlich, zumindest nicht notwendigerweise.

Newark war nicht wie andere Städte. Omni Police Services hatte diese Lektion gelernt. Die Daisaka-Sicherheit würde es ebenfalls sehr rasch herausfinden, falls sie es nicht bereits wußte. Ihre Truppen würden zwangsläufig eine ganze Legion kleinerer Monarchen entdecken, die verschiedene Gebiete des Plex' als ihre privaten Königreiche betrachteten. Triadenbosse, Gangs, Yakuza, die Mafia – und keiner von ihnen hatte etwas für Eindringlinge übrig.

Little Asia, Sektor 6, war ein Wirrwarr konkurrierender Elemente, und die Konkurrenz war oft ziemlich heftig. Jedes Element verfügte über Soldaten, um seine Ansprüche durchzusetzen. Alle hatten Zugang zu den gefährlichsten Waffen. Die Daisaka würde zwangsläufig mit der Aussicht auf bewaffnete Auseinandersetzungen konfrontiert werden, mit kleinen Herrschaftskriegen, und das war gut so, denn das würde die Daisaka auf Trab halten.

Was die Beschreibung des Lieferwagens anging… Thorvin war in dieser Sekunde unten und spritzte den Lieferwagen um und wechselte das Kennzeichen. Dieser spezielle Lieferwagen hatte eine ganze Reihe verschiedener Identitäten, die alle ordnungsgemäß in den entsprechenden Datenbanken der Verwaltung registriert waren.

Piper lächelte und stöpselte sich aus.

Der Raum um sie kehrte zurück, vier nackte weiße Wände mit einem Samsung Bürotelekom, einem Armsessel und einem Lehnstuhl, auf dem sie saß. Das Telekom verfügte über zwei Leitungen: einen Direktanschluß über Kabel an das lokale Telekommunikationsgitter sowie eine Leitung zur Satellitenschüssel, die auf dem Dach verborgen war. Ihr modifiziertes Excalibur-Cyberdeck lag auf ihrem Schoß.

Rico saß auf dem Armsessel, paffte seine Zigarre und sah unzufrieden aus. Piper zog ihre dünnstielige Pfeife aus dem Beutel an ihrem Gürtel, stopfte sie mit etwas Tabak und zündete sie an.

»Wie sieht's aus?« fragte Rico in einem Tonfall, der wie ein tiefes Knurren klang.

Piper lieferte ihm eine rasche Zusammenfassung von dem, was sie aufgeschnappt hatte, dann sagte sie: »Du siehst unglücklich aus, *Jefe*.«

»Wir sitzen in der Tinte.«

»Warum?«

»Surikov will nicht nach Hause.«

»Warum nicht?«

»Er sagt, Fuchi Multitronics gefällt ihm nicht besser als Maas Intertech. Er glaubt, daß es ihm bei Prometheus Engineering besser gehen würde, weil er da die Freiheit hätte, die Dinge auf seine Weise zu erledigen.«

»Konzerne und Freiheit schließen sich gegenseitig aus.«

»Der Bursche sieht das anders.«

Piper zuckte die Achseln. »Wir haben unsere Anzahlung. Unsere Spesen sind gedeckt. Soll Surikov für sich selbst sorgen.«

»Wir sind für ihn verantwortlich.«

»Niemand ist für einen Konzernangestellten verantwortlich, zumindest wir nicht.«

»Der Bursche ist Wissenschaftler.«

»Dann ist er auch nicht mehr als die hochentwickelte Form eines Produktdesigners. Er ist ein Pinkel. Wir schulden ihm nichts.«

»Wir haben ihn aus seiner gewohnten Umgebung gerissen, *Querida*.«

»Ja, und damit haben wir ihm einen Gefallen getan.«

»Ein Bursche wie er würde, auf sich allein gestellt, nie einen vernünftigen Handel abschließen. Er ist wie ein Baby im Wald.«

»Dann händigen wir ihn eben L. Kahn aus, und die Sache ist für uns erledigt.«

»Er will nicht gehen.«

»Es ist mir egal, was er will.«

Leute, die ein Leben lebten, das von den Konzernen definiert wurde, verdienten die gleiche rücksichtslose Gleichgültigkeit, welche die Konzerne dem Rest der Gesellschaft entgegenbrachten. Die Konzerne hatten das tausendmal bewiesen: Sie hatten die Erde besudelt, die Leute vergiftet, Wirtschaftszweige ruiniert und ganze Nationen zu einem Leben in Armut, Krankheit und tiefstem Elend verurteilt – wie es die Konzerninteressen gerade erforderten.

Ein weiser Mann hatte einmal gesagt: »Laßt uns das Blut der Feinde der Menschheit trinken.«

An erster Stelle auf der Liste dieser Feinde standen für Piper die Konzerne. Nicht einmal die verlogenen Schweine von Tir Tairngire konnten den Konzernen in puncto schierer Gemeinheit das Wasser reichen. Elfen besaßen wenigstens noch etwas Respekt vor der Erde.

»Du redest wie ein echter Killer«, sagte Rico.

»Soll ich lieber heulen und Mitleid haben?«

»Dafür kenne ich dich zu gut.«

»Wir sind erledigt, wenn wir Surikov nicht abliefern. Fuchi hat einen langen Arm. Sie werden uns finden und auf Eis legen. Oder uns als Versuchskaninchen in ihren Biotech-Labors einsetzen.«

»Es gibt schlimmere Dinge, für die man sterben kann, als die Freiheit eines Menschen.«

»*Jefe*, ich will nicht für einen verdammten Pinkel sterben.«

»Wie steht es mit der Ehre?«

»Ich will nicht über Ehre reden.«

»Wir haben das Leben eines Menschen in unsere Hände genommen. Und jetzt sagst du, wir sollen ihm einfach den Rücken kehren.«

»Ich sage nur, daß wir unseren Kontrakt erfüllen sollen.«

»Und zum Teufel mit der Ehre.«

»Wir haben uns verpflichtet, Surikov abzuliefern.«

»Aber wir haben uns nicht zu einer Entführung verpflichtet. Und genau damit haben wir es zu tun, wenn wir Surikov zu Fuchi zurückbringen. Weil er mit Sicherheit dorthin geht, wenn wir ihn L. Kahn übergeben. Und zwar gegen seinen Willen.«

Piper lehnte den Kopf gegen das Nackenpolster des Lehnstuhls. Ricos Verhaltenskodex, seine Ehre, seine Moral, würden sie eines Tages töten. Das wußte sie seit langem. Sie akzeptierte das, weil Akzeptieren Teil der Liebe war, und sie liebte Rico. Sie hatte immer gehofft, ihn eines Tages bekehren und seinen selbstgerechten Moralkodex aufweichen zu können, und sei es auch nur zum Zwecke des Überlebens, doch ihr Einfluß in dieser Hinsicht war unbedeutend. Es war ein Beweis für Ricos Cleverness, für seinen Grips und für seine Fähigkeiten als Anführer, daß sie trotz seines Kodex so lange überlebt hatten. »Sag was, Chica.«

»Ich soll für einen Pinkel alles aufgeben?«

»Ich verlange nicht von dir, irgendwas aufzugeben. Wenn du aussteigen willst ...«

Das machte sie wütend. Rico mußte es besser wissen. »Wohin du gehst, dahin gehe ich auch«, sagte sie scharf. »Wenn du dich umbringen lassen willst, dann bin ich auch tot.«

Rico lächelte. »Du hast Cojones, *Corazón*.«

In einem Augenblick wie diesem Süßholz zu raspeln. Ihre Eingeweide verkrampften sich, und die verborgene Wahrheit, die nur Rico und sie kannten, wurde auf einer Woge schäumender Gefühle an die Oberfläche ihres Bewußtseins gespült. Das Geld, das sie mit Runs wie diesem verdiente, gab ihr die Mittel, um die eigentliche Schlacht zu schlagen, den Krieg gegen die Konzerne, um die Erde zu retten, bevor sie vollkommen zerstört wurde. Die Vorstellung, für diese Sache zu sterben, konnte sie ertragen – sie hatte dem Tod bereits ins Auge gesehen und würde es wieder tun, und zwar gerne –, aber den Tod für etwas so Verachtenswertes wie einen Pinkel zu riskieren, für einen Mann wie Surikov, dessen Lebenswerk die Konzerne nur immer noch reicher machte, dieser Gedanke war kaum zu ertragen.

Rico stand auf, setzte sich auf die Armlehne des Lehnstuhls und zog sie in die Arme. Sie sehnte sich nach seiner Umarmung. Sie bewunderte seinen Mut und wünschte, sie besäße seine Kraft, seine innere Stärke. Doch jetzt konnte sie nur noch an die Dinge denken, die sie bei dem Versuch wegwerfen würden, Surikov zufriedenzustellen, und das bekümmerte sie.

Wo Surikov sein Zuhause fand, war nicht das einzige Problem. Es gab noch ein anderes, das gelöst werden mußte, wenn der Mann wirklich frei sein sollte.

Jeder Idiot konnte das erkennen.

16

Der Regen begann um vier Uhr in der Nacht. Um fünf nach vier hatte sich der Regen in einen Wolkenbruch verwandelt und trommelte auf die Straßen, die rasch zu kleinen Seen wurden. Rico schlug den Kragen seines langen schwarzen Dusters hoch und ging die Treadwell entlang und zu dem braunen Ziegelhaus in der Mitte des Blocks. Fünf Messerklauen standen unter der Markise, drei auf der Hausveranda, zwei auf dem Bürgersteig davor. Zwei der Messerklauen waren mit Maschinenpistolen bewaffnet, die von den langen, dunklen Mänteln kaum verborgen wurden.

Rico wurde gleich eingelassen und durch das Haus und dann in den Garten im Zentrum des Hauses eskortiert. Mr. Victor wartete an dem runden Transparextisch in der Mitte des Gartens. Heute nacht trug er eine schwarze Smokingjacke und hielt eine dicke, lange Zigarre in der Hand.

Mit einem kurzen Winken bedeutete er Rico, sich zu setzen. »Wie geht es Ihnen, mein Freund?« sagte er. »Ich nehme an, nicht allzu gut.«

»Sie nehmen richtig an«, erwiderte Rico.

»Tatsächlich gibt es viele, die Ihnen das auch gönnen«, sagte Mr. Victor. »Sie haben schlafende Hunde geweckt. Die Konzerne haben ihre Truppen auf die Straße geschickt, und die Feindseligkeiten häufen sich. Der große Vater der Honjowara-Yakuza ist besonders schlecht auf jene zu sprechen, die in sein Territorium eindringen. Glücklicherweise hält es die Polizei für richtig, sich strikt neutral zu verhalten, womit ich meine, daß sie sich aus den Auseinandersetzungen heraushält. Ich glaube, man kann mit einiger Sicherheit davon ausgehen, daß die Konzerne ihre Truppen bis morgen um diese Zeit von den Straßen abgezogen haben werden. Zumindest ihre uniformierten Truppen.«

Das waren gute Nachrichten. Rico hatte Sorgen genug, auch ohne Kommandotruppen der Daisaka-Sicherheit in seine Überlegungen miteinzubeziehen. Mit verdeckt vorgehenden Einheiten konnte er fertig werden. Wahrscheinlich.

»Bevor Sie auf den Grund Ihres Besuchs zu sprechen kommen, lassen Sie mich Ihnen noch Folgendes sagen«, fuhr Mr. Victor fort. »Ich weiß definitiv, daß mehrere Parteien großes Interesse daran haben, das Team anzuwerben, das den Run gegen Maas Intertech durchgeführt hat. Es hat sich herumgesprochen, daß der Run sehr sauber, sehr präzise und ohne Todesopfer über die Bühne gegangen ist. Sie haben Ihrem Ruf einen großen Dienst erwiesen. In Zukunft werde ich einen wesentlich höheren Preis für Ihre Dienste verlangen können.«

»Vorausgesetzt, wir leben dann noch.«

»Ist das nicht immer die Voraussetzung?«

Die Frage war im wesentlichen rhetorisch. Rico nickte und wartete. Mr. Victor nahm einen tiefen Zug von seiner Zigarre. Dann forderte er Rico mit einem Blick und einer beiläufigen Handbewegung auf zu sprechen. »Ich brauche jemanden, der Kontakt mit Prometheus Engineering aufnimmt.«

»Zu welchem Zweck, mein Freund?«

»Rekrutierung. Ich muß wissen, ob man dort Interesse an einer ganz bestimmten Person hat.«

»Einer Person, die Sie kürzlich kennengelernt haben?«

Rico nickte.

»Das läßt sich arrangieren«, sagte Mr. Victor. »Aber ich fühle mich verpflichtet, nach dem Grund Ihres Ansinnens zu fragen. Hat es Komplikationen gegeben?«

»Ernsthafte Komplikationen.«

Mr. Victor zog wiederum an seiner Zigarre. »Es hat

sich herausgestellt, daß der Job nicht das ist, was er zunächst zu sein schien?«

»Das weiß ich nicht.«

»Vielleicht würden Sie sich die Mühe machen, es mir zu erklären.«

Mr. Victor mochte vertraglich nicht an dem Job beteiligt sein, aber das bedeutete nicht, daß er kein Interesse daran hatte. Er hatte Rico an L. Kahn verwiesen. Er hatte den ersten Kontakt hergestellt. Für einen Mann wie Mr. Victor, einen Mann von Ehre, reichte das. Diese minimale Beteiligung übertrug ihm zumindest eine Teilverantwortung für den Job, insoweit Rico und sein Team betroffen waren.

Rico schilderte kurz die Komplikationen. Es lief auf Folgendes hinaus: Er war angeworben worden, um Surikov an L. Kahn zu übergeben. Es sah so aus, als sei Surikov zu Fuchi Multitronics unterwegs, aber er wollte zu Prometheus Engineering.

»Eine schwierige Situation«, stellte Mr. Victor fest. »Selbstverständlich sind Sie nicht damit zufrieden, Ihren Mann einfach L. Kahn zu übergeben.«

»Ich werde ihn zu nichts zwingen. So arbeite ich nicht.«

»Daran haben Sie L. Kahn gegenüber auch von Anfang an keinen Zweifel gelassen.«

Rico konnte sich noch ganz genau an das Treffen im Chimpira erinnern. »Ich sagte ihm, ich würde keine Entführungen übernehmen, und wenn die Zielperson nicht mitkommen wolle, sei der Kontrakt null und nichtig. Er sagte mir daraufhin, er akzeptiere keine Rückzahlungen, und die Nichterfüllung des Kontrakts sei ein tödliches Vergehen.«

»Vielleicht ließe sich darüber verhandeln.«

»Das bezweifle ich.«

»Ich auch, aber es bringt nichts, Ihr Leben und das Ihrer Teammitglieder weiterhin aufs Spiel zu setzen, solange Ihnen wesentliche Informationen fehlen. Immerhin ist es nicht ausgeschlossen, daß Prometheus die Partei ist, die hinter dem Kontrakt steht. In diesem Fall hätten Sie allen Grund, den Kontrakt wie vereinbart zu erfüllen.«

»Surikovs Frau ist angeblich bei Fuchi.«

»Trotzdem.« Mr. Victor hielt inne und lächelte dünn. »Sie können sich kein Bild machen, solange Sie die Fakten nicht kennen, mein Freund. Wenn Sie wollen, sorge ich dafür, daß Sie die Situation mit L. Kahn besprechen können. Vielleicht gelangen sie zu einer beiderseitig zufriedenstellenden Lösung.«

Rico hatte ernste Zweifel, daß neuerliche Verhandlungen helfen würden, aber es hingen zu viele Leben von ihm ab, um den Vorschlag abzulehnen. »Das ist wirklich ein großzügiges Angebot«, sagte er. »Ich schulde Ihnen etwas.«

»Ganz im Gegenteil, mein Freund«, erwiderte Mr. Victor. »Ich schulde *Ihnen* etwas. Ich schulde Ihnen eine Menge.«

Das Schwert war schwarz und glänzte im grellen elektronischen Licht der Matrix. Es tauchte wie aus dem Nichts in Pipers Hand auf und bewegte sich mit Gedankenschnelle.

Das Krieger-Icon in der grauen Rüstung vor ihr hob seine gewaltige Streitaxt, während ihr Schwert den Axtstiel durchtrennte, dann eine Schwachstelle in der Rüstung fand und das Icon durchbohrte, das sich zu einer Wolke verblassender, silbriger Pixel auflöste.

Ein kleiner, bitterer Sieg über eine Blaster-IC. Piper ließ ihr Schwert los und erlaubte ihm, im Nichts des inaktiven Speichers zu verschwinden. Die Wände des Knotens, in dem sie sich befand, pulsierten rot. Das System schaltete auf aktiven Alarmzustand. Es hatte keinen Sinn, auch nur zu versuchen weiterzumachen. Sie konnte schon von Glück sagen, wenn sie lebendig aus dem System herauskam.

Weiter oben im Gang tauchte plötzlich eine ganze Reihe Killer-ICs in Gestalt eines grell orangefarbenen Wolfsrudels auf. Die Wölfe griffen knurrend und mit gebleckten Zähnen an. Piper schleuderte ihnen eine Handvoll glitzernder schwarzer Sterne entgegen, dann warf sie sich herum und floh.

Die Jagd hatte begonnen. Barrieren-ICs, die wie gewaltige Portale in grellen Neon-Farben aussahen, krachten zu Boden, um den Gang nur Millisekunden hinter ihr zu versperren. Wenn sie zögerte, wenn sie auch nur einen halben Schritt langsamer wurde, saß sie in der Falle, gefangen in der konsensuellen Halluzination des Systemkonstrukts und so gut wie tot.

Sie befand sich in dem Labyrinth aus Knoten und Subsystemen, das die Mainframes von Fuchi Manhattan umgab und die Aufgabe hatte, seine wesentlichen Elemente zu schützen. Die CPU befand sich im Herzen des Systems, umgeben von Datenspeichern und einem Meer von Subprozessoren und Knoten, die dem gesamten Fuchi-Komplex, den Schwarzen Towern von Fuchi-Town in Manhattan, dienten.

Ein blitzendes orangefarbenes Portal schlug zwei Schritte vor ihr zu. Sie zog einen kleinen Fächer aus dem Ärmel, öffnete ihn, hielt ihn vor sich und rannte weiter.

Das Portal teilte sich wie eine reife Banane, spaltete sich in der Mitte.

Sie konnte sich nicht ausstöpseln. Dafür war es zu spät. In der Zeit, die ihre Finger benötigten, die Escape-Taste zu drücken oder sich den Stecker aus der Schläfe zu reißen, würden sie die ICs erwischen und ihr das Hirn rösten.

Im nächsten Knoten erwartete sie ein rotgelber Clown. Das Icon eines Smartframes oder vielleicht eines Fuchi-Deckers. Piper war dem Clown-Icon schon einmal begegnet. Die große Sonnenblume auf seiner Brust versprühte Säure-IC. Die große weiße Torte in seiner Hand war in Wirklichkeit ein Aufspüren-und-Rösten-Programm. Piper bewarf ihn mit einer Handvoll Murmeln. Im Flug schwollen die Murmeln zu silbrigen Kugeln an. Der Clown sprang zur Seite, um den Kugeln auszuweichen, doch die Kugeln umkreisten ihn nur und machten das Icon bewegungsunfähig, indem sie es mit einem Gewitter aus rotem und grünem Programmcode bombardierten.

Dem Clown stand sein grell orangefarbenes Haar zu Berge.

Piper raste durch den Knoten und fädelte sich in das Telekommunikationsgitter Manhattans ein, da sie das Fuchi-System verließ. Das Icon des Fuchi-Systems dominierte das Gitter, das Lower Manhattan repräsentierte, und hatte die Form eines riesigen fünfzackigen Sterns, der langsam rotierte und von einem gigantischen Wolkenkratzer mit fünf Facetten wie die eines riesigen Diamanten gekrönt wurde. Es gab kein gefährlicheres Icon im Gitter.

Sie katapultierte sich in die Dunkelheit des Elektronengitters über ihr und in den Zugangsknoten zum regionalen Gitter. Von dort wechselte sie in das Newark-Gitter, dorthin also, wo sie begonnen hatte, und zurück zu ihren ursprünglichen Ängsten und Zweifeln.

Gegen Fuchi zu Felde zu ziehen, war Wahnsinn, auch wenn es sich nur um eine Tochtergesellschaft wie Multitronics handelte. Dagegen nahm sich der Run gegen Maas Intertech wie ein Spaziergang über eine sonnenbeschienene Wiese aus. Nur ein deckender Anfänger würde es überhaupt auch nur in Erwägung ziehen, und das auch nur, weil Anfänger keinen Begriff von der Macht des Fuchi-Systems hatten. Ein Anfänger glaubte, mit schierer Begeisterung und einem Händchen für Programmcodes kam man überall durch. Aber so lief das nicht, das wußte Piper ganz genau. Sie hatte mit ihren eigenen Elektronen-Ersatzaugen gesehen, was im Innern der Schwarzen Tower geschah. Sie hatte die

Schreie der Decker gehört, die versucht hatten, eine Watcher-IC zuviel zum Narren zu halten oder einmal zu oft mit Killer-ICs Fangen gespielt hatten. Sie hatte den üblen Gestank einer Mona Lisa-Deckerin gerochen, die von so vielen tödlichen Rückkoppelungen getroffen worden war, daß ihr Hirn gekocht worden und ihr zu den Augen herausgequollen war.

Wäre es nicht um Rico gegangen, hätte Piper nicht einen Gedanken daran verschwendet, in das Fuchi-System einzudringen. Aber so blieb ihr keine andere Wahl.

Sie mußten das Richtige tun, auch wenn sie dabei alle draufgehen konnten. Es reichte nicht, sich einfach abzuwenden und Surikov tun zu lassen, was er wollte. Sie hatten die ›Verantwortung‹ für Surikov übernommen. Sie mußten ihn dort abliefern, wo er hinwollte. Sie mußten Kontakt mit dem richtigen Konzernvertreter aufnehmen. Sie mußten eine Vereinbarung treffen. Und selbst das reichte noch nicht. Sie mußten auch Surikovs Frau holen, sonst würde der Mann ein Spielball der Megakonzerne bleiben.

Ein Mann mit Ricos Überzeugungen gehörte nicht in die Sechste Welt. Piper wünschte nur, es hätte einen besseren Ort gegeben, wohin sie sich hätten flüchten können, einen Ort, wo man nicht getötet wurde, weil man das Richtige tat.

Fuchi hatte das erste Cyberdeck entwickelt, das erste neurale Interface. Der Konzern hatte praktisch den Code für die Matrix geschrieben. In puncto IC-Entwicklung gab es niemanden, der Fuchi das Wasser reichen konnte. Um auch nur die geringste Informationsmenge aus Fuchis Computersystem herauszuholen, bedurfte es eines Wunders. Den Run zu überleben, erforderte eine Intervention der Götter.

Eine direkte Konfrontation mit den ehrfurchtgebietenden Mainframes des Systems würde sie nur das Leben kosten. Sie mußte einen anderen Weg finden.

Sie katapultierte sich nach Saganville, dem Herzen des Newarker Gitters. Hier verstopften Tausende und Abertausende funkelnde weiße Pyramiden von Systemkonstrukten die Datenleitungen und erhoben sich tausend Stockwerke hoch in den Elektronenhimmel. Inmitten dieser Megalopolis aus Konstrukten fand Piper eine bestimmte Adresse und betrat den betreffenden Knoten.

Übergangslos war ihr Icon plötzlich von lautloser Dunkelheit umgeben. Schwefel- und Methanausdünstungen trieben an ihr vorbei. Eine Stimme, unendlich tief und volltönend wie die eines Gottes, dröhnte: »WER BIST DU?«

Piper erwiderte: »Ich bin Arielle von Avalon.«

»WAS WILLST DU?«

»Ich will Informationen.«

»DU WIRST KEINE BEKOMMEN.«

»Ich bekomme sie, so oder so.«

»Ach, tatsächlich? Nun, vielleicht hast du recht. Andererseits vielleicht aber auch ni-IIIIICCCHHHTTTttt!!!«

Das letzte Wort erhob sich zu einem Ausruf und ging dann in einen langgezogenen Schrei über, um langsam zu verhallen. Kaum war der Schrei verklungen, als sich die Stimmen von tausend Krähen erhob, die miteinander schnatterten, kreischten, krächzten und heiser lachten.

Die Dunkelheit vor ihr erhellte sich, und sie sah eine baufällige Brücke aus Ranken und Holzbrettern vor sich, die gerade breit genug für eine Person war. Die Brücke spannte sich über einem gewaltigen Abgrund, der unendlich tief und mit einem Meer aus glühender Lava gefüllt war. Piper ergriff die in Hüfthöhe gespannten Haltetaue und betrat die Brücke. Plötzlich rissen die Haltetaue, und die Brücke stürzte abwärts, den tosenden Flammen entgegen. Piper zog ein Seil aus der Tasche, in das in regelmäßigen Abständen Knoten geknüpft waren, und warf das eine Ende hinüber auf die andere Seite des Abgrunds. Der Haken am Ende des Seils verfing sich an einem Felsvorsprung. Hand über Hand kletterte Piper an dem Seil empor.

Jenseits des Abgrunds erwartete sie ein Wald mit einer finsteren Ausstrahlung von Gefahr. An den Ästen der verkrüppelten Bäume, die so knorrig waren, daß sie wie monströse Geschöpfe aussahen, hingen die Überreste derjenigen, die vor ihr hierhergekommen waren, die Persona-Icons der Verdammten. Riesige schwarze Vögel hockten auf den Ästen und pickten an den Skeletten herum. Ein widerlicher Geruch nach Verwesung hing drückend in der Luft. Dicke graue Nebelschwaden wallten über dem Boden. Piper überlegte, wie sie vorgehen sollte.

Viele Wege führten in diesen entsetzlichen Elektronenwald. Gefahr lauerte überall, in Baumstämmen, im abgestandenen Wasser eines blubbernden Teiches, in den riesigen schwarzen Gestalten, die überall in der Dunkelheit warteten, in unsichtbaren Dingen, die leise durch das Unterholz raschelten. Krankheit und Tod schienen buchstäblich in der Luft zu liegen und über dem Boden zu schweben wie der Nebel.

Piper schlug sich zu einer kleinen Strohhütte mit einer einzigen kreisrunden Öffnung durch. Sie bückte sich und trat ein. Im Innern der Hütte war es dunkel. In der Mitte des gestampften Lehmbodens flackerte ein kleines Feuer. Rauch kräuselte sich in der Luft. Auf der anderen Seite des Feuers saß eine dunkle, in einen zerlumpten Kapuzenmantel gehüllte Gestalt. Das war, wie Piper wußte, das Icon eines unter dem Namen Azrael bekannten Deckers. Niemand kannte seinen wirklichen Namen.

Im Jahre 2029 hatte ein Virus von unvergleichlicher Macht die Computersysteme der ganzen Welt infiziert und Daten verstümmelt und Hardware zerstört. Um die Seuche zu bekämpfen, hatte die Regierung der damaligen Vereinigten Staaten von Amerika eine besondere novageheime Gruppe unter dem Namen Echo Mirage ins Leben gerufen. Die Gruppe hatte das Virus schließlich besiegt, doch nur ganz wenige aus diesem besonderen Kader hatten das Unternehmen geistig gesund überstanden. Sie waren zu einer Zeit Decker gewesen, als ein direktes neurales Interface sensorische Überbelastung und oft unheilbare Psychosen hervorgerufen hatte.

Azrael war angeblich einer der wenigen, die Echo Mirage überlebt hatten. Wenn das stimmte, wenn er tatsächlich an dem Projekt teilgenommen hatte, war er nicht unbeschadet daraus hervorgegangen. Kein Programm, das er schrieb, war ohne Exzentrizitäten, und er hatte einen manischen Haß auf Regierungen und Konzerne, der oft über Pipers eigene Empfindungen hinauszugehen schien.

»Was willst du«, krächzte er.

»Ich suche Informationen.«

Azrael lachte und lachte, atemlos und rauh, so heiser wie die Krähen, dann sprudelte es plötzlich aus ihm heraus: »Das weiß ich, Frau. Das hast du bereits gesagt. Bin ich taub? Hältst du mich für taub? Was willst du wirklich?«

»Personal- und Sicherheitsdaten von Fuchi Multitronics.«

»Du willst in die Schwarzen Tower?« Azrael lachte wieder, schrill und hysterisch. Er lachte, bis er nach Luft schnappte, dann beugte er sich vor und fixierte Piper aus dem Schatten seiner Kapuze. »Du wirst sterben.«

»Ich glaube nicht.«

Azrael rief: »Niemand ist je in den Sicherheitsprozessor der Schwarzen Tower eingedrungen *und hat ÜBERLEBT, um seine GESCHICHTE zu ERZÄHLEN!*«

»Das ist nicht wahr.«

Azrael lachte wieder, dann flüsterte er: »Vielleicht

hast du recht. Vielleicht nicht. Vielleicht kann ich dir helfen. Vielleicht nicht. Wieviel bist du bereit zu zahlen?«

»Was hast du anzubieten?«

»Ich verfüge über geheime Informationen, sehr geheime Informationen. Viele Decker sind bei dem Versuch gestorben, mir meine Geheimnisse zu stehlen. Wie viele sind gestorben? Ich kann mich nicht erinnern. Viele andere sind schwer verwundet entkommen. Ich habe viele in ihre Bestandteile zerlegt. Ich habe Legionen mit Viren infiziert. Ich habe ganze Horden aus der Matrix geworfen. Mein Code ist einzigartig und meine Rache furchtbar. Furchtbar! Was würdest du für das Geheimnis der Schwarzen Tower bezahlen? Sag es mir. Was würdest du bezahlen?«

»Was hast du anzubieten?«

Azrael kicherte, dann krächzte er: »Einen Zugangsknoten, den noch kein Lebender gefunden hat. Es ist ein besonderer Code, der den Unterschied zwischen Leben und tödlicher Rückkopplung ausmachen kann und speziell auf die Frequenzen und Sicherheits-Subroutinen der Schwarzen Tower abgestimmt ist. Einen Schlüssel, wenn du so willst, ich habe dir einen Schlüssel anzubieten. Zweifelst du etwa daran? Niemand besitzt diesen Schlüssel außer mir. Ein besonderes Geheimnis, ein besonderer Code. Was willst du dafür bezahlen? Definiere dein Leben in Kreds.«

»Nenn deinen Preis.«

Der Preis war hoch, wie nicht anders zu erwarten, und sie hatte kaum etwas anzubieten, um ihn zu drücken.

Sie waren irgendwo in Sektor 15. Shank hatte vor einer ganzen Weile ein Schild gesehen, auf dem ›Scotch Plains‹ gestanden hatte, aber er wußte nicht, ob das der Name eines Bezirks, einer Straße oder was auch immer war. Abgesehen von diesem Schild hatte er nicht viel gesehen, ein paar Lastwagen, ein paar Stahlbeton-Lagerhäuser, die leer aussahen, und Zäune. Die Zäune waren meist Kettenzäune, drei bis vier Meter hoch und oben mit spiralförmigen Lagen Stacheldraht gesichert, der häßlich genug aussah, um so gut wie jeden abzuschrecken. Das einzige, was Shank innerhalb dieser Zäune gesehen hatte, waren Haufen von Schrott, Berge von Schrott: Beton, Stahl, Autowracks. Und einen Haufen Müll.

Plötzlich jagte Thorvin den Lieferwagen quer über drei leere Fahrbahnen und hielt vor einem Tor im Kettenzaun.

»Warum halten wir hier an?«

»Wir brauchen 'n paar Teile, du verdammter Trog.«

»Wofür, du halbe Portion?«

»Muß für Rico was zusammenbauen.«

Shank sah sich das Tor genauer an. Insbesondere das rotgelbe Schild, das dort hing. »Da steht ›Giftmüll‹.«

Thorvin schnaubte verächtlich. »Glaub nicht alles, was du liest, Warzenschädel.«

»Wer sagt, daß ich lesen kann, Arschgesicht?«

Das Tor öffnete sich, und der Lieferwagen rollte hindurch.

Auf einen Schrottplatz von den Dimensionen des Grand Canyon.

Vollständig in nichtreflektierendes Schwarz gekleidet, bewegte sich Claude Jaeger durch die Dunkelheit wie ein düsterer Ableger der Nacht, ein Schatten, ein Geist, vielleicht eine optische Täuschung, eine Illusion ohne Form und Substanz und so lautlos wie die Nacht.

Er befand sich in Sektor 7 inmitten des Straßengewirrs zwischen Stuyvesant und Grove in der Nähe der Stadtmitte. Die Gegend wurde ›Meat City‹ genannt. Die Häuser waren alt und zusammengepfercht, die Seitenstraßen eine Aneinanderreihung von Apartmentsilos. Alle möglichen Skalpell-Jockeys und Medtechs hatten hier ein Büro oder eine Klinik. Einige von den Docs waren Betrüger. Manche handelten ausschließlich mit Transplantaten und geschmuggeltem Chrom. Die wenigsten waren lizensiert. Noch weniger interessierte es, ob eine Person eine SIN besaß oder ob das Implantat, nach dem ein Kunde verlangte, auf der Verbotsliste der Bundesregierung stand.

Hier kam eine Person auch dann hin, wenn sie einfach nicht mehr mit der panzerbrechenden Kugel zwischen den Rippen leben konnte oder wollte oder Körperteile gegen Geld eintauschen wollte.

Die Gassen wimmelten von Chipheads und anderen Wracks, menschlichem Abfall, der in Plastikzelten hauste oder einfach auf dem Betonboden lag. Allen fehlte das eine oder andere Organ und jede beliebige Anzahl von Gliedmaßen. Leichen wanderten in den Betongraben des Garden State Parkway. Die schwarzgekleideten Trupps der Müllabfuhr säuberten den Graben jeden Tag im Morgengrauen und in der Abenddämmerung. Claude wußte das aus gutem Grund. Die Kunst des Körperadepten zwang ihn oft, zu der fleischlichen Spreu beizutragen, die in den Graben wanderte.

Heute war er jedoch in anderen Geschäften unterwegs. Eine Kleinigkeit, mit der er ein paar Nuyen verdienen würde. Die Natur des Geschäfts interessierte ihn wenig, solange es ihm eine Möglichkeit gab, sich durch seine Kunst auszudrücken.

Auf dem kleinen, im Dunkeln leuchtenden Schild an der Hintergassenmauer stand Rot auf Weiß: CyberDoc: Top Chrom, Ersatzorgane, Vorzugspreise …

Das war die Klinik und die Wohnung von John Dokker, Ex-Söldner, und seiner Freundin Fillecia Antonucci, Ex-Cop. Beide waren Mitglieder des Teams, das angeworben worden war, um Ansell Surikov herauszuhauen. Dadurch waren sie wichtig. Am Ende waren sie dadurch möglicherweise tot. Was genau geschah, hing von den Ereignissen ab, das wußte Claude, und von den Wünschen von Maurice' Klient, der die Daten über John Dokker und die anderen Runner zur Verfügung gestellt hatte.

Neben dem kleinen Schild befand sich eine schwarze Metalltür. Nach einer kleinen Weile öffnete sich die Tür, so daß Claude den dunklen Raum dahinter betreten konnte. Die Tür schloß sich hinter ihm. Vorübergehend kam die hochgewachsene, hagere Gestalt des Magiers Maurice in Sicht, als habe sie sich aus der Substanz der Dunkelheit gebildet. »Hier entlang«, sagte Maurice, indem er mit seinem Gehstock in eine Richtung zeigte.

Türen öffneten sich vor ihnen. Claude spürte die Magie, die Maurice einsetzte, um die Mechanismen der Schlösser zu überwinden, interessierte sich aber nicht weiter für Zauber. Zauber fielen in das Fach der Techniker.

Zwei Etagen höher betraten sie einen Raum, der indirekt erleuchtet war wie eine Brutkammer und mit Hi-Tech-Ausrüstung, einem scheinbar undurchdringlichen Dschungel aus Kabeln und Röhren, Konsolen und Kontrolleisten sowie zahlreichen Transparex-Tanks in verschiedenen Größen und gefüllt mit leise blubbernden Flüssigkeiten vollgestopft war.

Als Claude vortrat, sah er ganz klar, was in den Flüssigkeiten der Transparex-Tanks schwamm: eine menschliche Hand hier, ein Auge dort, ein Bein, eine Gewebemasse wie Speck. Verschiedene innere Organe. Dabei würde es sich um gezüchtete Matrizen handeln, geklonte Ableger und eine potentielle Quelle für DNS-getreue Ersatzteile für John Dokker und Fillecia Antonucci, sollten sie je Ersatzteile benötigen.

Eine bemerkenswerte Leistung für einen ehemaligen Söldner. Claude hatte noch niemals eine Anlage wie diese außerhalb eines Konzernlabors gesehen. Er konnte nur vermuten, was all das gekostet haben mußte. Das war jedoch größtenteils irrelevant, was die heutige Arbeit anbelangte.

Maurice drückte auf ein paar Tasten eines Computerterminals. Mit dem leisen Zischen entweichender Luft öffnete sich ein kleiner rechteckiger Schlitz in der Seite des glänzenden Metallbehälters, der neben dem Computerterminal stand. Auf dem Transporter, der durch den Schlitz glitt, lag eine Metallscheibe, die kurz von wirbelnden Dämpfen umgeben war. In dieser Scheibe und auch in der zweiten, die kurz darauf erschien, befanden sich die ursprünglichen Gewebeproben, aus denen die Klon-Matrizen gezüchtet worden waren.

Richtig behandelt und bei ritueller Zauberei richtig eingesetzt, würden diese Gewebeproben eine materielle Verbindung zu ihren ursprünglichen Wirtskörpern herstellen.

Und das ließ Rückschlüsse auf den Sinn des heutigen Geschäfts zu.

17

Das Treffen fand in Sektor 4, Newark International Airport, statt. Der Zone mit der massivsten Sicherheit im Plex. Mit einer Waffe kam man nicht einmal in den Sektor, es sei denn, man stieß am richtigen Kontrollpunkt mit der richtigen Menge Nuyen auf den richtigen Wachposten. Rico setzte Filly darauf an. Sie hatte Kontakte zu den Cops der Flughafen-Sicherheit, und sie wußte, wie man mit den Cops redete und ihnen die Kreds rüberschob.

Thorvin fuhr, Filly saß auf dem Beifahrersitz. Rico hatte die Rückbank für sich allein. Piper, Dok, Shank und Bandit warteten in ihrer Festung in Rahway und paßten auf Ansell Surikov auf. Jeder einzelne der sechs hatte sich einverstanden erklärt, mit dem Job so fortzufahren, wie Rico es beabsichtigte. Nur Piper und Filly hatten ernste Einwände erhoben, und jetzt saß Filly im Lieferwagen und würde verschiedene Leute schmieren, damit sie in den Flughafen-Sektor kamen. War das schlichte Loyalität? Rico konnte es kaum glauben. Er hatte zuviel von der Welt und dem üblichen Verrat gesehen und hatte schon Schwierigkeiten zu glauben, daß solch eine Loyalität überhaupt existierte. Andererseits konnte er sich aber auch keine andere Erklärung vorstellen.

Es war ihm seltsam vorgekommen, daß ausgerechnet die beiden Frauen im Team Einwände vorgebracht und dem Wahnsinn, der ihm vorschwebte, am lautesten widersprochen hatten. Bis er darüber nachdachte. Bis ihm klar wurde, daß die meisten Frauen, die er gekannt hatte – auch als Kind –, irgendwie enger mit dem Leben verbunden zu sein schienen, als es ein Mann je zu sein hoffen konnte.

Der Lieferwagen hielt im ausgedehnten Südkomplex

des Flughafenterminals auf dem Parkplatz für Kurzparker. Zwei Minuten später fuhr eine glänzende schwarze Toyota-Limousine in die Box neben sie. »Waffen entsichert und schußbereit«, knurrte Thorvin. »Ein Wort von dir, und ich mach Hackfleisch aus …«

»Wir sind hier, um zu verhandeln«, sagte Rico. »Nicht, um Fahrkarten für die Hölle zu knipsen.«

Die hintere Tür der Limousine öffnete sich. Ravage, die heute einen mattschwarzen Bodysuit trug, stieg als erste aus, danach L. Kahn. Rico zog die Seitentür des Lieferwagens auf und sprang hinaus. Filly blieb im Lieferwagen, öffnete jedoch ihre Tür, um ihre Waffe sehen zu lassen, eine Ingram 20t Maschinenpistole. Alles genau wie geplant. Sich so wenig wie möglich exponieren und bereit sein für eine schnelle Flucht.

Zwischen dem Lieferwagen und der Limousine waren kaum zwei Meter Platz. Rico machte einen Schritt und war höchstens noch eine Armeslänge von Ravage entfernt. Eine undurchdringliche schwarze Sonnenbrille verdeckte die violetten Gruben ihrer Augen. Rico erinnerte sich noch sehr gut an diese Augen. Hier war eine Frau, die nur dem Tod verbunden war.

»Ich bin beeindruckt«, sagte L. Kahn mit monotoner, ausdrucksloser Stimme. »Ihr Schieber hat Einfluß. Nun, da ich hier bin, was haben Sie mir zu sagen?«

»Wir haben ein Problem.«

»Ich habe überhaupt keine Probleme. Sie haben mein Paket. Der nächste Schritt ist der, das Paket meinen Anweisungen entsprechend abzuliefern.«

»Falsch«, sagte Rico. »Das ist nicht der nächste Schritt.«

Ravages Kopf bewegte sich unmerklich, als werfe sie L. Kahn einen Blick zu. Rico konnte sich nicht gegen die Anspannung wehren, die plötzlich durch seinen Waffenarm schoß. Seine Nerven waren bis zum Zerreißen gespannt. L. Kahn blieb völlig ungerührt, eiskalt. Er sagte: »Ich schlage vor, Sie erklären das näher.«

Rico nickte zögernd und sagte: »Der Mann verlangt Sicherheiten. Er will wissen, wohin er unterwegs ist.«

»Das ist irrelevant«, erwiderte L. Kahn. »Sie wurden davon in Kenntnis gesetzt, daß es sich bei dem Job um eine Rettung handelt. Ich bin sicher, daß Sie den Hintergrund, den ich Ihnen geliefert habe, mittlerweile überprüft haben, also wissen Sie sehr gut, wo unser Mann vor seiner Entführung durch die Konkurrenz beschäftigt war. Muß ich noch mehr sagen? Machen Sie sich selbst einen Reim auf die Fakten. Sorgen Sie dafür, daß sich unser Mann einen Reim auf die Fakten macht, dann wird ihm zweifellos klar werden, wohin er unterwegs ist.«

»Das reicht nicht. Der Mann will einen Beweis.«

»Was für eine Art Beweis hätte er denn gern? Eine Fahne, die über Manhattan gehißt wird? Eine Meldung in den Nachrichten? Das ist doch absurd. Sie wollen mehr Geld herausschlagen.«

Rico biß die Zähne zusammen. »Geld hat nichts damit zu tun, *Hombre*. Der Mann will eine direkte Verbindung zu seinem alten Boß. Er will es von ihm hören. Einen positiven Beweis.«

L. Kahns Miene schien sich zu verhärten. »Das ist unmöglich. Und das wissen Sie auch ganz genau.«

»Ich kann Ihnen nur sagen, was der Bursche will.«

»Bei unserer ersten Begegnung haben Sie mich beschuldigt, gefährliche Spiele zu spielen. Jetzt sage ich Ihnen dasselbe. Der Preis für den Run steht fest. Wenn Sie weiter feilschen, feilschen Sie um Ihr Leben. Und bei diesen Verhandlungen werden Sie den kürzeren ziehen. Das ist ein Versprechen.«

Das führte zu nichts. Rico sah das ganz deutlich. L. Kahn hatte ihm praktisch gesagt, daß Surikov für Fuchi Multitronics bestimmt war. Doch mehr würde er nicht bekommen. Niemand würde einen Beweis liefern, der als belastendes Indiz dienen mochte, falls irgend etwas schiefging.

Das war die Sechste Welt. Image war alles.

»Das andere Problem ist Zeit«, sagte Rico. »Im Moment herrscht ziemlich dicke Luft. Ich habe den Mann an einen sicheren Ort gebracht und will nicht mit ihm in der Gegend herumfahren, solange es auf den Straßen von Sicherheitstruppen wimmelt.«

»Sie lassen sich also vom Posieren der Konzerne einschüchtern.«

»Vielleicht wollen Sie ja, daß ich Sie noch mal anspucke.«

Ravage spannte sich sichtlich.

L. Kahn hob die Hand, als wolle er sie zurückhalten. Zu Rico sagte er: »Ich bin bereit, Ihnen auf der Basis Ihrer Connections und Ihres Rufs einen gewissen Spielraum einzuräumen. Im Augenblick strapazieren Sie meine Geduld. Ich bin bereit zuzugeben, daß die Sicherheit des Pakets Vorrang hat. Wenn Sie Zeit wollen, gebe ich Ihnen welche. Zwölf Stunden. Danach sollten die Straßen frei von Konzerntruppen sein. Und dann werden wir unser Geschäft zu einem Abschluß bringen. Es wird keine weiteren Verzögerungen geben. Haben Sie verstanden?«

»Schon begriffen, Amigo.«

»Sehr gut.«

L. Kahn stieg wieder in seine Limousine. Rico wartete, beobachtete Ravage. Die Messerklaue drehte sich in seine Richtung, doch Rico hatte seinen Predator II in der Hand und den roten Laserzielpunkt auf ihre Brust gerichtet, bevor sie die Bewegung vollenden konnte.

»Wir sehen uns«, flüsterte sie.

Rico bleckte die Zähne zu einem Grinsen.

Die Stimmung im Kommandofahrzeug war gedämpft. Colonel Butler Yates stand im hinteren Teil des Fahrzeugs vor dem Kommandopult. So stand er nun schon fast zwanzig Minuten da, schweigend und mit funkelnden Augen, wobei er sich immer wieder mit seinem Offiziersstöckchen gegen die Stiefel hieb, als wolle er jeden an seine Anwesenheit erinnern.

Zweifellos stand er auch deswegen da, um alle daran zu erinnern, daß sich die Executive Action Brigade keinen weiteren Fehlschlag leisten konnte. Sie hatten ihre Ziele bereits zweimal verloren. Ein dritter derartiger Vorfall würde sie wahrscheinlich ihren Kontrakt kosten.

Bobbie Jo spürte den Druck intensiver denn je. Sie saß mit versteinerter Miene vor ihrer Konsole, aber keine noch so große Willensanstrengung konnte die Schweißbildung in ihren Achselhöhlen oder die Tatsache verhindern, daß ihre Handflächen feucht und glitschig wurden. Der Verlust der Drone während der Flucht der Runner aus der Mott Street hatte die Brigade ein kleines Vermögen gekostet, und sie selbst hatte den emotionalen Verlust immer noch nicht verarbeitet. Der taumelnde Absturz der Drone hatte ihr einen wolkenlosen Tag über Tampico, in einer Gegend, die damals noch Mexico hieß, wieder ins Gedächtnis gerufen. Eine hitzesuchende Rakete hatte sie erwischt. Was von ihrer Federated-Boeing Eagle noch übrig blieb, war mit Mach Zwei auf eine Aztlan-Ölraffinerie gestürzt.

Ihre Beine waren ebenso wie ihre Maschine – wie die ganze verdammte mexikanische Regierung – zersplittert und fast zu Asche verbrannt. Sie hätte vielleicht neue Beine bekommen, wären da nicht die Schäden an ihrem Rückgrat und den Verbindungsnerven gewesen. Der Preis für eine vollständige Wiederherstellung war unvorstellbar gewesen.

Wenn sie noch lange genug bei der Brigade blieb, zwei Jahre oder drei, schaffte sie es vielleicht, das erforderliche Kapital zusammenzubekommen.

Sie zuckte zusammen, als sich eine Hand auf ihre Schulter legte.

»Halt dich bereit«, sagte Skip leise.

Bobbie Jo nickte, wischte sich zum zwanzigstenmal

die Hände an ihrem blauen Brigade-Overall ab, nahm dann das Verbindungskabel zu ihrer Konsole und stöpselte es sich in ihre Schläfe.

Sich in das Sensorium eines Gaz-Niki GNRD-101 Scorpion einzustöpseln, war für Bobbie Jo damit vergleichbar, eine Eagle blind zu fliegen. Es ängstigte sie ungemein. Plötzlich sah sie die Welt aus einer Perspektive, die sich etwa fünf Zentimeter über dem Boden befand. Sie konnte nach rechts, links, geradeaus und oben sehen, aber nicht nach hinten, wenn sie sich nicht umdrehte. Ihr Körper war plötzlich segmentiert und lang und flach. Er hatte vier Paare spinnenartiger Beine, zwei multifunktionale Greifarme, die wie Scheren aussahen, und einen Schwanz, eine Art Stachel, mit ganz besonderen integrierten Vorrichtungen. Sie hörte jemanden von der Brigade murmeln, »Boden Neun in Position«, aber am stärksten spürte sie die Vibrationen im Boden, die Nähe und die Bewegungen Hunderter von Fahrzeugen und vieler Tausender von Leuten in und um den Süd-Terminal vom Newark International Airport.

Jeder dieser Leute konnte ihren Körper unter seinen Stiefelsohlen zerquetschen. Der Scorpion war nicht dafür gebaut, Belastungen wegzustecken. Er besaß keine Waffen und keine Panzerung und war ungefähr dreißig Zentimeter lang.

Wehrlos. Ohnmächtig.

»Los, Bobbie Jo«, murmelte ihr Skip ins Ohr. »Mach schon.«

Sie huschte mit Höchstgeschwindigkeit vorwärts. Die Räder eines Mitsubishi Runabout schienen zehn Etagen höher als ihr Kopf vor ihr aufzuragen. Das Fahrgestell des Wagens, das jetzt über sie hinweg flog, sah wie die Decke eines riesigen Gewölbes aus, an der sich mächtige Streben und riesige Röhren und Leitungen entlangzogen.

Das rote Blinken eines Zielindikators trieb sie weiter

vorwärts, von einem Wagen zum nächsten, von einer Reihe parkender Fahrzeuge zur anderen. Sie warf sich zur Seite, als ein riesiges Paar menschlicher Füße plötzlich direkt vor ihr auf den Boden stampfte. Sie huschte wieder unter einen Wagen zurück, als ein turboaufgeladener Westwind 2000 mit Lichtgeschwindigkeit auf sie zuschoß. Sie zögerte nur einen Augenblick, als sich eine leuchtend rote schematische Darstellung über ihr Blickfeld legte, in der sie die Umrisse des schwarzgrauen Landrover-Lieferwagens vor ihr erkannte.

Zwei Meter weiter, und sie befand sich unter dem Lieferwagen der Runner – schnell wie eine Teufelsratte. Ihr Außenmikro schnappte Stimmen auf, zunächst die des Anführers der Runner, dann die des Schiebers L. Kahn, der sagte: »... sollten die Straßen frei von Konzerntruppen sein. Und dann werden wir unser Geschäft zu einem Abschluß bringen. Es wird keine weiteren Verzögerungen geben. Haben Sie verstanden?«

»Schon begriffen, Amigo.«

Ein Summen erscholl in ihren Ohren. Ihr Zielindikator surrte über die Unterseite des Lieferwagens. Sie ließ ihren segmentierten Schwanz hochrucken. Ihre Schwanzspitze zuckte, nur einmal ganz kurz. Ein Klecks Zyanacryl-Kleber spritzte aus ihrem Stachel, blieb am Fahrgestell des Lieferwagens haften und verhärtete sich augenblicklich. Der mikrominiaturisierte Sender, den man zuvor in den Kleber injiziert hatte, war buchstäblich unaufspürbar, bis er den Befehl erhielt, aktiv zu werden.

Dann würde er in einem einzigen Impuls den Aufenthaltsort des Lieferwagens auf ein oder zwei Zentimeter genau melden.

Nachdem sie den Schläfer angebracht hatte, huschte Bobbie Jo rasch davon.

18

Zwei, komm mit, bitte.«

Shank sah auf. »Hä?«

»Wir machen einen kleinen Ausflug.«

Die kleine Gruppe, die sich im Wohnzimmer des Verstecks versammelt hatte – Shank, Dok, Bandit und Ansell Surikov –, sah sie verwirrt an, doch Piper wartete nicht so lange, bis jemand Fragen stellen konnte. Sie hatte ihre kevlarisolierte Jacke, ihr Deck und eine Ares Model 70 Lite Fire Automatik, sollte sie sie brauchen, und sie würde sich keinen Augenblick gönnen, um zu kneifen. Sie nahm die Treppe zur unterirdischen Garage. Dort wartete ein verbeulter Volkswagen Superkombi, ihr Ersatzwagen. Ihn einfach zu nehmen und Dok und Bandit hier mit Surikov allein zu lassen, würde Rico auf die Palme bringen, aber sie konnte es nicht ändern. Manchmal mußte Piper eben auch tun, was sie tun mußte. Sie stieg in den Lieferwagen und wartete. Ein paar Sekunden später kam Shank nach.

»Was ist los?« fragte er barsch, als er sich hinter das Steuer klemmte.

»Wir fahren in die Stöpselzone.«

»Doch nicht in die verdammten Stacks.«

Piper nickte.

»Rico wird das nicht gefallen.«

Als wüßte sie das nicht ... »Streite bitte nicht mit mir, Shank.«

»Du planst einen Datenrun, stimmt's?«

»Ich habe keine andere Wahl.«

Programme veralteten, Codes wurden geknackt, Geheimnisse entschlüsslt. Fuchi I.E. verfügte über ein Korps von Deckern, die kaum etwas anderes taten, als das System der Mainframes nach Eindringlingen, Sicherheitslücken und anderen Schwächen abzusuchen.

Spezialisten für Systemintegrität wurden sie genannt. Morgen um diese Zeit war der Code, den Piper von Azrael bekommen hatte, vielleicht schon wertlos. Sie mußte ihn jetzt benutzen, und sie konnte es nicht riskieren, den Run gegen Fuchi von ihrem Versteck hier in Rahway im Sektor 13 auszuführen.

Im Grunde hätte sie das Fuchi-System nicht sondieren dürfen, wie sie es zuvor getan hatte. Wenn sie verfolgt worden wäre, hätte das üble Konsequenzen für sie alle gehabt. Sie war ein kalkuliertes Risiko eingegangen.

Shank ließ den Superkombi an und fuhr sie durch den Nebel und die Dunkelheit und die wirbelnden Staubwolken zur Edgar Road und von dort aus direkt in den Sektor 10, einen Ort, den die Leute ›the Stacks‹ – die Schlote – nannten, weil es dort die dichteste kommerzielle und industrielle Konzentration im Newarker Plex gab. Außerdem gab es hier mehr Telekomleitungen als sonstwo im Plex, und die Kommunikationsdichte war immens. Für Decker war dies die bevorzugte ›Stöpselzone‹. Ein überlastetes lokales Telekommunikationsgitter mochte einen verfolgenden Konzern-Decker oder eine Killer-IC lange genug verwirren, um ihnen zu entkommen. Außerdem bot es unzählige Gelegenheiten für illegale Zugriffe. Die paar Leute, die tatsächlich in den Stacks lebten, bewohnten kleine Zimmer in kommerziellen Betrieben oder auf dem Dachboden irgendwelcher Fabriken.

Nur ein Idiot würde irgendwo in der Nähe der Matrixadresse wohnen, von der ein Run ausging. Das hieße, einen bewaffneten Angriff von einer Organisation wie der Daisaka-Sicherheit geradezu herauszufordern.

Shank fuhr über den Ripley Place. Das war wenig mehr als hundert Meter von der Schnellstraßenverbindung nach New Jersey und Port Elizabeth entfernt. Die Vibrationen der Züge und der Gestank des Hafens waren ebenso deprimierend wie die abfallübersäte Straße und die schmierigen, verfallenen Häuser auf beiden Seiten.

An der Ecke zur Second Street stand ein Haus mit einer Bar im Erdgeschoß namens Ausilios Hinterzimmer. Shank parkte den Superkombi am Straßenrand und folgte Piper dann hinein.

Ein schmaler Flur führte in den hinteren Teil des Hauses und in das schmuddelige ›Hinterzimmer‹, das mit der üblichen Mischung aus Rotzbengeln und Punks gefüllt war, die sich im üblichen Gossenpunk-Stil präsentierten. Der Bursche hinter der Bar trug eine verspiegelte Sonnenbrille und einen Turban und starrte Piper und ihren massiv gebauten Begleiter nur an, als sie an der Bar vorbei und durch eine weitere Tür gingen.

Zwei Treppen höher verband Piper das elektronische Schloß an der Tür per Kabel mit ihrem Deck. Das Schloß war auf der anderen Seite der Tür mit einem Sony-Cyberdeck verbunden. Um das Verschlüsselungsprogramm und den Code des Schlosses zu knacken, bedurfte es eines Mainframes, der sich mit Zahlentheorie auskannte. Ihr Excalibur steckte einen Elektronenschlüssel ins Schloß, der es, falls nötig, in etwa drei Millisekunden öffnen konnte.

Und das war es, worum es in Wirklichkeit ging: Schlüssel. Ein anderer Name für Information. Mit der Information kam die Macht. Unwissenheit brachte nur Elend und Tod. Das war auch der Grund dafür, warum sich die Megakonzerne derartig Mühe gaben, ihre Lakaien vernünftig auszubilden und ihnen die richtigen Überzeugungen einzuimpfen. Um den Würgegriff aufrechtzuerhalten, in dem sie die Erdbevölkerung hatten, mußten sie alle wichtigen Informationen unter Verschluß halten.

Piper grunzte und öffnete die Tür.

Der Raum dahinter war klein und nackt. Neben

einem Telekom von Fujiki stand ein alter Lehnstuhl. An einer Wand lag ein Schlafsack mit Kissen. Ein Abfalleimer quoll von den Überresten eines Dutzends oder noch mehr Stuffer-Shack-Mahlzeiten über. Piper bewahrte hier nichts Wichtiges auf, weil dieser Ort notwendigerweise entbehrlich war.

Shank bewachte die Tür. Piper setzte sich auf den Lehnstuhl und stöpselte sich ein. Sie zögerte nur einen Augenblick, bevor sie das Cyberprogramm in ihrem Deck startete, nur lange genug, um zu sagen: »Falls mir irgendwas zustößt ... sag *Jefe,* ich hätte an ihn gedacht. Nur an ihn.«

Shank grunzte. »Bist du sicher, daß das 'ne gute Idee ist?«

»Mir bleibt nichts anderes übrig.«

Dann glitt sie durch die Datenleitungen und unter der Maske einer gewöhnlichen Nachricht von Gitter zu Gitter. Den langen Weg zum Manhattaner Telekommunikationsgitter zu nehmen, mochte sie ein wenig Zeit kosten, doch sie zog es vor, diskret dorthin zu gelangen, unbeobachtet und unbemerkt. In dem Augenblick, als die Schwarzen Tower des Fuchi-Icons in Sicht kamen, wandte sie sich ab und tauchte in eine kleine weiße Pyramide ein, nur eine von Tausenden im Manhattaner LTG.

Die Worte ›Village: Sanitäre Einrichtungen‹ blitzten vor ihren Augen auf.

Dann stand sie in einem kleinen weißen Raum einer wie gemeißelt wirkenden Datenleitung gegenüber. Das Tor zu der Leitung ähnelte einem gewaltigen Schädel mit klaffendem Kiefer. Piper startete das Programm, das sie von Azrael bekommen hatte. Ein zartgrünes Skateboard erschien auf dem Boden vor ihr. Auf der Trittfläche prangte ein Schriftzug: Echo Mirage Express. Ihr Icon trug plötzlich keinen Kimono mehr, sondern die Ausrüstung eines Skateboard-Fahrers: Helm, Handschuhe, Ellbogen- und Knieschoner, hohe Turnschuhe.

Ein flammend rotes und gelbes Schild mit der Aufschrift: ›Zur Fuchi-Hölle hier entlang‹, tauchte plötzlich vor dem Schädelportal auf.

Sie stieg auf das Skateboard und schoß durch das Schädelportal. Das Skateboard beschleunigte wie ein Düsenjäger, und die Datenleitung vor ihr zuckte und wand sich wie eine Schlange. Die rasende Geschwindigkeit zerrte an ihrer Kleidung und zwang sie, sich so weit vorzubeugen, bis sie sich fast in der Waagerechten befand, um nicht vom Board gefegt zu werden.

Plötzlich endete die Datenleitung, das Board verschwand, ihr Kimono war wieder da, und sie fiel in eine riesige Höhle aus grauen Metallkörpern und strahlendem grellroten Licht.

Fuchi-Hölle.

Sie wickelte ein um ihre Hüfte geschlungenes Seil ab und schleuderte das beschwerte Ende hoch in die Luft. Das Ende verfing sich irgendwo zwischen zwei Rohren. Das Seil hielt ihren Fall mit einem Ruck auf. Sie schwang zurück und krachte gegen eine Metallwand, dann hing sie einfach nur da und betrachtete ihre Umgebung. Es war, als schwebe sie über einem Abgrund und schaue direkt ins Herz irgendeiner industriellen Monstrosität. Es roch nach geschmolzenem Metall. Irgendwo tief unter ihr glühten gewaltige Schmelzöfen. Überall verliefen Rohre und Leitungen. Spektrallichter flackerten und blitzten. Um das Bild der Hölle zu vervollständigen, fehlten lediglich lodernde Flammen und das Stöhnen und Schreien der gequälten Seelen. Piper konnte diese Schreie im Geiste hören. Es waren die Schreie der Millionen, die Konzerne wie Fuchi zu erbärmlichem Leben und noch erbärmlicherem Tod verurteilten.

Stück für Stück zog sie sich hoch, höher, immer höher bis zu einem Laufsteg mit Metallgeländer.

Dort entdeckte sie eine gewaltige Icon-Gestalt in einem langen schwarzen Kapuzenmantel mit langen

Ärmeln. Die Gestalt erhob sich aus dem Gang wie aus einem Metallsee. In dem kleinen roten Fenster in der Brust des Icons blinkte schwarz die Warnung: ›Smartframe eines Geheimnisvollen Fremden. Vorsicht.‹

»Was weißt du über die Fuchi-Hölle?« sagte die Gestalt.

Sehr geheimnisvoll. Piper verkniff sich ein sarkastisches Grinsen, dann dachte sie ernsthaft über die Frage nach, ohne in ihrer Wachsamkeit nachzulassen. »Sie ist ein Echo. Wie eine Fata Morgana.«

»Und reflektiert bedeutendere Wirklichkeiten.«

»Offensichtlich.«

Das Smartframe eines Geheimnisvollen Fremden nickte und zog plötzlich ein über zwei Meter langes Schwert, das wie ein Krummsäbel geformt und mit mystischen Zeichen in glänzendem Gold beschriftet war. »Folge mir.«

»Geh voran.«

Der Fremde drehte sich um und ging über den Laufsteg, der zu einem Fahrstuhl führte, welcher in Millisekunden tausend oder noch mehr Stockwerke emporschoß. Die Fahrstuhltüren öffneten sich zu einem leuchtend gelben Raum, der mit unendlich vielen Reihen von Datentermen und Datenterm-Operatoren gefüllt war, die sich bis in die Unendlichkeit erstreckten. »Der Zentrale Kommunikationsknoten«, sagte der Fremde. Der Fahrstuhl schoß weitere tausend Etagen empor. Die Türen öffneten sich zu einem weiteren mit Datentermen und Operatoren gefüllten Raum, alle orangefarben. »Der Zentrale Management-Informationsknoten«, sagte der Fremde. Der Aufzug fuhr weiter. Noch ein Raum, dieser jedoch rot. »Der Zentrale Sicherheitsknoten.«

Piper runzelte die Stirn. »Du zeigst mir einige der am stärksten gesicherten Knoten im Fuchi-System.«

Der Geheimnisvolle Fremde nickte. »Du bist willkommen.«

DOOG

19

Es war *zu ... leicht ...*«, sagte Piper nicht zum erstenmal, wobei sie die Worte ausdrücklich betonte. »Ich kann mich einfach des Gefühls nicht erwehren, daß wir genau das tun, was irgend jemand will, daß wir es tun.«

Rico nahm einen tiefen Zug von seiner Zigarre, dann sah er wieder in den Spiegel und fuhr fort, sich seinen Dreitagebart abzurasieren und nur den buschigen Schnurrbart stehenzulassen. »Du hast recht«, sagte er. »Wir tun genau das, was irgend jemand will. Und sein Name lautet Surikov.«

»Das habe ich nicht gemeint.«

»Wir tun alles, was in unserer Kraft steht, um am Leben zu bleiben. Was können wir sonst noch tun? Wir sitzen fest.«

»Wir reden hier über Fuchi.«

Rico legte den Rasierer auf den Waschbeckenrand, dann hieb er mit der Faust gegen sein Spiegelbild auf dem Medizinschrank. Das reichte nicht, also schlug er noch einmal zu. Er verbeulte die metallene Schranktür, er zerschlug den Spiegel, er schnitt sich die Hand auf. Aber all das war ihm egal. Im Augenblick interessierten ihn weder Fuchi noch Pipers Eingebungen hinsichtlich ihres Runs gegen das Fuchi-System. Als er Piper ansah, stand sie in der Badezimmertür, die Augen niedergeschlagen und im Gesicht rot angelaufen. Das interessierte ihn. Er war endlich zu ihr durchgedrungen. Er hatte dagestanden und sich all ihre Erklärungen angehört, und jetzt war er an der Reihe.

»Du hättest dabei draufgehen können«, sagte er. »Du hättest aufgespürt werden können. Shank hätte auch dabei draufgehen können. Ihr hättet beide von der Daisaka geschnappt und verhört werden können, und dann wären wir alle tot gewesen.«

»Bitte verzeih mir«, murmelte Piper.

»Das müßte hier ein Team sein. Ich müßte dir vertrauen können.« Der Gedanke, daß er eigentlich in der Lage sein müßte, ihr mehr zu vertrauen als jedem anderen auf der Erde, brannte so sehr, daß er sich noch mehr erregte. Er schlug noch einmal gegen den Medizinschrank. Wuchtig. Pipers Gesicht wurde tiefrot, doch es war keine Wut. Es war Scham, Verlegenheit. Rico kannte die Farbe. Er haßte sich dafür, ihr das anzutun, aber er konnte nicht anders.

»Du hast recht«, sagte sie leise. »Ich habe dein Vertrauen mißbraucht. Ich schäme mich. Wirklich. Es tut mir sehr leid.«

»Verdammt noch mal, du bedeutest mir eine Menge.«

»Ich bin es nicht wert.«

Rico sah in den zerschmetterten Spiegel, doch sein Zorn verpuffte. »Du hättest nicht auf eigene Faust handeln dürfen. Du hättest auf mich warten müssen. Wir hätten einen Plan entwickeln müssen. Wir hätten darüber *nachdenken* müssen. *So ka?*«

»Ja, ich verstehe. Bitte verzeih mir.«

Die Wirklichkeit war rauh. Vielleicht war Piper auf sich allein gestellt, wenn sie in die Matrix ging. Das war unwichtig. Wenn sie nicht als Team arbeiteten, waren sie tot. Die Welt war ein zu gefährlicher Ort, als daß eine Person alle Aspekte einer Sache berücksichtigen konnte, und sei es auch nur die Matrix. Man mußte nachdenken. Man brauchte andere Perspektiven, andere Inputs. Man mußte alles durchdenken, und zwar nicht einmal, sondern zweimal, und durfte dabei nie vergessen, daß alles in eine größere Welt eingebettet war, die sich möglicherweise sogar rein zufällig zwischen einen selbst und das, was man wollte, stellen mochte.

Rico nahm einen tiefen Zug von seiner Zigarre, dann biß er die Zähne zusammen und fing an, kleine Spiegelsplitter aus seiner Hand zu ziehen.

»Du hattest Glück«, sagte er.
»Ja, du hast recht«, stimmte Piper ihm zu.

Zwanzig Minuten später blieb Piper keine andere Wahl, als ihre Scham herunterzuschlucken und sich wieder ums Geschäft zu kümmern. Sie war darauf vorbereitet gewesen: auf Ricos Zorn, auf ihre Antworten. ›Unvermeidlich‹ lautete der Fachausdruck. Sie hatte nicht warten wollen, um die Aktualität des Programms, das ihr Schlüssel zum Fuchi-System gewesen war, nicht aufs Spiel zu setzen. Das bedeutete, daß ihr keine Zeit geblieben war, um zu planen, wie Rico gesagt hatte. Keine Zeit, um sich zu beraten, keine Zeit, um andere Möglichkeiten in Betracht zu ziehen, keine Zeit für einen möglicherweise letzten Abschied. Sie war ziemlich sicher, daß es das war, was Rico am meisten verärgert hatte, dieser letzte Punkt, kein Abschied. Es war wie ein Verrat ihrer Liebe. Die Ähnlichkeit mit einem tatsächlichen Verrat war nur ganz oberflächlich, aber das dämpfte nicht die Scham, die sie empfand.

Sie schlossen sich dem Rest des Teams im Wohnzimmer an. Glücklicherweise erkundigte sich niemand nach dem lauten Knallen im Badezimmer oder danach, wie es kam, daß Rico sich die Hand so schlimm aufgeschnitten hatte. Das wäre unerträglich gewesen. Piper stöpselte ihr Deck ins Trideo und benutzte dann den großen Schirm, um die Daten anzuzeigen, die sie aus den Fuchi-Mainframes kopiert hatte. Sie hatte Hintergrunddaten, Gebäudeschemata, Sicherheitsprozeduren und -einstufungen, alles, was sie brauchten, um Ansell Surikovs Frau aus den Fängen Fuchis zu befreien.

Die Frau hieß Marena Farris, und Fuchi hatte eine vollständige Akte über sie. Ursprünglich war sie Analytikerin bei derjenigen Sicherheitseinheit Fuchis gewesen, die mit der Personalüberprüfung betraut war.

»Tatsächlich haben wir uns bei der Gelegenheit kennengelernt«, bemerkte Surikov. »Marena hat meine Jahresinspektion durchgeführt. Das ist jetzt vier Jahre her. Eigentlich war der Vorgang ziemlich albern. Wie ich mit meinem Stab zurechtkäme. Solche Sachen. Wir kamen ins Gespräch, und, tja ...«

Nicht lange darauf hatten sie geheiratet. Surikov behauptete, Farris habe immer weniger für Fuchi übrig gehabt, für dessen labyrinthartige Sicherheitsvorschriften, für die byzantinische Konzernstruktur und für die Paranoia, die durch all das hervorgerufen wurde. Farris tat den ungewöhnlichen Schritt, sich für unbestimmte Zeit beurlauben zu lassen, so daß sie ihre Zeit mit Surikov verbringen konnte, wann immer er aus seinem Labor herauskam. Piper vermutete, daß eine Frau praktisch alles aufgeben konnte, wenn sie einen Mann wirklich liebte und dies ihrem gemeinsamen Glück förderlich war.

Farris wohnte in einer Luxuswohnung in einem Wolkenkratzer auf Manhattans Upper East Side. Das Haus gehörte Fuchi, war jedoch hauptsächlich von Execs und anderen Angestellten der Tochtergesellschaften Fuchis belegt. Die Sicherheit war massiv.

Egal. Sie begannen mit der Entwicklung eines Plans.

In der Dunkelheit des Schlafzimmers öffnete Rico eine Flasche Nutrimax Tonic Water und lehnte sich gegen das Kopfbrett des Bettes. Mit seinen Jikku-Augen beobachtete er, wie Piper neben dem Bett herumtappte und dann behutsam unter das Laken glitt. Ihr Gesicht war eine graue Maske. Sie legte sich auf die Seite, so daß sie ihm den Rücken zudrehte.

Rico streckte die Hand aus und strich ihr über das Haar.

»Du bist immer noch wütend auf mich«, sagte sie leise.

»Mag sein«, gab Rico zu. »Aber morgen sind wir vielleicht schon tot.«

»Ja ... du hast recht. Bitte verzeih mir.«

Ein Augenblick verging, dann drehte sie sich zu ihm um, kuschelte sich an ihn und legte den Kopf auf seine Brust. Rico strich ihr noch eine Weile über das Haar. Es war glatt und weich wie Seide. »Ich will dich nicht verlieren«, sagte er. »Darum habe ich mich so aufgeregt.«

»Du hattest recht«, flüsterte Piper. »Ich hatte unrecht. Ich schäme mich so.«

»Du konntest eben nicht anders.«

»*Jefe,* ich weiß nicht ...«

Es lohnte sich nicht, sich deswegen Gedanken zu machen, nicht jetzt. »L. Kahn wird sich nicht sonderlich freuen, wenn wir es ihm sagen.«

»Das ist wahr.«

»Ich weiß nicht, was ich von der ganzen Sache halten soll, Chica. Mir hat sie von Anfang an nicht gefallen. Vielleicht ist es so, wie du gesagt hast. Wir tun nur, was irgend jemand will.«

»Darüber können wir morgen noch nachdenken.«

»Ja, sicher. Morgen.«

Der Lieferwagen jagte über die Schnellstraße, wobei er ständig die Spur wechselte und hin und wieder beim Überholen des übrigen Verkehrs sogar ins Schlingern geriet. Rico schaute sich zum vierten oder fünften Mal nach hinten um, da er es sehr schwierig fand, seine Gedanken dort zu behalten, wo sie sein sollten.

Piper teilte sich die Rückbank mit Shank, doch sie schien sich weder seiner Anwesenheit noch der einer anderen Person oder ihrer Umgebung bewußt zu sein. Sie hatte ihr Deck auf dem Schoß und den Kopf nach unten gerichtet. Ihr langes, gewelltes schwarzes Haar war nach vorn gefallen und verdeckte ihr Gesicht. Sie hatte den gestrigen Ärger und die Verlegenheit, in die er sie gestürzt hatte, überwunden. Wahrscheinlich betete sie. Redete wieder mit den Kami. Rico wünschte, er würde sich deswegen nicht so unbehaglich fühlen. Es hatte eine Zeit gegeben, bevor er Piper kennengelernt hatte, als niemand, den er kannte, irgend etwas auf irgendwelche Götter gegeben hatte, bis der Tod an der nächsten Ecke stand und ihnen ins Gesicht starrte.

Er kannte Piper jetzt seit fast fünf Jahren und hatte sich immer noch nicht an ihre Beterei gewöhnt.

Er wurde alt. War er überholt? Vielleicht war er schon so geboren. Ein paar Jahrhunderte zu spät. In eine Welt, in der Ehre nichts bedeutete und sich der Stolz eines Mannes am Kaliber seiner Waffe messen ließ. Er glaubte, daß trotz alledem noch etwas Leben in ihm steckte. Trotz allem, was diese Schnalle Ravage sagte.

»Wird das 'n Wohltätigkeitsjob, Boß?« fragte Shank mit rauher Stimme. »Oder werden wir bezahlt?«

»Wir werden bezahlt«, erwiderte Rico leise.

Shank und das Team würden alles bekommen, was ihnen zustand, und nicht nur ihren Anteil am Vorschuß, auch wenn Rico sie aus eigener Tasche bezahlen mußte. Im Augenblick war das Geld seine geringste Sorge.

Am Leben – und der Opposition mindestens einen Schritt voraus – zu bleiben, das hatte absoluten Vorrang. Danach kam das Geld. Irgendwo dazwischen seine persönliche Entschlossenheit zu tun, was getan werden mußte, Surikov ein neues Zuhause zu beschaffen und seine Frau herauszuhauen, so daß keiner der beiden in der Stahlbetonfalle ihrer ehemaligen Konzernherren festsaß. Rico bedankte sich bei seinem Glück, daß er ein Team hatte, auf das er sich verlassen konnte. Ohne dieses Team wäre alles zum Teufel gegangen, direkt den Bach hinunter.

Die Schnellstraße wurde in Sektor 10 wieder oberirdisch.

Es wurde ernst.

20

Der Bursche in der eleganten roten Uniform runzelte verwirrt die Stirn, als Filly und Rico aus der großen blauweißen Limousine stiegen und über den Bürgersteig auf ihn zugingen. Filly kannte ihn nicht, taxierte ihn aber mit einem Blick. Türsteher. Sehr dekorativ, aber wahrscheinlich für niemanden eine Bedrohung. Vielleicht ein paar Grundkenntnisse in bezug auf Sicherheitsprozeduren – zum Beispiel der, wie man um Hilfe rief, wenn sich etwas Schlimmes ereignete.

Filly deutete mit dem Kinn auf ihn. »Sicherheitsleiter.«

»Gleich dort drinnen«, erwiderte der Türsteher, indem er mit dem Daumen über die Schulter auf die Transparexscheiben der Lobby des Hauses an der Ecke Vierzigste und Dreiundsiebzigste Straße Ost zeigte.

»Wie heißt er?«

»Rasheen. Mo.«

»Danke.«

Der Türsteher lächelte und nickte und steckte seinen Schlüssel in das Schloß, so daß die Transparex-Doppeltür zur Lobby aufglitt. Filly betrat die Lobby, wobei Rico sich rechts neben ihr hielt. Sie hatte die Führung übernommen, weil sie sich auskannte. Sie war für Winter Systems neun Jahre lang in der Bronx Streife gefahren. Sie kannte die Verfahrensweisen, die Sprachregelungen und, was am wichtigsten war, das Gehabe – lässig, entschieden, als hätte sie jedes Recht der Welt zu tun, was, zum Teufel, sie gerade tat, und sei über jeden Zweifel erhaben.

Die Lobby war groß und offen, ein Basketballfeld voller Teppiche und kleiner Grünanlagen in den Ecken. Im hinteren Teil der Lobby befand sich ein umfangreicher halbkreisförmiger Tresen. Der Bursche, der dahinter saß, trug die dunkelgraue Uniform von Fargo Security. Er lächelte und erhob sich, als Filly und Rico sich ihm näherten. Von seinem Stuhl hinter dem Sicherheitsschalter konnte der Bursche keine Schwierigkeiten haben, die Limousine am Bordstein mit dem Aufdruck von NYPD Inc. und die entsprechenden Uniformen zu sehen, die Rico und Filly trugen.

»Hoi, Chummers«, sagte der Mann immer noch lächelnd.

»Sind Sie Rasheen?« fragte Filly.

»Ja, das stimmt. Ich werde Mo genannt. Kann ich Ihnen irgendwie behilflich sein?«

»Wir haben ein kleines Problem«, sagte Rico, während Filly auf die andere Seite des Sicherheitsschalters ging.

»Es tut mir sehr leid, das zu hören«, sagte Rasheen, von einem zum anderen schauend. »Wie kann ich Ihnen helfen, bitte?«

Der Sicherheitstresen bestand aus einer einzigen großen Konsole, die mit Bildschirmen, zwei Tastaturen und einer Reihe anderer Kontrollen ausgestattet war. Jeder, der hinter diesen Kontrollen saß, hatte absolute Entscheidungsgewalt über die Außentüren zur Lobby und die Lobbytüren zu den Fahrstühlen. Niemand kam durch die Lobby, wenn der Wachmann hier nicht auf den richtigen Knopf drückte. Piper konnte die Konsole aus der Matrix bedienen, aber das würde Rasheen nicht davon abhalten, Sicherheitsalarm zu geben.

Jeder Wachmann im Haus trug ein Funkgerät bei sich. Rasheen hatte eines auf seiner Konsole stehen. Außerdem hatte Fuchis innerbetriebliche Sicherheit noch ein spezielles Kommando mit der Bewachung von Surikovs Frau im fünfunddreißigsten Stock betraut. Dieses Kommando würde Alarm geben, wenn es auch nur die Andeutung eines merkwürdigen Zwischenfalles registrierte. Ein Funkspruch hinsichtlich einer ausgefallenen Sicherheitskonsole reichte.

Filly trat neben Rasheen und sagte: »Umdrehen und Gesicht zur Wand.«

»Wir haben einen Haftbefehl«, sagte Rico.

Rasheens Augen weiteten sich. »Verzeihung, aber ...«

»SOFORT!« befahl Filly.

»Erklären Sie mir bitte ...!«

Filly packte Rasheens Arm und drehte ihn auf den Rücken. Das stellte Rasheen vor die Wahl, sich zur Wand umzudrehen oder sich den Arm brechen zu lassen. Rasheen drehte sich um. Rico trat hinzu und nahm Rasheen seine Dienstwaffe und verschiedene andere Verteidigungswaffen ab. Filly zwang Rasheen auf die Knie und legte ihm Handschellen an.

»Das muß ein Irrtum sein!«

»Ich glaube nicht.«

»Lassen Sie mich bitte meinen Vorgesetzten anrufen!«

Rasheen würde niemanden anrufen.

Die Wohnanlage an der Ecke Vierzigste und Dreiundsiebzigste Straße Ost auf Manhattans Upper East Side trug den Namen Kondominium Kristallblüte. Das für die Versorgung und die Überwachung der Sicherheitseinrichtungen zuständige Mainframe war zwar ein Fuchi-Gerät, aber die Verbindung zu den in den Schwarzen Towern von Fuchi-Town installierten Geräten war ziemlich dünn. Das Haus wurde von der Manhattan Property Management Corporation, einer Tochtergesellschaft Fuchis, verwaltet. Sicherheitscode Orange. Das war massiv, aber nicht annähernd so massiv wie das Code-Rot-System der Schwarzen Tower.

Der Zugangsknoten zum Kristallblüte-Mainframe sah wie das Vorzimmer des Tresorraums einer Bank aus. Der Raum war grau, die Tresorraumtür golden. Das war eine durchaus gebräuchliche Metaphorik, die wenig oder auch gar nichts über den Sicherheitsstatus des Systems dahinter verriet.

Piper startete ihre Maskenutility und betrat den Knoten. Die Wachen in ihren himmelblauen Fuchi-Jacken reagierten nicht auf ihr Erscheinen. Aus der Innentasche ihrer Jacke zog Piper eine große Lupe und untersuchte damit den Programmcode der Wachen. Die Wachen – reine Zugangs-ICs – reagierten immer noch nicht. Piper zog zwei leuchtend rote und grüne Dauerlutscher von der Größe normaler Tennisschläger aus einer ihrer Taschen. Auf jedem Lutscher blinkte in Orange die Aufschrift: ZUTRITTSERSUCHEN. Sie hielt den Wachen die Lutscher hin, und jetzt bemerkten sie sie. Sie betrachteten die Lutscher und nahmen sie. Und fingen an, daran zu lecken.

Sie würden bis in alle Ewigkeit daran lecken – gefangen in einer virtuellen Schleife.

Piper zückte einen Beutel mit der Aufschrift Transportable Löcher. Das Loch, das sie auswählte, hatte die Form einer flachen schwarzen Scheibe, deren Durchmesser in etwa der Größe ihres Icons entsprach. Sie klatschte die Scheibe gegen die Tresortür. BEREIT blinkte es neonrot auf der schwarzen Scheibe. Sie trat hindurch – durch das Loch, durch die Tresortür – und in die Datenleitung dahinter.

In weniger als einer Millisekunde hatte sie die Kontrolle über das gesamte Kristallblüten-System an sich gerissen. Es war mehr als nur ›zu einfach‹.

Kami beschütze sie alle. Es schien unmöglich zu sein.

Der Türsteher fing an, von draußen gegen die Transparex-Tür zu klopfen und zwischendurch immer wieder die Hände zu heben, als wolle er fragen, was eigentlich los sei. Die Tür reagierte nicht auf seinen Schlüssel. Das mußte Pipers Werk sein.

Einer der Fahrstühle läutete, und ein uniformierter Wachmann kam in die Lobby geschlendert. Er war dunkelhäutig wie Rasheen, und seine Miene verwandelte sich augenblicklich in eine Grimasse schockierter Überraschung.

»Was geht hier vor?« fragte er mit einer Stimme, die sich beinahe überschlug.

Rasheen stieß etwas in irgendeiner fremden Sprache hervor.

Der Neuankömmling blieb stehen und sah hin und her. »Warum haben Sie meinen Bruder verhaftet?«

»Herkommen!« sagte Filly.

»Antworten Sie bitte!«

Von der Sicherheitskonsole ertönte plötzlich ein durchdringender Summton. Filly überließ Rico dieses Problem. Sie ging auf den Neuankömmling zu, Rasheens ›Bruder‹. Sie legte eine Hand auf den Kolben ihrer Waffe. Jeder normale Konzernangestellte würde dies als Wink mit dem Zaunpfahl auffassen und sich entsprechend verhalten. »Machen Sie uns keinen Ärger«, sagte sie unnachgiebig. »Legen Sie die Hände an die Wand und halten Sie die Klappe.«

»Sie werden mich nicht verhaften!«

Der Bursche griff nach seiner Kanone.

Filly warf sich vorwärts, packte den Waffenarm des Wachmanns und pflanzte ihm ihre in einem Schockhandschuh steckende Faust ins Gesicht. Ehe sie sich versah, steckte sie mitten in einer ausgewachsenen Schlägerei. Die Behandlung mit dem Schockhandschuh schien den Wichser nicht im geringsten zu beeindrucken. Sie drehte ihm den Arm um und schleuderte ihn gegen die Rückwand der Lobby. Dem Kerl gelang es, seine Waffe aus dem Halfter zu reißen. Rico tauchte links von ihr auf und rammte dem Wachmann eine Faust in die Körpermitte, als dessen Kanone losging.

All das nur, um den Schein zu wahren, es nach einer legitimen Verhaftung der Polizei aussehen zu lassen, um das spezielle Kommando im achtunddreißigsten Stock nicht zu alarmieren.

Das Dröhnen der Pistole hatte auf Filly die gleiche

Wirkung wie das Jaulen einer Sirene. Sie spürte den Adrenalinstoß, noch ehe Rico zurücktaumelte und sich dabei halb um die eigene Achse drehte. Sie wurde wild. Sie bearbeitete den Wachmann mit den Fäusten. Sie knallte seinen Ellbogen gegen die Lobbywand, um seinen Waffenarm zu betäuben, und riß ihm dann die Pistole aus der Hand. Dann stieß sie ihn zu Boden, so daß er auf dem Bauch lag, zog seine Arme auf den Rücken und legte ihm Handschellen an.

Schnappte nach Luft.

Sah sich nach Rico um.

Der Boß hatte sich gegen den Sicherheitstresen gelehnt. Er schüttelte den Kopf, wie um ihn zu klären. Ein dunkler Fleck breitete sich um den Riß in seinem rechten Hosenbein aus.

Erste Sahne.

Als sich die Fahrstuhltüren öffneten, hatte Bandit seinen Zauber längst vorbereitet, hielt ihn in der Handfläche. Er sah den länglichen Flur vor sich und die beiden Männer in dunklen Anzügen, die vor einer Tür auf der rechten Seite standen. Bandit öffnete die Hand. Ein Geräusch wie von einer kreischenden Hinterhofkatze ertönte vom anderen Ende des Flurs. Die Pinkel sahen hin, und von rechts und links neben Bandit erklang ein gedämpftes Husten. Das Husten stammte aus Shanks und Doks Automatik. Die Kugeln, die sie verschossen, waren nicht tödlich, aber die beiden Pinkel im Flur gingen trotzdem zu Boden.

Nicht tot. Nur bewußtlos.

Shank und Dok huschten durch den Flur. Bandit folgte ihnen mit seinem für ihn charakteristischen, eher gemäßigten Schritt. In dem Flur sah er nichts von Interesse. Shank bedeutete ihm, sich zu beeilen.

Die mit 35-8 beschriftete Tür glitt auf. Shank und Dok glitten hinein, und gleich darauf husteten ihre Automatikwaffen erneut. Bandit folgte ihnen. Ein kleines, üppig eingerichtetes Foyer führte in ein luxuriöses Wohnzimmer. Ein weiterer Pinkel lag auf dem Boden des Foyers. Bandit folgte Shank und Dok in das Wohnzimmer, wobei er den Blick schweifen ließ und das teure Mobiliar begutachtete: Gemälde, Vorhänge, Vasen, Bonsai-Bäume, Kristallgläser, Luxus-Trid mit integriertem SimSinn. Alles sehr trügerisch. Ein Normalsterblicher konnte hier wahrscheinlich jahrelang leben, ohne daß ihm je klar wurde, daß er in einem Sarg aus Stahl und Beton lebte und von den essentiellen Energien des Universums praktisch abgeschnitten war.

Aus einem anderen Zimmer drang ein unterdrückter Ausruf an seine Ohren.

Kein Grund zur Besorgnis.

Bandit wog die Situation ab, dann zog er einen kleinen Samtbeutel aus der Tasche seines Dusters und legte ihn auf einen Tisch. Der Beutel enthielt die konzentrierte Essenz einer ganzen Reihe von Kräutern und Wurzeln, die von Magiern bei der Anwendung ritueller Magie benutzt wurden. Bandit hatte einmal gedacht, daß sich diese Essenzen als wertvoll für ihn erweisen mochten, aber seine Erwartungen hatten sich nicht erfüllt. Die Essenzen mochten für einen Magier wertvoll sein, für einen Schamanen waren sie das nicht.

Das ergab einen fairen Tausch.

Steinberg sah sich irgendein Brawl-Spiel im Trid an. Tsugaru lag auf dem Sofa und sah aus, als schliefe er. Karris sah zum fünften Mal in der letzten Stunde auf ihre Armbanduhr und fing an, die Sekunden im Geiste zu zählen.

Es gab nichts Langweiligeres, als irgendein Konzerneigentum zu bewachen, insbeondere eines, das nie ausging, nie die ihm zugewiesene Wohnung verließ, um Himmels willen. Steva wußte nicht, wie die Frau hieß, wußte nicht mal, ob sie einen Namen hatte. Es war, als spielte man Nachtwächter für irgendeine abgelegene

Konzernniederlassung, die keinen interessierte. Das große Gähnen. Das sollte nicht heißen, daß sie nicht ihr Bestes geben würde, um Fuchi-Eigentum zu schützen. Sie hätte sich nur mehr für den Job begeistert, wenn sie davon überzeugt gewesen wäre, daß er zu irgend etwas gut war.

Ihre Armbanduhr summte. Sie sah auf, als Devoe aus dem Flur zum Badezimmer kam. »Du bist dran.«

»Jetzt schon?«

Steva nickte in Richtung Foyer. Devoe war nicht so dumm, ihr zu widersprechen. Er glättete seinen Anzug und ging nach draußen.

Plötzlich war er wieder da und flüsterte in dringendem Tonfall: »Alarm! Alarm! Status fünf! Code Rot!«

Karris griff nach ihrer Ingram-MP und rannte ins Foyer, dicht gefolgt von den anderen.

Dok war schon einigen Schnallen mit wüstem Fahrgestell begegnet, aber diese hier war die ungeheuerlichste, die er je außerhalb eines Tomikoer Bordells gesehen hatte. Sie war für Sex gebaut. Jede Kurve schrie es heraus.

Ihr Name war Marena Farris. Sie war Ansell Surikovs Frau. Als das Licht anging, lag sie auf dem Rücken auf dem riesigen blauen Bett. Sie trug irgendein hauchdünnes, seidiges Nachthemd, das bis zu den Knöcheln reichte und trotzdem nichts verbarg, nicht die runden Wölbungen ihrer Brüste, nicht einmal die breiten dunklen Warzenhöfe. Und auch nicht den Teil weiter unten, unterhalb ihrer Hüfte. Diskret mit Haaren verschleiert, die ebenso fein wie die weißblonde Mähne war, die ihr Gesicht einrahmte.

Sie hob den Kopf. Ein leiser Ausruf entwich ihren Lippen. Sie setzte sich auf, wobei sie eine Hand hob, als wolle sie die Augen vor dem Licht abschirmen.

»Wir holen Sie raus«, verkündete Shank.

Farris keuchte und stotterte: »Was?«

Die Frau war offensichtlich eingeschüchtert. Wer wäre das nicht? dachte Dok. Vom plötzlichen Aufflammen der Schlafzimmerbeleuchtung aus tiefem Schlaf geweckt, um dann zwei Kerle in voller Kampfausrüstung vor sich zu sehen. Dok lächelte und sagte: »Wir bringen Sie zu Ihrem Mann. Er ist in Sicherheit, okay? Keine Sor ...«

Es war zuviel.

Plötzlich verdrehte Farris die Augen und fiel schlaff zurück auf das Bett. Dok eilte zu ihr und packte seinen Medkoffer aus. Farris' Lebensfunktionen waren stark, bemerkenswert stark für jemanden, der in Ohnmacht gefallen war, aber nicht so stark, daß irgendein unangenehmer Zwischenfall bevorzustehen schien.

Shank grunzte. »Du trägst sie.«

»Jemand wird mir dafür den Schädel einschlagen«, sagte Dok grinsend.

»Mach es trotzdem.«

»Hai, Kommandant.«

»Geh zum Teufel. Beeil dich.«

Dok stemmte ein Knie auf das Bett und hob die Frau auf. Sie war kein Leichtgewicht, aber das waren die wirklich Gutaussehenden nie. Sein Chummer Shank würde dem zweifellos zustimmen. Er wünschte nur, er hätte sich damals in der Klinik in Johannesburg auch den Muskelersatz der Stufe zwei gegönnt.

Andererseits ...

Vielleicht besser doch nicht.

Als Shank durch die Wohnung auf den Flur zuging, hörte er Pipers Stimme über sein Kopfset. »Es ist zwei Uhr vierundzwanzig«, sagte sie. »Zustand Zwo.«

Das war nicht gut.

Zustand Zwo: Jemand war verletzt. Entweder Rico oder Filly, sonst hätte Piper Zustand Drei ausgerufen, und das würde Panik ausgelöst haben, weil es bedeutet hätte, daß Thorvin und ihre Fahrkarte von hier weg

Verspätung hatten – oder vielleicht überhaupt nicht kamen. Shank warf einen Blick zurück über die Schulter. Seiner Miene nach zu urteilen, hatte Dok Pipers Warnung auch gehört. Shank gab ihm das alte Söldnerzeichen für Tempo, indem er die Faust schüttelte. Beinahe synchron verfielen die beiden in einen raschen Laufschritt.

Im Wohnzimmer blieb Shank ungläubig stehen. Bandit stand da und sah sich um wie ein Mitarbeiter von *Modernes Wohnen*. Shank fluchte. »Du solltest doch den Flur im Auge behalten!«

Der Schamane sah ihn nur an, seine Miene so nichtssagend wie eine kahle Wand. Sie waren diesen Teil des Plans mindestens ein dutzendmal durchgegangen, und Bandit hatte es trotzdem nicht geschnallt. Shank empfand einen jähen Anflug von Wut. Verdammter Hurensohn. Ach was, zum Teufel damit. Keine Zeit herumzutrödeln. Jemand war verwundet – sie mußten sich *beeilen*!

Er huschte durch das Foyer zur Wohnungstür und ruckte dann augenblicklich wieder zurück in das Foyer und weg von der Tür. Von draußen war klar und deutlich eine Frauenstimme zu hören. »Fuchi-Sicherheit! Werfen Sie ihre Waffen auf den Flur! Kommen Sie mit erhobenen Händen heraus!«

Shank warf Dok einen Blick zu, der direkt hinter ihm stand, und sagte: »Könnte sein, daß wir in Schwierigkeiten stecken.«

Dok lächelte. »Ich bin froh, daß dir das auch schon auffällt.«

Es war immer schwierig, nicht zu vergessen, was die anderen wollten. Sie schmiedeten komplizierte Pläne zu Zwecken, die er oftmals obskur fand. Bandit machte die Runs mit Rico und den anderen mit, weil sie sich oft in vielerlei Hinsicht als interessant erwiesen, aber er war es nicht gewohnt, sich mit den Wünschen und Bedürfnissen anderer auseinanderzusetzen. Er sah die Welt auf seine Weise. Er wußte, daß nur wenige seine Sichtweise teilten. Ihm war klar, daß die meisten das Leben auf eine Weise betrachteten, die entweder fehlerhaft oder illusorisch war.

Warum sollte er den Flur im Auge behalten? Er hatte ihn bereits gesehen. Und dort gab es nichts von Interesse. Natürlich bestand immer die Möglichkeit, daß irgend etwas geschah, das sich als gefährlich erweisen mochte, aber er war noch nie einer Gefahr begegnet, der er nicht entkommen konnte.

Das Problem bestand natürlich darin, daß es den anderen an seinen Fähigkeiten mangelte.

Er eilte hinter Shank und Dok her. Er hörte jemanden etwas von Fuchi-Sicherheit rufen. Shank machte einen unsicheren Eindruck und schien nicht zu wissen, was los war oder was er tun sollte. »Könnte sein, daß wir in Schwierigkeiten stecken«, sagte er.

»Ich bin froh, daß dir das auch schon auffällt«, erwiderte Dok.

Bandit wechselte auf Astralsicht und peilte die Lage im Flur, dann ging er zur Tür, wobei er laut verkündete. »Ich gebe auf. Nicht schießen. Ich komme raus.«

»Nehmen Sie die Hände HOCH!« rief eine Stimme.

Shank knurrte etwas, doch Bandit ignorierte ihn. Ein Schritt brachte ihn durch die Tür und auf den Flur. Die beiden Pinkel von vorhin lagen immer noch bewußtlos am Boden. Vier andere Pinkel waren aufgetaucht. Sie hatten sich rechts von der Tür verteilt und standen geduckt da wie Tiere in anonym grauem Fell, bereit zum Sprung. Bandit nahm an, daß sie Profis waren. Jedenfalls sahen sie aus, als wüßten sie, was sie taten. Alle waren bewaffnet. Sogar mit Maschinenpistolen.

»GESICHT AUF DEN BODEN!« rief einer.

Bandit nickte, lediglich um zu signalisieren, daß er verstanden hatte. Außerdem murmelte er Worte der

Macht vor sich hin, das Lied eines Zaubers, eines der ersten, die er gelernt hatte. Der Zauber nahm Gestalt an und wirkte in dem Augenblick, als er das letzte Wort ausgesprochen hatte. Die Arme der Pinkel flogen plötzlich alle nach oben. Die Waffen, die sie hielten, wurden ihnen aus den Händen gerissen und flogen über ihre Schultern nach hinten. Von Waschbärs schlauen Pfoten weggefegt. Die Waffen fielen ein Stück weit hinter den Pinkeln zu Boden, die in diesem Augenblick viel zu verblüfft waren, um mehr zu tun, als Laute der Überraschung auszustoßen und zu gaffen. Bandits zweiter Zauber wirkte automatisch im Anschluß an den ersten. Die Hosen der Pinkel rutschten nach unten und legten sich um ihre Knöchel. Noch einer von Waschbärs gerissenen Tricks. Die Pinkel schwankten und stolperten durcheinander rufend herum, da sie jetzt von ihren eigenen Hosen behindert wurden.

Bandit drehte sich um.

Shank und Dok eröffneten das Feuer aus der Tür heraus. Die Pinkel taumelten und gingen alle zu Boden.

Sie waren nicht tot, sondern lediglich bewußtlos.

Shank nahm Marena Farris bei den Schultern. Dok sah ihn verwundert an, dann packte er die Frau um die Hüften. Zusammen rannten sie zum Fahrstuhl. Die Fahrstuhltüren öffneten sich zwei Schritte, bevor sie ihn erreichten.

Rico und Filly warteten darin mit gezogenen Waffen. Ricos Hosenbein war von der Mitte des Oberschenkels bis zum Knie durchnäßt. »Rico hat sich 'ne Kugel gefangen!« verkündete Filly.

Bandit stieg ein. Der Fahrstuhl sauste nach oben.

Dok bückte sich, um sich Ricos Bein anzusehen.

»Es ist zwei Uhr siebenundzwanzig«, informierte sie Piper über Shanks Kopfset.

Farrah Moffit hörte den Hubschrauber und hatte eine ungefähre Vorstellung von dem, was vorging, doch sie entschloß sich, nichts dagegen zu unternehmen.

Das schien das einzig Vernünftige zu sein. Sie war sich sowohl ihrer Schwächen als auch ihrer Stärken überdeutlich bewußt, und sie war keine Kampfspezialistin. Bei ihrer minimalen Ausbildung in Selbstverteidigung fehlten ihr sowohl die körperlichen Voraussetzungen als auch die Instinkte, um einem Mann oder auch einer Frau in jedweder Form körperlicher Auseinandersetzung direkt zu begegnen. Sie besaß nur rudimentäre Kenntnisse über Schußwaffen. Sie müßte verrückt sein, mehr als passiven Widerstand zu leisten.

In der Zwischenzeit sammelte sie Informationen, wenngleich sie mit herabhängendem Kopf und ihren Haaren vor den ohnehin geschlossenen Augen nicht viel ausmachen konnte.

Ihre vorgeblichen Retter hatten das zu ihrer Bewachung eingeteilte Spezialkommando offenbar erledigt, und zwar sehr schnell. Das bedeutete, daß sie äußerst gefährlich waren. Aber nicht unüberwindlich. Sie wußte, daß mindestens einer von ihnen verwundet war. Einer war ein Ork. Sie hatte ihn im Schlafzimmer zusammen mit einem Mann anglo-amerikanischer Herkunft mit kurzgeschnittenem grauen Haar gesehen. Und zu der Gruppe gehörte mindestens eine Frau.

Farrah erinnerte sich daran, im Laufschritt getragen worden zu sein, wahrscheinlich durch den Flur, und dann an das Geräusch sich öffnender Fahrstuhltüren. Das Timing war ein wenig zu präzise, um lediglich Zufall zu sein. Vielleicht war es gar kein Zufall. Vielleicht hatten diese Runner Matrix-Unterstützung.

Als das schrapp-schrapp-schrapp der Hubschrauberrotoren lauter wurde, fragte sie sich, wohin sie diese Leute wohl brachten, und plötzlich traf sie die Erkenntnis wie ein Schlag.

Sie konnte es nicht glauben.

21

Dok hatte die Kugel draußen, bevor der Kopter den Hudson überquert hatte, und die Wunde gereinigt und verbunden, als sie im verseuchten Niemandsland von Sektor 13 landeten. Wenn Dok eines wußte, dann das: wie man schnell arbeitete. Dafür war Rico mehr als dankbar.

»Mit dem Schmerzstiller müßte es einigermaßen gehen«, sagte Dok. »Er wirkt nur örtlich. Du brauchst vielleicht etwas Stärkeres, wenn du schlafen willst.«

Rico verzog das Gesicht und nickte. Das Brennen in seinem rechten Oberschenkel war nur noch ein dumpfer Schmerz, ähnlich wie bei einem Knochenbruch, bedrohlich, aber nicht annähernd so schlimm. Er konnte damit leben. Er hatte auch gar keine andere Wahl. Mit der Kanone in der Hand hinkte er die neun oder zehn Meter vom Hubschrauber zu Thorvins Lieferwagen und wartete dann darauf, daß der Rest des Teams einstieg. Marena Farris war wach und konnte aus eigener Kraft gehen, tat es jedoch mehr unbewußt. Sie war sauber, keine implantierten Mikrotransmitter, keine Wanzen – zumindest keine, die Dok entdecken konnte. Die Tatsache, daß sie alle noch lebten und sich problemlos vom Schauplatz des Runs abgesetzt hatten, schien zu bestätigen, daß Farris tatsächlich so sauber war, wie Rico dachte.

Im Augenblick hüllten Dok und Filly Farris gerade in einen orangefarbenen Duster und hoben sie gemeinsam in den Lieferwagen. Filly klebte an Dok wie eine Klette. Wahrscheinlich eine gute Idee.

Thorvin fuhr sie zu Sektor 10, wo sie Piper abholten. Sie war in Ordnung, null Problemo. Dann nahmen sie den langen Weg über die Schnellstraßen zur Nordspitze des Newarker Plex, wobei sie sich immer dicht an der Grenze zum Passaic-Sprawl hielten.

Das Versteck in Rahway hatte seinen Zweck erfüllt und ihnen die Möglichkeit geboten, unterzutauchen und sich neu zu formieren. Rico wollte nicht, daß das Versteck entdeckt wurde. Also wurde es Zeit, den Standort zu wechseln.

Thorvin parkte den Lieferwagen in einer schäbigen Gasse zwischen den Rückseiten zweier dreistöckiger Reihenhäuser in Sektor 20, einem Bezirk, der North Caldwell genannt wurde. Rico kannte die Gegend als Arbeiter-Ghetto, in dem Lohnsklaven und die weniger gewalttätigen der SIN-losen wohnten, die den Newarker Plex dominierten. Außerdem befand sich dort ihr neuer Unterschlupf. Shank hatte die Bude über seine Kontakte zum Ork-Untergrund organisiert. Sie war ein Trümmerfeld und stank, würde aber genügen.

Sie konnten von Glück sagen, daß sie noch lebten, daß der Run mehr oder weniger wie geplant abgelaufen war, daß sie den Flugstreifen über Manhattan entgangen waren und es nicht zu einer Verfolgung gekommen war. Und das war noch nicht alles, machte sich Rico klar. Er selbst konnte von Glück sagen, daß die Kugel keinen Knochen gebrochen und keine größeren Arterien durchtrennt hatte. Derartiges Glück war so selten, daß er über Gott nachdachte, nicht nur über den christlichen Gott, sondern auch über andere Gottheiten.

Die Aussicht, ein paar Tage oder Wochen in einem verkommenen Drekloch von einem Versteck verbringen zu müssen, war nichts, worüber man sich beklagen konnte.

Surikov war bereits dort und wartete. Das galt auch für die beiden Messerklauen, die er von Mr. Victor gemietet hatte, um Surikov zu bewachen. Rico bezahlte sie und ging nach oben, um eine Dusche zu nehmen. Er hatte kein echtes Interesse daran, die Wiedersehensfeier von Surikov und seiner Frau zu beobachten, und Shank konnte die Einteilung der Wachen vornehmen.

Er hatte sich kaum das T-Shirt ausgezogen, als sich die Badezimmertür öffnete und Piper hereinkam. Zuerst sagte sie gar nichts. Sie ging direkt zu ihm, umarmte ihn und lehnte den Kopf an seine Schulter. Er wußte, was das zu bedeuten hatte, und hier in der Abgeschiedenheit des Badezimmers, abseits von wachsamen Augen und Leuten, denen er ein Anführer sein mußte, machte es ihm auch nicht das geringste aus. Es war gut zu sehen, daß er ihr etwas bedeutete, gut, es zu fühlen, gut, es zu wissen. Ricos Vater pflegte immer zu sagen, daß ein Mann ohne eine Frau eigentlich überhaupt kein Mann war. Es bedurfte der Zärtlichkeit und Fürsorge einer Frau, damit ein Mann wirklich einschätzen konnte, was es überhaupt hieß, ein Mann zu sein. Ohne die Sanftheit, die eine Frau einem Mann geben konnte, verwandelten Männer sich in Tiere.

Im Flüsterton sagte sie: »Bist du sicher, daß alles in Ordnung ist?«

Trotz allem, seinem Bein, der Situation, lächelte Rico in ihr Haar und küßte sie dorthin. »Ich kann mich nicht beklagen.«

»Du hast soviel Blut verloren.«

»Gar nicht so viel. Was war in der Matrix los?«

»Es war zu leicht, *Jefe.*« Jetzt sah sie mit besorgter Miene zu ihm auf. »Die Sicherheit des Kristallblüten-Mainframes hat Code Orange, aber die ICs sind nicht mal in meine Nähe gekommen. Ich habe die vollständige Kontrolle über das System übernommen.«

»Vielleicht bist du nur gut auf deinem Gebiet.«

»Niemand ist so gut. Oder zumindest nicht viele. Und niemand kämpft gegen Code Orange, ohne die ICs zumindest zu kitzeln. Es sei denn, jemand im System will es so.«

Ernstlicher Drek. Piper stellte nicht deshalb Theorien auf, weil sie sich selbst gern reden hörte. Wenn sie behauptete, jemand müsse das System manipuliert haben, um ihr den Zugang zu erleichtern, war Rico verpflichtet, diese Möglichkeit zumindest in Erwägung zu ziehen. »Wer könnte daran ein Interesse haben?«

»Ich weiß es nicht, *Jefe*.«

Es ergab keinen Sinn. Niemand hatte Grund, ihnen dabei zu helfen, Marena Farris herauszuholen. Fuchi und Maas Intertech hatten allen Grund, gegen sie zu arbeiten. Beide würden verlieren, wenn Surikov bekam, was er wollte. Prometheus Engineering hatte vielleicht Grund, ihnen zu helfen, aber Prometheus konnte gar nicht beteiligt sein – noch nicht, weil Mr. Victor gerade erst dabei war, den Kontakt herzustellen.

Wer blieb dann überhaupt noch als möglicher Mitspieler übrig?

Ihm kam ein Gedanke. »Was ist mit deinem Kontakt?« sagte Rico. »Mit dem Burschen, von dem du den Schlüssel für die Fuchi-Computer hast? Vielleicht war er im System.«

Piper schüttelte den Kopf. »Er hatte keinen Grund, mir zu helfen. Unser Deal beinhaltete ausschließlich das Fuchi-System. Der Kristallblüten-Mainframe gehört nicht zu diesem System, *Jefe*.«

»Vielleicht hat L. Kahn irgend etwas unternommen.«

»Aber L. Kahn würde uns jetzt nicht mehr helfen«, sagte Piper leise. »Selbst dann nicht, wenn er gewußt hätte, was wir vorhaben.«

Rico nickte. Schmerzen und Müdigkeit hatten ihn vorübergehend verwirrt. Wenn überhaupt etwas, dann würde L. Kahn etwas dagegen haben, daß sie Marena Farris herausholten, denn sobald Farris frei war, würde Surikov Fuchi vergessen und sich einem Konzern seiner Wahl anschließen.

»Du solltest schlafen, *Amante*«, sagte Piper.

Ihr Spanisch klang immer unbeholfen, als müsse sie ihre Zunge zu Verrenkungen zwingen, für die sie nicht geschaffen war, aber bei ihren Bemühungen wurde ihm warm ums Herz. Rico zog ihren Kopf an seine Schulter, küßte sie und holte Luft, um etwas darauf zu erwidern, aber weiter kam er nicht.

Von unten kam ein Geräusch, das sich wie das Husten einer schallgedämpften Waffe anhörte, dann ein Krachen, als würde eine Lampe zerschlagen, dann Schreie. Darunter auch Shanks volltönende Stimme.

Piper sprang zur Seite, als sich Rico herumwarf und zur Tür humpelte. Im Vorbeigehen hob er seine Waffe auf, nicht die Ares Special Service, sondern den Predator II, der mit tödlicher Munition geladen war. Jedes Problem, das sie bis hierher in ihren Unterschlupf verfolgt hatte, erforderte harte Munition, um es zu lösen.

Die Smartgunverbindung des Predator wurde augenblicklich aktiv. Der Zielindikator zuckte den Flur entlang und zur Treppe, als Rico durch die Badezimmertür schoß, um gleich darauf in die Hocke zu gehen, die großkalibrige Pistole mit beiden Händen haltend.

Niemand da. Das Problem war immer noch eine Etage tiefer.

Als er ins Wohnzimmer kam, fand er Surikov auf dem klapprigen Sofa vor. Blut lief ihm über die linke Seite seines Kopfes und den Hals herunter. Marena Farris zappelte an der gegenüberliegenden Wand auf Zehenspitzen, keuchend und nach Luft schnappend. Shank hatte ihr eine Hand um den Hals gelegt. Doks Gesicht war so stark gerötet, als müsse es jeden Augenblick platzen. Thorvin und Shank schienen gemeinsam zu versuchen, Dok davon abzuhalten, auf Farris loszugehen, als wolle der sie umbringen.

»Verdammtes Miststück! ICH LEG' DICH UM!«

Filly stand in der Mitte des Zimmers, fluchte lautstark vor sich hin und hielt sich mit einer Hand die Wange, auf der Blut zu sehen war wie von einem Schnitt. Sie war die einzige Person im Wohnzimmer, die eine Waffe in der Hand hielt.

»Das Miststück hat sich meine Waffe gekrallt!« sagte

sie. Sie mußte schreien, um Doks unzusammenhängendes Fluchen zu übertönen.

Rico konnte es einfach nicht glauben.

Nichts von alledem.

Er schlang einen Arm um Doks Hals, riß ihn nach hinten, schleuderte ihn zu Boden, hielt ihm dann den Lauf des Predator vor die Nase und rief: *»ICH MACH DICH FERTIG!«*

Alle im Raum verstummten und erstarrten.

Und so blieb es eine Weile, niemand rührte sich, alle warteten und beobachteten. Rico hatte seinem Temperament Zügel angelegt, aber es war kein besonders kurzer, und alle wußten das, Dok eingeschlossen. Rico wartete, bis der Ausdruck der Überraschung und Wut ein wenig aus Doks Miene gewichen war, dann richtete er sich langsam auf.

Gewisse Dinge mußten einfach gesagt werden, und sie konnten nur in seiner Muttersprache gesagt werden. Ungeachtet der Tatsache, daß nur Shank und Dok einigermaßen Spanisch verstanden. Die Worte mußten einfach heraus. Entweder das, oder er würde anfangen, um sich zu schießen.

Er nahm kein Blatt vor den Mund.

»Verdammte Amateure«, fauchte er, als er schließlich wieder ins Englische wechselte. »Wollt ihr, daß wir alle draufgehen? Was sollte das? *Was sollte das!«*

»Immer mit der Ruhe, Boß«, sagte Shank leise.

Rico ließ das durchgehen.

Es war zuviel, der bloße Ablauf der Ereignisse, und zwar ungeachtet der Motive. Ungeachtet des Wie und Warum.

Shank erklärte es ihm trotzdem.

Offenbar ohne Vorwarnung hatte Marena Farris Filly das Gesicht zerkratzt, sich Fillys Automatik gegriffen und dann auf Surikov geschossen. Farris wußte anscheinend nicht, wie man mit einer Pistole umging, so daß es wahrscheinlich reiner Zufall gewesen war, daß sie Surikov überhaupt getroffen hatte. Während Shank ihr die Waffe entrissen hatte, war Dok plötzlich wie eine Rakete hochgegangen, was der einzige Aspekt an der Geschichte war, der überhaupt einen Sinn ergab.

Dok würde alles mit zwei Beinen und zwei Titten bumsen, aber Filly war sein ein und alles. Die einzige, die wirklich zählte. Mann oder Frau, das war egal – jeder, der sich mit Filly anlegte, bekam es mit Dok zu tun. Rico konnte das respektieren, aber nicht jetzt. Im Hier und Jetzt war das Amateur-Drek, und den konnten sie sich nicht leisten.

»Wer hat Wache?« sagte er in scharfem Tonfall.

»Ich bin für hinten eingeteilt«, sagte Thorvin, indem er sich umdrehte und das Zimmer verließ. Rico drehte sich um und sah Piper auf der Treppe stehen und die Vorgänge mit weit aufgerissenen Augen verfolgen.

»Übernimm die Vorderseite, Chica.«

Piper ging zur Fensterfront im Wohnzimmer und glitt hinter die schweren Vorhänge, ohne auch nur einen Augenblick zu zögern. Rico wandte sich an Dok.

»Du hast einen Patienten.«

Dok schloß vorübergehend die Augen, als müsse er einen neuerlichen Wutanfall abwehren, dann knallte er eine Faust auf den Boden, bevor er sich erhob und zu Filly ging. Der Kratzer in ihrem Gesicht sah nicht problematisch aus, verglichen mit Surikovs Verletzung, doch Rico sagte nichts. Sich jetzt mit Dok wegen Filly anzulegen, konnte ihm nur Ärger einbringen. Es hatte keinen Sinn, die Sache auf die Spitze zu treiben.

»Bist du ansonsten okay?«

»Hör auf, mich zu bemuttern, verdammt.«

Fillys Laune war auch nicht die beste. Zu Recht, wie Rico fand. Ihr Fehler hätte jemanden das Leben kosten können. Hätte sie ihren Job erledigt, wäre Marena Farris nie an ihre Kanone gekommen.

Regel Nummer Eins: Sei immer auf der Hut.

Regel Nummer Zwei: siehe Regel Eins.

Rico wandte sich an Shank. »Bring sie nach oben. Und behalt sie im Auge.«

Shank nickte. »Klar.«

Marena Farris sagte nichts. Sie war viel zu sehr damit beschäftigt, wieder zu Atem zu kommen. Als Shank ihren Hals losließ, fiel sie zu Boden, als habe sie Nudeln statt Knochen im Leib. Shank packte ihren linken Oberarm, zog sie hoch und schleifte sie mehr oder weniger die Treppe hinauf. Rico würde sie sich in Kürze vornehmen.

Doch zuerst das Wesentliche.

Mittlerweile kümmerte sich Dok um Surikov. Kopfwunden bluteten immer fürchterlich. Rico hatte genug gesehen, um das zu wissen. Das Blut lief einer Person manchmal so reichlich über das Gesicht, daß man Männlein nicht mehr von Weiblein unterscheiden konnte. Diese Wunde sah nicht ganz so schlimm aus. Dok bestätigte seine Vermutung. »Die Kugel ist abgeglitten«, sagte Dok mit belegter Stimme. »Hat ein Stück Ihres Skalps mitgenommen. Aber Sie werden es überleben.«

»Hat sich angefühlt wie ein Hammerschlag«, sagte Surikov fast flüsternd.

»Dagegen kann ich Ihnen etwas geben.«

»Ich brauche ihn wach«, sagte Rico.

Dok zögerte, dann sagte er: »Kein Problem.«

Ricos Bein pochte. Wahrscheinlich mehr durch die Aufregung bedingt als alles andere. Der Blutdruck oder irgend so ein Drek. Er nahm sich einen Stuhl und setzte sich zu Surikov. Dok erhob sich und sagte: »Hör mal, Boß ...«

»Sag nichts«, knurrte Rico. »Du weißt, was Sache ist.«

»Wenn dieses Miststück ...«

»Tu ruhig, was du tun mußt. Nur vergiß nicht, daß sich am Ende immer alles ausgleicht. Und paß auf, daß du uns nicht alle umbringst.«

»Dok«, sagte Filly. »Bleib cool.«
»Ich lasse nicht zu …«
»Wir haben beide Mist gebaut! Hör jetzt auf damit!«
Dok hörte damit auf. Jedenfalls einstweilen. Rico betrachtete Surikov. Für einen Burschen, dem man gerade einen Kopfschuß verpaßt hatte, sah er nicht so schlecht aus. Ein wenig blaß, ein wenig erschüttert, ein wenig blutig. Ein paar Augenblicke vergingen, dann begegnete Surikov seinem Blick.
»Wie lautet Ihre Geschichte?« sagte Rico.
»Verzeihung?«
»Was, zum Teufel, geht hier vor?«
»Ich … ich habe keine Ahnung.« Surikov wirkte verblüfft.
»Ihre Frau hat gerade versucht, Sie umzulegen.« Rico sah Dok an. »Sie ist doch seine Frau, oder?«
Dok antwortete nicht.
»Du hast sie überprüft, richtig?«
Dok sagte immer noch nichts, aber die Antwort war offensichtlich.
»Du hast ihre Identität nicht bestätigt!«
Filly fluchte.
»Die verdammte Fuchi-Sicherheit ist uns sofort auf den Pelz gerückt!« rief Dok. »Wir hatten keine Zeit. Wir haben sie uns geschnappt und dann gemacht, daß wir wegkamen.«
»Dann hol es jetzt nach.«
Dok wandte sich ab und ging nach oben.
Rico hatte kaum Zweifel hinsichtlich dessen, was vorgefallen war. Die Schwächen seines Teams traten zu Tage.
Die Wahrheit war, daß sogar ein alter Profi wie Dok schlampig werden konnte, gedankenlos. Die Art Körper, wie ihn Marena Farris besaß, würde einen Haufen Burschen gedankenlos machen, und Dok war einer von ihnen. Das wußte Filly, und das wußte Rico. Deshalb hatte Filly geflucht. Deshalb war sie Dok nicht von der

Seite gewichen, seit sie Manhattan heute nacht verlassen hatten. Wenn sich die richtige Gelegenheit ergab, konnte Dok seine Hose nicht mal anbehalten, um sein eigenes Leben zu retten. Er hatte ein halbes Dutzend Schnallen im ganzen Plex verstreut, ganz zu schweigen von den neuen, die er immer aufriß. Filly konnte damit leben, weil sie wußte, daß sie die Nummer Eins war, und weil sie wußte, was das für Dok bedeutete. Rico konnte damit leben, weil es normalerweise kein Problem war und es ihn normalerweise auch nichts anging. Aber jetzt war es wichtig, weil Leute Fehler machten, und das konnte sie alle das Leben kosten.

Daß sie unter Druck gestanden hatten, war keine Entschuldigung. Es war unerheblich. Shank und Dok waren Profis. Sie wurden dafür bezahlt, mit dem Druck fertig zu werden und das Richtige zu tun.

Das einzige, was noch gefährlicher war, als Surikovs Frau rauszuholen, war, die falsche Frau am Hals zu haben. Eine willige Konzernabtrünnige zu extrahieren, war eine Sache. Die Entführung einer loyalen Angestellten ... das konnte mit Leichtigkeit einen Krieg nach sich zu ziehen.

Rico betrachtete Surikov mit stetem Blick, abwartend, in dem Versuch, aus ihm schlau zu werden.

Alles hing von Surikov ab. Seine Reaktion auf Marena Farris' Aktion, sich eine Kanone zu greifen und zu versuchen, ihn umzulegen, war wichtiger als jede Erklärung, die Farris möglicherweise anzubieten hatte. Rico fragte sich, ob Surikov vielleicht eigene Pläne verfolgte, die er noch nicht aufgedeckt hatte. Rico hatte nicht vergessen, was er in jener Nacht bei Maas Intertech gesehen hatte, als er und sein Team Surikov rausgeholt hatten. Der Mann hatte auf einer Frau gelegen und sie bearbeitet, als sei sie sein Eigentum. Vielleicht war diese Frau nur ein Konzern-Freudenmädchen gewesen. Vielleicht auch nicht. Vielleicht hatte Surikov ein ähnliches Problem mit Frauen wie Dok. Vielleicht auch nicht. Vielleicht hatte Surikov nur deshalb gewollt, daß sie seine Frau rausholten, damit er eine Rechnung mit ihr begleichen konnte. Wer konnte das wissen? Vielleicht war Marena Farris nur deshalb noch am Leben, weil sie sich zuerst eine Waffe geschnappt hatte.

Die Paranoia griff um sich.

Dok kehrte zurück. »Wir haben eine Übereinstimmung«, sagte er. »Mit achtundneunzigprozentiger Sicherheit. Sie ist Marena Farris.« Er hielt einen Augenblick inne, dann sagte er: »Boß, es tut mir leid. Es wird nicht wieder vorkommen.«

Schön. »Deine Wache beginnt in zwei Stunden. Leg dich aufs Ohr.«

Dok und Filly gingen nach oben.

Rico konzentrierte sich wieder auf Surikov. Der Bursche lehnte den Kopf gegen die Rückenlehne des Sofas und schloß die Augen. »Ich kann es nicht glauben«, sagte er schließlich. »Ich kann nicht glauben, daß das wirklich Marena ist. Sie würde nie … Sie ist keine gewalttätige Frau.«

Piper hatte Vergleichsdaten für Retina-Abdruck und DNS-Muster aus den Akten der Fuchi-Sicherheit besorgt. »Sie ist es mit achtundneunzigprozentiger Gewißheit«, sagte Rico. »Viel sicherer kann es nicht werden.«

»Sie müssen irgend etwas mit ihr angestellt haben.«

»Ja? Vielleicht haßt sie Sie wie die Pest.«

Surikovs Augen funkelten. Einen Augenblick lang hatte es den Anschein, als würde er vor Wut laut schreien, doch dann verblaßte die Gefühlsregung offenbar. Er starrte an die Decke und schüttelte kaum merklich den Kopf. »Nein«, sagte er. »Sie kennen Marena nicht. Die echte Marena. Ich kann mir vorstellen, was Sie denken müssen, wenn Sie allein nach ihrem Aussehen urteilen. Aber sie ist eine sehr liebevolle Frau. Und sie ist mir ergeben. Das sehe ich in ihren Augen. Und deshalb weiß ich auch, daß diese Frau, die gerade versucht hat, mich zu erschießen, nicht Marena ist. Sie hat nicht Marenas Augen. Guter Gott, *was haben sie mit ihr gemacht*!«

Die Erregung in Surikovs Stimme baute sich langsam und stetig bis zu jenem letzten Ausruf auf. Rico wußte nicht, was er davon halten sollte. Keine Frage, daß ein Konzern wie Fuchi praktisch alles mit einer Person anstellen konnte, wenn er das Geld dafür ausgeben wollte. Ließ sich irgendein Implantat in eine Person verpflanzen, welches den Verstand dieser Person ausschaltete und sie in einen Killer auf Abruf verwandelte? Rico hatte schon davon gehört. Teufel, der richtige Magier mit den richtigen Zaubern konnte eine Person dazu bringen, praktisch alles zu tun, und sie dann noch davon überzeugen, alles sei ihre eigene Idee gewesen. Das hatte er von Bandit erfahren.

Und wo er gerade an Bandit dachte ...

Wo, zum Teufel, war der Schamane?

22

Shank brachte Marena Farris zur Tür am Ende des Flurs im ersten Stock und dann in das Zimmer dahinter. Sie wirkte schwach, benommen. Bandit folgte ihnen. Shank führte die Frau zum Bett, befahl ihr, sich dort hinzusetzen, und wandte sich dann an den Schamanen.

»Ich werde sie bewachen«, sagte Bandit.

»Rico sagte, ich soll es tun.«

Bandit hob die Maske des Sassacus vor sein Gesicht und flüsterte ein paar Worte der Macht. In den vergangenen Tagen hatte er etwas Zeit gehabt, die Maske eingehender zu untersuchen und mit ihr zu experimentieren. Er hatte ihre Macht mit seiner eigenen harmonisiert.

Laut sagte er zu Shank: »Du hast doch bestimmt Hunger. Warum holst du dir nichts zu essen?«

Shank grunzte einmal, nickte. »Ja, da ist was dran. Danke, Chummer.«

»Denk nicht mehr daran.«

»Woran?«

»Schon gut.«

Shank schien einen Augenblick lang zu überlegen und betrachtete Bandit nachdenklich, dann grinste er grimmig und ging. Bandit dachte über die Maske nach, dann registrierte er, daß sich Marena Farris langsam zu ihm umdrehte. Sie würde die Maske nicht sehen. Sie war unsichtbar. Nur Bandit konnte sie sehen.

Marena Farris machte einen innerlich sehr aufgewühlten Eindruck. Ihre Hände bewegten sich unablässig, bedeckten ihren Mund, dann ihre Augen, wischten sich über die Stirn und die Wangen. Sie verbrachte einige Zeit damit, sich das Haar aus dem Gesicht zu streichen. Ihre Augen sahen rot aus, ihre Haare wirr.

»Möchten Sie eine Zigarette?« fragte Bandit.

Marena Farris schüttelte den Kopf.

Bandit zuckte die Achseln und nahm sich eine Zigarette aus seinem offenen Päckchen, dann zündete er sie mit dem Feuerzeug aus seiner Dustertasche an. Er inhalierte den Rauch nicht wirklich, sondern behielt ihn nur im Mund und blies ihn dann wieder aus. Er war ein Gelegenheitsraucher. Er hatte sich diese Angewohnheit zugelegt, weil die Leute sich wohler zu fühlen schienen, wenn sie ihn etwas so Weltliches tun sahen. Das war der einzige Grund, warum er rauchte. Um irgendwie weltlicher zu wirken.

Er rauchte Millennium Reds. Eine der bekanntesten Marken. Man bekam sie praktisch überall.

Zwischen zwei Zügen betrachtete er Marena Farris, wie sie auf der Astralebene aussah. Sie erwiderte den Blick, wenngleich nur auf der weltlichen Ebene, wie es schien.

»Sie haben eine interessante Aura.«

Marena Farris lächelte höflich. Nicht besonders enthusiastisch. Nicht besonders interessiert. Vielleicht ein wenig gequält. War das ein Täuschungsversuch oder ein Spiegelbild ihrer tatsächlichen Gefühle? Auf der Astralebene war sie ein Farbengewitter, ein brodelnder Kessel aus Licht, aus Lebensenergie. Bandits Erfahrung nach reflektierte solch eine turbulente Aura auch turbulente Gefühle oder Gedanken, manchmal auch beides. Die Intensität und die Vielfalt der Farben einer Aura verrieten mehr über die Person, über ihre Kraft, ihren Willen und die Triebkräfte ihres Lebens.

»Was wird mit mir geschehen?« sagte Marena Farris.

Bandit fragte sich, wie sie das meinte. Meinte sie jetzt? Morgen? Nächstes Jahr? Fragte sie sich, was mit ihr geschehen würde, wenn ihr Körper zu alt und verbraucht war, um ihre biologische Existenz weiterhin aufrechtzuerhalten? »Das frage ich mich auch«, erwiderte Bandit, um dann innezuhalten und ein weiteres

Mal an der Zigarette zu ziehen. »Sie sind viel älter, als Sie aussehen.«

Das entrang ihr ein leises Keuchen.

Als sei sie überrascht.

»Was ... was wollen Sie damit sagen?« fragte sie leise.

»Was glauben Sie?« konterte Bandit.

»Nun, ja«, sagte sie zögernd. »Ja, Sie haben recht. Es stimmt. Ich bin tatsächlich älter, als ich aussehe. Warum ... fragen Sie mich danach? Warum erzähle ich Ihnen das?«

»Sie würden mir gerne noch mehr erzählen.«

»Ja, das würde ich gerne.« Sie hielt inne, lächelte wieder und nickte. Dann runzelte sie die Stirn. »Das verstehe ich nicht.«

»Es gibt nichts zu verstehen.«

»Doch, doch. Es gibt etwas. Da bin ich ganz sicher.«

»Sie möchten sich nur gerne mit mir unterhalten.«

»Ja, das möchte ich. Aber da ist noch mehr. Sie machen etwas ...«

»Nein.«

»Doch.« Ihre Miene verzog sich zu einer schmerzerfüllten Grimasse. Sie schnaufte, als befinde sie sich mitten in einem Wettrennen. »Sie machen etwas mit mir. Hören Sie auf. Hören Sie auf damit, *bitte*! Es tut *weh* ...«

Unglaublich.

Bandit senkte die Maske. Marena Farris' Kopf sank ihr auf die Brust. Das Haar fiel ihr nach vorne ins Gesicht und verdeckte ihre Züge vollständig. Aber nicht ihre Aura. Bandit betrachtete sie noch einmal, um festzustellen, wie sie sich verändert hatte, aber sie war schwer zu interpretieren. Gewisse Aspekte ihrer Aura waren verwirrend, unharmonisch, und standen mit dem Ganzen in Widerstreit. Standen in Widerstreit mit Aspekten ihrer Aura, die vermuten ließen, daß sie ein großes latentes Potential für Magie besaß. So groß, daß sie eine mächtige Magierin hätte werden können, wenn sie früh genug mit den entsprechenden Studien begonnen hätte.

Andererseits war ihr Potential nicht gänzlich latent. Sie besaß geringfügige rohe Fähigkeiten. Unfertige, ungeübte. Eine Sensibilität für Beeinflussungszauber, eine Art natürlichen Widerstand und große Willenskraft.

Bandit fragte sich, ob sie nicht vielleicht zu diesen Leuten gehörte, erfolgreichen Leuten, mächtigen Leuten, denen oft großes persönliches Charisma, Charme, Einfluß und tausend andere Wesensmerkmale attestiert wurden, die für die Normalsterblichen so schwer zu beschreiben waren.

Mit anderen Worten: Magie.

Es würde interessant sein, mehr Zeit mit Marena Farris zu verbringen. Bandit konnte eindeutig den Wert erkennen, der darin lag. Ihre natürliche Widerstandskraft würde ihm zumindest dabei helfen, die wahre Macht der Maske des Sassacus zu enthüllen.

Die Schlafzimmertür öffnete sich.

Rico trat ein. »Ich hab schon nach dir gesucht«, sagte er. »Setz dich, ich will mit unserem Gast reden.«

Bandit suchte sich einen Stuhl.

Rico versuchte, unvoreingenommen an die Sache heranzugehen.

Marena Farris hob den Kopf und begegnete seinem Blick. Sie sah beunruhigt aus, verängstigt, als würde sie jeden Augenblick zu weinen anfangen. Dadurch wirkte sie menschlicher.

Ihre Fuchi-Akte besagte, daß sie dreiundvierzig war, aber sie sah nicht einmal annähernd so alt aus. Vielleicht wie fünfundzwanzig. Sie hatte die Art von Aussehen, die einen förmlich ansprang und die Aufmerksamkeit eines Mannes forderte, keine Frage. Ihr Gesicht war das einer Exec, kühl und intellektuell, makellos. Ihre Figur war unglaublich. Sie hatte das Zeug zu einer erstklassigen Prostituierten oder Mätresse, zu der Art

Frau, die bekam, was sie wollte, was es dazu auch bedurfte. Sie hatte bei Fuchi als Konzern-Freudenmädchen angefangen, eine Art Kombination aus Hure und Geisha, sich jedoch nach nur wenigen Jahren aus dieser Zwangsjacke befreit. Der Konzern hatte sie ausgebildet und die Leiter hinaufgestoßen.

Rico bemerkte, wie das Licht von der einzigen Lampe in dem Zimmer auf der nassen Haut unter Marena Farris' Augen glänzte, und traf eine Entscheidung, wie er vorgehen würde. Ein ehrenhafter Mann hätte in den Tiefen seiner Persönlichkeit nach Gnade gesucht. Nach Verständnis. Nach Mitgefühl. Aber das konnte sich Rico nicht leisten.

»Was haben Sie für eine Erklärung?«

Sie zögerte, blinzelte, als hätte sie ihn nicht verstanden, dann betrachtete sie ihn mit stetem Blick und sagte: »Bitte töten Sie mich nicht.«

Rico biß die Zähne zusammen. »Geben Sie mir einen Grund.«

»Ich bin lebendig mehr wert.«

Wovon, zum Teufel, redete sie? Rico mühte sich nach Kräften, seine ausdruckslose Miene zu bewahren und seine Überraschung zu verbergen. Glaubte sie, sie sei entführt worden? Daß jemand die Absicht hatte, sie umzubringen? Rico glaubte, ihr die Zusammenhänge erklären zu müssen, nur wollte er ihr nichts erklären, bevor er nicht die Wahrheit aus ihr herausgeholt hatte. »Begrüßen Sie die Leute immer, indem Sie versuchen, sie umzulegen?«

»Was hätte ich denn tun sollen?« fragte Farris mit erstickter, schwankender Stimme. Tränen rannen aus ihren Augen. Sie stöhnte und sah sich gehetzt um, als suche sie nach einem Ausweg. »Sie hatten mich, und Sie haben mich direkt zu ihm gebracht. Offenbar hat er Sie dafür angeworben.« Sie hielt einen Augenblick inne, strich sich über die Augen. Ihre Finger zitterten sichtlich. »Ich kann nicht glauben, daß das alles wirklich geschieht. Gibt es nichts, was ich sagen kann? Ich zahle Ihnen jeden Betrag, das Doppelte von dem, was er Ihnen gezahlt hat, wenn Sie mich von hier wegbringen.«

Rico haßte es, Spiele wie dieses zu spielen, besonders mit einer Frau und ganz besonders mit einer, die aussah, als rechne sie damit, jeden Augenblick getötet zu werden. Dadurch fühlte er sich schmutzig – wie Schleim. Dabei spielte es eigentlich keine Rolle, daß sie ein Pinkel war und zur Konzernwelt gehörte. Sie war trotzdem eine Frau. Wenn nicht soviel auf dem Spiel gestanden hätte... Rico biß die Zähne zusammen. »Haben Sie Geld?«

Die Frage fesselte ihre Aufmerksamkeit. Ihre Augen weiteten sich. Sie nickte. Entschieden. »Ja. Ich habe einen Haufen Geld. Mir ist... mir ist egal, wieviel Sie verlangen. Aber lassen Sie mich laufen. Bitte lassen Sie mich laufen.«

»Später«, sagte Rico. »Wir reden später über Geld. Zuerst will ich ein paar Dinge wissen.«

Sie nickte und sah dabei so aus, als würde sie ihm bereitwilligst alles erzählen, was er wissen wollte. Rico fragte sich, ob er ihr glauben konnte.

»Wie haben Sie das rausbekommen?« fragte Rico. »Was wir vorhaben, meine ich.«

Farris senkte den Kopf und starrte auf das Bett. Sie schien wieder kurz davor zu stehen zu weinen. »Ich weiß schon seit einiger Zeit, daß Ansell mich haßt. Er kann sehr rachsüchtig sein. Darum hat er sich auch freiwillig gemeldet...«

»Freiwillig gemeldet? Wofür?«

Farris sah ihn wieder an. »Das brauchen Sie nicht zu wissen. Es ist eine Privatsache.«

Rico machte einen Schritt auf das Bett zu. »Ich sage Ihnen jetzt mal was über Privatsachen. Mir sind fast die Eier abgeschossen worden, als wir Sie rausgeholt haben. Also werden Sie mir jetzt sagen, was Sie wissen. Alles.«

»Bitte … Ich habe einen Eid geleistet.«

Ein echter Konzernspruch.

Rico setzte sich auf die Bettkante und betrachtete sie. In ihren Augen zeigte sich ein neuerlicher Anflug von Furcht, doch irgend etwas in der Art, wie sie den Kopf hielt, der Winkel zwischen Kinn und Hals, wirkte fast wie eine Herausforderung. Trotz. Das änderte sich, als die Sporne aus Ricos Unterarm glitten und mit leisem Klicken einrasteten. Farris' Augen registrierten die Bewegung. Sie sah hin, sah noch einmal hin. Als Rico den Unterarm hob und sich die Sporne ihrer Kehle näherten, versteifte sie sich, schlug die Hände vor das Gesicht und wich zurück.

Einen Augenblick später wand sie sich.

Sie keuchte. *»Bitte!«*

Als sie zu zittern anfing, zog Rico die Sporne zurück. Sie war schwer einzuschätzen. Von vorne bis hinten ein einziger großer Widerspruch. Sie konnte ihren Körper in jeder Bar im Sprawl verkaufen, ohne es auch nur zu versuchen, aber sie schien auch gewitzt zu sein, gewitzt genug, um es überallhin zu schaffen, bis ganz nach oben. Sie schien nicht zur körperlich mutigen Sorte zu gehören, und dennoch hatte sich dieselbe Frau gerade eine Kanone geschnappt und versucht, ihren eigenen Ehemann wegzuputzen. Was für einen Sinn ergab das? Keinen. Überhaupt keinen. Surikov schien es nicht zu verstehen. Rico verstand es ganz gewiß nicht.

»Betrachten Sie sich als bedroht«, sagte er. »Und jetzt reden Sie.«

Farris brauchte länger als nur ein paar Augenblicke, um sich zu beruhigen. Wenn es eine Schau war, dann jedenfalls eine verdammt gute. Jede Bewegung saß, eine makellose Vorstellung. Bis hin zu der Art, wie sie die Lippen spitzte, als zwinge sie sich, zumindest den *Anschein* zu erwecken, daß sie die Beherrschung wiedererlangt hatte, obwohl sie in Wirklichkeit innerlich

zitterte und bebte. Rico wußte nicht, ob er ihr die Vorstellung abnehmen sollte oder nicht.

»Sie sagten, Ihr Mann habe sich freiwillig gemeldet. Wofür?«

»Für ein Sonderprogramm«, sagte Farris mit einer Stimme, in der reichlich Emotion mitzuschwingen schien. »Er hätte es nicht zu tun brauchen. Er hat es getan, um von mir wegzukommen. Um mir eins auszuwischen.«

»Warum wollte er Ihnen eins auswischen?«

»Weil sich die Dinge nicht gut entwickelten.«

»Was für Dinge?«

Sie zögerte und schluckte. »Unsere Beziehung«, sagte sie. »Unsere Ehe.«

Zumindest das mußte stimmen. Wenn es vorher nicht gestimmt hatte, dann jedenfalls jetzt. Es sei denn, Surikov machte es nichts aus, von seiner Frau umgelegt zu werden. »Erzählen Sie mir von diesem Sonderprogramm. Sie sagten, Ihr Mann hätte sich freiwillig dafür gemeldet.«

»Es ist ein Geheimnis.«

»Wollen Sie unbedingt leiden?«

Sie senkte den Kopf, schüttelte ihn und sagte: »Es war ein Programm, um Konkurrenten von Fuchi zu infiltrieren. Die Sicherheitsabteilungen haben das getan ... schon immer. Das Problem ist nur ... dem durchschnittlichen Sicherheitsagenten fehlen die Qualifikationen, um an die wirklich entscheidenden Daten zu gelangen. Normalerweise endet der Agent im Sicherheitsstab des Konkurrenten oder wird einem Exec als Sicherheitsberater oder in ähnlicher Funktion zugeordnet, so daß er nur sehr beschränkt Zugang zu geheimem Material hat. Das Fuchi-Programm hat all das geändert. Wir haben ein interdisziplinäres Ausbildungsschema für Wissenschaftler und Forscher entwickelt, so daß sie auch als Agenten der Sicherheit tätig werden und effektiv arbeiten konnten. Im wesentlichen ging es darum.«

»Reden Sie weiter.«

Irgend etwas huschte über ihr Gesicht, vielleicht Abscheu. »Das Programm war sehr ambitioniert«, sagte sie leise, fast stöhnend. »Die Entwicklungszeit betrug fünf Jahre. Ich war von Anfang an daran beteiligt. Ansell ärgerte sich über jede Stunde, die ich daran arbeitete. Er ist sehr besitzergreifend. Er wollte mich bei sich haben, wenn er frei hatte. Meine Arbeit war ihm völlig gleichgültig. Ich habe versucht, zu Hause zu arbeiten, und nahm mir später unbefristet Urlaub, aber da war es schon zu spät. Er lehnte mich ab, lehnte alles an mir ab, und diese Ablehnung verwandelte sich in Haß.«

»Also meldete er sich freiwillig für das Programm.«

»Es war ... es war eine Möglichkeit, meine eigene Arbeit gegen mich auszuspielen. Er hatte das Gefühl, ich hätte ihn im Stich gelassen. Das war seine Rache. Weil er wußte, wie ich mich dadurch fühlen würde.«

Rico fragte sich, wieviel davon stimmte. Farris' Akte besagte, daß sie an irgendeinem Sonderprojekt arbeitete, dessen Entwicklung fünf Jahre lang gedauert hatte. Mehr wußte er nicht. Eine Menge von dem, was ihm Marena Farris gerade erzählt hatte, würde vermutlich nicht in irgendwelchen Akten auftauchen. »Surikov ist als Biotechniker eine Kapazität. Sie wollen mir erzählen, daß Fuchi diesen Burschen, diesen Aktivposten hergenommen, ihn in irgendein Experimentalprogramm gesteckt und ihn direkt zum Feind geschickt hat? Das kaufe ich Ihnen nicht ab.«

»Ansells Qualifikationen machten ihn perfekt für die Rolle. Das war ja der Sinn des Programms, intelligente, scharfsinnige Leute ins Lager der Konkurrenz einzuschleusen, die mit dem, was sie dort zu sehen bekommen würden, etwas anfangen und ganz detailliert berichten konnten, wie die Konkurrenz mit ihrer Forschung vorankam.« Sie zögerte einen Augenblick, wischte sich über die Augen. »Ja. Ansell Surikov ist ein hochqualifizierter Wissenschaftler mit einem beneidenswerten Ruf. Fuchi hat viele hochqualifizierte Wissenschaftler mit gutem Ruf. Keiner von ihnen ist unersetzlich.«

»Wohin hat man ihn geschickt?«

»Zu Kuze Nihon. Einer Tochtergesellschaft, Maas Intertech. Ihre Niederlassung befindet sich in New Jersey.«

»Wie lange machen Sie jetzt schon Urlaub?«

»Ungefähr ... ungefähr drei Jahre.«

Ihre Fuchi-Akte bestätigte das. »Warum haben Sie ein persönliches Sicherheitsteam?«

Farris zögerte. »Das ... das ist mir nie mitgeteilt worden. Am Anfang nahm ich an, weil ich dem Konzern immer treu ergeben war. Ich bin immer noch ein Aktivposten, auch wenn ich beurlaubt bin. Ich habe mich nicht endgültig zurückgezogen.«

»Was macht Sie zu einem Aktivposten?«

»Ich bin Psychologin.«

Ihre Fuchi-Akte bestätigte das. Fuchi hatte Farris zu verschiedenen Universitäten in den UCAS geschickt, und sie besaß einen akademischen Grad in Psychologie. Es war Rico merkwürdig vorgekommen, daß ein Konzern einen derartigen Aufwand mit einer Konzernhure betrieb, aber offenbar war es nicht so merkwürdig, wie er gedacht hatte. Piper sagte, eine ganze Reihe Megakonzerne würden ihre intellektuelleren Freudenmädchen und Freudenjungen auf psychologischem Gebiet einsetzen. Manche arbeiteten sogar als Spione für die Konzernsicherheit.

Diese Überlegungen führten dazu, daß Rico sich fragte, ob er nicht neben jemandem saß, der potentiell genauso unangenehm wie eine Vogelspinne war. Farris sah aufgeregt aus und verhielt sich auch so, und doch verrieten ihm die Dinge, die sie sagte, daß der Verstand hinter ihren dunkelbraunen Augen lebendig war und hervorragend funktionierte. Glaubte sie wirklich, daß ihr Mann Hilfe angeworben hatte, um sie umzubringen? Das ergab keinen Sinn.

»Bekommen Psychologinnen bei Fuchi eigene Sicherheitsteams zugewiesen?«

»Ich nehme an, ich bin ein besonderer Fall. Gewisse Leute haben angedeutet, gegen Fuchi im allgemeinen und Sicherheitspersonal im besonderen seien Drohungen ausgestoßen worden. Diese Erklärung habe ich akzeptiert. Später, als ich mein Leben neu ordnete, fragte ich mich, ob die Drohung vielleicht etwas mit Ansell zu tun gehabt haben könnte. Vielleicht war er ja aufgeflogen. Vielleicht benutzte Kuze Nihon Drohungen gegen mich, um Ansell dazu zu bringen, für sie zu arbeiten.«

»Warum sollten ihn diese Drohungen beeindruckt haben?«

»Sie müßten Ansell kennen, um das zu verstehen.«

»Versuchen Sie, es mir zu erklären.«

Sie schien vorübergehend verwirrt zu sein. Ob sie sein Ansinnen verwirrte oder die Tatsache, daß er es überhaupt stellte, wußte Rico nicht. Sie sagte: »Ansell kann sich nicht mit Zwängen abfinden. Hier ist er nicht in seinem Element, so daß Sie ihn wahrscheinlich als recht umgänglich kennengelernt haben. In der Konzernumgebung, wo er zu Hause ist, ist er sehr freigeistig und sich seines eigenen Wirkungsbereiches sehr stark bewußt. Er glaubt, daß es ihm gestattet sein muß, seine Arbeit letzten Endes völlig ohne Bevormundung und Einschränkung zu verrichten. Er betrachtet selbst die kleinste Intervention von seiten des Managements als Usurpation seiner Rechte als Wissenschaftler. Diese egozentrische Perspektive dominiert auch sein persönliches Leben. Eine Drohung gegen seine Frau wäre nicht weniger als eine Drohung gegen ihn als Mann. Dabei wäre es völlig unerheblich, ob ihm seine Frau noch etwas bedeutet. Wichtig wäre nur seine Macht, die Geschehnisse zu kontrollieren.«

»Wenn jemand Sie auf Eis legt, dann er.«

»Das wäre seine Ansicht. Stark vereinfacht.«

»Wenn er Ihnen zuerst nur eins auswischen wollte, warum will er Sie dann jetzt töten?«

»Wahrscheinlich hat Maas Intertech herausgefunden, daß er ein Infiltrator ist, und ihn als solchen benutzt, also seine Zugangsmöglichkeiten eingeschränkt und ihn mit falschen Daten gefüttert, die er dann an Fuchi weitergeben konnte. Selbstverständlich würden sie in diesem Fall seine Forschungsfreiheit beschnitten haben, und das würde ihn verärgern. Wahrscheinlich würde er mir die Schuld daran geben, denn wenn ich mich nicht so verhalten hätte, daß er mir eins auswischen wollte, wäre er nie in eine derartige Situation geraten. Also ist alles meine Schuld.«

»Und er will sich dafür an Ihnen rächen.«

»Ist das nicht offensichtlich?«

»Das hört sich so an, als sei er ein Psychopath.«

»Dann habe ich mich nicht klar ausgedrückt.« Farris hielt inne und wischte sich wieder über die Augen. »Vielleicht sollte ich erklären, daß das Verlangen nach persönlicher Macht ein bestimmender Faktor bei vielen Männern ist, so wie das Verlangen, kooperative Beziehungen einzugehen, ein Faktor für die Entwicklung und Persönlichkeit vieler Frauen ist. Einen rationaleren Mann als Ansell werden Sie kaum finden. Er funktioniert ausgezeichnet im Konzernmilieu. Seine persönliche Macht ist ihm sehr wichtig, aber er ist nicht unflexibel, und seine Persönlichkeit weist keine zwanghaften Züge auf, jedenfalls nicht im klinischen Sinn. Manchmal übertreibt er absichtlich sein Bedürfnis nach Kontrolle, und zwar als eine Art List, der er sich bedient, um den Grad von Kontrolle zu erreichen, der ihm vorschwebt, wobei er sich ständig der Tatsache bewußt ist, daß einige seiner Forderungen zwangsläufig abgelehnt werden müssen.«

»Rationale Männer legen ihre Frauen nicht um.«

»Wenn Sie das wirklich glauben, sind Sie falsch informiert.«

»Tatsächlich?«

»Rationale Leute tun manchmal irrationale Dinge. Ich zum Beispiel offenbare mich Ihnen in aller Ausführlichkeit, obwohl ich Ihnen wahrscheinlich so wenig wie möglich sagen sollte.«

»Sie sind bedroht worden.«

»Ja, ich weiß.« Sie strich sich ein paar Haarsträhnen aus dem Gesicht nach hinten. Ihre Finger zitterten so unmerklich, daß Rico es fast übersehen hätte. »Furcht mag eine rationale Reaktion auf Gefahr sein, aber sie bewirkt nicht notwendigerweise rationales Verhalten.« Sie hielt wiederum inne und schluckte. »Ich will vollständig kooperieren, weil ich Sie lieber als Verbündeten hätte als jemand, den ich fürchten muß. Ich versuche klassische Verhaltensweisen wie diese zu vermeiden, muß aber feststellen, daß ich es nicht kann. Im Augenblick ist es praktisch ein Zwang.«

›Im Augenblick‹ beschäftigte Rico weit weniger als das, was noch vor ihm liegen mochte.

Marena Farris würde Schwierigkeiten machen.

Drek, sie machte bereits welche.

»Hat sie gelogen?« fragte Rico leise, als sie das Zimmer verlassen hatten und sich im Flur des ersten Stocks befanden.

Bandit nickte und sagte: »Ja. Sie hat gelogen.«

»Die ganze Zeit?«

»Nein.«

Rico wollte mehr wissen, nämlich wann Marena Farris gelogen und wann sie die Wahrheit gesagt hatte. Bandit wußte nicht, was er darauf antworten sollte. Erkennungszauber, insbesondere jene, die mit der Aufdeckung von Wahrheit und Lüge zu tun hatten, waren nicht wie Zauber für Feuerbälle und Blitze, die entweder so funktionierten, wie es dem Anwender vorschwebte, oder nicht. Zauber für das Aufspüren der Wahrheit erbrachten meist gemischte Ergebnisse, was vielleicht damit zusammenhing, daß die meisten Leute eine Mischung aus Wahrem und Falschem erzählten.

Außerdem erhob sich die Frage, ob diese Zauber die objektive Wahrheit erkannten oder lediglich die Wahrheit, wie das Ziel des Zaubers sie kannte. Hatte Marena Farris in gewisser Hinsicht gelogen oder einfach nur Lügen weitergegeben, die sie fälschlich als Wahrheiten akzeptiert hatte?

»Was war denn gelogen?« fragte Rico.

Bandit erwiderte: »Da müßte ich raten.« Er war kein Multiphasen-Lügendetektor und mochte es nicht, wenn er als solcher benutzt wurde.

Rico verzog das Gesicht, offenbar unzufrieden.

»Ihre Frau sagt, Sie hätten sich freiwillig für das Programm gemeldet.«

Surikov runzelte die Stirn. Er machte einen unglücklichen, sogar wütenden Eindruck. »Freiwillig gemeldet? Ich habe nichts dergleichen getan. Mir wurde *befohlen*, an dem Programm teilzunehmen! Ich hatte überhaupt keine Wahl.«

»Man muß Sie irgendwie in der Hand gehabt haben.«

»Mich in der Hand gehabt haben? Natürlich hatte man mich *in der Hand*! Hätte ich mich geweigert, wäre ich irgendwo in der Antarktis gelandet und hätte mich mit der Auswertung computergesteuerter Versuche mit Plankton beschäftigen können.«

Surikov sah aus und hörte sich an, als würde er dies als echte Tragödie betrachtet haben, und Rico glaubte es ihm. Er hatte diese Sprüche schon öfter gehört. Leute wie Surikov wuchsen innerhalb der Konzern-Infrastruktur auf. Sie wußten es einfach nicht besser. Wenn der Meister-Pinkel Befehle gab, gehorchten alle. Man tat, was die Bosse einem sagten, oder man mußte die Konsequenzen tragen. Auch ein Kerl mit ernstlichen

Ego-Problemen würde keine negativen Vermerke in seiner Akte wollen, weil das schlecht für seine Karriere war. Und Konzernangestellte schienen keinen großen Unterschied zwischen den Begriffen ›Leben‹ und ›Karriere‹ zu sehen.

Wenn das eine den Bach runterging, folgte das andere automatisch.

»Sie sagten, man hätte Sie von Fuchi Multitronics entführt.«

»Was macht das für einen Unterschied? Ich hatte keine Wahl. Ob ich entführt oder gestoßen wurde, ich hatte keine Wahl. Man hat mich benutzt. Die Ethik, die dahintersteht, ist identisch.«

Aber es machte einen Unterschied. Fuchi mochte auf jeden Fall versuchen, Surikov zu retten, aber dies war nicht ›jeder Fall‹. In diesem speziellen Fall, der der einzige ›Fall‹ war, der wirklich zählte, hatte L. Kahn behauptet, der Klient wolle das Opfer einer Entführung retten, und wenn das eine Lüge war – was sowohl Surikov als auch seine Frau behaupteten –, dann hatte Rico jedes Recht, den Deal mit L. Kahn abzublasen.

Plötzlich schien seine weitere Vorgehensweise überraschend klar zu sein.

Wenn er das alles lebend überstand, würde er ein Exempel statuieren müssen, ein Exempel hinsichtlich Schiebern, die logen. Ein Exempel, das L. Kan nicht gefallen würde. Ein Exempel, das sich herumsprechen würde.

»Sie haben zwei Möglichkeiten«, sagte Rico. »Sie gehen mit Ihrem Mann oder Sie warten, bis ich bereit bin, Sie freizulassen.«

Marena Farris beobachtete ihn vom Bett des Schlafzimmers im ersten Stock mit Augen, die sehr groß und sehr rund waren, und einer Miene, die ebenso erwartungsvoll wie ängstlich zu sein schien. »Heißt das … Sie *werden* mich freilassen?«

»Erst, wenn ich dazu bereit bin.«

»Aber irgendwann lassen Sie mich frei?«

»Wenn der richtige Zeitpunkt gekommen ist.«

Farris sackte ein wenig in sich zusammen, schlug die Hände vor das Gesicht und schloß die Augen. »Es ist so schwer zu glauben, daß Sie mich nicht einfach umbringen«, sagte sie mit einem gewissen Unterton. »Aber genau das haben Sie doch gesagt, oder? Daß Sie mich nicht umbringen werden?«

Rico biß die Zähne zusammen. »Für Mord bin ich nicht zu haben.«

Farris keuchte. Das tat sie ein paarmal, den Kopf gebeugt, die Hände immer noch vor dem Gesicht. Vielleicht weinte sie. Schließlich hob sie den Kopf und wischte sich über die Augen. »Wohin geht Ansell?«

»Das ist noch nicht entschieden.«

»Sie bringen ihn nicht zu Fuchi zurück, nicht wahr?«

Rico fragte sich, ob er es ihr sagen sollte. Sein erster Impuls war der, ihr gar nichts zu sagen. Sie brauchte es nicht zu wissen. Aber es machte ihn auch neugierig. Sie hatte eben versucht, den Burschen umzubringen, und jetzt wollte sie wissen, was mit seinem Leben geschah?

Bevor er zu einer Entscheidung gelangte, was er ihr erzählen sollte, sagte Farris: »Sie sollten ihn zu Fuchi zurückbringen.«

»Warum?«

»Das ist die beste Umgebung für einen Mann wie Ansell. Wirklich. Ich sage das nicht nur deshalb, weil ich zufällig dort arbeite. Fuchis Forschungsanlagen sind die besten, und das Forschungsprogramm ist auf Wissenschaftler von Ansells Fähigkeiten zugeschnitten. Ich glaube nicht, daß er woanders glücklich wäre.«

»Das ist sein Problem«, sagte Rico. »Seine Entscheidung. Ihre Entscheidungsmöglichkeiten habe ich Ihnen bereits aufgezeigt. Welche Wahl haben Sie getroffen?«

»Wenn Sie Ansell nicht zu Fuchi bringen, wäre es mir

lieber, wenn Sie mich dann später freilassen. An irgendeinem sicheren Ort. In der Nähe eines Telekoms.«

Schön.

»Sie geht nicht mit Ihnen.«

»Nicht? Warum nicht?«

»Weil sie sich so entschieden hat.«

Surikov runzelte die Stirn, dann sah er Rico erwartungsvoll an. »Sie haben das Kommando«, sagte er ruhig. »Sie könnten sie zwingen.«

Rico biß die Zähne zusammen. »Ich glaube nicht.«

»Ich könnte Sie für Ihre Bemühungen angemessen entschädigen.«

»Vergessen Sie, auch nur daran gedacht zu haben.«

»Was ist mit Marena Farris?«

Rico sah auf, als Piper den nächsten Soyburger aus der Mikrowelle holte und auf den winzigen Küchentisch stellte. Man hätte meinen sollen, daß in einem Unterschlupf für Orks die Küche der größte Teil des Hauses sein würde. Fehlanzeige. Rico schluckte seinen Bissen Burger herunter und sagte: »Wir werden Farris noch eine Zeitlang dabehalten.«

»Wie kommt's, Boß?« fragte Shank.

Rico sah zu, wie der Ork einen Burger mit einem Bissen verschlang. »Weil wir sie jetzt noch nicht freilassen können.«

»Und wenn Fuchi kommt, haben wir eine Geisel.«

Rico gefiel das Wort nicht, gefiel es nicht, es aus Pipers Mund zu hören. Eine Geisel zu nehmen, hatte nie zu seinem Plan gehört. Er wollte Farris freilassen, sofort. Und das hätte er auch getan, wenn nicht …

»Konzerntypen benutzen jeden«, sagte Piper, indem sie weiteres Essen auf den Tisch stellte. »Da ist es nur gerecht, wenn wir sie auch benutzen. Sie sollen ruhig mal die Schrecken und die Gewalt kennenlernen, mit denen normale Leute jeden Tag leben müssen. Sie sollen ruhig wissen, wie das ist, in ständiger Angst vor dem Tod zu leben. Wie es ist, als wertlos betrachtet zu werden.«

»Niemand wird Hand an sie legen.«

»Aber bei Fuchi wissen sie das nicht. Das ist das Entscheidende, *Jefe*.«

Das wirklich Entscheidende war viel subtiler. Rico fühlte sich sicher hinsichtlich dessen, was als nächstes kommen mußte, aber er hatte Zweifel, ernsthafte Zweifel hinsichtlich Surikov und Farris – insbesondere hinsichtlich Farris.

Niemand sagte hundertprozentig die Wahrheit – unmöglich. Alle logen bis zu einem gewissen Grad. Die Frage war: Kannte er genug von der Wahrheit, um weiterzumachen? Rico hatte das Gefühl, daß ihm ein wesentliches Teil des Puzzles fehlte, irgendeine grundlegende Wahrheit, die alles kristallklar machen würde, könnte er sie nur erkennen. Vielleicht war das auch nur Paranoia. Ihm blieb keine andere Wahl, als fortzufahren, für Surikov mit Prometheus einen Handel abzuschließen. Es hieß, entweder das oder auf dem Hintern sitzen, und doch fragte er sich unwillkürlich, ob irgend etwas, das Surikov oder Farris vielleicht zurückhielten, alles, die ganze Situation, in einem ganz neuen Licht erscheinen lassen würde.

Farris freilassen? Klar würde er sie freilassen, sobald er wußte, daß nichts, was sie wußte, ihm, dem Team und dem Deal für Surikov schaden konnte. Das würde sie Zeit kosten und Unannehmlichkeiten und vielleicht auch noch mehr, aber das war sie Surikov schuldig, soviel zuallermindest. In einer anderen Situation hätte man sie wegen versuchten Mordes vor Gericht gestellt. Hier kam sie glimpflich davon, egal was geschah.

»Dieser Run verwandelt sich langsam in einen verdammten Alptraum«, knurrte Thorvin. »Ich traue keinem von den verdammten Pinkeln, weder Surikov noch Farris.«

»Halt die Klappe und iß«, bemerkte Shank.
»Geh zum Teufel, du verdammter Trog.«
»Du kleiner Wicht.«
»Wenn jemand aussteigen will«, sagte Rico, »soll er es jetzt sagen. Bevor das hier zu Ende ist, werden wir noch bis zum Hals im Drek sitzen.«
»Tun wir das nicht längst?« sagte Shank.
»Niemand will aussteigen«, sagte Piper. »Wir bleiben bei dir, *Jefe*. Das weißt du.«
»Ja«, sagte Shank kopfnickend. »Klar.«
Rico sah Thorvin an. Der Rigger zögerte, da er gerade von seinem Soyburger abbeißen wollte, dann sah er Rico aus dem Augenwinkel an. »Eine Möglichkeit verpassen, in irgendeinen Konzernarsch zu treten?« murmelte er. »Du mußt doch wohl träumen, du dämlicher ...«
Rico nickte.
Damit war das geklärt.

23

Das braune Sandsteinhaus auf der Treadwell sah wie ein bewaffnetes Feldlager aus. Sechs Messerklauen standen entweder auf oder in der Nähe der Treppe, die zum Vordereingang führte. Drei von ihnen trugen ganz offen Maschinenpistolen. Drei weitere standen im Eingang, zwei davon mit Sturmgewehren bewaffnet, der dritte mit einem leichten Maschinengewehr.

Anscheinend wurde es überall ernst.

Wie immer erwartete Mr. Victor Rico im Zentrum des Hauses, im Garten. Er lud Rico ein, sich zu setzen. Der Hausboy brachte Kaffee.

»Ich habe noch viel mehr Anfragen hinsichtlich der Dienste Ihres Teams bekommen«, sagte Mr. Victor. »Ich habe durchblicken lassen, daß Sie in naher Zukunft zur Verfügung stehen könnten, und zwar zu mehr als dem Doppelten Ihres üblichen Preises. Darauf hat man allgemein mit unverhohlener Begeisterung reagiert. Lassen Sie mich wissen, wenn Sie bereit für mehr Arbeit sind. Noch am gleichen Tag habe ich einen Job für Sie.«

»*Gracias*«, sagte Rico. »Das ist gut zu wissen.«

»Sie scheinen nicht sehr erfreut zu sein, mein Freund.«

»Ich habe Probleme.«

»Wie wir alle«, erwiderte Mr. Victor. »Wir leben in schwierigen Zeiten. Wie kann ich Ihnen helfen?«

Rico sagte: »Der Job für L. Kahn ist praktisch eine Entführung. Surikov und seine Frau haben mir beide erzählt, er sei als Infiltrator zu Maas Intertech gegangen. Als Spion. L. Kahn hat den Fall ganz anders dargestellt. Er sagte, Maas Intertech habe Surikov entführt. Also hat entweder er gelogen oder sein Klient. So oder so ist der Deal damit null und nichtig.«

Mr. Victors Miene wurde ernst. »Das wird Auswirkungen haben«, sagte er. »Ich bedauere, daß ich unter den gegebenen Umständen nicht in der Lage bin, zu Ihren Gunsten zu intervenieren.«

»Sie haben den Job schließlich nicht übernommen«, erwiderte Rico. »Es ist nicht Ihr Problem. Ich will nur, daß Sie verstehen, warum ich tue, was ich tue.«

»Selbstverständlich«, sagte Mr. Victor. »Ich verstehe vollkommen. Sie kennen den Weg der Ehre, mein Freund. Der Mann von Ehre übernimmt die Verantwortung für seine Taten. Er stellt sich den Konsequenzen für das, was er tun muß. Aber es muß doch irgendeine Möglichkeit geben, wie ich Ihnen helfen kann. Seien Sie ganz offen.«

»Sie könnten mit Prometheus Engineering reden.«

»In welcher Hinsicht?«

»Surikov will dorthin. Ihm gefällt ihr Stil dort, irgendein Drek in der Art. Surikov ist angeblich eine Kanone. Ein Wissenschaftler der allerersten Kategorie. Ich dachte, wir könnten einen Finderlohn bekommen.«

»Nennen Sie es lieber eine Liefergebühr.«

»*Si.* Was auch immer.«

Mr. Victor schien kurz nachzudenken, dann sagte er: »Vielleicht kann ich Ihnen diesen Dienst erweisen. Ich will mal sehen, was sich machen läßt. Entschuldigen Sie mich bitte für eine Weile.«

»Si. Gracias.«

»De nada.«

Rico erhob sich und wanderte im Garten auf und ab. Er achtete sehr sorgfältig darauf, hauptsächlich zu Boden zu sehen oder zu den Ästen und Vögeln, überallhin, nur nicht zum Tisch in der Mitte des Gartens. Mr. Victor wollte seine Geschäfte ungestört erledigen. Rico hatte keine Probleme damit. Nicht die geringsten.

Etwa zwanzig Minuten vergingen, bevor ein Dienstbote kam, um Rico zum Tisch zurückzuführen. Mr. Victor lud ihn mit einer knappen Geste ein, Platz zu nehmen. »Wie es der Zufall will«, sagte Mr. Victor, »habe ich einen Kontakt in einer Position, die es ermöglicht, mit Prometheus zu verhandeln. Man hat dort Interesse an ihrem Mann. Sein Ruf ist dort bekannt. Sie sind außerdem an seiner Frau interessiert.«

»Sie will nicht zu Prometheus.«

»Ich verstehe. Ich habe lediglich die Möglichkeit offengehalten, daß seine Frau in den Deal miteinbezogen wird. Aber das ist nicht von Bedeutung. Ihr Honorar wird etwa dem entsprechen, was Sie bekommen hätten, wenn Sie den Job für L. Kahn erledigt hätten.«

»Sie wissen das? Worauf wir uns geeinigt haben?«

»Mein Freund, es ist mein Geschäft, solche Dinge zu wissen.«

Rico nickte. Hätte er sich die Zeit genommen, einen Augenblick nachzudenken, hätte er sich die Frage sparen können. Mr. Victor hatte Kontakte, haufenweise Kontakte und praktisch überall, so schien es manchmal.

Hätte irgend jemand so mit ihm gesprochen und auf privilegierte Informationen dieser Art angespielt, hätte Rico möglicherweise seine Kanone gezogen und eine Konfrontation erzwungen, von der es kein Zurück gegeben hätte. Doch Mr. Victor konnte er trauen. Mr. Victor wußte, was Ehre war, wann man reden konnte und wann man den Mund zu halten hatte.

»Ist dieses Honorar akzeptabel für Sie?« fragte Mr. Victor.

Rico nickte. »Absolut.«

Das tragbare Telekom auf dem Tisch klingelte. Mr. Victor nahm den Hörer ab und sagte zu Rico: »*Un momento, por favor.*«

Rico machte Anstalten aufzustehen, doch Mr. Victor bedeutete ihm, sitzen zu bleiben. Der Anruf dauerte vielleicht eine halbe Minute, dann unterbrach Mr. Victor die Verbindung und sagte: »Es ist alles arrangiert. Die Übergabe findet heute abend statt. Ihr Mann muß vorher eine DNS-Probe und einen Retina-Abdruck liefern. Die Zahlung erfolgt in beglaubigten Kredstäben. Ich nehme an, das ist ebenfalls akzeptabel?«

Mr. Victor fragte nur aus Höflichkeit. Es wäre nicht nötig gewesen. Rico nickte. »*Muchas gracias.*«

»*De nada*. Mein Freund, sobald dieser Job erledigt ist, werden Sie mich aufsuchen, und dann habe ich einen richtigen Job für Sie. *Mucho dinero*. Sie gehören jetzt zur Spitzenklasse. Echte Nuyen. Meinen Glückwunsch.«

»Da ist noch eine Sache, die ich brauche.«

»Und worum handelt es sich?«

»Um eine Unterredung mit L. Kahn. Per Telekom.«

»Das läßt sich leicht arrangieren«, erwiderte Mr. Victor. »Gestatten Sie mir die Frage, welche Angelegenheit Sie mit ihm diskutieren wollen.«

Rico sagte es ihm.

Als Ravage fertig war, hatte Willy Hogan mehrere gebrochene Rippen, zwei gebrochene Arme und ein gebrochenes Bein, und sein Gesicht war praktisch unkenntlich, völlig zerschlagen und blutüberströmt. Hogans Frau und Kind kreischten an der Tür zum Schlafzimmer. Die anderen Bewohner dieses Apartments in Sektor 11, eine Mischung aus Orks und Norms, warteten reglos und schweigend.

Das war Hogans Lohn dafür, daß er Nuyen genommen und keine Informationen dafür geliefert hatte.

L. Kahn beobachtete die Vorgänge, ohne richtig hinzusehen. Er hatte andere Dinge im Kopf. Hogan, ein ehemaliger Bundes-Cop, ein angeblich talentierter Mann, war nur eine von vielen Maßnahmen, die L. Kahn getroffen hatte, um das Team im Auge zu behalten, das angeworben worden war, um Ansell Surikov von Maas Intertech zu extrahieren. Der Klient hatte mehrfache Rückendeckung gefordert, und L. Kahn hatte geliefert, doch jede dieser Rückendeckungen hatte bereits auf die eine oder andere Weise versagt.

Der Auftrag, den die Rückendeckungen erhalten

hatten, war simpel: Sie sollten die Runner im Auge behalten, die Surikov hatten, und sich bereithalten, um eingreifen zu können, falls irgend etwas schiefging. Wie schwer konnte das sein? L. Kahn hatte wenig Geduld mit Inkompetenten und selbsternannten Experten wie Willy Hogan. Noch weniger, wenn er Druck von oben bekam. Er hatte Ambitionen. Er würde sich nicht von den unzähligen Betrügern und Ganoven hereinlegen lassen, die sich im Newarker Plex herumtrieben.

Ravage beendete ihr Werk und ließ Hogan halbtot in seinem eigenen Blut liegen. L. Kahn wandte sich ab und ging zu seinem schwarzen Toyota Elite zurück. Ravage stieg hinter ihm ein. Sobald sie im Wagen saß, schaltete sie das Interkom ein und sagte zum Chauffeur: »Abfahren.«

Über den Garden State Parkway fuhren sie in den Tunnel des Westfield Transitway. L. Kahn betrachtete den Jungen auf dem Sitz neben sich. Sein Name lautete Jared. Er trug einen bläulichen Bodysuit aus Kunstleder. Er war grausam und verschlagen, aber durchaus gefügig. Und äußerst attraktiv.

Unglücklicherweise klingelte ausgerechnet in diesem Augenblick das Telekom.

L. Kahn richtete den Blick auf die Mittelkonsole der Limousine. Auf dem Telekomschirm öffnete sich ein Fenster, um anzuzeigen, daß ein Anruf hereinkam. Ein zweites Fenster zeigte die Nummer des Anrufers und seinen Standort an – Sektor 9 an der Grenze zum Passaic-Metroplex und in unmittelbarer Nähe der Grenze zum Sektor 20. Die sogenannte ›Executive Action Brigade‹ hatte die Runner schließlich im Sektor 20 aufgespürt.

L. Kahn drückte eine Taste, um den Anruf entgegenzunehmen. Als er das dunkelhäutige Latino-Gesicht auf dem Schirm sah, mußte er sich zwingen, ruhig zu bleiben.

›Mr. Rico‹ ließ er sich gerne nennen.

»Sie haben gelogen«, sagte Rico.

L. Kahn empfand einen Anflug von Ärger und Verwirrung, unterdrückte ihn jedoch. Halbwahrheiten und Lügen waren ein integraler Bestandteil des Geschäfts. Das sollte sogar ein stinkender Amateur wissen. Was zählte, war das Geld, das Geld und die Macht. Was diese Messerklaue dazu trieb, alles in anmaßende Moralbegriffe zu kleiden, begriff L. Kahn nicht. »Sie werden heute abend liefern«, sagte L. Kahn schlicht. »Um Punkt dreiundzwanzig Uhr. Sektor 17.«

»Falsch.«

»Sie weigern sich zu liefern?«

»Wie ich Ihnen gleich zu Anfang gesagt habe, übernehme ich keine Entführungen. Ich bin kein Hund, den Sie einfach herumkommandieren können, Amigo. Wir wissen, wer Ihr Klient ist, und unser Mann ist nicht interessiert. Ihr Geld ist auf dem Weg zu Ihnen zurück. Der Deal ist ungültig.«

»Händigen Sie mir den Mann aus, dann vergesse ich, daß Sie das gesagt haben.«

»Heute nicht, Amigo.«

»Dann ist Ihr Leben verwirkt.«

»Das ist es seit unserer Geburt.«

Das Bild auf dem Schirm erstarrte und blieb so, während das Unterbrochen-Icon erschien. L. Kahn bewahrte noch ein paar Sekunden die Fassung, dann fluchte er. Das Gesicht, das ihn vom Schirm anstarrte, war mehr, als er verkraften konnte. Er hätte wissen müssen, daß dieser anmaßende Wichser Rico Ärger machen würde. Ein Shadowrunner mit Moral.

War das zu glauben?

L. Kahn lehnte sich vor Wut fauchend zurück, dann trat er den Telekomschirm mit dem Absatz ein.

Der Befehl kam um 19:40 Uhr.

Zehn Minuten später stand Skip Nolan in der schäbigen, abfallübersäten Gasse hinter der Straße mit dem Ghetto-Reihenhaus in Sektor 20, North Caldwell. Wie die vier Männer und zwei Frauen von Team A trug er eine gepanzerte Kommandotruppen-Uniform der Executive Action Brigade.

Der Anführer von Team B signalisierte seine Bereitschaft. Team B würde die Vorderseite und die oberen Stockwerke des schmalen Reihenhauses übernehmen, in dem sich die Runner vergraben hatten. Team A war für die Hinterseite, das Erdgeschoß und den Keller verantwortlich. Irgendwo oben am Nachthimmel hatte Bobbie Jo den ganzen Block unter Beobachtung. Seit Stunden hatte niemand das Haus verlassen oder betreten. Am Boden stationierte Überwachungsteams hatten das An- und Ausgehen von Lampen und Bewegungen und Silhouetten von Gestalten hinter den Vorhängen beobachtet. Im Haus war es sehr warm, was eine Infrarot-Analyse erschwerte, doch niemand hegte irgendwelche Befürchtungen, die Runner könnten erneut entwischt sein. Ein auf dem Dach des Hauses abgesetzter Vibrationsdetektor hatte die Bewegungen von Leuten registriert, und ein Lasermikrofon hatte hinter einem der Fenster ein paar Gesprächsfetzen aufgeschnappt. Und obendrein parkte der Lieferwagen der Runner direkt hinter dem Haus.

Die Runner waren da, keine Frage. Und jetzt hatten sie den Befehl bekommen, sie auszuschalten.

Skip hatte keine Ahnung, warum die Rolle der Brigade plötzlich von Überwachung auf Ausschaltung gewechselt hatte, aber er hatte nicht vor, sich deswegen Gedanken zu machen. Das war nicht sein Job. Runner im Newarker Metroplex auszuschalten, unterschied sich nicht so sehr davon, Schmuggler an der CAS-Pueblo-Grenze umzulegen oder einen Coup in Guatemala zu unterstützen. Die Welt war voller einander widersprechender Interessen. Wenn verschiedene Kräfte aufeinanderprallten, starb eine Seite und überlebte die andere, und ab und zu bekamen die richtigen Leute, was sie verdienten.

Er schaltete das Mikrofon des Kopfsets ein, das er unter seinem Helm trug. »Team A, Team B ... es geht los.«

Zwei Männer schwangen einen tragbaren Rammbock und schlugen damit die Hintertür des Reihenhauses aus dem Rahmen. Als die Tür fiel, warf ein dritter eine Rauch- und Betäubungsgranate, die mit lautem Knall explodierte. Gruppe Eins rückte mit schußbereiten Waffen in die Küche vor, gab eine kurze O.K.-Meldung und stürmte weiter. Auf der Vorderseite explodierte eine weitere Granate. Skip folgte Gruppe Eins durch den wirbelnden Rauch bis zur Kellertreppe und beorderte Gruppe Zwei durch den Flur und zur Vorderseite des Hauses.

Im ersten Stock explodierte noch eine Granate. Gruppe Eins meldete den Keller als gesichert. Skip eilte zur Vorderseite des Hauses, doch er spürte bereits die Unsicherheit nagen. Ein Zimmer nach dem anderen wurde als gesichert gemeldet. Und immer noch war kein Schußlärm zu hören, bekam er keine Widerstandsmeldungen, gab es keine Spur von den Runnern. In wenigen Augenblicken würde der Anführer von Team B den ersten Stock ›klar‹ melden, und dann würde Skip wissen, daß es wiederum zum Schlimmsten gekommen war. Das Haus war leer. Die einzigen, die hier anwesend waren, gehörten zur EAB.

Wie, zum Teufel, waren diese Wichser entkommen?

»Ihr Weiber bleibt im Wagen.«

Keine der Frauen beschwerte sich, und das war auch gut so. Der Anruf, der die Veränderung im Status der Runner verkündet hatte, war zu einem ungünstigen Zeitpunkt eingegangen, was Maurice' Studien betraf. Das letzte, was er im Augenblick wollte, war, seine Zeit damit zu vergeuden, einer Gruppe widerspenstiger

Runner hinterherzuhetzen, aber unglücklicherweise hatte er keine andere Wahl.

Er raffte seinen Umhang zusammen, nahm seinen Gehstock und stieg aus der Mercedes Limousine aus. Die Nacht war kühl und ruhig, doch von einer Spannung erfüllt, die auf zukünftige Ereignisse hindeutete. Claude Jaeger trat neben ihn. Maurice sah das schwache Schimmern vor sich in der Luft und wechselte auf seine Astralsinne.

Vera Causa stand ihm gegenüber. Sie lächelte, zeigte auf das Haus direkt hinter ihr und sagte rein gedanklich: *Von diesem Haus hat man einen guten Überblick, Meister.*

Maurice wandte sich an Jaeger. »Räumen Sie das Haus.«

»Ist das ein Befehl?« erwiderte Jaeger.

»Betrachten Sie es als Empfehlung.«

Jaeger nickte und ging zur Vordertür des Reihenhauses. Die Frau, die an die Tür ging, fiel ohne einen Laut, dann fuhr Jaeger fort, die restlichen Bewohner außer Gefecht zu setzen. Maurice ging direkt in die Küche. Durch die Transparexscheiben der Hintertür konnte er die dunkle, abfallübersäte Gasse hinter dem Haus und die weltlichen Kräfte erkennen, die sich jetzt sammelten.

Vera Causa zeigte auf das Reihenhaus direkt gegenüber. Das war das Versteck der Runner. Ihr Lieferwagen stand dort. Das Haus und den Wagen zu finden, war nicht schwer gewesen. Ein Geist wie Vera Causa bewegte sich mit der Geschwindigkeit des Astralen. Sie konnte einen Düsenjäger um die halbe Welt verfolgen. Die Truppen der Executive Action Brigade hatten seine Verbündete buchstäblich hergeführt.

Die Einöde von Sektor 13 war eine sicherere Zuflucht für die Runner gewesen, als sie wahrscheinlich wußten. Vera Causa hatte sich trotz Maurice' Befehl, ihnen nach ihrem Treffen mit L. Kahn am Newark International Airport zu folgen, geweigert, den Sektor zu betreten.

Maurice selbst hatte feststellen müssen, daß ein Betreten des verseuchten Gebiets auf anderen als ganz gewöhnlichen weltlichen Wegen ihn zu sehr aus der Fassung brachte. Daher war es notwendig geworden, sich jede direkte Aktion zu versagen. Die weitere Beobachtung der Brigade hatte sie hierher in Sektor 20 und die Gegend North Caldwell geführt.

Maurice beobachtete mit Interesse, wie sich die gepanzerten Gestalten mit dem Abzeichen der Brigade hinter dem Haus sammelten und auf ein gewaltsames Eindringen vorbereiteten.

Die Runner hatten einen Schamanen namens ›Bandit‹. Trotz Maurice' größter Anstrengungen war es ihm nicht gelungen, viel über diesen Schamanen in Erfahrung zu bringen. Viele Leute im Plex schienen seinen Namen zu kennen, doch nur wenige wußten irgend etwas, das über eine bloße körperliche Beschreibung und oberflächliche Gerüchte hinausging. Ein astraler Blick auf Bandits Aura und die Fokusse, die er trug, wie Maurice ihn auf dem Flughafen geworfen hatte, mochte einen zu der Schlußfolgerung verleiten, daß Bandit kaum über Befähigung in der Kunst und über noch weniger wirkliche Macht verfügte.

Das war offensichtlich ein unzutreffender Eindruck, wie Maurice jetzt erkannte. Das von den Runnern besetzte Reihenhaus war von einer starken Schutzvorrichtung umgeben, einem Gitterwerk aus blaugrüner Energie, die in strahlendem Gegentakt zu den Rhythmen der natürlichen Energien pulsierte, welche in diesem Teil des Plex die Nacht erfüllten. Jeder Zauberkundige konnte eine Schutzvorrichtung wirken, aber nur jemand mit beträchtlichen Fähigkeiten konnte eine wirken, die so stark wie diejenige war, welche jetzt vor seinen Augen leuchtete.

Das ließ darauf schließen, daß der Schamane seine Aura maskierte, und um das zu tun, mußte er ein mächtiger Schamane sein, tatsächlich sogar ein Initiat.

Das veränderte die Situation beträchtlich. Es machte Bandit zu einem potentiell gefährlichen Gegner und gemahnte Maurice zur Vorsicht. Die Schutzvorrichtung ließ sich mit Sicherheit überwinden, aber das würde Maurice Energie kosten, und er war nicht darauf vorbereitet, einen Konflikt mit weniger als dem vollen Betrag seiner Vitalität zu beginnen. Diese unerwartet mächtige Schutzvorrichtung ließ es ratsamer erscheinen, sich zunächst auf Abwarten und Beobachten zu beschränken.

Die Männer der Brigade stürmten jetzt das Haus, indem sie die Hintertür des Reihenhauses einschlugen und ganz allgemein wie Soldaten vorgingen. Die Schutzvorrichtung konnte ihr Eindringen natürlich nicht verhindern, da sie nur gegen Zauber und astrale Überwachung schützte. Darüber hinaus schien sie nicht mit magischen Fallen gekoppelt zu sein.

Sie machen einen verwirrten Eindruck, Meister, bemerkte Vera Causa.

Sie?

Die Soldaten.

Für einen erst vor so kurzer Zeit beschworenen Geist war dies eine äußert scharfsinnige Beobachtung, fand Maurice. Vera Causas rapide Fortschritte gaben ihm immer wieder Grund zur Verwunderung.

Der Angriff auf das Versteck der Runner war sehr bald abgeschlossen. Die Runner waren nicht gefunden worden. Maurice wechselte auf die Astralebene und schwebte in die Gasse, um die Leute der Brigade dort zu beobachten und zu belauschen. Sie machten einen ratlosen Eindruck.

Die Runner waren, wie es schien, nicht mehr gesehen worden, nachdem sie ihr Versteck betreten hatten. Sie waren hineingegangen und dort geblieben. Sie waren weder mit ihrem Lieferwagen noch mit einem anderen Fahrzeug verschwunden. Sie waren nicht auf das Dach geklettert und dann über die Dächer geflohen. Wie waren sie dann entkommen? Maurice umkreiste das Versteck und ging durch die Mauern des angrenzenden Reihenhauses und auf die Straße an der Vorderseite des Verstecks, dann herum und zurück zur Hintergasse. Die an das Versteck angrenzenden Mauern waren alle massiv und intakt, so daß die Runner also nicht einfach die Mauer zu einem Nachbarhaus durchbrochen und sich auf diese Weise aus dem Staub gemacht hatten. Also blieb nur eine Richtung, die sie genommen haben konnten, und die führte abwärts.

Maurice versank in die Erde, und dort fand er die Antwort auf die Fragen der Brigade.

Zu den Runnern gehörte auch ein Ork, was Connections zum Ork-Untergrund implizierte – und das konnte alles mögliche bedeuten. Im Newarker Sprawl war der Ork-Anteil der Bevölkerung genauso groß wie in jeder Stadt im Nordosten, vielleicht sogar in ganz Nordamerika, und die Orks waren immer rührig. Maurice verfügte über Informationen, die besagten, daß sich viele bereits kurz nach dem Erwachen unter die Erde zurückgezogen hatten, um den Repressalien fanatischer Menschen zu entgehen. Ihre unterirdischen Bauten waren seitdem immer umfangreicher geworden. Einige Stadtteile waren mit einem Netz aus Tunneln und Gängen unterlegt, die in keinen offiziellen Stadtplan eingezeichnet waren. Und vielerorts hatten die Orks sehr tief gegraben. Tiefer, als jeder vernünftige Mensch hinabsteigen würde.

Je tiefer man kam, desto größer das Gefühl der Klaustrophobie, das die Tunnel hervorriefen. Dieser Prüfung für die geistige Gesundheit wollte Maurice sich nicht unterziehen. Und heute nacht bestand dafür auch keine Notwendigkeit.

Ein Tunnel verlief direkt unter dem Versteck, nur ein paar Meter unter der Oberfläche. Es schien ein alter Tunnel zu sein, der durch Holzträger gestützt wurde. An einigen Stellen waren die Wände zu Erd- und

Geröllhaufen eingestürzt. Die Runner hatten zweifellos diesen Tunnel benutzt, um dem Kreis zu entkommen, den die Brigade um das Versteck gezogen hatte.

Maurice dachte nach. Er bezweifelte, daß die Runner lange in den Tunnels bleiben würden. Ihr Anführer würde es nicht zulassen. Länger in den Tunnels zu bleiben, hieße, Einheiten wie die Executive Action Brigade geradezu aufzufordern, in die Tunnel hinabzusteigen, und das würde andere gefährden, Unschuldige wie die Orks, die dort unten lebten. Daher würden die Runner so schnell wie möglich an die Oberfläche zurückkehren und sich ein neues Versteck suchen, bevor sie den von ihnen eingeschlagenen Kurs fortsetzten.

Die Executive Action Brigade wußte offenbar nicht mehr ein noch aus. Ihre technologischen Methoden hatten versagt. Daher würde es Maurice' Aufgabe sein, das neue Versteck der Runner aufzuspüren. Glücklicherweise verfügte er über die dazu erforderlichen Mittel.

Er kehrte zu seiner wartenden Limousine zurück.

Das massive Metallgitter des Gullys war in den Stahlbeton des Rinnsteins eingelassen, doch zu dem Gully gehörte auch noch eine seitlich in den Bordstein eingelassene bogenförmige Öffnung.

Durch diese Öffnung hatte man einen guten Blick auf die Vorderseite der Reihenhäuser auf der anderen Straßenseite, aber nur dann, wenn man in ein Mitsuhama-Kontrolldeck eingestöpselt war und die Sensoren eines frisierten Sikorsky-Bell-Mikroskimmers als Augen benutzte. ›Man‹ war in diesem Fall Thorvin – *wer sonst?* In dem Augenblick, als er die beiden dunkelblauen Lieferwagen um die Ecke der Hamilton biegen sah, schickte er Filly das vereinbarte Signal.

»Show-*time!*«

Die Aufforderung an sie, schleunigst zu verschwinden.

Die Lieferwagen jagten die Straße entlang und hielten mit quietschenden Reifen vor dem Versteck an. Zu sagen, daß Thorvin damit gerechnet hatte, wäre eine verdammte Untertreibung. Er hatte exakt diese Art Stoßtrupp-Unternehmen erwartet, seitdem er die mikroelektronische Wanze entdeckt hatte, die irgendein Stück Drek an den Unterboden des Lieferwagens geklebt hatte. Diese Wanze war ein ekelhaftes Stück Silicium. Gehörte zur ganz verschlagenen Sorte. Eine echte Laus im Pelz. Praktisch nicht aufzuspüren, bis sie aktiviert wurde, woraufhin sie einen Kurzimpuls zur Standortbestimmung abstrahlte.

Als sich die Wanze gemeldet hatte, war das Überwachungssystem des Lieferwagens mehr oder weniger ausgerastet, und der Rest war Geschichte.

Sich abzusetzen, war ein Problem gewesen. Sie konnten nicht einfach verschwinden. Sie brauchten ein neues Versteck, und nicht jedes kam in Frage. Sie hatten einen schlappen Wissenschaftler und eine ebenso schlappe Konzernschnalle, für die sie den Anstandswauwau machen durften. Und in dem Augenblick, in dem Rico L. Kahn sagte, er solle Drek fressen, würde die ganze Welt über sie herfallen. Darunter auch ihre Rückendeckung für den Job oder wer immer sie beschattete. Um sich Surikov und Farris zu schnappen und das Team umzulegen. Darum heuerten Konzerne Rückendeckung an. Und darum hatte Rico sich zu einer List entschlossen. Jeder sollte sich so lange wie möglich auf das Haus in Sektor 20 konzentrieren, während sie in der Zwischenzeit Surikov und Farris an einen sichereren Ort brachten, was sie letzte Nacht erledigt hatten.

Der Lieferwagen hinter dem Haus war ein integraler Bestandteil der List. Natürlich war er ein Lockvogel, ein buchstäblicher Zwilling von Thorvins hochfrisiertem Geschoß, wenngleich nur von außen. Thorvin hatte Rico für völlig übergeschnappt gehalten, als er die Anschaffung einer Kopie des Rovers befohlen hatte, aber egal. Schließlich waren genau dafür die Bosse da. Um vorauszuplanen. Sich auf das Unerwartete vorzubereiten. Selbst wenn man so aussah, als habe man eine Schraube locker. Dieser besondere Teil des Plans hatte nicht viel gekostet. Ein Tag des Durchforstens der Schrottplätze im Sprawl, ein paar Schweißarbeiten und Farbe, und Thorvin hatte den Doppelgänger gehabt, einschließlich der Nummernschilder. Der Motor des Lockvogels hatte kaum genug Reserven gehabt, um die Karre weiter als einen Block zu fahren, aber Antriebskraft hatte auch keine Rolle gespielt.

Der Rest war leicht gewesen. Jemand mußte in dem Versteck bleiben, der sich ab und an bewegte, Lichter ein- und ausschaltete, Selbstgespräche führte. Sich wie ein Haufen Leute verhielt. Shank und Filly hatten sich freiwillig dafür gemeldet. Im Augenblick würden sie die Falltür im Keller öffnen, die in den Tunnel unter dem Haus führte. Wenn Shank und Filly nur halbwegs bei Vernunft waren, würden sie sich beeilen, weil die Sturmtruppen der Brigade bereits aus ihren Lieferwagen gesprungen waren und die Vordertür des Verstecks mit einem tragbaren Rammbock angingen.

Thorvin sah zu, wie die Sturmtruppen die Tür aufbrachen. Eine Nahaufnahme ließ ihn einen Blick auf die Abzeichen auf ihren Uniformen werfen. Keine Spur von schwarzen Gorillas. Nichts, was auf die Daisaka-Sicherheit hinwies. Statt dessen war das Abzeichen der verdammten Executive Action Brigade auf jeder linken Schulter zu sehen. Das war interessant. Thorvin hatte schon von der EAB gehört. Sie war vor kurzem an einer Aktion beteiligt gewesen, bei der Gangs aus gewissen Gegenden von Sektor 17 verjagt worden waren, wo gewisse Konzerne Wohnsilos besaßen. Die EAB gab ganz brauchbare Sturmtrupps ab, waren aber nicht gerade Spezialisten für Raffinesse.

Warum sollte jemand die bescheuerte EAB bei einem Job wie diesem als Rückendeckung anheuern? fragte sich Thorvin, während er zu der Betonröhre ging, durch die das Regenwasser des Blocks abfloß. Sie verband sich mit dem Abwasserkanal, der parallel zum Hamilton Drive verlief. Nach kurzer Zeit kamen Shank und Filly den Schacht aus dem darunterliegenden Tunnel herauf.

Thorvin schaltete sein Mikro ein. »Wie ist es gelaufen?«

»Glatt wie Seide«, erwiderte Shank.

»Und warum sollte jemand die verdammte EAB anheuern, um uns bei einem Job wie diesem zu beschatten?«

»Warum, zum Teufel, nicht?« erwiderte Filly. »Die Truppe ist billig zu haben.«

24

Die ersten Schüsse ertönten um zehn Uhr abends. Victor Guevara saß im Garten im Zentrum seines Hauses. Er sah zufällig gerade auf die Uhr, als die ersten Schüsse ertönten.

Es begann mit einer langen knatternden Salve aus einer automatischen Waffe, der augenblicklich ein Hagel von Einzelschüssen und Explosionen folgte. Mehrere Fensterscheiben in den Terrassentüren zum Vorgarten des Hauses gingen abrupt zu Bruch. Im gleichen Augenblick steigerte sich das Zwitschern und Pfeifen der Vögel im Garten plötzlich zu einer Kakophonie aus Kreischen und Krächzen.

Einen Augenblick lang fühlte sich Victor überrumpelt, aber er war nicht überrascht. Er spannte sich und sah auf, dann zwang er sich, die Fassung zu bewahren.

Die Nächte waren in letzter Zeit sehr dunkel geworden, und ein Mann in seiner Position hatte gewisse wunde Punkte. Ein zivilisierter Mann identifizierte sie, akzeptierte sie und ergriff entsprechende Vorsichtsmaßnahmen. In Erwartung unheilvoller Ereignisse hatte er Christiana, seine dreiundzwanzigjährige Frau, sowie Dionne und Ivana, seine Töchter, mit seinem Schwiegersohn und zwei Enkeln zu vertrauenswürdigen Verwandten nach Boston geschickt, wo sie in Sicherheit sein würden. Zwar mochten ihm seine persönlichen Neigungen verbieten, vor Schwierigkeiten zu flüchten, aber die Ehre gebot, daß er alle nur denkbaren Maßnahmen ergriff, um die Sicherheit seiner Familie zu gewährleisten. Und das hatte er getan.

Jetzt waren mehrere Rufe und lautes Wehklagen zu hören, die Schreie der Sterbenden. Wenn das hier vorbei war, würde Victor unvorstellbar hohe Versicherungsprämien bezahlen, nicht nur für sich selbst, sondern auch für seine Angestellten, aber er dachte nicht weiter darüber nach. Woran er dachte, waren die Ehefrauen und Familien jener, die starben, um ihn zu beschützen. Letzten Endes würde es ihm überlassen bleiben, in dem vergeblichen Versuch, die Hinterbliebenen zu trösten, ein paar Worte zu sprechen und ein wenig Unterstützung zu leisten. Dies würde er tun, weil es in seine Verantwortung als Mann fiel. Weil es die Ehre gebot. Nur Hunde und andere Tiere wandten sich von ihren Toten ab, als seien sie nicht mehr als verwesende Abfallhaufen. Victor mochte vieles sein, manches davon besser als anderes, aber er war kein Hund. Daran zweifelte er nicht im geringsten.

So war er schon in seiner Jugend gewesen, während seiner Zeit in Sektor 19, in den gewalttätigen Distrikten von Roseland und Pleasantdale. Seine Ambitionen standen an erster Stelle, aber nichts ging über Ehre, Selbstachtung und seinen Glauben hinsichtlich seiner Rechte und Verpflichtungen als Mann.

Er hatte sich Gangs angeschlossen und Gangs geführt. Mit der Zeit hatte er sich eine Stellung bei einem kleineren Syndikat erarbeitet, das unter dem Namen Rueda, das Rad, bekannt geworden war, um schließlich sein eigenes Netz aus Kontakten und Agenten zu knüpfen. Er redete grundsätzlich höflich und respektvoll mit den Leuten, wohin er auch ging. Immer behandelte er andere wie ein Mann von Ehre. Er log nicht, er betrog nicht. Er war stets bemüht, den Leuten einen fairen Gegenwert für ihr Geld zu liefern. Seine Absichten zu verwirklichen, war nicht schwer gewesen. Die Leute waren nur allzu bereit, sich von seinen Fähigkeiten als Unterhändler und Vermittler überzeugen zu lassen. Sie wußten, daß sie sich auf seine Diskretion verlassen konnten. Sie wußten, daß sein Wort Gewicht hatte. Inmitten der routinemäßigen Betrügereien und Verrätereien, die in der Sechsten Welt an der Tagesordnung waren, war sein Wort so wertvoll wie Platin geworden.

Er trug keine Waffen mehr. Die Zeiten des Blutes und des Donners waren für ihn vorbei. Es kam Victor so vor, daß er den Tod verdient hatte, wenn er auf der Grundlage der Allianzen, die er geschmiedet hatte – das Werk von mehr als einem halben Leben –, nicht überleben konnte. Oder vielleicht war es auch seine unausweichliche Schicksalsbestimmung.

Die *Japonéses* hatten ein Sprichwort: *Das Schicksal eines Mannes ist sein Schicksal.* Wenn das stimmte, würde er sich bereitwillig in sein Schicksal fügen.

So kam es, daß Victor ruhig an seinem Tisch sitzen blieb, seinen Kaffee trank und sich in das Unvermeidliche ergab, als er ein Krachen von oben hörte und ein Trupp Uniformierter das Dach des Gartens durchbrach und sich an Seilen herunterließ.

Der Kampf um sein Haus war kurz darauf beendet.

Eine Reihe dunkel gekleideter behelmter Gestalten umringten ihn mit gezückten Waffen. Auf der linken Brust ihrer Rüstung waren die Initialen E.A.B. zu erkennen. Victor wußte, wofür die Buchstaben standen, und konnte sich denken, wer diese Leute zu seinem Haus geschickt hatte.

Er konnte sich auch denken, warum sie geschickt worden waren.

Eine Gestalt trat aus dem vorderen Teil des Hauses, die sich von den anderen abhob. Sie trug einen silbernen Bodysuit und schwarz beschlagene Bänder. Ihre Augen waren wie violette Löcher, leer und ebenso gefühllos wie ihr Gesicht. Victor kannte den Namen dieser Frau und ihren Ruf. Vor einigen Jahren, als sie noch neu und unbekannt gewesen war, hatte er ihr ein paar Jobs vermittelt, ihre ersten professionellen Kontrakte. Seitdem war sie in der Hierarchie der Newarker Unterwelt aufgestiegen. Mittlerweile nötigte sie auch den mächtigsten Unterweltführern, die den Metroplex beherrschten, einen gewissen Respekt ab.

»*Cómo está,* Ravage«, sagte Victor.

Ravage blieb neben seinem runden Tisch stehen und beobachtete ihn, suchte vielleicht sogar nach verborgenen Waffen. Sie hielt eine Scorpion Maschinenpistole auf sein Gesicht gerichtet. Wahrscheinlich begriff sie nicht, wie er dasitzen und ruhig seinen Kaffee trinken konnte, und daher argwöhnte sie eine bislang unbemerkte Bedrohung.

Victor würde ihr keine Angst zeigen. Das gebot schon allein sein Stolz. Ravage war zu einem Tier unter vielen geworden. Sie hatte Moral und Ethik über Bord geworfen und tat alles, was ein Klient verlangte. Dadurch stieg ihr Marktwert, und es verriet ihren Charakter – oder auch ihren Mangel daran. Victor sah kaum einen Unterschied zwischen der Ravage, die jetzt vor ihm stand, und einer gewöhnlichen Hure. Sie hatte sich zu einem Produkt verpackt, das andere mieten konnten.

Keine Ehre. Nicht die geringste.

»Jemand will mit dir reden«, sagte Ravage.

Victor nickte einmal und sagte: »*Si*. Ich weiß.«

Gordon Ito stand vor dem großen Fenster in seinem Büro zweihundertunddreißig Stockwerke über Manhattan und beobachtete die Lichter der Stadt, die in der Nacht funkelten und strahlten. Er zündete sich eine Zigarette der Marke Platinum Select an. Ihm fiel wieder ein, daß seine derzeitige Geliebte etwas von einem Abendessen gesagt hatte. Dafür war es jetzt zu spät. Er warf einen Blick auf die Uhr, was seinen Eindruck bestätigte. Kein großer Verlust.

Er kehrte zu dem hochlehnigen Sessel hinter seinem Schreibtisch zurück, sah seinen Leibwächter auf der anderen Seite des Raumes an und zeigte auf die Tür zu den Außenbüros. Der Mann verbeugte sich förmlich und ging.

Ein Druck auf eine bestimmte Stelle der auf Berührung reagierenden Oberfläche seines Onyx-Schreibtisches, und ein Telekomschirm erhob sich aus einer Vertiefung. Gordon drückte auf ein paar andere Stellen. Sicherheits-Software, welche die Telefonleitungen auf Wanzen und andere Formen von Lauschangriffen untersuchten, wurden jedesmal dann automatisch aktiv, wenn Gordon einen Anruf tätigte, es sei denn, er zog es aus irgendeinem Grund vor, diese Sicherheitsvorkehrungen abzuschalten.

Auf dem Bildschirm leuchtete kurz das Fuchi-Logo auf, das gleich darauf der Direktansicht einer orientalischen Frau in einem Fuchi-Werksblazer wich.

»Mr. Ito«, sagte die Frau.

»Ms. Yin«, erwiderte Gordon.

Die Digitaluhr auf Gordons Bildschirm zeigte an, daß fünf Sekunden verstrichen. Diese Pause gehörte zum üblichen Protokoll. Dann sagte Yin: »Einen Augenblick, bitte.«

Das Fuchi-Logo kehrte zurück, doch leicht verändert, da durch ein schwarzes Dreieck verschleiert. Es stand für die Sonderverwaltung und somit für Gordons eigene Abteilung.

Für die meisten Angestellten Fuchis existierte die Abteilung SV nicht. Sie tauchte in keiner schematischen Darstellung der Konzernstruktur auf und erhielt ihre finanziellen Mittel, die durch obskure Bankkonten geschleust wurden, aus den verschiedensten Quellen. Gordon hatte den Verdacht, daß nicht einmal der Vorstand in Tokio von ihrer Existenz wußte, mit Ausnahme von Richard Villiers, dem Hauptgeschäftsführer, und Villiers' Nummer Zwei, Miles Lanier. Villiers hatte die SV ins Leben gerufen und sie mit Gegenspionage und anderen Aufgaben betraut, die in den Bereich der verdeckten Unternehmungen fielen.

»Mr. Ito.«

»Mr. Xiao.«

»Konichiwa.«

»Konichiwa.«

Das verschleierte Fuchi-Logo blieb auf dem Schirm, doch die Stimme gehörte Xiao, Gordons Boß und Leiter der Sonderverwaltung. Ein kleines Icon erschien auf Gordons Bildschirm – Stimmenmuster bestätigt. Xiao schickte sein Bild nie über Telekomleitungen, nicht einmal über die geschützten internen Leitungen Fuchis. Ein kleiner Anflug von Paranoia. Gordon hatte gehört, daß Xiao koreanisch aussah, drahtig und hager, mit kurzgeschnittenen schwarzen Haaren. »Sie haben sich einen guten Zeitpunkt für Ihren Anruf ausgesucht«, sagte Xiao. »Ich bin gerade mit dem Essen fertig geworden.«

Das war kein Zufall. Es ging auf Mitternacht zu. Xiao stand gewöhnlich am späten Nachmittag auf und arbeitete die Nacht durch. Gordons Informant hatte vorausgesagt, daß Xiao um diese Zeit wach sein und soeben sein Abendessen eingenommen haben würde. Es gab keinen günstigeren Zeitpunkt, um Xiao anzurufen, als nach einer Mahlzeit. Offenbar hatte er eine Vorliebe für gutes Essen. Gordon hatte einen Psychoanalytiker darauf angesetzt wie auch auf andere Eigenheiten Xiaos, die Gordon zu Ohren gekommen waren.

»Was bringt Ihr Gesicht heute auf meinen Schirm, Gordon? Geht es ums Geschäft? Um die Farris-Sache?«

Gordon unterdrückte einen Fluch. Der gerissene Hund wußte es bereits. Xiao hatte eigene Informanten, und zumindest einer von ihnen saß in einem von Gordons Außenbüros. Gordon würde den Informanten versetzen lasen, aber manchmal war es auch nützlich, Xiao auf diskrete, indirekte Weise falsche Informationen zuzuspielen. »Ich nehme an, Sie haben von der Entführung im Kristallblüten-Kondominium gehört?«

»Gewiß habe ich das«, erwiderte Xiao. »Schließlich leite ich den geheimsten Geheimdienst in der ganzen Konzernwelt und habe den fähigsten Unternehmensleiter in der menschlichen Sphäre. Würden Sie mir darin nicht zustimmen, Gordon?«

Xiaos Stimme war wie immer ausdruckslos, monoton. Gordon unterdrückte seine unmittelbare Reaktion auf die Implikationen von Xiaos Worten und räumte ein: »Ich hätte Sie früher anrufen können. Aber ich wollte mehr Informationen, bevor ich Sie damit behelligte.«

»Ihr Drang nach Vollkommenheit ist höchst erfreulich.«

»Er hat seine Vorteile.«

»Ist die Innere Sicherheit Fuchis in die Sache verwickelt?«

»Negativ.« Die Innere Sicherheit tappte völlig im Dunkeln, wie es auch sein sollte. Technisch gesehen gehörten die Innere Sicherheit und die Abteilung SV zur gleichen Mannschaft, doch Xiao sah das anders. Wie übrigens auch Gordon. Die beiden Organisationen waren so verschieden wie Spione und Wachposten.

»Haben Sie die Verbrecher identifiziert, die Marena Farris entführt haben?«

»Die Daten befinden sich in meinem Computer. Teilidentifikation. Meine Tech-Teams haben eine Menge Hinweise und Spuren am Schauplatz gefunden. Wir vergleichen sie mit den Datenbanken der Polizei. Ich nehme an, es handelt sich um eine hiesige Gruppe.«

»Handelt es sich um dieselbe Gruppe, die den Run gegen Maas Intertech ausgeführt hat?«

»Muß ich darauf antworten?«

»Sie können mir statt dessen sagen, was Sie wegen Marena Farris zu tun beabsichtigen.«

»Warum interessiert sie Sie so sehr?«

»Eine loyale Konzernangestellte, die aus einem Fuchi-eigenen Haus entführt wurde? Ich bitte Sie, Gordon.«

Gordon verkniff sich ein gequältes Lächeln. Xiao war ein guter Sparringpartner. Manchmal ein zu guter. Xiao war gewiß der letzte Mensch auf der Welt, dem die Implikationen der Farris-Entführung entgehen würden.

Oberflächlich gesehen, deutete sie darauf hin, daß Gordons Maßnahmen, ein Spezialunternehmen zum Abschluß zu bringen, Maßnahmen, die mit Hilfe der *Kuromaku* Sarabande getroffen worden waren, schiefgegangen waren. Darüber würde Xiao nicht sehr erfreut sein. Xiao hatte persönlich angeordnet, dieses Spezialunternehmen zum Abschluß zu bringen. Des weiteren hatte Xiao persönlich angeordnet, daß Marena Farris »aus der Schußlinie« genommen, überwacht und geschützt werden sollte, sobald das Spezialunternehmen anlief.

»Ich würde mir keine Sorgen deswegen machen«, sagte Gordon. »Ich habe mehrfache Rückendeckung verlangt.«

»Es handelt sich um eine Image-Frage.«

»Sie sind besorgt wegen des Images?«

Das konnte nicht stimmen. Xiaos Image-Interesse beschränkte sich normalerweise auf die Abteilung Sonderverwaltung. Daraus schloß Gordon, daß Xiao log. Die Frage lautete, warum?

Xiao sagte: »Ich habe kürzlich einige Unterhaltungen hinsichtlich des Fuchi-Images geführt. Unterhaltungen mit höchster Stelle. Die Angelegenheit ist nicht völlig unbedeutend. Daher habe ich beschlossen, daß Sie nichts weiter unternehmen. Überlassen Sie Farris mir. Ich werde mich persönlich um diese Angelegenheit kümmern.«

»Mit Vergnügen«, erwiderte Gordon.

Das Fuchi-Logo auf dem Bildschirm erlosch. Xiao hielt sich nie lange mit Verabschiedungen auf. Gordon zündete sich noch eine Platinum Select an, lehnte sich in seinem Sessel zurück und fragte sich, was, zum Teufel, der Wichser vorhatte.

Es mußte irgend etwas ganz Besonderes sein.

Aubreys Blick wanderte über die krummlinige Konsole des Fahrers, begegnete dessen ausdruckslosem Blick und wandte sich dann zu der Tür hinter dem Fahrerabteil, das sich auf eine Berührung des Daumenabdruckschlosses hin öffneten. Er stieg ein.

Das Innere des Busses sah aus wie ein luxuriöser Salon: Vorhänge, Teppiche, glitzernde marmorierte Einrichtung, indirekte goldene Beleuchtung. Rechts stand Zoge, ein ehemaliger *Sumotori*, links Rollo, ein Ork. Beide waren stark gebaut. Als Aubrey stehen blieb, um sie genauer in Augenschein zu nehmen, nickten sie beide.

Aubrey ging zur Tür im hinteren Teil des Busses. Das Daumenabdruckschloß ließ ihn passieren. Die hintere Kabine war privat und klein, ein sehr kompaktes und schmuckvoll eingerichtetes Schlafzimmer.

Auf dem Bett lag eine dunkelhäutige Schnalle, die kürzlich aus La Paz, Bolivien, gekommen war. Ihr Name war Bela. Ihr Spanisch war praktisch unverständlich, und sie kannte sich mit dem Leben im Sprawl nicht im mindesten aus, aber mit dem, womit sie sich auskannte, dafür um so besser. Sie hatte dichtes schwarzes Haar und trug lediglich ein zufriedenes Lächeln im Gesicht und ein kleines goldenes Kreuz an einer zierlichen Kette um den Hals. Sie drehte sich auf den Rücken und spreizte die Beine, so daß Aubrey sehen konnte, was sich dazwischen befand.

Aubrey sah nichts, was er nicht schon zuvor in einer beliebigen Anzahl verschiedener Konfigurationen gesehen hatte. Er grinste höhnisch. Bela reagierte darauf mit einem mehr als arrogantem Lächeln. Dann öffnete sich die Tür zu dem mikroskopisch kleinen Waschraum rechts, und Sarabande kam heraus, wobei sie sich ihr üppiges schwarzes Haar aus dem Gesicht strich. »Fertig?« sagte sie.

»*Si*«, erwiderte Aubrey.

»Sehr gut.«

Aubrey sah zu, wie Bela sich an die Arbeit machte und Sarabandes Haar bürstete und zu einem Zopf flocht, dann Kleidung und Schuhe holte und sich hinkniete, um sie Sarabande anzuziehen. Die Schnalle hielt sogar tatsächlich inne, um Sarabandes rechten Knöchel zu küssen und Koseworte zu murmeln. Sarabande schien es nicht zur Kenntnis zu nehmen. Sie hatte einen eklektischen Geschmack, aber sie war auch schnell gelangweilt, insbesondere dann, wenn ein Geschäft wartete.

Aubrey lächelte grausam. Bela würde sehr bald verschwunden sein, vielleicht schon in ein paar Tagen.

Als Sarabande fertig angezogen war, ging Aubrey voran in den Passagierbereich des Busses und dann weiter zum Fahrerabteil.

Der Bus stand auf dem Nordparkplatz des Governor Florio Rasthauses am Jersey Turnpike südlich von Carteret und dem Newarker Sprawl. Eine schwarze Toyota-Limousine fuhr vor und parkte in der Nähe. Aubrey behielt die Anzeigen auf der Fahrerkonsole im Auge, als ein ungleiches Paar aus der Limousine ausstieg und sich in Richtung Bus in Bewegung setzte. Sie gingen nebeneinander: Ravage in ihrem charakteristischen silbernen Bodysuit und L. Kahn in seinem üblichen mittelbraunen Armanté-Anzug mit Umhang. Die eine war ein Profi, eine ernstliche Gefahr. Der andere war ein Scharlatan. Entbehrlich.

Sie blieben neben dem Bus stehen. L. Kahn warf Ravage einen Blick zu, die sich rasch umsah, um dann die Hand zu heben und an die Tür des Busses zu klopfen.

Aubrey ließ sie noch ein paar Augenblicke warten, dann ging er die Stufen herunter, als der Fahrer die Tür öffnete. Ravage beobachtete ganz genau, und zwar aus Schlagdistanz – kaum eine Armlänge entfernt –, wie Aubrey die Sonde eines Detektors für magnetische und chemische Anomalien vom Typ Bailey Aardwolf vor L. Kahn hin und her schwenkte. Das Multiphasengerät entdeckte nichts, das auf Waffen, Treibgase oder Sprengstoffe hinwies.

Aubrey nickte in Richtung Bus. »*Bueno. Entré.*«

L. Kahn ging an ihm vorbei. Aubrey beobachtete Ravage. Die Messerklaue sah zu, wie ihr Klient die Treppe des Busses erklomm. Ihre Gedanken waren offensichtlich. Ihr Klient verließ ihren Wirkungsbereich. Das gefiel ihr nicht.

»Hasta la vista«, sagte Aubrey leise.

Ravage sah ihn an, dann drehte sie sich um und entfernte sich. Sie würde in L. Kahns Limousine folgen müssen. Niemand traf sich mit Sarabande in Begleitung eines Leibwächters oder mit Waffen irgendwelcher Art.

Sobald Ravage nicht mehr in Schlagdistanz war, drehte sich Aubrey um und erklomm ebenfalls die Treppe. Der Fahrer schloß sofort die Türen und setzte den Bus in Bewegung. Aubrey wartete, bis der Bus auf den Highway rollte, dann betätigte er das Schloß zum Innenraum und folgte L. Kahn in den Passagierbereich.

Heute trug Sarabande eine goldene verspiegelte Sonnenbrille, eine goldene, mit silbernen Sprengseln verzierte Jacke, eine rote Bluse und dazu passende Slacks und Stiefel. Die Stiefel glänzten wie Chrom. Wenn sie in ihren Geschäftspanzer gehüllt war, verriet Sarabande so gut wie nichts von ihrer angeborenen sinnlichen Natur. Sie saß hinter einem kleinen runden Tisch in der hinteren linken Ecke des Passagierbereichs. Mitten auf dem Tisch stand ein kompaktes Computerdeck. Ein leuchtend rotes Kabel verband das Deck mit Sarabandes rechter Schläfe.

Eine volle Minute lang bewegte sie sich nicht, schien nicht einmal zu atmen. Aubrey wußte nicht, ob sie in die Computerdaten vertieft war oder lediglich L. Kahn warten ließ.

Ohne Vorrede sagte sie: »Sie haben den Angriff auf Victor Guevara angeordnet?«

L. Kahn zögerte kurz, dann sagte er: »Ja. Das ist richtig.«

Ein Augenblick verstrich. »Sie haben ihn verhört?«

»Ja.«

»Was hat er Ihnen erzählt?«

L. Kahn zögerte wiederum. »Das geht nur mich persönlich...«

»Ich habe Ihnen eine *Frage* gestellt.«

Aubrey spannte sich unwillkürlich. Der unterschwellige Nachdruck, der sich plötzlich in Sarabandes Stimme geschlichen hatte, durchschnitt die Luft wie ein Skalpell, dünn, präzise und absolut unbarmherzig. Die Wirkung dieser Schärfe auf L. Kahn war offensichtlich. Er unterbrach sich mitten im Satz und versteifte sich. Augenblicke verstrichen, dann sagte er unsicher: »Guevara behauptet, weder den gegenwärtigen Aufenthaltsort der Runner noch ihre Absichten zu kennen. Aber der Anführer der Runner hat ständigen Kontakt mit ihm gehalten. Ich bin noch nicht fertig mit Guevara.«

»Dann lebt er also noch.«

»Ja. Er befindet sich an einem sicheren Ort.«

»Das ist günstig.«

Sarabande hob beiläufig eine Hand an die Schläfe, als wolle sie etwas an ihrer Datenbuchse verändern. Das war ihr Signal. Aubrey trat vor, schlang eine Garrotte um L. Kahns Hals und zog sie zu. L. Kahn keuchte und taumelte. Er machte Anstalten, sich zu wehren, doch sofort griffen Rollo und Zoge ein und stellten sich zwischen L. Kahn und Sarabande. Der eine pflanzte L. Kahn die Faust ins Gesicht, der andere trieb sie ihm in den Leib. L. Kahns Kopf wurde zur Seite gerissen, und Blut und Speichel spritzten aus Nase und Mund. Er grunzte laut und fiel würgend auf die Knie. Aubrey entfernte die Garrotte, setzte einen Fuß auf L. Kahns Rücken und schob.

L. Kahn fiel Sarabande vor die Füße. Das war sehr passend. Was dieser Mann offenbar nicht wußte, war die Tatsache, daß Victor Guevara seit vielen Jahren einer von Sarabandes hiesigen Agenten war. Ein äußerst zuverlässiger Agent. Guevara hatte Sarabande viele nützliche Kontrakte und einen Haufen Nuyen eingebracht. Sarabande mochte es nicht, wenn solche Leute Ärger bekamen und auf irgendeine Weise belästigt wurden.

Aubrey trat vor, stellte seinen Fuß auf L. Kahns Nacken und preßte auf diese Weise sein Gesicht flach auf den Boden.

Sarabande schlug die Beine übereinander und sagte ganz ruhig: »Man hat Sie zu dem Narren gehalten, der Sie auch sind. Während die Runner mit Ihnen um mehr Zeit gefeilscht haben, planten sie längst die Entführung der Frau unserer Zielperson. Jetzt haben sie beide Personen und offenbar nicht die Absicht, sie meinem Klienten zu übergeben. Ich bin sehr unzufrieden.«

L. Kahn grunzte, stöhnte. »Sie haben… den Kontrakt… gebrochen.«

»In der Tat.«

Sarabande gab ein weiteres Zeichen. Aubrey wich einen Schritt zurück. Rollo und Zoge kamen, hoben L. Kahn vom Boden auf und stellten ihn grob auf die Füße. Aubrey versetzte L. Kahn drei präzise ausgeführte Handkantenschläge auf bestimmte Stellen seines Oberkörpers, dann wirbelte er herum und knallte ihm den Stiefelabsatz ins Gesicht.

Der Mann sackte zusammen, als bestünde er aus Gelee. Blut lief ihm aus Mund und Nase. Rollo und Zoge hielten ihn auf den Knien und drehten ihn zu Sarabande um. Aubrey packte L. Kahns Haar und riß seinen Kopf hoch, so daß er Sarabande ansah.

»Wenn Sie Anweisungen bekommen, befolgen Sie sie punktgenau«, sagte Sarabande. »Sie lassen sich nicht auf Privatabenteuer ein. Sie sind nur eine kleine Fliege in meinem Netz. Sie tun, was man Ihnen sagt. Nicht weniger und nicht mehr. Sie werden Victor Guevara sofort freilassen. Danach werden Sie dieses gesamte Unternehmen sanieren. Ist das klar?«

L. Kahn schien kaum noch die Kraft zu haben zu nicken, geschweige denn zu sprechen.

Sarabande gab ihnen ein Zeichen.

Rollo und Zoge drehten L. Kahn zu Aubrey um. Die Unterredung war beendet. Es war Zeit für eine letzte Warnung. Aubrey zog ein Messer aus seiner Tasche. Die blanke Klinge schnippte aus dem Griff und mit leisem Klicken in Position. Aubrey packte L. Kahns Haar, um seinen Kopf ruhigzuhalten, dann führte er die Spitze der Klinge in L. Kahns linkes Nasenloch ein.

»Vergiß nicht«, sagte Aubrey. »Tu, was man dir sagt.«

L. Kahn grunzte, und Aubrey zog das Messer seitlich heraus.

Es war ein sehr, sehr sauberer Schnitt.

25

Ich habe Hunger.«

»Komm her.«

Monk, der auf der kahlen Matratze auf dem Rücken lag, wandte den Kopf nach rechts und fragte sich, was Minx meinte. Es war viel zu dunkel, um etwas zu sehen, aber er spürte sie neben sich liegen. Ihr Kopf ruhte leicht auf seinem Oberarm zwischen Schulter und Ellbogen. Er konnte das warme Gewicht ihres üppigen, geschmeidigen Körpers an seiner Seite spüren. Er konnte spüren, wie der weiche, nachgiebige Druck ihres Körpers bei jedem Atemzug stärker und wieder schwächer wurde.

Komm her?

Wohin …?

Dann spürte er, daß sie sich bewegte – sich vielleicht auf einen Ellbogen stützte – und dann auf seiner Brust niederließ. Das Gefühl ihres Körpers auf seinem rief in ihm eine ganz und gar handfeste Erregung wach. Sie hatten sich gerade auf diese Weise geliebt, sie oben, er unten. Er nahm an, sie wollte es wieder tun. Mit ihr würde er es bis in alle Ewigkeit tun.

»Monk?« sagte sie leise, ihr Gesicht nur einen Hauch von seinem entfernt, während ihre Haare sie beide einrahmten. »Magst du mich?«

»Hm-hm.«

»Wärst du gerne immer bei mir?«

»Klar.«

»Ich bin froh.« Ihre Lippen strichen über seine Wange. »Du bist so kickig. Und es klappt nicht immer, wenn man es nicht will.«

»Hä?«

»Atme mit mir, Dummkopf. Das bringt es.«

»Bringt was …?«

Ihr Mund schloß sich über seinem. Sie atmete aus, lange und tief. So lange und so tief, daß er einfach ihre Luft, ihren Atem, einsog, als es für ihn an der Zeit war, Luft zu holen. Das taten sie ein paarmal. Es war irre und irgendwie sexy, und die Erregung, die es in ihm hervorrief, weckte in ihm das Verlangen, bis in alle Ewigkeit so weiterzuatmen. Es weckte in ihm auch das Verlangen nach anderen Dingen. Er streichelte ihre Hüften, dann glitten seine Hände über ihren schlanken Rücken und ihren Hintern, dann hoch über ihren Nacken und durch ihr üppiges Haar.

Er glitt wie von selbst in sie hinein. Minx begann sich leicht in den Hüften zu wiegen, ohne ihren Mund von seinem zu nehmen. Je schneller und heftiger sie sich bewegten, desto heftiger atmeten sie, wobei immer derselbe Atem zwischen ihnen wechselte.

Als es vorbei war, fühlte sich Monk schwindlig – schwindlig vor Erregung und noch etwas anderem, das ihm wie Liebe vorkam.

Das Zimmer schien sich tatsächlich um ihn zu drehen und wild hin und her zu kippen. Die Dunkelheit nahm einen rötlichen Glanz an, als wechsle das Licht von Nacht auf Dämmerung und dann direkt zu den letzten feurigen Strahlen des Sonnenuntergangs. Minx lachte, und ihr Gelächter hallte in seinen Ohren nach. Sie lächelte, und ihre Augen schienen feuerrot zu glänzen. Ihr ganzer Körper hatte einen rötlichen Unterton. Alles hatte ihn.

Grinsend beugte sich Minx zu ihm herunter, bis sich ihre Nasen berührten, und gurrte: »Ich hab's dir gebracht.«

»Dir gebracht, dir gebracht«, hallte ihre Stimme nach.

»Hä …?« erwiderte Monk.

»Hä …? hä …?« hallte seine Stimme nach.

»Komm schon! komm schon! komm schon!« sagte Minx. *»Laß uns gehen! laß uns gehen! laß uns gehen!«*

»Wohin denn? wohin denn? wohin denn?«

Minx lachte und lachte und lachte. Sie zog ihn an den Armen hoch. Der Boden kippte nach oben, dann wieder nach unten, dann hin und her und auf und ab. Minx legte einen Arm um seine Taille und zog ihn mit, zog ihn die Steigung des Fußboden hinauf, taumelte dann mit ihm den Abhang des Fußbodens hinunter. Eine Kakophonie rauher Stimmen und brüllenden Gelächters dröhnte in Monks Ohren und hallte nach. Höhnisch grinsende rötliche Gesichter aus dem Nichts schwebten ihm entgegen, um direkt vor seiner Nase wieder zu verschwinden. Minx zerrte ihn eine Treppe hinunter und dann durch einen rötlichen Gang.

»Beeil dich! beeil dich! beeil dich!« sagte Minx. *»Monk! Monk! Monk! Es wird Zeit! es wird Zeit! es wird Zeit!«*

Über ihnen wurde eine Metalltür aufgerissen.

Minx zerrte ihn steil nach oben und durch die Tür, dann weitere Treppen hinunter und auf den rötlichen Asphalt einer breiten, vierspurigen Schnellstraße.

Plötzlich war alles wieder normal, nur rötlich, abgesehen von der Tatsache, daß die Schnellstraße nicht befahren war.

Monk sah nach links. Ein Krankenwagen mit blinkendem Blaulicht und aufgeblendeten Scheinwerfern war nur noch zwei Meter entfernt und hielt direkt auf ihn zu. Er öffnete den Mund, um zu schreien, schaffte es aber nicht ganz. Jemand riß ihn nach hinten und von den Beinen – richtig vom Boden weg – und setzte ihn zwei oder drei Meter entfernt wieder ab, so daß er jetzt in die andere Richtung sah.

Irgend etwas kreischte schrill.

»Monk, *schnell!*«

Die Tür des Krankenwagens war offen. Minx schob ihn hinein, die Stufe hinauf und auf den Sitz. Der Fahrer sah menschlich aus, war aber skelettartig dünn, wie der Tod. Die beiden Orks im hinteren Teil des Wagens hatten mächtige Hauer. Als sie lächelten, leuchteten ihre Augen feuerrot.

Minx schob sich neben ihn auf den Sitz.

Reifen quietschten, und der Krankenwagen schoß vorwärts.

»Habt ihr von dem Unfall auf dem Skyway gehört?« rief einer der Orks von hinten. »Ein Kerl ist über den Fahrbahnteiler gerauscht und hat sieben Wagen getroffen und fünfzehn Leute enthauptet, bevor er gelandet ist! Dann ist er mit einem Flüssigsauerstoff-Tanker zusammengestoßen und hat sich und 'n Haufen andere Wagen in Brand gesteckt! Sie wissen immer noch nicht, was er für 'n Wagen gefahren hat!«

Minx krümmte sich vor Lachen.

Der Krankenwagen schoß durch einen schmalen Tunnel und in das brennend rote Leuchten der Nacht. Ein Mann, der direkt vor ihnen über die Straße ging, hechtete auf den Bürgersteig zurück. Seine Aktentasche prallte von der Motorhaube des Krankenwagens ab, traf dann die Windschutzscheibe und platzte auf. Blätter und Computerdisketten peitschten über die Windschutzscheibe und verschwanden. Die Sirene des Krankenwagens fing an zu jaulen.

»Penner!« rief der Fahrer.

Er grinste, und seine Augen funkelten rot.

Monk sah Minx an, als sie seinen Kopf umfaßte und ihm einen Kuß aufdrückte. Ihr Atem flutete seinen Mund, heiß und feucht, und ihre Hand glitt nach unten und packte ihn im Schritt.

»So kickig!« rief sie.

Die Nacht wurde zu einem Meer aus Blinklichtern. Der Krankenwagen hielt mit quietschenden Reifen. Minx warf Monk eine rötliche Krankenträger-Jacke über die Schulter, streifte sich selbst eine über und zerrte ihn nach draußen.

Die Straße war mit Autowracks und Leichen übersät. Schüsse hämmerten und dröhnten durch die Nacht. »Diese hier!« rief Minx, indem sie Monk hinter sich her zog. Sie warf ihn förmlich auf eine reglos daliegende

Frau, eine sehr große Frau in hautenger rötlicher Kleidung. »Los! Mach schon!«

»Was ...?«

Sie stieß ihn nach unten, seinen Kopf herunter auf den der Frau, seinen Mund auf ihren Mund, und hielt ihm dann mit zwei Fingern die Nase zu. Monk grunzte überrascht und atmete jäh aus – nur einmal.

Vielleicht war das verkehrt.

»Nein, Monk! Nein!« rief Minx. »So nicht!«

Plötzlich zuckte die Frau und versteifte sich unter ihm, und als sie die Augen aufriß, leuchteten sie in einem feurigen Scharlachrot.

»Ach, *Drek!*« rief Minx.

Die Frau krallte nach Monks Gesicht. Sie stöhnte immer lauter, wie eine Kreatur, die sich aus dem Grab erhoben hatte und entschlossen war, furchtbare Rache zu nehmen.

»SATAN!« kreischte Minx.

Monk gaffte mit weit aufgerissenen Augen, bis ihn Minx plötzlich zurückriß, direkt auf die Füße.

»ZU SPÄT! LAUF, MONK, LAUF!«

Sie liefen. Sie liefen quer über die Straße – wobei sie Autowracks auswichen und über herumliegende Leichen sprangen – und durch eine Haustür und eine Treppe hinauf. Monk drehte sich nur einmal um. Die Frau, in die er geatmet hatte, war auf den Beinen und taumelte vorwärts. Sie griff sich irgendeinen Kerl in rötlichen Klamotten und riß ihm das rechte Auge aus dem Kopf.

Monk öffnete den Mund und schrie.

Der Kerl schrie ebenfalls.

Eine Tür flog auf. Monk stürzte hindurch. Die Tür knallte hinter ihm zu, während er sich zu Boden fallen ließ und sich auf den Rücken wälzte. Sie befanden sich in irgendeinem winzigen Ein-Zimmer-Apartment.

Keuchend und schnaufend strich sich Minx die Haare aus dem Gesicht und stöhnte: »O Gooootť ...«

Dann kniete sie sich neben ihn und legte ihren Kopf auf seine Brust. »Das war ganz verkehrt, du kleiner Kick«, sagte Minx, tief Luft holend. »Sie muß wohl schon tot gewesen sein.«

Monk gaffte sie an, japste: »Tot?«

Plötzlich strichen Minxs Hände sanft über sein Gesicht, und sie betrachtete ihn aus rötlichen Augen, die aufrichtige Zuneigung ausdrückten. »Ach, Monkie... *bist du müde?*« gurrte sie. »Du mußt dich müde fühlen. Als seist du völlig ausgepumpt oder so.«

Nun, da sie es erwähnte...

»Komm her«, murmelte sie. Sie preßte ihren Mund auf seinen und atmete aus. Monk spürte, wie sein ganzer Körper vor Erregung kribbelte. Als sie es wieder tat, wieder in seinen Mund atmete, sog er die Luft tief in sich ein. Es war sexy und irre, und er hatte ein Gefühl wie, wie ... Wie beim Sex. Besser als beim Sex.

Später, als sie sich nackt in den Armen lagen, flüsterte Minx. »Hast du noch Hunger?«

Monk dachte darüber nach. »Ich weiß nicht genau.«

Minx lächelte und schmiegte sich an ihn. »Du bist so kickig.«

»Du bist ganz rot«, sagte Monk. »Alles ist rot.«

Minx kicherte. »Natürlich.«

26

Die Tür führte von der Gasse in einen schmalen Flur, der in einem quadratischen Zimmer endete, das mit allem möglichen Kram vollgestopft war: Stühle, eine Couch, Küchengeräte, Trideo, SimSinn-Ausrüstung, Buchdisketten, Chips, mehrere Cyberdecks und ein Durcheinander von Einzelteilen, die wie die Einzelteile weiterer Cyberdecks aussahen. Bandit hatte kein besonderes Interesse daran. Er untersuchte weiter. Ein kleiner Raum zur Linken erwies sich als Toilette mit Bad. Ein dritter Raum sah wie ein Schlafzimmer aus.

Das Wesen des Schlafzimmers hob sich ab. Hier funkelte Leben, wenn auch schwach. Die spirituelle Essenz der Welt schien hier Bedeutung zu haben. Dieser Raum mußte eingehender untersucht werden.

Bandit kehrte in seinen Körper zurück.

»Okay?« fragte Rico vom Vordersitz des Lieferwagens.

»Ja«, sagte Bandit. »Interessant.«

»Du hast nichts Gefährliches gesehen?«

»Nein.«

Von seinem kurzen Abstecher in den Astralraum zurückgekehrt, saß Bandit mit gekreuzten Beinen hinten in Thorvins Lieferwagen inmitten eines Durcheinanders aus Werkzeugen und Ersatzteilen. Er wartete, während Rico dem Rest der Gruppe Anweisungen gab. So tief im Sektor 6, Little Asia, waren sie dank Pipers Connections wahrscheinlich sicher, aber sie würden keine unnötigen Risiken eingehen. Dok und Filly würden hier im Lieferwagen Wache halten. Alle anderen würden in die kleine Wohnung gehen, die Bandit soeben ausgekundschaftet hatte, und sich ausschlafen.

Bandit folgte Rico, Piper, Shank, Thorvin, Surikov

und Marena Farris aus dem Lieferwagen über die Gasse und in die Wohnung.

»Bist du sicher, daß das in Ordnung geht?« sagte Rico.

»Ich bin sicher«, erwiderte Piper. »Der Bursche, der hier gewohnt hat, ist von einer massiven Rückkopplung erwischt worden. Die Miete ist bis Ende des Monats bezahlt.«

»Wer ist der Bursche?«

»Jemand, den ich aus der Matrix kenne.«

Farris und Surikov setzten sich beide auf die Couch, doch so weit wie möglich auseinander. Shank hielt inne und beobachtete sie sehr genau. Bandit ging ins Schlafzimmer.

Es roch nach Räucherwerk. Die Wände waren bemalt, so daß sie wie ein Wald aussahen. In bunten Kübeln standen ein paar vertrocknete Pflanzen. Auf der Schubladenkommode, dem Spiegelschrank und dem kleinen Tisch in der Ecke standen Figürchen und nett anzusehender Tand, darunter auch ein paar Tierfelle und -knochen, Kristallphiolen und eine kleine Trommel. Unter einem Moskitonetz lagen zwei Schlafsäcke auf dem Boden. Unter dem Kissen am Kopfende der Schlafsäcke lagen ein kleiner Beutel mit Drogen, illegale Aufheller, und ein Buch, *Die Schamanische Tradition*, von Arthur Garrett, Abteilung für Okkulte Studien, Universität von Kalifornien, Los Angeles.

Nichts davon hatte einen wirklichen Wert. Bandit blätterte ein wenig in dem Buch von Garrett herum, nur aus Neugier, dann ließ er es auf die Schlafsäcke fallen. Der Charakter des Zimmers deutete auf ein Medizin-Wigwam hin, wo ein Schamane langwierige Magie wirken mochte, aber dieser Eindruck war offenbar eine Lüge.

Das Buch von Garrett bewies es praktisch.

Seichtes Zeug, sehr philosophisch.

Die eigentliche Überraschung war der Spiegelschrank. Bandit spürte dort etwas, etwas, das auf Macht hindeutete. Er fand einen offenen schwarzen Plastikbeutel, der knapp einen Meter lang war. Darin befand sich eine Flöte, eine große, die anscheinend aus einem Stück Holz geschnitzt worden und mit schamanischen Symbolen verziert war. Bandit strich sacht über das Holz. Auf der Astralebene war die Flöte eine lebende Entität – sichtbar und real –, die mit strahlender Energie aufgeladen war. Wie ein Fokus, wenngleich ein schwacher, der erst vor kurzem angefertigt worden war.

Seltsam …

Die Flöte schien ihn anzurufen, doch leise, wie aus großer Entfernung, leise, ganz leise, wie ein Teil von ihm, den er vor langer Zeit vergessen hatte.

Er fragte sich …

Er dachte an das Schwert, das an seinem Gürtel hing. Er trug es seit langer Zeit. Als er noch jünger und mit der Art Waschbärs noch nicht so vertraut gewesen war, hatte er das Schwert manchmal gebraucht, um sich zu verteidigen, aber jetzt hatte er es seit Jahren nicht mehr benutzt. Wahrscheinlich würde er es nie wieder benutzen. Er hatte mittlerweile begriffen, daß sich die Art von Gewalt, die von einem Schwert ausging, nicht mit der Art Waschbärs vertrug. Vielleicht war es an der Zeit, daß er diesen Teil von sich vollkommen aufgab. Vielleicht sollte er das Schwert im Tausch für diese Flöte dalassen, die ihm irgendwie repräsentativ für einen älteren Teil seiner selbst, seines Lebens vorkam, eines Teils, der ihm jetzt wichtiger erschien.

Keine Frage, es war ein fairer Tausch.

»Du machst einen Fehler«, sagte Farris.

»Das mußte ja kommen«, erwiderte Surikov.

»Das wird nicht so laufen, wie du dir das vorstellst.«

»Was interessiert dich das?«

»Ansell, du weißt, daß ich nur das Beste für dich will. Es ist mir nicht egal, was mit dir geschieht.«

»Und das soll ich glauben? Nach allem, was geschehen ist?«

»Ja. Ja, das sollst du. Ich habe mich geirrt, das weiß ich jetzt. Es tut mir leid. Ich hatte Angst, Todesangst. Ich weiß, das ist keine Entschuldigung, aber kannst du mir wirklich einen Vorwurf machen? Was hättest du an meiner Stelle geglaubt? Ich bin mitten in der Nacht von wildfremden Leuten aus meiner Wohnung entführt worden. Von Leuten mit Waffen. Ich wußte, daß du wütend auf mich bist. Ich wußte, daß du mir die Schuld an allem gegeben hast. Was hätte ich sonst glauben sollen?«

»Du hast wirklich geglaubt, ich will dich umbringen lassen?«

»Ich weiß, daß sich das nicht sehr vernünftig anhört. Ich habe in diesem Augenblick auch nicht in sehr vernünftigen Bahnen gedacht. Vielleicht habe ich überhaupt nicht gedacht. Ich weiß es nicht. Ich befürchte nur, daß du jetzt denselben Fehler begehst und nicht nachdenkst. Du fühlst dich verraten, nicht nur von mir. Du bist wütend. Vielleicht bist du der Ansicht, daß ein Wechsel zu Prometheus Engineering eine Art Rache wäre ...«

Surikov schüttelte den Kopf. »Das hat überhaupt nichts damit zu tun.«

»Liebling, wie kannst du da so sicher sein? Du warst dein ganzes Leben bei Fuchi. Ich weiß, daß du nicht immer alles bekommen hast, was du wolltest, aber du warst glücklich. Eine Zeitlang warst du sogar sehr glücklich. Wenn du deine Wut einfach außen vorlassen könntest, würdest du feststellen, daß du bei Maas Intertech aus denselben Gründen unglücklich warst, aus denen du auch bei Prometheus Engineering unglücklich sein würdest.«

»Also soll ich mit dir zu Fuchi zurückkehren? Du mußt verrückt sein.«

Shank grunzte und setzte sich auf den Boden, dann lehnte er sich mit dem Rücken gegen die Wand, die dem zu der Gasse führenden Flur gegenüberlag. Marena Farris ließ nicht viel aus. Nach ihrem Versuch, Surikov umzulegen, hatte die exotisch aussehende Schnalle jede freie Minute mit dem Versuch verbracht, den Burschen davon zu überzeugen, wieder zu Fuchi zurückzukehren. Sie war sehr hartnäckig und nicht dumm. Was Surikov auch sagte, sie fand eine Möglichkeit, ihm das Wort im Mund umzudrehen und es in einen Grund umzumünzen, warum Surikov in die Schwarzen Tower zurückkehren solle. Mittlerweile ging es ihm auf die Nerven. Shank hatte die Nase voll von Fuchi.

Er lehnte den Kopf zurück und schloß die Augen. Er hatte über einen Tag lang nicht mehr geschlafen. Keine große Sache. Er hatte es vor einigen Jahren in Bogotá und Panama City wesentlich länger ausgehalten. Der clevere Soldat machte bei jeder Gelegenheit, die sich ihm bot, ein kleines Nickerchen.

Natürlich gab es kein geeignetes Möbel, aber Shank hatte nichts gegen den Fußboden. Ein mit Teppich ausgelegter Fußboden war wesentlich besser als ein verwanztes Loch in der Erde …

Und wenn Marena Farris jetzt noch die Klappe hielt …

Das schlimmste daran war, daß sich ihre Lage wahrscheinlich verbessern würde, wenn Farris ihren Willen durchsetzte. Thorvin hatte die Executive Action Brigade als diejenigen identifiziert, die ihnen im Sektor 20 auf den Pelz gerückt waren, und Rico vermutete, daß die EAB als ihre Rückendeckung angeheuert worden war, und zwar von Fuchi, möglicherweise über L. Kahn. Wenn Fuchi bekam, was es wollte, begnügte man sich vielleicht damit, das Vergangene ruhen zu lassen, die Rückendeckung zurückzupfeifen und alles zu vergessen.

Wenn nicht … Tja …

Später würde reichlich Zeit sein, Schlaf nachzuholen, wenn es zu Ende war, und zwar so oder so.

»Ich will, daß du bei Farris bleibst.«

Piper fuhr mit den Händen über Ricos Brust und Schultern, dann lehnte sie den Kopf gegen sein Kinn, seinen Hals. »Und wenn etwas schiefgeht?« sagte sie leise. »Dann brauchst du vielleicht Hilfe.«

»Du bist eine Deckerin. Keine Messerklaue.«

»Ich kann schießen.«

»Wenn irgendwas schiefgeht, hilft uns ein Gewehr mehr auch nicht weiter. Und ich brauche dich sowieso, um Farris im Auge zu behalten.«

»Sie wird nirgendwohin gehen.«

»Das ist das Entscheidende. Wir haben die Verantwortung für sie.«

Natürlich sah er das so. Piper beschloß, nicht mit ihm zu streiten. Sie wußte weniger über Waffen und Kämpfen und hatte mit beidem weniger Erfahrung als jedes andere Teammitglied. Damit war sie die geeignetste Person, um auf Marena Farris aufzupassen.

Eine Stunde später waren Rico und die anderen so weit und gingen in voller Montur und mit überprüften Waffen zum Lieferwagen. Rico legte Marena Farris Handschellen an, und zwar auch an den Füßen. »Damit Sie nicht in Schwierigkeiten geraten«, erklärte er.

»Bitte blasen Sie es ab«, sagte Farris. »Dieses Treffen. Es wird nicht klappen.«

Rico zögerte einen Augenblick, dann sagte er: »Es ist praktisch schon gelaufen.«

Piper folgte ihm zur Tür und umarmte ihn dort noch einmal. »Sei vorsichtig, *Jefe*«, murmelte sie.

»Immer«, erwiderte Rico.

Als er weg war, blieb Piper nichts weiter zu tun, als sich auf einen der Armsessel zu setzen und zu warten und sich Sorgen zu machen. Sie hielt eine Ares Special

Service in der Hand, bezweifelte jedoch, daß sie sie brauchen würde. Aller Wahrscheinlichkeit nach würde niemand kommen, um Marena Farris zu retten, und Farris kam ihr nicht wie der Typ vor, der selbst einen Versuch starten würde, sich zu befreien. Das verstärkte nur Pipers Gefühl der Nutzlosigkeit. Für das heutige Treffen war kein Decker erforderlich. Sie konnte sich einstöpseln und die Aktivitäten der Polizei überwachen, aber die Polizei würde höchstwahrscheinlich wie üblich nicht von Belang sein. Sie konnte versuchen, in die Mainframes von Prometheus einzudringen, falls Prometheus falsches Spiel mit ihnen trieb, aber die Chancen, das aus der Matrix zu erfahren, waren gleich Null. Konzerne verwahrten Aufzeichnungen über praktisch jeden Aspekt der Existenz, aber Dokumente hinsichtlich illegaler oder halblegaler Unternehmen wurden in der Regel in Code-Rot-Datenspeichern oder in Knoten abgelegt, die von den Mainframes des Konzerns isoliert waren.

So ungefähr das einzige, was sie tun konnte, war beten und die Kami zu bieten, gütig zu sein. Bevor sie sich entscheiden konnte, womit sie beginnen sollte, sagte Marena Farris: »Ich weiß, Sie müssen mir mißtrauen, aber Sie sollen wissen, daß ich dankbar für die Art bin, wie Sie mich behandelt haben.«

Piper empfand einen Anflug von Verärgerung. Es war schwierig, Farris anzusehen und nichts derartiges zu empfinden. Die Frau sah hundertprozentig aus wie eine protzige Konzernhure, gebildet, aber doch nuttig. Unmöglich überentwickelt. »Ich brauche Ihre Dankbarkeit nicht.«

»Ich habe oft Geschichten gehört, die Runner wie rücksichtslose Verbrecher aussehen lassen«, sagte Farris. »Ich weiß, daß manche brutale Killer sind. Das trifft auf Sie und ihre Leute offensichtlich nicht zu.«

»Warum reden Sie so, als hätten wir Ihnen einen großen Gefallen getan?«

»Ich lebe noch, oder nicht?«

»Was hat das mit mir zu tun?«

»Es könnte eine Menge mit Ihnen zu tun haben, je nachdem, wie sich die Dinge entwickeln.«

»Welche Dinge?«

»Das Treffen mit Prometheus.«

»Was können Sie schon darüber wissen?«

»Wahrscheinlich mehr, als Sie denken.« Farris hielt inne, um sich die Haare aus dem Gesicht zu streichen, dann begegnete sie Pipers Blick mit einem intimen Ausdruck in den Augen, einer Miene, die sie förmlich anflehte, die Distanz zwischen ihnen zu überbrücken. Piper nahm ihr diesen Ausdruck nicht ab, keine Sekunde lang, noch hielt sie den plötzlichen Wechsel in Farris' Tonfall für echt, der plötzlich schockierend sanft war. »Es ist leicht zu sehen, was Sie von mir halten. Ich weiß, daß Sie mir wahrscheinlich nicht trauen. Deshalb habe ich auch über das geschwiegen, was ich weiß. Ich bin nicht nur irgendeine kleine Psychologin oder kosmetisch hergerichtete Konzernschnalle. Ich hatte Zugang zu einigen äußerst vertraulichen Informationen. Ich bin lebend wesentlich mehr wert als tot.«

Piper grinste höhnisch. »Niemand hat vor, Sie umzubringen.«

»Das hat mir Ihr Mann bereits gesagt.«

»Dann können Sie sich darauf verlassen.«

»Er ist ein guter Mann.«

»Der beste.«

»Gute Leute sind schwer zu finden. Ihre Überzeugungen bringen sie ins Hintertreffen. Sie müssen sehr gut in dem sein, was sie tun, und noch besser informiert, sonst kann das Schlimmste passieren.«

»Warum erzählen Sie mir das, *Konzernschnalle?*«

Farris zögerte, lächelte, schaffte es jedoch, das Lächeln widerwillig, fast gequält wirken zu lassen. »Sie haben recht«, sagte sie. »Ich bin eine Frau aus der Konzernwelt. Durch und durch. Aber wenn dieses Treffen mit Prometheus schiefgeht, vergessen Sie bitte nicht, daß ich Sie gewarnt habe. Ich habe Ihren Mann gewarnt.«

»Und?«

»Wenn ich Sie wäre, hätte ich Angst.«

Piper dachte kurz an die Ares, die sie lässig in der Hand hielt, dann sah sie Farris direkt an und sagte: »Warum sollte ich Angst haben?«

»Wieviel wissen Sie wirklich über Prometheus Engineering?«

»Sagen Sie es mir. Was müßte ich denn wissen?«

»Sie wissen vielleicht nicht genug. Das ist der Punkt.«

Piper hob die Ares und richtete sie auf Farris. Die Waffe war mit Gelgeschossen geladen, die nicht tödlich waren, aber Farris konnte das nicht wissen. Wie die meisten Waffen konnte auch die Ares harte und weiche Munition verschießen. »Ich will, daß Sie mir alles erzählen, von dem Sie glauben, ich sollte es wissen. Alles, was zur Sache gehört.«

Über Farris' Gesicht huschte ein ängstlicher Ausdruck. Ihre Lippen bebten schwach. Sie schluckte und sagte zögernd: »Werden Sie mich erschießen, wenn ich es nicht tue?«

Farris hatte sich selbst als ›Frau aus der Konzernwelt‹ bezeichnet. Sie war bei einem der gewissenlosesten Plünderer der Erde angestellt, den die Menschheit bislang hervorgebracht hatte. Um ihre Frage zu beantworten, bedurfte es keiner Überlegung. »Geben Sie mir Grund, es nicht zu tun.«

»Ihrem Mann würde das nicht gefallen.«

»Meinem Mann gefallen viele Dinge nicht, die ich tue. Das ist mein Problem. Ihr Problem ist, was in der Zeit geschieht, bis er zurückkommt.«

»Ja«, erwiderte Farris. »Das sehe ich ein.«

»Schön. Und jetzt reden Sie.«

Farris redete.

Im Lieferwagen sah Shank die Flöte, runzelte die Stirn und sagte: »Hoi, Bandit. Wo ist dein Schwert?«

Bandit sagte schlicht: »Es ist nicht mehr mein Schwert.«

»Hä?« sagte Shank. »Was meinst du damit?«

Bandit erwiderte: »Es ist nicht mehr mein Schwert.«

Shank wunderte sich.

27

Das Einkaufszentrum Willow Brook lag auf der anderen Seite des Passaic River, jenseits der Grenze, wo der Sektor 20 des Newarker Plex mit dem westlichen Ausläufer des Patterson-Passaic-Sprawl zusammentraf.

Das Einkaufszentrum hatte drei günstige strategische Aspekte aufzuweisen: Es zog sowohl Burschen aus dem Plex als auch Pinkel aus verschiedenen Konzernenklaven an; in seiner Nähe liefen mehrere Autobahnen und Schnellstraßen zusammen; und seine Parkplätze waren endlos.

Um zwei Uhr nachts war Parkplatz 17D im nordwestlichen Quadrant bis auf ein paar verstreute Familienkutschen und einen schwarzen Toyota Elite verlassen. Rico nahm die Limousine aus einiger Entfernung unter die Lupe und überprüfte das Kennzeichen. Elites waren so gewöhnlich wie Wasser, sogar im Newarker Plex, aber es handelte sich nicht um L. Kahns Wagen. Das gleiche Modell, aber ein anderes Baujahr.

»Glaubst du, wir schaffen es?« fragte Shank.

Die Zeit, um sich Sorgen zu machen, war vorbei. »Frag mich später.«

»Tolle Antwort, Boß.«

Shank legte den Schalthebel des Renault-Fiat Eurovan ein und fuhr los. Der Rest des Teams befand sich in Thorvins Lieferwagen, der ein ganzes Stück entfernt inmitten anderer Fahrzeuge parkte und außer Sicht bleiben würde, bis bestimmte Voraussetzungen erfüllt waren.

Rico schaltete das Mikro seines Kopfsets ein und sagte: »Wir fahren jetzt los.«

Thorvin bestätigte.

Shank fuhr den Eurovan auf Parkplatz 17D und hielt

zwei Parkboxen von dem wartenden Elite entfernt an. Ein paar Augenblicke verstrichen, dann öffnete sich die hintere Tür der Limousine, und ein Pinkel stieg aus. Er sah nach nichts aus, mittelgroß, weder dünn noch dick, weder jung noch alt, dunkelgrauer Anzug und dazu passende Handschuhe. Eine ganz normale Konzern-Montur. Die Montur machte einen echten Johnson aus dem Burschen, anonym, der perfekte Frontmann für einen Konzern. Man konnte ihm tausendmal am Tag auf der Straße begegnen und würde sich doch nicht an ihn erinnern, weil nichts an ihm bemerkenswert oder erinnerungswürdig war.

Ein zweiter Pinkel tauchte auf, der auf der anderen Seite der Limousine ausstieg. Dies war kein Johnson, sondern viel mehr die Sicherheitsbegleitung des Pinkels, eine Messerklaue.

Rico stieg aus und begegnete dem Pinkel in der Mitte zwischen Lieferwagen und Limousine, wobei er etwa zwei Schritte entfernt stehenblieb, so nahe also, daß sie beide in Schwierigkeiten waren, wenn jemand durchdrehte. Sie musterten einander. Der Pinkel deutete mit sparsamer Geste ganz kurz auf Ricos Hüfte. Als er das Wort ergriff, war seine Stimme ebenso nichtssagend wie sein Äußeres. »Die Sicherheit des Einkaufszentrums könnte Ihren Schießprügel aufspüren.«

»So lange werden wir nicht hierbleiben.«

Der Pinkel nickte vage. »Sie haben die Ware, nehme ich an?«

»Haben Sie die Kohle?«

Der Pinkel öffnete langsam eine Seite seiner Anzugjacke und enthüllte sowohl eine schwere Automatik in einem Schulterhalfter als auch ein Bündel beglaubigter Kredstäbe in der Innentasche seiner Jacke. »Der Preis wird wie vereinbart in beglaubigten Kredstäben bezahlt.«

»Ich will sie prüfen.«

»Zuerst will ich sehen, was ich kaufe.«

»Sehen geht in Ordnung, anfassen erst, wenn ich die Kredstäbe überprüft habe.«

Der Pinkel nickte, schloß seine Jacke und sagte schlicht: »Einverstanden.«

Alles Dinge von untergeordneter Bedeutung, aber auch die zählten. Bei diesem Spiel traute keiner keinem, und der kleinste Ausrutscher konnte der Auslöser für eine Schießerei sein. Rico hatte nichts dagegen, dem Burschen Surikov zu zeigen. Er konnte ihn aus fünf oder zehn Meter Entfernung ›sehen‹. Wenn er irgend etwas vorhatte, würde er das wahrscheinlich erst versuchen, wenn die Entfernung geringer war. Schritt für Schritt, langsam und vorsichtig – das war die Spielregel, die allgemein anerkannte Verfahrensweise.

Rico schaltete das Mikro ein. »Fertig.«

Thorvin bestätigte.

Augenblicke später tauchte der Lieferwagen auf. Thorvin hielt ganz nach Plan auf der anderen Seite des Renault-Fiat Eurovan, so daß dieser Deckung bot. Als Filly und Dok mit Surikov ausstiegen, kamen sie nur so weit hinter dem Eurovan vor wie nötig, um Surikovs Gesicht zu zeigen.

»Sie sind sehr vorsichtig«, bemerkte der Pinkel.

»Es zahlt sich aus«, erwiderte Rico.

»Sobald Sie die Kredstäbe geprüft haben, verlange ich eine DNS-Probe und einen Retina-Abdruck.«

»Mein Mann überprüft Ihre Ausrüstung.«

»Kein Problem.«

Die Prüfung der Kredstäbe dauerte nicht lange. Rico hatte ein tragbares Prüfgerät an seinem Gürtel, kein gebräuchliches Modell. Piper und Thorvin hatten es zusammengebaut. Piper hatte gesagt, die Chips in dem Gerät würden gefälschte Bankchiffres mit einem sehr hohen Wahrscheinlichkeitsgrad entdecken. Das reichte Rico. Er steckte jeden Stab in das Gerät, wartete auf zwei leise Summtöne und gab ihn dann dem Pinkel zurück. Die Kredstäbe bestanden die Prüfung.

Ein weiterer Bursche entstieg dem Toyota Elite. Der Pinkel stellte ihn als technischen Assistenten vor. Der Assistent zeigte Rico die beiden Scanner, mit denen er Surikov überprüfen wollte. Rico winkte Dok zu sich. Dok prüfte die Scanner mit seiner eigenen Ausrüstung.

»Handelsübliche Ware«, stellte er fest.

»Ihr Mann geht mit meinem Mann«, sagte Rico zu dem Pinkel, »prüft die Ware und erstattet Ihnen Bericht. Danach vollziehen wir den Austausch.«

»Einverstanden.«

Diese letzte Prüfung dauerte etwa eine Minute. Der Assistent kehrte zurück und nickte dem Pinkel zu. »Bringen Sie mir die Ware, dann bekommen Sie die Stäbe«, sagte der Pinkel.

»In Ordnung.«

Jetzt kam der Augenblick, der zählte. Rico nahm noch einmal einen raschen Rundumblick. Die Messerklaue des Pinkels hatte sich nicht bewegt. Der Parkplatz sah frei aus. Thorvin gab keinen Alarm, so daß weder seine Ausrüstung noch Bandit irgend etwas Verdächtiges registriert haben konnten. Also konnte er davon ausgehen, daß alles cool aussah. Rico bedeutete Dok und Filly, Surikov zu bringen. Ihre Schritte kamen ihm auf dem Asphalt ungewöhnlich laut vor. Sie gingen langsam, gemäßigten Schrittes. Die Sekunden dehnten sich.

»Das ist nah genug«, sagte der Pinkel, indem er einen Arm in Richtung Surikov ausstreckte, die Handfläche nach oben gerichtet. Dann ruckte der Unterarm des Burschen, etwas wie eine Schrotflinte dröhnte, und Rico wurde klar, daß in den Arm des Dreksacks eine Cyberkanone implantiert war.

Das erklärte die Handschuhe. Der Handschuh an der rechten Hand verdeckte die Mündung. Der Handschuh verschwand mit dem Donnern der Cyberkanone und einer blendend roten Feuerzunge.

Als das Donnern verhallte, hatte Rico den Predator aus dem Halfter gezogen und angelegt, und der rote Laserzielpunkt lag auf dem Gesicht des Pinkels.

Im Hintergrund, auf der anderen Seite der Limousine, wurde die Messerklaue des Pinkels aktiv.

Diesmal, erkannte Rico, ging es um alles.

Bandit entdeckte auf oder um den Parkplatz nichts von Interesse. Die Zauber, die er benutzte, enthüllten keine unmittelbaren Bedrohungen, keine Feinde. Das einzige, das wirklich seine Aufmerksamkeit zu verdienen schien, war die Limousine des Pinkels.

Im Astralraum war die Entfernung zwischen Thorvins Lieferwagen und der Limousine vernachlässigbar gering. Bandit überwand sie in einem einzigen Augenblick. Danach noch weiterzukommen, war eine andere Sache. Zuerst sah die Limousine wie ein ganz gewöhnlicher Wagen aus, aber das war nicht ganz richtig. Irgend etwas stimmte nicht mit ihr, war ungewöhnlich für einen Wagen. Mehrere Minuten des Sondierens brachten Bandit die Antwort. Die Limousine war mit einer mächtigen Schutzvorrichtung gesichert. Das war ihm zuvor entgangen, weil die Schutzvorrichtung getarnt war, verborgen, absichtlich verhüllt. Das war äußerst ungewöhnlich. Eine Schutzvorrichtung zu tarnen, war schwierig. Er schloß daraus, daß sich in der Limousine jemand oder etwas von großem Wert befinden mußte. Die Schutzvorrichtung zu überwinden, war eine würdige Herausforderung.

Doch bevor er seine Aufgabe beenden konnte, spürte er, wie um ihn herum auf der physikalischen Ebene die Gewalt ausbrach, und hatte eine plötzliche Eingebung hinsichtlich des Grundes für die astrale Schutzvorrichtung der Limousine.

Er kehrte in seinen Körper zurück, sah Thorvin an und sagte: »Ich glaube, in dem Wagen befindet sich ein Magier.«

»In welchem WAGEN?« rief Thorvin über das Dröhnen der Schüsse hinweg.

»In der Limousine.«

Dok wurde von dem Schuß aus der Cyberkanone völlig überrumpelt. Er sah, wie der Pinkel die Hand hob, und die Hand dann hinter einem feurig roten Blitz verschwinden. Der Schuß hallte in seinen Ohren. Er blieb abrupt stehen, sah, wie Rico seine Kanone zog, und spürte Surikov fallen, was ihn aus dem Gleichgewicht brachte.

Dok verstärkte seinen Griff um Surikovs Arm, aber es war witzlos. Der Mann ging zu Boden wie ein nasser Sack und fiel auf den Rücken. Dok taumelte, dann fand er das Gleichgewicht wieder und blickte gerade noch rechtzeitig zu Boden, um das Resultat des Schusses zu sehen, den der Pinkel abgegeben hatte. Surikovs Hals war zerfetzt. Er war tot oder nahe daran. Dok bückte sich und öffnete den Mund, um irgend etwas zu rufen, doch zu spät. Es ging alles zu schnell. Surikovs Augen bebten wie Gelee, dann fingen sie an zu kochen. Eine dunkle, zähe Flüssigkeit tropfte ihm aus den Ohren. Dampf wirbelte auf. Das Gesicht des Mannes fiel förmlich in sich zusammen. Dok wußte ganz genau, was vorging. Er sah derartige Effekte nicht zum erstenmal. Nicht jede Cortex-Bombe war mit Sprengstoff geladen. Manche enthielten weißen Phosphor oder Brand-Gel. Sie mochten auf Lebenszeichen reagieren oder per Fernsteuerung gezündet werden, und sie hinterließen nichts als eine Pfütze brodelnden Schleims.

Filly schrie ihm etwas ins Gesicht.

Automatische Waffen eröffneten das Feuer.

Die Schüsse des Predator hallten wie Kanonendonner durch die Nacht. Der Pinkel taumelte rückwärts, sein Kopf wurde zurückgerissen, und einen Augenblick später war seine Brust blutüberströmt. Rico warf sich herum und hechtete zur Seite.

Schwere Waffen dröhnten. Rico machte das Schnellfeuer-Hämmern der Minikanone auf dem Dach von Thorvins Lieferwagen und die helleren Feuerstöße aus Shanks M22A2 aus. Außerdem hörte er das Knattern einer Maschinenpistole. Wahrscheinlich die Messerklaue des Pinkels, dachte Rico.

Er wälzte sich über den Boden, kam hoch und rannte los. Jetzt brauchte er es nur noch in Thorvins Lieferwagen zu schaffen, ohne sich die Cojones abschießen zu lassen. Und dann hieß es: nichts wie weg!

Gerade war alles noch ruhig und friedlich, und im nächsten Augenblick war Surikov tot, und Rico ballerte mit seiner schweren Automatik um sich, und überall blinkten plötzlich Zielindikatoren, und sie wurden aus allen Richtungen unter Beschuß genommen.

Soviel zu Vorwarnungen!

Trau keinem Schamanen, niemals und wegen nichts!

Thorvin ließ den Motor an und fuhr seinen Waffenturm aus. Die Feinde wuchsen förmlich aus dem Boden, als hätten sie sich vorher eingegraben oder unter Gullydeckeln versteckt. Er schoß mit seiner Minikanone um sich und feuerte eine breit gefächerte Salve Minigranaten ab, sowohl Rauch als auch Erschütterung. Was ihn wirklich beunruhigte, waren die zwei Echos, die gerade in diesem Augenblick auf seinem Radarschirm zu blinken anfingen.

»ZWEI VÖGEL IM ANFLUG!« brüllte er.

Das konnte noch verdammt heiter werden.

Bandit trat durch die offene Seitentür des Lieferwagens und sah sich rasch um.

Direkt hinter dem Eurovan, den Rico und Shank genommen hatten, stand die glänzende schwarze Limousine des Pinkels. Bandit konnte den Pinkel nicht mehr sehen. Der Bursche war zu Boden gegangen, und Bandit hatte so eine Ahnung, daß er tot war. Waschbär machte sich nicht viel aus Töten und Kämpfen, aber dies war höchstwahrscheinlich eine außergewöhnliche Situation. Es sah nicht besonders gut aus für sie.

Ein paar Schritte vor ihm, zwischen Bandit und dem Eurovan, schoß Shank um sich, was das Zeug hielt.

Dann veränderte sich das Mana. Es hatte nichts mit Shank zu tun. Bandit spürte, was kam, bevor er es von Rechts wegen wissen konnte. Er senkte den Kopf ein wenig und beugte sich nach links, so daß er um das vordere Ende des Eurovan herumlugte. Von dort aus sah er, wie sich etwas auf der abgewandten Seite der Limousine bewegte. Der Magier stieg aus und erhob sich, wobei er die Limousine als Deckung benutzte. Eine dunkle Kapuze überschattete seine Gesichtszüge, aber nicht seine Aura. Bandits Augen weiteten sich, als er die pulsierende Kraft in der Astralgestalt des Magiers sah. Sie weiteten sich noch mehr, als er das Ausmaß der Kraft spürte, die der Magier für seinen Zauber sammelte.

Das war ganz schlecht.

Wirbelnde Energie bildete und verdichtete sich, wurde immer intensiver und bedrohlicher. Die Welt schien auf eine endlose Schwärze zuzugleiten, als sich das Mana rasch sammelte und einem Höhepunkt zustrebte. Bandit fragte sich, was geschehen würde, wenn dieser Höhepunkt schließlich erreicht war, beschloß jedoch, nicht abzuwarten, um es herauszufinden. Er hatte das sehr, sehr starke Gefühl, daß ihm die Wirkung des Zaubers, den der Magier vorbereitete, nicht im geringsten gefallen würde.

Anstatt zu warten, murmelte er zwei Worte und gestikulierte mit der Hand. Aus seinem Finger schoß ein dünner Energiestrahl, der mit den Kräften verschmolz, die der Magier um sich sammelte. Der Magier zögerte und wischte sich über die Augen. Dann hustete er, und dann knurrte er, während er die Hände vor das Gesicht schlug und röchelte und hustete und nach Luft schnappte. Der Gestank der Dämpfe, die ihn jetzt umgaben, würde sich rasch verlieren. Aber ihre übelkeiterregende Wirkung setzte sofort ein.

Plötzlich krümmte sich der Magier und übergab sich.

Bandit nickte. Wieder eine Lektion gelernt. Mächtige, komplizierte Zauber hatten ihren Nutzen. Aber Waschbär zog es vor, die Dinge einfach zu belassen, wann immer dies möglich war. In diesem Fall hatte das Einfache das Komplizierte bedeutungslos gemacht. Oder beinahe bedeutungslos. Einen Augenblick lang fuhren die Energien, die der Magier beschworen hatte, fort, sich zu sammeln, unkontrolliert und auf einen neuen Höhepunkt hin, auf eine chaotische Entladung immenser Kräfte.

Das konnte schlimm werden.

Echt schlimm.

Eine knisternde Detonation jagte über den Nachthimmel, dessen Kraft und Lautstärke stetig zunahm, bis es eine plötzliche Explosion gab und ein sengender Blitzstrahl aus reinweißer Energie aus der Nacht herabzuckte. Dok spürte ihn mehr, als daß er ihn sah. Seine Nackenhaare standen ihm zu Berge. Ein gewaltiger Knall ließ den Boden erzittern. Ein donnerndes Krachen folgte. Blendend weißes Licht flammte auf. Einen Augenblick war es so wie bei einer Atombombenexplosion im Trideo. Aus dem Augenwinkel sah Dok die Toyota-Limousine des Pinkels vom Boden abheben und sich in wirbelnde, rasiermesserscharfe Splitter auflösen.

Irgendwann zwischen dem ersten lauten Knall und dem darauffolgenden donnernden Krachen spürte Dok, wie Filly gegen ihn prallte, und plötzlich fiel sie direkt vor seinen Füßen zu Boden.

Mitten im Schritt, auf halbem Weg um das vordere Ende des Eurovan, warf sich Dok vorwärts und knallte auf den Asphalt. Er hörte Shank »DECKUUUUNG!« rufen. Er hörte das donnernde Krachen und sah aus dem Augenwinkel die sich in ihre Bestandteile auflösende Limousine. Er war ganz sicher, daß Filly gestolpert war. Oder vielleicht hatte sie den ersten ohrenbetäubenden Knall gehört und sich instinktiv zu Boden geworfen.

Splitter oder Kugeln oder vielleicht auch beides knallten gegen Doks ballistikisolierte Brust und Schultern, als er auf Händen und Knien zu Filly zurückkroch. Sie blutete. Am Hinterkopf hatte sie Blut im Haar, und sie bewegte sich nicht. Plötzlich war das Schlimmste möglich, aber Dok wußte, daß es Filly ähnlich sähe, wenn sie getroffen würde – sogar schlimm getroffen würde –, ohne einen Laut von sich zu geben. Sie war schon ein zähes Frauenzimmer.

Er packte sie unter den Armen und schleifte sie zum Lieferwagen. Keine Zeit – *keine Zeit für erste Hilfe jetzt!* Er mußte sie in den Lieferwagen schaffen – *in den Lieferwagen und dann tun, was zu tun war!* Sie vernünftig zusammenflicken. Sie am Leben erhalten, bis sie irgendwo eine Klinik fanden, *wenn es tatsächlich so schlimm war!*

Das Atmen fiel ihm schwer, so schwer ...

Plötzlich war Rico da, packte Filly um die Hüften und half ihm, sie durch die Seitentür des Lieferwagens zu hieven.

Sie hatten keine Zeit zu verlieren.

Absolut keine.

28

Sie verbrachten den größten Teil der Nacht damit, ihre Verfolger abzuschütteln und sich immer wieder davon zu überzeugen, daß ihnen niemand mehr auf den Fersen war.

Das wenige, was Bandit über den Magier in der Limousine gesagt hatte, erweckte den Eindruck, daß es sich um einen unglaublichen Meister arkaner Künste gehandelt hatte. Als hätte der Bursche den ganzen Parkplatz in Schutt und Asche legen können, und noch das halbe Einkaufszentrum dazu, hätte er die Zeit gehabt, seine Magie zu entfalten. Vielleicht machte die Art und Weise, wie die Geschichte ausgegangen war, den Vorteil deutlich, den man hatte, wenn man seinen Kram auf der Straße anstatt an irgendeiner hochgestochenen okkulten Akademie lernte. Auf der Straße lernte man, daß man entweder schnell handeln mußte oder tot war. Das war einer von Bandits Pluspunkten. So sehr er manchmal auch in einer anderen Welt zu leben schien, er wußte, wie man schnell handelte, und er wußte, wann Schnelligkeit alles war.

Gute Instinkte, dachte Rico.

Wie sollte man es sonst nennen?

Thorvin jagte den Lieferwagen über die Schnellstraßen. Sie fuhren kreuz und quer durch den Plex und machten zu oft kehrt, um noch den Überblick zu behalten. Rico fand es schwierig, ja unmöglich, noch den Überblick zu behalten, weil er einfach nicht glauben konnte, wie das Treffen geendet hatte. Es ergab einfach keinen Sinn.

Und dann war da noch die Hektik im hinteren Teil des Lieferwagens.

Dok bearbeitete Filly über eine Stunde lang, noch lange nachdem für Rico längst offensichtlich war, daß das wenige, was Dok mit den vorhandenen Geräten ausrichten konnte, einfach nicht reichen würde. Vielleicht, wenn ihm eine vollständige medizinische Ausrüstung mit Sauerstoffmasken und all dem Drek wie in einer ganz gewöhnlichen Notaufnahme zur Verfügung gestanden hätte, vielleicht hätte er sie dann retten können. Wie die Dinge lagen, stand ihr aller Leben auf dem Spiel, und das bedeutete, sie mußten sich absetzen, und alles andere war zweitrangig.

Filly bewegte sich nicht ein einziges Mal. Sie atmete nicht. Sie gab nicht das kleinste Lebenszeichen von sich. Was auch immer sie am Hinterkopf getroffen hatte, es hatte Knochen durchschlagen. Wahrscheinlich war es sofort vorbei gewesen, bevor sie Schmerzen empfinden konnte, bevor sie überhaupt wußte, was sie getroffen hatte.

Wenn es passieren würde, dann sollte es so passieren. So wollte Rico abtreten. Gerade noch voll da und im nächsten Augenblick weg. Ein Tod mit etwas Würde.

Das half Dok natürlich nicht im geringsten.

»Sie hat gelebt, wie sie leben wollte, Amigo«, sagte Rico schließlich. »Sie war sich selbst und dir treu. Sie war richtig. Sie mußte dabeisein. Sie hätte dich nicht alleine gehen lassen. Auf gar keinen Fall, *Compadre.*«

Shank grunzte, nickte zustimmend und sagte zu Dok: »Wir fühlen mit dir, Bruder.«

Dok legte den Kopf in den Nacken, schloß die Augen und sagte nichts. Preßte krampfhaft die Augen zu und biß die Zähne zusammen, bis seine Kiefermuskeln zuckten. Mühte sich mit aller Kraft, sich zu beherrschen. Rico wußte, wie das war. Er wußte auch, daß es keinen Sinn hatte. Manche Gefühle waren einfach zu stark, um sie in sich verschließen zu können.

Es dämmerte bereits, als sie in Little Asia eintrafen. Thorvin fuhr den Wagen durch die schmale Gasse bis zu ihrem letzten Versteck und hielt an. Keine Spur von Verfolgern oder Überwachung. Rico stieg aus und sah sich um. Die Seitentür des Lieferwagens öffnete sich, Bandit kam heraus und sah sich ebenfalls um. Im Laderaum des Lieferwagens saß Dok da und starrte blicklos auf Fillys Leiche. »Komm mit, Bruder«, sagte Shank.

»Ich will allein sein«, sagte Dok rauh.

»Komm schon, Chummer.«

»Laß mich in *Ruhe!*«

»Dok«, sagte Rico mit einer gewissen Schärfe in der Stimme, »du blutest immer noch, Shank blutet. Wir bluten alle. Komm mit rein und kümmere dich ums Geschäft. Wenn du dann Zeit für dich allein willst, kannst du sie gerne haben.«

Die kleine Ansprache schien ihre Wirkung nicht zu verfehlen, aber kaum hatte Dok den Lieferwagen verlassen, als er anfing zu fluchen. Er drehte völlig durch, war verrückt vor Wut. Seine Worte klangen wie Geräusche, die Tiere von sich geben mochten. Er fuhr herum und bearbeitete den Lieferwagen mit den Fäusten. Dann rammte er seinen Schädel gegen das Metall. Einmal reichte ihm nicht. Er konnte nicht aufhören. Er würde alles tun, jedes Risiko eingehen, gegen jeden antreten, jeden töten, um Filly zurückzubekommen. Er konnte sich ganz einfach nicht mit der Wirklichkeit abfinden. Er mußte irgend etwas tun.

Eine Frau war immer eine Frau, auch wenn sie nur im Bett lag und schlief. Für die meisten Männer war es anders, und, das wußte Rico, auch für Dok war es anders. Er war ebensosehr Soldat wie Arzt. Er war ein ehemaliger Söldner. Nur Leben zu retten, war nicht genug. Er mußte sich als Mann beweisen. Er mußte Dinge tun. Verrückte, gefährliche Dinge wie an Shadowruns teilnehmen, auch wenn er dabei getötet wurde. Es war mehr als bloßer Männlichkeitswahn. Es war Stolz und Selbstwertgefühl und ein wesentlicher Bestandteil seiner Identität. Er mußte etwas wegen Filly unternehmen, auch wenn alles, was er tun konnte,

sinnlos und vergeblich war. Auch wenn er sich nur an der Seite des Lieferwagens den Schädel blutig schlug.

Rico sah vielleicht drei Sekunden zu, dann packte er Dok am Arm, riß ihn herum und stieß ihn rückwärts gegen den Lieferwagen. Dok wehrte sich, hämmerte gegen Ricos Schultern und schrie ihn an, doch Rico schob ihn weiter zurück und nagelte ihn gegen das Metall. Shank half ihm. Schließlich erwies sich der Kummer als stärker als die Wut, und dieser Kummer war zu groß, als daß er ihn hätte zurückhalten können.

Ein Mann, der stark genug war, um zu lieben, wirklich zu lieben, öffnete sich der Möglichkeit des Leids. Ein Mann, der das konnte, kümmerte sich einen Drek darum, wer wußte, wie weh es tat oder wie sich der Kummer bemerkbar machte.

Schließlich ließ die Flut abrupt nach. Dok sackte förmlich in sich zusammen, seine Augen weiteten sich, und er wurde leichenblaß. Rico fing ihn auf, hielt ihn fest.

»Ich bin getroffen«, murmelte Dok. »Jesus ...«

Rico sagte nichts.

Shank half ihm, Dok ins Haus zu tragen.

In dem Augenblick, als Piper den Motor des Lieferwagens hörte, schnappte sie sich ihre Automatik und rannte durch den Flur zur Hintertür. Ein kurzer Blick durch den Spion bestätigte ihre Vermutungen. Sie riß die Tür auf, dann stand sie nur da und sah zu, wie Dok aus dem Lieferwagen stieg, wie er plötzlich fluchte und schrie und wie Rico und Shank ihn schließlich zur Tür trugen. Ihre Blicke schweiften hierhin und dorthin, und sie empfand nur Verwirrung, bis sie die rotbraunen Flecke auf Ricos Wangen und Händen und dann durch die offene Seitentür des Lieferwagens die Unterschenkel von jemandem sah, der offenbar reglos im Laderaum lag. Die Beine endeten in einem Paar dunkler, hochhackiger Stiefel. Fillys Stiefel. Piper sah das Blut auf Doks Jacke und die Risse in Shanks Panzerweste und die Kratzer an seinen Armen, und da wußte sie, daß das Treffen schrecklich schiefgegangen war.

Es dauerte einen Augenblick, bis sie sich alles zusammengereimt hatte: Doks Wut, Fillys Stiefel. Kein Zeichen von Ansell Surikov.

Die verdammten Konzerne hatten sie wieder gelinkt. Jetzt war jemand tot, *wieder war ein guter Mensch tot*, und weitere waren verwundet. Piper konnte nicht einfach dastehen und zusehen, wie die Verwundeten bluteten. Die Wut und die Frustration, die in ihr aufwallten, verlangten, daß sie reagierte. Es war ihre Pflicht.

Sie drehte sich um und lief zurück durch den Flur. Ihrem Rucksack entnahm sie ein Magazin mit harter Munition, zwölf panzerbrechende Kugeln. Sie drückte auf einen Knopf an ihrer Ares Special Service, und das Magazin mit weicher Munition fiel heraus. Sie rammte das neue Magazin in die Waffe und lud durch. Ein Gel-Geschoß wurde ausgestoßen und fiel zu Boden. An seine Stelle trat eine panzerbrechende Kugel.

Sie ging ins Schlafzimmer.

Dort lag Farris auf dem Boden, auf der Seite, die Arme mit den Handschellen auf den Rücken gefesselt. Das kleine Blutrinnsal, das ihr aus dem Mundwinkel lief, war nichts im Vergleich zu dem, was sie verdiente und was sie erwartete. Jene, die den Megakonzernen dienten, waren nicht besser als der gewissenlose Abschaum, der über die Konzernhierarchie herrschte. Sie waren die Feinde jeder moralischen Person, Feinde der ganzen Metamenschheit. Sie hatten keine Gnade verdient. Für ihre Verbrechen wider die Erde und alle zukünftigen Generationen hatten sie den Tod verdient. Sie hatten es verdient, in der Hölle zu verfaulen.

»Kuso-jitsugyoka«, fauchte Piper.

Farris sah sie mit weit aufgerissenen Augen an und fing an zu kreischen.

Piper richtete die Automatik auf Farris' Gesicht und

drückte ab, doch im gleichen Augenblick streifte sie irgend etwas an der Hüfte und knallte ihr in den Rücken. Eine riesige Hand schoß von hinten an ihrer Schulter vorbei, umklammerte ihren Unterarm und riß ihn nach oben und sie von den Beinen.

»Bist du irre?« knurrte Shank.

Er wand ihr die Automatik aus der Hand.

Ein Stück über dem Boden hängend, verfluchte Piper ihn wutentbrannt auf japanisch.

Dann stand Rico in der Tür, und seine Blicke wanderten zwischen ihr und Farris hin und her. Piper hörte auf, sich zu wehren, hörte auf zu fluchen. Beherrschte sich. Völlig. Shank ließ sie auf den Boden herunter. Sie rieb sich den schmerzenden Arm und sah Rico an, konnte seinem Blick jedoch nicht standhalten.

»Was ist hier los?« sagte Rico.

Piper schüttelte den Kopf und sagte gar nichts.

»Was geht hier vor, verdammt noch mal?«

»Es war nötig.«

Rico funkelte sie an und bedeutete ihr mit einer knappen Geste, ihm aus dem Zimmer zu folgen.

Als Piper ins Wohnzimmer kam, sah Dok von der Couch auf, begegnete ihrem Blick und sagte: »Filly hat's erwischt.«

Piper war tief bewegt von der Ergriffenheit, die sich in seiner Miene und seiner Stimme widerspiegelte. Trotz ihrer anstehenden Probleme. Trotz Ricos Zorn. Sie kannte Filly seit mehreren Jahren, fast so lange wie Dok. Sie betrachtete sie als Freunde. Sie wußte, wie nah sich die beiden gestanden hatten. »Es tut mir leid«, sagte sie sehr leise. »Sehr leid. Ich werde für sie beten. Beten, daß die Kami nett zu ihrer Seele sind.«

Dok nickte und sah weg.

In diesem Augenblick kam Thorvin herein. Er humpelte stark. Blut lief aus dem Stiefel an seinem linken Fuß. Er blieb stehen und lehnte sich gegen die Wand. »Die verdammte Kugel *hat die Tür durchschlagen!«*

fauchte er. »Muß 'n Loch in der verdammten Panzerung gefunden haben.«

Plötzlich schien alles schiefzugehen.

Sie mußten die Kami erzürnt haben.

Sie selbst von allen am meisten.

Dok war getroffen, aber nicht schlimmer als alle anderen – von denen, die das Treffen überlebt hatten. Alle hatten Verletzungen davongetragen, alle außer Bandit, der teuflisches Glück gehabt hatte.

Dok dazu zu bewegen, sich um die Verwundeten zu kümmern, war nicht ganz leicht. Er starrte unablässig ins Leere, als sei er in Trance oder irgendwas. Er vergaß beständig die Namen der Sachen, die er aus seiner medizinischen Ausrüstung brauchte. Er verhedderte sich so sehr bei einem Verband, mit dem er Shanks Arm versorgte, daß er ihn wieder abwickeln und von neuem beginnen mußte. Er war nicht ganz da. Rico konnte das verstehen, aber er verstand auch, daß sich keiner von ihnen eine entzündete Wunde oder den Verlust von noch mehr Blut leisten konnte.

Als das Team zusammengeflickt war, zog Rico Dok ins Schlafzimmer, wo er sich um Marena Farris kümmern sollte. Sie saß auf einem der Schlafsäcke. Die Handschellen waren ihr mittlerweile abgenommen worden. Sie wirkte ängstlich und außer sich. Rico konnte es ihr nicht verdenken. Er wäre ebenfalls außer sich gewesen, wenn jemand eine Kanone auf seinen Kopf gerichtet hätte.

Dok untersuchte sie. Eine Seite ihres Mundes war ein wenig geschwollen. Kein Grund zur Sorge. Jedenfalls kein Grund zur Sorge für Dok oder Farris.

Rico erinnerte sich an das rote Rinnsal, das aus ihrem Mundwinkel getröpfelt war. Das hatte sie sich nicht dadurch zugezogen, daß sie auf dem Boden gelegen hatte. Als das Team zum Treffen aufgebrochen war, hatte sie sich in dem anderen Zimmer aufgehalten und die

Hände vorne gehabt und nicht hinter dem Rücken. Die offensichtliche Schlußfolgerung lautete, daß Piper ein wenig grob geworden war, aus welchem Grund auch immer.

Wenn Rico bei seiner Ankunft nicht mit eigenen Augen gesehen hätte, wie Piper eine Ares auf Farris' Gesicht gerichtet hatte, hätte er es wahrscheinlich nicht geglaubt.

Doch abgesehen von der Schwellung am Mundwinkel war Farris' elegant profiliertes Gesicht unversehrt. Also konnte Piper sie höchstens geschlagen haben. Vielleicht hatte sie ihr sogar ein paar kräftige Ohrfeigen verpaßt. Aber darum ging es gar nicht. Es ging darum, was richtig und was falsch war, was er durchgehen lassen und was er nicht dulden konnte. Er hatte ernsthafte Probleme damit, wenn eine Frau geschlagen oder mißhandelt wurde, insbesondere eine Frau wie Farris, die offensichtlich für niemanden eine echte körperliche Bedrohung darstellte. Die Tatsache, daß sie von einer anderen Frau geschlagen worden war, änderte daran nichts. Die Tatsache, daß Farris Handschellen getragen hatte und völlig hilflos gewesen war, machte es nur noch schlimmer.

Die Vorstellung weckte in ihm ein Gefühl, als müsse er sich übergeben.

Sobald Dok das Zimmer verlassen hatte, sagte Rico: »Was hier passiert ist, wird nicht wieder vorkommen. Betrachten Sie das als Versprechen.«

Farris nickte. Sie sah ziemlich besorgt aus. »Was passiert jetzt? Mit mir, meine ich.«

»Das steht noch nicht fest.«

Farris zögerte, dann sagte sie: »Haben Sie schon mit Ihrer Frau gesprochen?«

»Mit welcher Frau?«

»Mit dieser Asiatin. Ich kenne ihren Namen nicht.«

»Wer hat gesagt, daß sie meine Frau ist?«

Farris schien die Schärfe in Ricos Tonfall weiter zu

beunruhigen. »Es tut mir leid«, sagte sie im Flüsterton. »Ich habe nur angenommen …«

»Nehmen Sie lieber nichts an.«

»Ja, natürlich. Entschuldigen Sie. Aber Sie sollten trotzdem mit ihr reden. Es gibt Dinge, die Sie wissen sollten. Wir haben uns unterhalten.«

»Dazu kommen wir später.«

»Es gibt etwas, das Sie mir sagen müssen?«

Rico nickte. »Das Treffen ist nicht sehr gut verlaufen.«

»Wie geht es Ansell?«

»Er hat es nicht geschafft.«

»Sie meinen, er ist tot?«

Rico nickte wiederum.

Farris schien diese Nachricht mehr als nur zu betrüben. Wieviel mehr, konnte Rico nicht sagen. Farris senkte den Kopf. Sie wischte sich über die Augen. »Könnten Sie mich bitte allein lassen?« sagte sie. »Das ist … Ich fürchte, ich werde gleich die Fassung verlieren …«

»Wenn Sie irgend etwas wollen, fragen Sie nur.«

Sie schüttelte den Kopf, und ihr Haar fiel nach vorne und verdeckte ihr Gesicht.

Rico verließ sie und ging in das vordere Zimmer, wo Piper wartete. Ihr Gesichtsausdruck bekam für ihn langsam etwas Vertrautes: Verlegenheit, Scham. Rico deutete mit dem Kinn auf die Hintertür zur Gasse. Rico nahm sich die Zeit, sich gründlich umzusehen und sich zu vergewissern, daß in der Gasse alles ruhig war, dann drehte er sich zu Piper um und sagte: »Kannst du mir vielleicht sagen, was du dir dabei gedacht hast?«

»Das wäre sehr schwierig«, erwiderte Piper, die überallhin blickte, nur nicht in seine Richtung.

»Versuch es trotzdem.«

Es dauerte eine Weile, bis sie zur Sache kam. »Ich habe gar nicht richtig nachgedacht«, sagte sie im Flüsterton. »Ich sah, daß das Treffen nicht gut gelaufen war, *Jefe*. Ich sah, daß du verwundet warst. Dann sah ich Filly in dem Lieferwagen liegen und erkannte, daß sie tot war. Ich hatte das Gefühl, ich müßte etwas tun. Ich fühlte mich dazu verpflichtet.«

»Marena Farris zu ermorden?«

»Sie ist eine Konzernangehörige. Konzernangehörige sind unsere Feinde.«

»Ach ja? Dann wollen wir mal über Verpflichtungen reden. Du hattest die Verpflichtung mir gegenüber, auf Farris aufzupassen. Du hattest eine Verpflichtung dem Team gegenüber.«

Pipers Gesicht lief dunkelrot an.

Sie bedeckte es mit den Händen.

»Bitte ...«, stöhnte sie.

Rico drehte sich um und ging ein paar Schritte, dann zündete er sich eine Zigarre an. Es mußte sein, entweder das oder sich austoben oder gewalttätig werden. Die Enttäuschung war fast zuviel für ihn. So, wie er sich jetzt fühlte, kam ihm Piper wie eine völlig Fremde vor, wie ein absolutes Rätsel, wie eine Katastrophe, die darauf wartete, daß sie stattfand, wie eine Kränkung seiner Ehre, an die er keinen Gedanken mehr verschwenden wollte. Im Bett war sie sanft wie eine Taube. Wie, zum Teufel, konnte sie einen kaltblütigen Mord versuchen? War ihr Haß auf die Konzerne so groß?

Vielleicht stimmte die alte Redensart.

Trau keinem Elf ...

Mit einer Stimme, die vor Gemütsbewegung bebte, sagte Piper: »Ich bin eine Schande. So bin ich eben, *Jefe*. Ich war schon immer eine Schande. Vom Augenblick meiner Empfängnis an. Ich bin *kawaruhito*. Du kannst dir nicht vorstellen ... In Japan werden alle Metamenschen als minderwertig betrachtet. Und geschmäht. Sie werden geradezu gehaßt. Ich wurde nach Jigoku-Toshi geschickt. Das heißt Höllenstadt. So heißt der Ort wirklich, *Jefe*. Es ist schrecklich dort. Ich entkam. Ich fand einen Weg nach Seattle in den UCAS. Ich hatte vom gelobten Land gehört. Dem Land der Verheißung. Tir Tairngire. Aber sie ließen mich nicht hinein. Mein eigenes Volk. Elfen wie ich. Wie mein Vater lehnten sie mich ab. Also war ich wieder eine Schande.«

Rico hatte diese Geschichte nie zuvor gehört, nicht diese speziellen Einzelheiten. Piper redete nicht viel über sich. Und Rico erwartete von einer bescheidenen Japanerin und wortkargen Deckerin nicht, daß sie mehr über sich verriet, als sie für nötig hielt, jedenfalls nicht mehr, als sie wollte. Er war immer bereit gewesen zu akzeptieren, was sie ihm freiwillig erzählte, und den Rest zu vergessen. Er bemühte sich, das jetzt ebenfalls zu tun. Er bemühte sich zu erkennen, was dieser Auszug aus ihrer Lebensgeschichte damit zu tun hatte, daß sie fast jemanden ermordet hatte. War Schande der Schlüssel? Hatte sie so viel Schande erlitten, daß es auf ein wenig mehr nicht ankam? Er wußte sehr wohl, daß sie nicht vor ihm stehen und ihn um Verzeihung bitten würde, weil sie es im Leben schwer gehabt hatte. *Bitte hab Mitleid mit mir und vergiß, was ich getan habe ...* Piper würde das nie sagen, jedenfalls nicht bewußt. Piper wollte niemandes Mitleid.

»Schande ist mein Schicksal, *Jefe*. Zu mehr bin ich nicht fähig. Ich habe dich bei diesem Run zweimal enttäuscht, und das ist meine Schande. Und ich werde dich wieder enttäuschen, egal was ich tue. Oder wie sehr ich mich bemühe.« Sie zögerte, dann überschlugen sich ihre Worte. »Du solltest mich verlassen. Zu deinem eigenen Besten. Du darfst nichts mit mir zu tun haben.«

Rico biß die Zähne zusammen. Er glaubte nicht an ›Schicksal‹. An Glück vielleicht, aber das war etwas anderes.

Er kam zu dem Schluß, daß Piper impulsiv gehandelt hatte. Der Schock, Filly tot zu sehen, die Erregung des Augenblicks. Jeder drehte mal durch, und die letzten Tage waren nicht gerade berauschend gewesen. Der Run hatte sich zu einem Fehlschlag entwickelt. Sie spürten alle den Druck, und Druck hatte nun mal die Eigenart, daß Leute ihm nachgaben.

Alles lief jedoch auf eine einzige Tatsache hinaus. Auf die gleiche Tatsache, die von Anfang an Bestand gehabt hatte. »Ich arbeite nicht mit Killern zusammen«, sagte Rico leise. »Mit Mördern. Und ich werde auch mit keinem zusammenleben. Arbeit wie diese, Wetwork, ist was für den Abschaum. Für den Abfall in der Gosse. Diese Wahl mußt du treffen. Du entscheidest, wie es weitergehen soll.«

Pipers Atem ging schwer, bevor er ausgeredet hatte. Er hatte den letzten Satz kaum beendet, als sie mit gequälter Stimme sagte: »Ich wähle dich, *Jefe*. Ich wähle dich…« Sie stöhnte einmal auf und sagte dann fast schluchzend: »Ich fürchte … ich fürchte nur … die Konzerne … *daß sie uns diesmal umbringen werden!*«

Diese Möglichkeit bestand durchaus. Aber es änderte nichts.

Rico zog Piper in die Arme und hielt sie fest. Sie waren noch nicht tot, und Rico hatte nicht vor aufzugeben. Zu viele Leben standen auf dem Spiel. Seine Aufgabe bestand darin, einen Ausweg aus diesem Schlamassel zu finden, in den sie irgendwie hineingeraten waren. Einfach alles hinzuwerfen, würde nicht funktionieren. Und sich hinzulegen und zu sterben, kam ebenfalls nicht in Frage. »Aber hör auf, mir noch mehr Probleme zu bereiten, *Chica*«, sagte er. »Ich hab schon genug am Hals. *Comprende?*«

Piper nickte, das Gesicht in seine Schulter vergraben. »*Hai. Wakarimasu, Jefe*«, sagte sie. »Ich habe verstanden.«

29

Das Zimmer war klein und rechteckig, die Einrichtung ziemlich primitiv und das Mobiliar schäbig. Die Wände waren bemalt, so daß sie wie ein Wald aussahen. Hier und da standen ein paar verwelkte Pflanzen in bunten Kübeln herum. Es roch nach Räucherwerk. Die beiden Schlafsäcke am Boden boten die einzige Sitzgelegenheit.

Farrah Moffit ließ ihre Blicke ein weiteres Mal durch den Raum schweifen, um sich noch einmal davon zu überzeugen, daß es keine Fluchtmöglichkeit gab.

Und selbst wenn sie aus diesem Zimmer fliehen konnte, würde sie ein Telekom finden und es dann schaffen müssen, lange genug frei und am Leben zu bleiben, um abgeholt zu werden. Die Chancen dafür kamen ihr ziemlich gering vor. Sie hatte genug gesehen und gehört, um zu vermuten, daß sie sich irgendwo im New York-New Jersey-Megaplex befand, aber wo genau, wußte sie nicht. Queens, die Bronx, Westchester – für sie sahen alle diese Orte gleich aus. Eine einzige graue Masse aus schmutzigem Stahlbeton. Außerhalb Manhattans war sie verloren.

Gewisse Gerüche in der Gasse hatten sie an Manhattans Chinatown erinnert, aber das hatte wahrscheinlich nichts zu bedeuten. Im urbanen Nordosten lebten sehr viele Asiaten. Praktisch gab es in jedem Metroplex dieser Region irgendeine asiatische Enklave, manche davon ziemlich groß.

Den Runnern, die sie gefangenhielten, war es gelungen, sie im ungewissen zu lassen.

Hätte sie doch nur den Versicherungen des Anführers glauben können, daß ihr nichts geschehen würde. Ihre Zeit bei Fuchi hatte sie von jeglicher Naivität in dieser Beziehung gründlich kuriert. Man würde sie so lange am Leben lassen, wie es den Absichten der Runner diente. Dann würde man sie aller Wahrscheinlichkeit nach umbringen. Sie hatte bisher nie persönlich mit Shadowrunnern zu tun gehabt, aber genug gehört, gelesen und im Trideo gesehen, um über diese Brut Bescheid zu wissen. Die meisten waren glorifizierte Gangmitglieder, mit anderen Worten Verbrecher, und ziemlich bösartig. Sie würden sie schon deshalb nicht am Leben lassen, weil sie sie bei einer polizeilichen Gegenüberstellung identifizieren konnte, sollte die Polizei in die Sache verwickelt werden, und sie vor Gericht als Zeugin gegen sie aussagen konnte, sollte die Angelegenheit je vor ein Gericht kommen. Sie würden sie nicht zurücklassen. Sie würden sie nicht einfach freilassen. Irgendwann würde jemand, wahrscheinlich dieses asiatische Mädchen, die Deckerin, in dieses Zimmer kommen, ihr eine Pistole an die Schläfe halten und abdrücken.

Wenn sie doch nur mehr darüber wüßte, was eigentlich vorging. Was hätte sie für ein paar Minuten vor einem Trideo gegeben.

Sie fühlte sich so isoliert, so allein.

Das gehörte selbstverständlich zur Strategie der Runner. Sie wollten sie in einem Zustand mentaler Unsicherheit und emotionalen Aufruhrs halten, um sie vom Wert vollständiger Zusammenarbeit und absoluten Gehorsams zu überzeugen. Sie wollten sie unterwürfig. Schwach. Eine elementare Vorgehensweise und allgemein übliche Verhörtechnik. Der Anführer versicherte ihr immer wieder, sie sei nicht in Gefahr, während sie von anderen Teammitgliedern bedroht und zumindest in einem Fall auch angegriffen wurde. Ein hübscher kleiner Trick, der wohlüberlegt inszeniert worden war, um ihre Angst und Verwirrung noch zu vergrößern.

Zu ihrem Verdruß klappte das alles auch sehr gut, wenn auch nur bis zu einem gewissen Grad.

Gewisse unausweichliche Fakten wollten ihr nicht

aus dem Kopf gehen. Wenn man sie als Geisel hielt, um ein Lösegeld zu erpressen, war sie so gut wie tot. Fuchi zahlte keine Lösegelder. So lautete die offizielle Konzernpolitik, und Ausnahmen wurden nur bei den allerhöchsten Konzernangestellten gemacht. Der drakonische Apparat an der Spitze der Fuchi-Sicherheit machte sich wenig Gedanken über humanitäre Werte und die Unverletzlichkeit menschlichen Lebens. Für jemanden in ihrer Position, einem ziemlich unbedeutenden Mitglied der Sonderverwaltung des Konzerns, würde Fuchi wahrscheinlich eher einen Kommandotrupp schicken, alle umbringen und gewisse Konzernmitglieder lieber opfern, als sich erpressen zu lassen.

Damit lag ihr Leben ausschließlich in ihren eigenen Händen, und das ängstigte sie. Bitten würden ihr nichts nützen. Täuschungen würden sie auch nicht weit bringen und mochten sie früher töten, als dies geplant war.

Nein, erkannte sie, sie würde diesen Schlamassel nur lebend überstehen, wenn sie den Runnern etwas anbot, etwas Wesentliches, das nur sie ihnen anbieten konnte.

Sie brauchte nicht lange, um sich zu entscheiden, was das war.

Das Essen, das Dok und Piper brachten, war nicht schlecht. Es bestand hauptsächlich aus Fisch und Reis und war warm, leicht verdaulich und schnell verzehrt. Bandit mochte sein Essen so.

Als er fertig war, nahm er die Flöte, begutachtete sie astral und strich mit den Fingerspitzen über das polierte Holz. Sie schien von einem äußerst begabten Künstler angefertigt worden zu sein. Er konnte keine Fehler an ihr feststellen. Sobald er die Zeit fand, würde er an seinen speziellen Ort zurückkehren, seinen Ort für langwierige Magie, und die Energien des Instruments an seine eigenen binden. Außerdem würde er ihre Macht vergrößern.

Jetzt hob er die Flöte an die Lippen und spielte ein

paar Töne. Er wußte nicht, wie man eine Flöte spielte, aber er würde es lernen. Er hörte auf, als ihm auffiel, daß ihn alle anderen im Zimmer – Rico, Shank, Dok und Piper – ansahen.

»Seit wann bist du so musikalisch?« brummte Shank.

Bandit dachte darüber nach und sagte dann: »Frag mich später noch mal.«

»Klar. Vielleicht nächstes Jahr.«

Bandit nickte. In einem Jahr von jetzt an war in Ordnung.

»Wenn wir dann noch leben.«

»Wenn wir nicht mehr leben, wie willst du dann fragen?«

Shank starrte ihn ein paar Sekunden lang stirnrunzelnd an. Offenbar hatte er darauf keine Antwort. Das war gut. Es überzeugte Bandit davon, daß Shank nicht plötzlich so ›magisch‹ geworden war, daß er noch aus dem Grab mit ihm sprechen konnte.

Orks sollten sich an Waffen und Kämpfe halten und Fragen in bezug auf Magie anderen überlassen.

»Was?« sagte Piper plötzlich, die verwirrt aussah.

Rico erhob sich und sagte zu Bandit: »Ich werde mich mit unserem Gast unterhalten. Ich will, daß du darauf achtest, ob sie lügt.«

Natürlich.

Widerwillig folgte Bandit Rico ins Schlafzimmer, wo er die Flöte gefunden hatte. Jetzt befand sich dort drinnen die Frau, jene mit der ungewöhnlichen Aura und den latenten magischen Fähigkeiten. Marena Farris.

Rico schloß die Tür.

Marena Farris sah aus, als hätte sie geweint: rote Augen, glänzende Brauen und Wangen. Ein paar feucht aussehende Locken ihres Haars klebten an ihren Wangen. Sie sah ihn mit einer Miene an, in der sich Kummer und Angst zu etwas äußerst Verletzlichem vermischt zu haben schienen.

Es wäre leicht gewesen, allzu leicht, zu ihr zu gehen, sich neben sie zu hocken, sanft mit ihr zu reden und zu versuchen, sie zu beruhigen. Jede Frau in Farris' Lage hätte dies wahrscheinlich verdient. Einfach nur deswegen, weil sie eine Frau war, die sich in einer schlimmen Lage befand. Doch Rico zwang sich, an der Tür stehenzubleiben, dann die Arme zu verschränken und Farris lange und durchdringend anzusehen, als würde er sich von niemandem mehr etwas vormachen lassen. Er mußte an mehr denken als nur an die Gefühle dieser Frau. »Okay«, sagte er, »Sie haben meine Aufmerksamkeit. Was wissen Sie über die ganze Sache?«

»Haben Sie sich mit ...«

»Wir haben uns unterhalten«, fiel Rico ihr ins Wort. Er hatte sich angehört, was Piper über ihr Gespräch mit Farris zu sagen gehabt hatte. »Jetzt will ich es von Ihnen direkt hören.«

Farris wischte sich über die Augen, dann sah sie ihn an und sagte: »Wo soll ich anfangen?«

»Wie kommt es, daß Sie über Prometheus Bescheid wissen?«

»Das gehörte zu meiner Arbeit als Mitglied der Abteilung Sonderverwaltung ...«

»Wovon?«

Piper hatte das erwähnt, doch Rico wollte mehr wissen. Farris führte das näher aus. Bei ihr hörte es sich an, als sei die ›Abteilung Sonderverwaltung‹ bei Fuchi so etwas wie ein Konzern in einem Konzern, ein ganz spezielles Netz, das zu dem Zweck erschaffen worden war, praktisch jeden Aspekt der Geschäfte des Konzerns zu überwachen. Offenbar hatte Farris' Job zum Teil darin bestanden, ihre Nase insgeheim in die Angelegenheiten verschiedener Fuchi-Abteilungen zu stecken.

»Zurück zu Prometheus.«

Farris nickte. »Fuchi hat ausgedehnte Psychoprofile von allen ernsthaften Konkurrenten erstellen lassen. Es gibt eine ganze Abteilung, die nichts anderes zu tun hat, als die Konkurrenz auszuforschen. Ich habe am Rande an mehreren Studien mitgewirkt, darunter auch eine über Prometheus.«

»Sehr praktisch.«

»Es war unerläßlich. Ich diente als Verbindungsglied zwischen dem Infiltrationsprogramm und der Ausforschung der Konkurrenz. Wir wollten den Bestimmungsort für unseren Infiltrator nicht nach Zufallskriterien auswählen. Wir betrachteten unsere erste Einschleusung als eine Art Beta-Test-Modell. Wir wollten sichergehen, daß der Infiltrator in seiner neuen Umgebung eine hohe Erfolgschance haben würde.«

»Sie sagten, das Treffen mit Prometheus würde nicht klappen. Warum nicht?«

Ein wachsamer, beinahe ängstlicher Ausdruck schlich sich in Farris' Augen. Rico würde es nicht überraschen, wenn sie sich der Tatsache bewußt war, daß Surikov nicht der einzige war, der das Treffen mit Prometheus nicht überlebt hatte. Sie mußte wissen, daß andere verwundet worden waren. Rico trug zum Beispiel einen Verband am linken Arm, der nicht zu übersehen war.

Farris zögerte, dann sagte sie: »Wann haben Sie zum letztenmal gehört, daß Prometheus jemanden von einem Konkurrenten übernommen hat?«

»Ich stelle hier die Fragen.«

Farris errötete. »Entschuldigen Sie«, sagte sie. Sie brauchte ein paar Augenblicke, um sich wieder zu fassen, entweder das, oder um sich zu überlegen, was sie als nächstes sagen sollte. Rico fragte sich, wieviel von der Wachsam-Ängstlich-Schau echt war. Bandit gab ihm keinen Hinweis. Jedenfalls noch nicht. »Nun ... ich kam darauf«, sagte Farris, »weil Prometheus ein sehr umfangreiches innerbetriebliches Programm fährt. Der Konzern entwickelt sein Personal von innen heraus. Er hat einige wenige Einzelpersonen übernommen, die den Konzern wechseln wollten, aber das waren ganz außergewöhnliche Leute, in der Hauptsache Magier mit arkanen Spezialinteressen und -begabungen.«

Rico konnte das akzeptieren. Magier waren etwas Besonderes. Es gab nicht halb so viele von ihnen, wie die meisten Leute zu glauben schienen. Solche mit Bandits Fähigkeiten waren verdammt selten.

»Der durchschnittliche Konzern«, fuhr Farris fort, »betrachtet einen Konzernwechsel typischerweise als eine Art von Verrat. Würden Sie jemandem trauen, der seinen Konzern verraten hat? Ihm geheime Informationen anvertrauen? Ihren Vorsprung gegenüber der Konkurrenz? Konzerne hüten ihre Geheimnisse sehr streng. Sie durchleuchten Personal, das sie von anderen Konzernen rekrutiert haben, äußerst gewissenhaft. Prometheus mehr als die meisten.«

Rico nickte. Trau keinem Verräter. Das hatte er schon öfter gehört. »Warum sollten sie aber Ihren Mann umbringen?«

»Weil«, sagte Farris offenbar gekränkt, »sie lieber einem Konkurrenten einen Mann vom Wert eines Ansell Surikov vorenthalten als riskieren würden, einen potentiellen Verräter einzukaufen. Der Verlust eines anderen Konzerns ist ihr Gewinn. So sieht es jedenfalls Prometheus.«

»Und darum wußten Sie, daß das Treffen nicht gut laufen würde.«

»Das war meine Annahme.«

»Warum haben Sie dann nichts gesagt?«

»Hätten Sie mir geglaubt?«

»Spielt das eine Rolle?«

»Natürlich spielt das eine Rolle. Alles, was ich tue, beeinflußt Ihre Meinung über mich, und die spielt eine ganz entscheidende Rolle.« Plötzlich schien Farris den Tränen nah zu sein. Ihre Augen wurden feucht, und ihre Unterlippe bebte. »Wenn ich gesagt hätte, Prometheus könnte versuchen, sie umzubringen, und es wäre nichts dergleichen geschehen, wenn also Ihr Treffen wie geplant abgelaufen wäre, hätten Sie mich für intrigant gehalten. Sie hätten gedacht, ich verfolgte irgendeinen Plan und hätte Sie zu täuschen versucht.« Sie holte tief Luft. »Es mag Ihnen nicht sehr tapfer vorkommen, aber ich will das hier lebend überstehen. Ich bin entsetzt über das, was geschehen ist, über Ansells Tod, aber nichts ängstigt mich so sehr wie die Macht, die Sie über mich haben. Ich werde alles tun, was ich tun muß... um das hier zu überstehen.«

Manche Burschen würden eine Feststellung wie diese hören und sich damit zufriedengeben, insbesondere, wenn sie von jemandem getroffen wurde, der so aussah wie Farris. Andere Burschen würden jede Situation dazu benutzen, um eine Frau auszunutzen. Das war nicht Ricos Art. Nicht einmal an seinen schlechtesten Tagen. »Einer meiner Leute könnte noch leben, wenn ich gewußt hätte, was Sie über Prometheus wissen.«

Farris Miene nahm einen gequälten Ausdruck an. »Es tut mir *leid*«, sagte sie. »Wie man es macht, ist es verkehrt. Wenn ich mich noch mal zu entscheiden hätte, würde ich es riskieren und Ihnen alles erzählen. Ich hatte Angst. Ich habe immer noch Angst.«

»Dazu haben Sie auch allen Grund.«

Farris schien zu schaudern. »Ja, ich weiß«, sagte sie leise, fast flüsternd. »Ich weiß, daß ich Grund habe, mich vor Ihnen zu fürchten. Und darum müssen wir miteinander reden. Ich habe etwas, das Sie vielleicht haben wollen.«

»Und das wäre?«

»Ansell Surikov.«

30

Surikov ist tot.«

»Nein. Ist er nicht.«

Farris sah verängstigt aus, aber sie redete in jenem tödlich gelassenen Tonfall, den die Leute anschlugen, wenn sie genau wußten, wovon sie sprachen und daß sie recht hatten.

Rico warf einen Blick auf den Streßanalysator an seinem Handgelenk. Wenn Farris log, war sie eine verdammt gute Lügnerin.

Ein langes Schweigen folgte. Farris hielt seinem Blick trotz ihrer verängstigten Miene stand. Im Geiste ging Rico die kurze Liste möglicher Erklärungen durch. Farris konnte lügen. Sie konnte völlig verrückt sein. Verzweifelt genug, um sich alles mögliche auszudenken, oder so übergeschnappt, daß sie nicht mehr wußte, was sie sagte. Selbst wenn Surikov wiederbelebt, magisch wiedererweckt oder sein Tod nur die Illusion eines Magiers gewesen war, konnte Farris das unmöglich wissen.

Rico konnte sich nur eine andere Erklärung denken, und es war keine gute. Möglicherweise, nur möglicherweise, hatte man sie nicht nur hereingelegt, sondern von Anfang an ein doppeltes Spiel mit ihnen getrieben. Sie irgendwie über den Tisch gezogen. »Surikov ist nicht tot?«

»Nein.« Farris schüttelte den Kopf.

»Wer war dann der Kerl, den wir bei Maas Intertech rausgeholt haben?«

»Michael Travis. Einer von Ansells Forschungsassistenten.«

Das kam ihm nicht sehr wahrscheinlich vor. »Auf keinen Fall«, knurrte Rico. »Auf gar keinen Fall. Wir hatten Retina-Abdrücke. Wir hatten sogar verdammte DNS-Proben.«

»Ja, aber wie haben Sie diese Abdrücke und Proben bestätigt?« fragte Farris leise. »Auf der Grundlage von Daten, die Sie von Fuchi bekommen haben?«

»Ich stelle die Fragen.«

Farris musterte ihn einen Moment lang. Die Furcht in ihrem Gesicht schien sich mit Trauer zu vermischen, vielleicht auch Bedauern. »Nicht einmal Fuchi-Dateien sind unveränderbar«, sagte sie. »Das Infiltrationsprogramm sah die Möglichkeit voraus, daß gewisse wichtige Dateien wie Personalakten heimlich eingesehen werden könnten. Diese Dateien wurden verändert. Datensätze wurden ausgetauscht. Die Retina-Abdrücke und DNS-Proben von Michael Travis wanderten in Ansells Akten. Der echte Ansell Surikov, seine Abdrücke und Proben sind jetzt Bestandteil der Daten, die ursprünglich zu Michael Travis gehörten.«

Rico sagte nichts. Er nahm an, daß das, was Farris sagte, möglich war, aber sie ließ es zu einfach klingen. Zu einem Wechsel zweier Identitäten gehörte mehr als nur der Austausch von Daten in Computerdateien. »Surikovs Gesicht findet sich in jeder Datenbank. Er war auf Konferenzen. Er war im Trideo. Man weiß, wie er aussieht.«

»Ja, das stimmt«, gab Farris mit ebenso leiser Stimme wie zuvor zu. »Und das ist einer der Gründe, warum Michael Travis ausgewählt wurde. Er und Ansell haben ähnliche physische Parameter. Ähnliche Physiognomien. Es bedurfte nur eines bescheidenen Aufwands an kosmetischer Chirurgie, um die Ähnlichkeit vollständig zu machen.«

Rico schüttelte den Kopf, verkniff sich aber ein höhnisches Grinsen. »Man kann einen Kerl nicht derartig zuschneiden. Man kann ihn nicht zum Duplikat einer anderen Person machen. Es ist oft genug versucht worden. Die Chirurgie hinterläßt Narben. Man kann die Spuren nicht auslöschen. Jedenfalls nicht alle.«

»Sie haben recht«, sagte Farris. »Normalerweise

würde jede kosmetische Operation bei einer eingehenden medizinischen Untersuchung entdeckt. Um einen Betrugsversuch auszuschließen. In diesem Fall war es jedoch möglich, die kosmetischen Veränderungen als notwendige chirurgische Korrekturen zu tarnen.« Farris zögerte einen Augenblick, dann sagte sie noch leiser als zuvor: »Ansell hatte schon immer einen Hang zu Ausschweifungen. Und zur Wahllosigkeit. Daher war es keine große Sache, seine Akte zu verändern, so daß sie einen Fall von Grayschem Syndrom auswies.«

Rico verzog das Gesicht. »Echt praktisch.«

»Wirkungsvoll. Und daher folgerichtig.«

Das Graysche Syndrom war eine von mehreren virulenten Krankheiten, die durch sexuelle Kontakte übertragen wurden und in den letzten fünf oder zehn Jahren erneut aufgetaucht waren. Die Leute sagten, sie seien mit dem Erwachen gekommen. Elfen schienen besonders anfällig dafür zu sein, aber niemand war immun. Das Graysche Syndrom war eine häßliche Angelegenheit, wenngleich die Krankheit bei der richtigen medizinischen Betreuung normalerweise nicht tödlich verlief. Sie veränderte das Aussehen einer Person. Ließ sie alt, krank und verunstaltet aussehen. Und die Veränderung ging sehr schnell vonstatten, dauerte nur ein paar Tage. Bis eine Person bemerkte, daß sie die Krankheit hatte, konnten ihr bereits die Haare ausfallen und die Zähne schwarz geworden sein und aus dem Mund stehen wie die Hauer eines Orks. Die Schmerzen waren angeblich unerträglich. Manche Leute verwandelten sich praktisch über Nacht. Manche Leute, die sich keine kosmetischen Korrekturen leisten konnten, nahmen sich lieber das Leben, als durchs Leben zu gehen und wie eine SimSinn-inspirierte Horrorgestalt auszusehen. Andere wurden ganz einfach wahnsinnig.

Rico nahm an, daß eine Menge Chirurgie nötig war, um einen Mann von den kosmetischen Folgen des Grayschen Syndroms zu kurieren. Und diese Schnibbelei konnte durchaus dazu benutzt werden, um die Spuren der Chirurgie zu überdecken, die nötig war, um irgendeinen Burschen in ein Duplikat Ansell Surikovs zu verwandeln.

Schlau.

»Okay«, sagte Rico. »Nehmen wir an, man sorgt dafür, daß dieser Travis wie Surikov aussieht. Er besteht alle Tests. Das macht ihn noch lange nicht zu Surikov.«

»Und an dieser Stelle kommt die Headware ins Spiel.«

»So?«

Farris nickte. »Die erste Implantation beinhaltete hochentwickelte Bionetik, um die Hirnfunktionen zu stimulieren. Dadurch wurden die Voraussetzungen geschaffen, um eine neue Form halborganischer Talentsoft zu implantieren, das bionetische Äquivalent eines personenfixierten BTL-Chips, der mit Ansell Surikovs Personamatrix codiert war.«

»Und was bedeutet das?«

»Das bedeutet, daß Michael Travis nicht nur wie Ansell Surikov aussah und handelte, sondern auch glaubte, er *sei* Ansell Surikov.«

»Und bei Maas Intertech hat niemand bemerkt, daß dieser Travis all diesen Drek im Kopf hatte?«

»Ansell Surikov hatte unzählige Hirnimplantate. Das haben die meisten Wissenschaftler. Michael Travis' Implantate waren so konzipiert, daß sie ihre personenfixierten Funktionen verschleierten.« Ein Ausdruck wie Überraschung huschte über Farris' Züge. »Selbst ich konnte sie nicht mehr auseinanderhalten. Und ich kannte Ansell nicht nur in meiner Eigenschaft als Psychologin.«

»Mit wem sind Sie verheiratet?«

»Mit Ansell. Dem echten Ansell.«

»Wenn Surikov in Wirklichkeit Travis war, warum haben Sie ihn dann umzubringen versucht?«

Farris' Miene drückte jetzt Trauer aus, Kummer. »Das habe ich Ihnen bereits erklärt. Alles, was ich Ihnen über Ansell erzählt habe, trifft auch auf Michael Travis zu. Fast alles. Michael hat sich für das Infiltrationsprogramm freiwillig gemeldet. Er tat es, um mir eins auszuwischen. Wir hatten eine Affäre. Es hat nicht funktioniert. Ich habe ihn als Ansell Surikov bezeichnet, weil er praktisch Ansell *war*, als Ansell fungierte. Ich glaubte, er hätte Sie angeworben, um mich zu töten. Ansell ist zu so etwas durchaus fähig, wenn er ein adäquates Motiv hat, und Michael Travis' implantierte Persönlichkeitsparameter befähigen ihn ebenfalls dazu. Ich dachte, meine einzige Überlebenschance bestünde darin, ihn zuerst umzubringen.«

Rico sah, daß er Farris bei keiner Lüge erwischen würde. Sie hatte alle Aspekte ihrer Geschichte bedacht, ob sie nun die reine Wahrheit oder pure Phantasie war. Was ihm Sorgen machte, war die Möglichkeit, daß ihre Geschichte tatsächlich stimmte, was das für all das bedeutete, was er schon getan hatte und was er als nächstes tun sollte. »Wenn es also dieser Travis war, der umgelegt wurde, wo ist dann der echte Surikov?«

»Das ist es, worüber Sie und ich reden müssen.«

»Wir reden gerade darüber.«

Farris senkte den Blick und schüttelte den Kopf. »Wir reden über die Vergangenheit. Ich will aber über die Zukunft reden.«

»Welche Zukunft?«

»Ansells Zukunft«, sagte Farris. »Und Ihre Zukunft. Und meine.«

»Ich habe keine Zukunft.«

»Vielleicht doch«, sagte sie leise. »Es wäre durchaus möglich, daß ich sie Ihnen zurückgeben könnte.«

Rico betrachtete Marena Farris eingehend. Sie sah genauso unsicher und beunruhigt aus wie zuvor, doch jetzt traute er diesem Eindruck nicht mehr, nicht annähernd so sehr wie zuvor. Vor einer Minute war sie nur eine verängstigte Frau gewesen und hatte eine Geschichte erzählt, die er entweder glauben oder abtun konnte. Jetzt redete sie wie eine Person mit einem Plan, und das gefiel Rico nicht. Farris war zu clever – und zu verdammt hübsch. Sie sah viel zu sehr aus wie die duldsame blonde Schnalle in allen Action-Abenteuern, die er je im Trid gesehen hatte. Schnallen wie diese hatten immer noch ein As im Ärmel, das dem, was sie in der Bluse oder in der Hose hatten, in nichts nachstand. Die Worte, die aus ihrem Mund kamen, ließen immer alles absolut logisch erscheinen, auch wenn diese Worte einen mit Sicherheit unter die Erde brachten.

Farris' Unterlippe bebte. »Ich kann Ihnen helfen«, sagte sie. »Ich bin nicht nur irgendeine Psychologin.«

Hatte sie etwas in der Art nicht schon zu Piper gesagt? *Ich bin mehr, als ich zu sein scheine* ... Rico akzeptierte das ohne den geringsten Zweifel. »Ich weiß, was Sie sind«, sagte er. »Kommen Sie zur Sache.«

»Natürlich«, sagte Farris ruhig. »Die Sache ist die, Ansell ist nicht sehr glücklich dort, wo er ist. Fuchi Multitronics hat ihm in seiner Arbeit sehr enge Grenzen gezogen. Er würde gern anderswohin gehen, zu einem anderen Konzern. Sollten Sie ihm helfen dorthin zu gelangen, würde dieser andere Konzern Sie großzügig belohnen.«

Rico grinste höhnisch. »Sie träumen, *Chica*.«

»Nein«, sagte Farris kopfschüttelnd. »Nein, ich hatte bereits in Ansells Namen mit den Verhandlungen begonnen, bevor Sie mich entführten. Seitdem sind erst ein paar Tage vergangen. Ich könnte den Handel am Telekom perfekt machen. Sie könnten aus der Sache mit wesentlich mehr Geld herauskommen, als Sie jetzt haben, und ich könnte Ihnen wahrscheinlich zumindest eine der Gruppen vom Halse schaffen, die Ihnen im Nacken sitzen. Ich könnte das zur Bedingung für den Deal machen.«

»Sie reden von Maas Intertech.«

»Ich glaube, Sie hatten eine Begegnung mit der Daisaka-Sicherheit? Die asiatische Frau hat das erwähnt. Die Daisaka ist durch die Muttergesellschaft Kuze Nihon mit Maas Intertech verbunden. Ich könnte dafür sorgen, daß sie abgezogen wird.«

»Ich bin Fuchi diesen Monat einmal auf die Zehen getreten, indem ich Sie rausgeholt habe. Ich denke, dieses Problem reicht mir.«

»Ja«, sagte Farris nickend. »Sie haben Fuchis Stolz als Konzern einen Schlag versetzt. Man will Sie dort, aber man hat nur eine begrenzte Anzahl von Möglichkeiten, um Sie zu jagen, und die SIN-losen sind schwer zu finden. Aber es ist nicht nur Fuchi. Die Daisaka sucht Sie ebenfalls. Stimmt das nicht? Und je mehr Leute nach Ihnen suchen, desto größer ist die Chance, daß jemand Sie findet. Ich biete Ihnen die Gelegenheit, die Anzahl Ihrer Gegner drastisch zu reduzieren und darüber hinaus noch Geld zu verdienen, das Sie in den kommenden Tagen und Wochen vermutlich gut gebrauchen können.«

»Ich soll Ihnen trauen, daß Sie einen Deal abschließen?«

»Ja, das sollen Sie«, sagte Farris. »Ich habe den besten Grund, ehrlich zu spielen. Ich will leben.«

»Sie kennen Leute bei Maas Intertech?«

Farris antwortete nicht. Sie starrte ihn lediglich an. Ein paar Augenblicke verstrichen, und plötzlich hatte Rico das Gefühl, dem nichtssagenden Blick eines Schiebers ausgesetzt zu sein, der nichts verriet. Es war fast unheimlich. Wer, zum Teufel, war diese Schnalle wirklich? Warum kam es ihm so vor, als wisse sie mehr über die Zusammenhänge, als irgend jemand von Rechts wegen wissen durfte? Surikov, Travis, das Infiltrationsprogramm, Einzelheiten über Konkurrenten, Fuchis … Das warf die Frage auf, ob sie vielleicht noch mehr wußte, als sie sagte.

Ihr Blick war wie ein Versprechen, daß sie Kontakte

hatte, Kontakte, die einen Handel ermöglichen konnten, einen Handel, auf den jeder eingehen würde, der noch einigermaßen bei Verstand war, und sei es auch nur, um die Chancen zu vergrößern, diesen Schlamassel lebendig zu überstehen.

Rico wollte es nicht glauben.

Eine Stimme flüsterte leise in Bandits linkes Ohr: *»Meister, sieh doch.«*

Bandit wechselte auf astrale Wahrnehmung.

Das Schlafzimmer leuchtete jetzt sanft im Licht des Lebens, der Astralgestalten von Rico und Marena Farris, Bandits eigener und einer weiteren, der eines Geistes. Der Geist hatte die Form eines großen Waschbärs, der jedoch aufrecht ging. Er schwebte hinter Bandits linker Schulter, als wolle er sich vor den anderen Astralgestalten im Zimmer verstecken.

Diese spezielle Sorte von Geistern war unter der Bezeichnung Beobachter bekannt. Es war ein einfacher Geist, der zur Erfüllung einfacher Aufgaben in der Lage war. Bandit hatte ihn damit betraut, den Astralraum in der Umgebung der Wohnung zu beobachten.

»Du hast etwas bemerkt?« fragte Bandit.

Der Beobachter nickte heftig und streckte eine Pfote in Richtung Rückwand des Zimmers aus. Bandit betrachtete die Wand, sah jedoch nichts von Interesse. *»Komm schnell, Meister«*, sagte der Beobachter. *»Komm und sieh! Du sagtest, wenn ich irgend etwas Seltsames bemerken sollte… Nun, das ist in der Tat äußerst seltsam!«*

Bandit wechselte auf die Astralebene, ließ Fleisch und Knochen hinter sich. Er fragte sich, was der Beobachter wohl bemerkt hatte. Immer noch mit gekreuzten Beinen dasitzend, erhob er sich vom Boden, drehte sich und folgte dem Beobachter durch die Rückwand des Zimmers und in die Gasse hinter dem Haus.

Die Nacht pulsierte sanft im Rhythmus der Primärenergien. Die Auren Hunderter von Leuten leuchteten matt durch die rückwärtigen Fenster der anderen Häuser in der Gasse. Hier und da war auch das Glimmen subtilerer Lebensformen zu sehen – die Auren einer Ratte, mehrerer Pflanzen und einiger Vögel, die an einem Müllhaufen herumpickten. Bandit nahm all das mit einem Blick in sich auf, und da er nichts von Wert sah, richtete er seine Aufmerksamkeit anderswohin. Etwas anderes, etwas wesentlich Wichtigeres, erregte sein Interesse. Es zerrte mit plötzlicher Heftigkeit an seinem Astralsinn – und hielt ihn fest.

Durch die zum nächsten Block führende Gasse kamen Mana-Ranken. Sie trieben dahin, schwebten, ringelten sich langsam vorwärts wie Schlangen, glühten vor Macht. Stiegen auf, sackten ab. Schwebten auf und nieder. Wanden sich einwärts und auswärts. Als sich die Ranken der Hintergasse näherten, schwärmten sie nach links und rechts aus, als wollten sie die Hintergasse in beide Richtungen entlangschweben. Doch dann sammelten sie sich wieder, als hätten sie sich auf eine Richtung geeinigt.

Hier war Magie im Werden, langwierige Magie. Nichts anderes konnte das Mana zu solchen Formen binden oder es über die Grenzen des Blickfelds hinausschicken. Konnte diese Erscheinung Zufall sein? Bandit bezweifelte es. Langwierige Magie baute sich langsam auf, über Stunden hinweg. Sie war eine weitaus anspruchsvollere Magie als die Blitze und Feuerbälle, die grünschnäblige Magier in der Hitze des Augenblicks oder inmitten des Chaos eines Kampfes wirkten. Die führenden Ranken des Zaubers schienen dem Haus entgegenzustreben, in dem Rico und die anderen Zuflucht gesucht hatten. Gerade in diesem Augenblick überquerten die Ranken langsam die Gasse und schlängelten sich auf die Wand zu, durch die Bandit gekommen war.

Ein Trupp bewaffneter Messerklauen, der durch die Gassen zog, hätte Zufall sein können. Es gab Hunderte, wahrscheinliche Tausende von Messerklauen im Plex, und alle mußten irgendwo leben. Magie und Magier waren weit weniger gewöhnlich. So ungewöhnlich, daß sie selten waren.

Was war der Sinn dieser Sendung? Bandit dachte kurz darüber nach, indem er den dazugehörigen Zauber sondierte. Es schien ein Entdeckungszauber zu sein, der darauf abzielte, eine bestimmte Person zu finden. Welche Person, konnte er nicht sagen. Hatte das etwas mit Rico und dem Team, Ansell Surikov oder Marena Farris zu tun? fragte sich Bandit.

Gelegentlich hatte Bandit früher schon die Sendungen anderer Magier beobachtet, Sendungen, die nichts mit ihm oder Leuten, die er kannte, zu tun gehabt hatten, aber er konnte diese Gelegenheiten an den Fingern einer Hand abzählen.

Es war immer besser, vorsichtig zu sein.

Er kehrte in seinen Körper zurück. Rico hockte dicht vor ihm und musterte ihn mit stetem, fragendem Blick. Bandit dachte kurz über diesen fragenden Blick nach, dann sagte er: »Es gibt Ärger.«

»Was für Ärger?« fragte Rico, das Gesicht verziehend.

Bandit erwiderte: »Wie dringend willst du das wissen?«

Durch die Rückfenster des Lieferwagens sah Shank den Asiaten um die Ecke biegen und schnellen Schrittes durch die Gasse huschen, fast rennen. Er sah nicht nach Ärger aus, doch seine Eile gab Shank zu denken. Er war wie ein Koch gekleidet: schmierige weiße Schürze, Hemd, Hose, Turnschuhe. Wenn er irgendwelche Waffen dabei hatte, waren sie unter seinen Klamotten versteckt und ziemlich klein. Er war mager, fast nur Haut und Knochen, und sah aus, als sei er gerade aus irgendeinem Grab geklettert.

»Was ist das denn für 'n verdammtes Stück Drek?« sagte Thorvin.

Shank grunzte nur und umklammerte sein kompaktes Colt M22A2.

Der Bursche trippelte weiter, am Lieferwagen vorbei und dann zur Tür der Wohnung, die das Team als Versteck benutzte. Er klopfte mit der Faust an die Tür. Shank glitt durch die rückwärtige Tür des Lieferwagens nach draußen, ging um die hintere Ecke und noch einen Schritt weiter und preßte dem Burschen den Lauf des Colts gegen den Hinterkopf.

»Sei ganz vorsichtig«, knurrte er mit tiefer und bedrohlich klingender Stimme.

Der Bursche erstarrte, abgesehen davon, daß er langsam den Kopf drehte. Dieser Kopf reichte kaum bis zur Mitte von Shanks Brust. Nach allem, was Shank sehen konnte, sah der Bursche überrascht genug aus, um wirklich entsetzt zu sein. Seine Augen waren jedenfalls weit aufgerissen.

Plötzlich schwang die Wohnungstür nach innen, und Piper stand vor ihnen. Shank legte dem Burschen eine Hand in den Nacken und wollte ihn gerade hineinschubsen, nur in den Flur, um ihn zu durchsuchen, doch dann sah der Bursche Piper und nickte und verbeugte sich auf die Art, wie sie die Asiaten draufhatten, und Piper verbeugte sich ebenfalls.

»Okyaku sáma ga kite imásu!« sagte der Bursche. Er redete schnell und leise, offenbar aufgeregt. Shank fragte sich, was der Kerl wohl erzählte.

Pipers Augen weiteten sich. *»Dóo yuu imi désu ka!«* sagte sie atemlos.

»Shookáijoo o mótte inákereba narimasén ka!«

»Ara ma! Osore irimasu! Dónata desu ka!«

»Nan-no shirushi ga yoroshii désu ka!«

So machten sie noch eine Weile weiter.

Shank sah nach links und rechts. Die Gasse war leer, und niemand, der an der Gasseneinmündung vorbeiging, schien es besonders eilig zu haben, nicht eiliger, als für diesen Stadtteil üblich. Auf der Straße selbst fuhr ein Laster der Müllabfuhr vorbei, auf dessen Stufen Arbeiter mit schwarzen Masken, Handschuhen und Overalls standen. Für eine Nacht in Little Asia, in irgendeinem Teil des Newarker Sprawl, schien alles ziemlich ruhig zu sein.

»Hai! Wakaramasu! Domo arigato gozaimasu!« sagte Piper.

»Do itashimashite!« sagte der Bursche.

Shank senkte seine Waffe.

Piper verbeugte sich, und der Bursche verbeugte sich ebenfalls. Dann verbeugten sich beide noch einmal. Der Bursche machte sich wieder auf den Rückweg zur Straße. Shank sah Piper an. Sie erwiderte den Blick und sagte rasch: »Shank, wir müssen verschwinden. Mach dich fertig zum Abmarsch.«

»Null Problemo«, sagte Shank. »Abmarsch wohin?«

Piper starrte ihn mit weit aufgerissenen Augen an, dann schüttelte sie plötzlich den Kopf und eilte durch den Flur und in die Wohnung zurück. Shank zuckte die Achseln.

Hinter ihm erwachte der Motor des Lieferwagens dröhnend zum Leben.

31

Ein Handel wurde abgeschlossen, *Jefe*«, sagte Piper rasch. »Die Daisaka hat sich an den Oyabun persönlich gewandt. Kobun der Honjowara Yakuza und Agenten der Daisaka-Sicherheit durchsuchen gemeinsam den Bezirk. Es heißt, sie stellen diskrete Nachforschungen an, aber das ist nur Tarnung. Sie werden uns finden, wenn wir nicht von hier verschwinden.«

Rico verzog das Gesicht. »Wieviel Zeit haben wir?«

»Wir müssen jetzt verschwinden. Sofort.«

Piper brauchte ihre Worte nicht extra zu betonen. Rico sah den Ausdruck in ihren Augen. Sie hatte Angst, und das wahrscheinlich aus gutem Grund. »Jemand hat uns verkauft?«

»Nicht so, wie du denkst.«

»Einer deiner Kontakte.«

Piper schüttelte den Kopf. »Vielleicht hat Honjowara-*sama* uns benutzt, um von der Daisaka etwas zu bekommen, das er haben wollte. Das ist sehr wahrscheinlich. Aber wir sind gewarnt worden, *Jefe*. Wir sollen verschwinden. Wir sind wie Bauern in einem Schachspiel benutzt worden. Das ist nicht das gleiche wie Verrat.«

Vielleicht, vielleicht nicht. Es klang jedenfalls nach der Art von Deal, die ein Kerl wie der Oyabun ungestraft durchziehen konnte. Rico war nicht in der Position, um deswegen zu streiten. Was der verdammte *sama* von der Daisaka wollte, ging ihn nichts an. Ein ehrenhafter Mann hätte der Daisaka vielleicht gesagt, sie solle sich zum Teufel scheren, doch Rico beschloß, auch für kleine Gefälligkeiten dankbar zu sein. Ohne das stillschweigende Einverständnis des Oyabun hätten sie niemals in diesem Teil des Plex untertauchen können. Und ohne die Warnung, die sie jetzt erreicht hatte…

wären sie in Kürze vielleicht schon tot und begraben gewesen.

»Laß uns abschwirren.«

Sie packten ihre Sachen. Bandit streute ein paar Händevoll irgendeines funkelnden Zeugs im Wohnzimmer aus und sang dazu irgendwas vor sich hin, doch so leise, daß man kein Wort verstehen konnte. Rico wußte nicht, wozu das gut sein sollte, und verschwendete keine Zeit damit, danach zu fragen. Sie verließen die Wohnung. Dok und Piper schafften Marena Farris in den Lieferwagen. Rico zog die Seitentür zu und setzte sich auf den Beifahrersitz, und dann waren sie unterwegs zur nächsten Schnellstraße.

»Wohin fahren wir?« fragte Thorvin.

Eine verdammt gute Frage, dachte Rico. Dieser Run überstieg ihre Grenzen. Sie hatten alle Kontakte und Verstecke, für die sie im voraus gesorgt hatten, ausgeschöpft. Sie konnten in das befestigte Versteck in Sektor 13 zurückkehren, doch Rico wollte sich das aufsparen, bis ihnen die Kugeln um die Ohren flogen und ihnen tatsächlich keine andere Möglichkeit mehr blieb.

Sie hielten in Sektor 11 kurz hinter der Grenze von Little Asia. Thorvin parkte den Lieferwagen in dem großen Parkhaus zwei Etagen unterhalb des Hillside New Jersey-Bahnhofs. Rico steckte einen Kredstab in ein öffentliches Telekom, drückte die Video-aus-Taste und tippte eine besondere Nummer ein.

Augenblicklich drang Mr. Victors Stimme durch den Hörer an Ricos Ohr. »Wie geht es Ihnen, mein Freund?«

»Das Treffen ist schiefgegangen«, sagte Rico. »Unser Mann ist hinüber. Der Klient hat die Ware erledigt. Wir mußten uns den Weg freikämpfen.«

Kurzes Schweigen. »Das tut mir leid zu hören. Ich bin schockiert, obwohl ich selbst gewisse Schwierigkeiten hatte. Wir leben in gefährlichen Zeiten. Sagen Sie mir, auf welche Weise sind Ihre Probleme aufgetreten?«

»Auf welche Weise treten sie gewöhnlich auf?«

Wiederum Schweigen. »Was werden Sie jetzt tun?«

Rache kam nicht in Frage, jedenfalls einstweilen nicht. Das unmittelbare Problem bestand darin, am Leben zu bleiben, und in der Frage, was sie mit Marena Farris und ihrem Vorschlag anfangen sollten. Rico erwog, Mr. Victor von diesem Vorschlag zu erzählen, entschied sich jedoch dagegen. Mr. Victors Vereinbarungen hatten sich in letzter Zeit nicht gerade als Volltreffer erwiesen. Rico traute ihm zwar immer noch, aber im Augenblick schien es zu reichen, ihn mit einer ganz einfachen Sache zu behelligen. »Wir brauchen ein neues Versteck.«

»Vielleicht kann ich Ihnen dabei behilflich sein, mein Freund.«

Mr. Victor kannte einen Burschen, der eine Adresse kannte. Mr. Victor würde ein Treffen arrangieren. Rico biß die Zähne zusammen, sagte jedoch, das sei cool. Dann sagte Mr. Victor: »Sie sollten wissen, daß Ihr ehemaliger Auftraggeber seine Fühler ausgestreckt hat. Für Informationen über Ihren Aufenthaltsort werden harte Nuyen gezahlt.«

Rico zögerte. »Ist das Ihr Ernst?«

»Absolut.«

Unglaublich.

Mr. Victor mußte sich auf L. Kahn beziehen, und das war unglaublich, weil Schieber normalerweise keine Belohnungen aussetzten, jedenfalls nicht direkt. Das war dasselbe, als würde L. Kahn vor der ganzen Welt zugeben, daß es ihm jemand besorgt hatte, und das gaben Schieber nicht gerne zu. Schieber neigten dazu, sich ihres Images außerordentlich bewußt zu sein, nicht weniger als Konzerne. Aus alledem schloß Rico, daß L. Kahn Druck bekommen mußte. Vielleicht von Fuchi. Die Pinkel bei Fuchi würden nicht allzu glücklich darüber sein, daß ihre Ware weggepustet worden war. Und sie würden auch über das Verschwinden einer Angestellten namens Marena Farris nicht allzu glücklich sein.

Rico kehrte zum Lieferwagen zurück und gab Thorvin Anweisungen. Er spürte förmlich, wie Farris ihn aus dem Laderaum anstarrte. Dieses Starren war eine Frage, die auf eine Antwort wartete.

Der Drek wurde immer dicker. Die Daisaka-Sicherheit, die Executive Action Brigade, Yakuza, Informanten. Mass Intertech, Prometheus, Fuchi. Und obendrein noch Bandits letzte Warnung. Der Schamane hatte sich nicht besonders klar ausgedrückt, aber es hatte den Anschein, als habe jemand in den Minuten, kurz bevor sie aus ihrem Versteck in Little Asia geflohen waren, auf magischem Weg nach ihnen gesucht. Wie, zum Teufel, paßte das hinein? Aus den ursprünglichen Chipdateien für den Run gegen Maas Intertech wußte Rico, daß die Daisaka auch Magier am Start hatte, aber war das seine Erklärung? Und spielte es eine Rolle?

Und jetzt hatte Marena Farris einen Vorschlag gemacht, mit dem sie sich zumindest einen Teil der Opposition vom Halse schaffen konnten.

Rico fragte sich, ob er überhaupt eine andere Wahl hatte.

Das Problem mit Konzernen war, daß sie über die Mittel verfügten, um praktisch jede Art von Kontakt oder Informant kaufen zu können, die ihren Zwecken diente: Cops, Huren, Gangs, ganze Stadtviertel, Regierungen. Dieser geballten Macht konnte man sich nicht auf immer und ewig entziehen. Irgend etwas mußte nachgeben. Entweder kam der Konzern irgendwann zu dem Schluß, daß man die Mühe und die Nuyen nicht mehr wert war, oder er bekam einen zu fassen, packte einen bei den Cojones, ließ einen nach seiner Pfeife tanzen und lud einen schließlich in der nächsten Mülltonne ab.

Rico und der Rest des Teams konnten versuchen unterzutauchen, aber dazu brauchten sie Geld, harte Nuyen. Sie waren alle nicht völlig blank, aber wieviel würden sie brauchen? Genug, um es Monate auszuhalten, ein Jahr, zwei Jahre? Sie würden ihre Identität wechseln, vielleicht sogar ihr Aussehen verändern müssen. Dok konnte einige der kosmetischen Veränderungen übernehmen, aber das war erst der Anfang. Piper würde neue Programme und Hardware benötigen, nur um auf dem laufenden zu bleiben. Rico würde einige kybernetische Modifizierungen brauchen, damit seine Bodyware nicht in Kürze technologisch überholt war. Sie würden alle verschiedene Sachen benötigen: Dok, Shank, Thorvin. Und die Frage lautete, wie sie bekommen sollten, was sie brauchten. Die Wirklichkeit war hart.

Man verdiente sich nicht die Kohle für erstklassige Cyberware, indem man für irgendeine Bar den Türsteher spielte oder Spielschulden eintrieb. Es war ein Haufen Kohle erforderlich – und ein Haufen Kohle war gleichbedeutend damit, einen Haufen Risiken einzugehen. Konterbande schmuggeln. Wichtige Daten stehlen. Irgendeinen Burschen aus einem Konzernkontrakt herauszuhauen, der das moralische Äquivalent zur Sklaverei war.

Es lief auf zwei Möglichkeiten hinaus. Sterben war der leichtere Ausweg. Sie brauchten nur Marena Farris zu Fuchi zurückzuschicken und dann herumzusitzen und zu warten, bis die Konzerne kamen und sie umlegten. Die harte Tour bedeutete, auf Marena Farris' Vorschlag einzugehen, ihn näher unter die Lupe zu nehmen, Nachforschungen anzustellen. Und dann, wenn alles cool aussah, ihn in die Tat umzusetzen. Dabei konnten sie am Ende genauso draufgehen, aber Rico sah keinen anderen Weg, wie sie genug Nuyen zusammenbekommen sollten, um sich tatsächlich abzusetzen.

Und ihre Zeit lief ab.

Seine Frauen warteten schweigend, wie es Frauen geziemte, um ihn herum in dem Mercedes, während er

Zauberworte flüsterte und den Zauber in das Gefüge der Wirklichkeit wob. Eine Handvoll Lichtfunken tauchten vor ihm in der Luft auf und schwollen nach und nach zu einer pulsierenden, glänzenden Wolke an. Daniella betätigte den Fensterheber und öffnete ein Seitenfenster. Maurice zeigte nach draußen. Die Wolke schwebte hinaus und durch die Gasse zur Tür der Wohnung der Runner. Sie breitete sich über die Tür aus und sickerte durch ihre Substanz hindurch, bis sie den Raum dahinter erreicht hatte.

In Sekundenschnelle dehnte sie sich aus, um die drei kleinen Zimmer der Wohnung auszufüllen und jeden zu betäuben, mit dem sie in Berührung kam.

Ein zweiter Zauber verwandelte die Hintertür zur Gasse in Staub.

Maurice nickte. Claude Jaeger, ganz in Schwarz gekleidet, wirbelte herum, schoß durch den Eingang und verschwand in der Wohnung. Er würde die Runner und jeden, den er sonst noch in der Wohnung vorfand, rasch erledigen. Und dann war ihr Kontrakt erfüllt. Wissen und Talent eines befähigten Schamanen würden für immer verloren sein, und das war in der Tat ein Verlust, aber es ließ sich nicht ändern. Die Runner hatten ihren Kontrakt gebrochen, und L. Kahn hatte ihre Eliminierung befohlen. Noch wichtiger war jedoch die Tatsache, daß Maurice nach der Arbeit dieser Nacht endlich wieder zu seinen Studien zurückkehren konnte. Er hatte viel zu viele Tage damit verschwendet, Magie zu wirken, anstatt sein Wissen zu mehren. Er wartete mit Ungeduld auf das Ende der Arbeit.

In diesem Augenblick kehrte Jaeger nach draußen zurück. Er spie auf den Asphalt der Gasse. »Magier«, sagte er mit einem höhnischen Grinsen. »Sie haben es vermasselt.«

Unmöglich.

Und doch…

Maurice wechselte auf astrale Wahrnehmung und warf einen Blick auf seine Geistverbündete Vera Causa. Auf seinen Befehl hatte sie die Wohnung astral sondiert und bestätigt, daß die Runner anwesend waren. Doch ansonsten hatte sie seit ihrer Ankunft hier in Little Asia nichts gesagt. Und sie schwieg auch jetzt. Sie sah ihn nicht einmal an. War es möglich, daß sie sich geirrt hatte?

»Bewachung«, ordnete er an.

»Ja, Meister«, erwiderte sie. *»Selbstverständlich.«*

Der Antwort haftete ein ätzender Unterton an, der Maurice nicht gefiel. Er dachte kurz darüber nach, ob sich dieser gebundene Geist seiner Kontrolle entzog. Eine schwer zu beantwortende Frage.

Er schnippte mit den Fingern und beschrieb eine Geste. Daniella stieß die Tür zu seiner Rechten auf und ging ihm voraus nach draußen. Er erhob keine Einwände, als sie und die anderen Schnallen ihm in die Wohnung folgten. Daniella verfügte über gewisse begrenzte Fähigkeiten in den Künsten, und die anderen besaßen ebenfalls gewisse Fertigkeiten, die sich als nützlich erweisen mochten.

Für das Auge eines Normalsterblichen sah die Wohnung verlassen aus. Sie war mit Möbeln, Küchengeräten, Trideos, Buchdisketten und allem Anschein nach den verstreut herumliegenden Bestandteilen mehrerer Cyberdecks vollgestopft. Außerdem lagen Kissen und Decken, leere Fast-Food-Behälter und anderer anonymer Abfall herum. Die ehemaligen Bewohner schienen überstürzt aufgebrochen zu sein. Und doch trog der Schein. Auf der Astralebene schienen die Runner immer noch da zu sein. Inmitten der pulsierenden Fluktuationen aus Lebensenergie, die unregelmäßig durch die Wohnung trieben, leuchteten nicht nur eine, sondern sieben Auren, oder zumindest sahen die Gebilde wie sieben menschliche und metamenschliche Auren aus. Es war, als seien die Runner gegangen, hätten es jedoch irgendwie geschafft, ihre Auren zurückzulassen.

Maurice hatte noch nie etwas Derartiges gesehen.

Jetzt spürte er ganz eindeutig, daß diese ›Auren‹ lediglich ein Zauber waren, eine clevere Manipulation von Mana, das den umgebenden ätherischen Energien entzogen wurde. Was ihn erstaunte, war die Tatsache, daß er nicht in der Lage gewesen war, diese Täuschung zu durchschauen, während er den rituellen Zauber wirkte, der ihn zu diesen Räumlichkeiten geführt hatte. Er war gefoppt worden. Man hatte ihn glauben gemacht, daß John Dokker und die übrigen Runner noch anwesend waren.

Wie, fragte er sich, konnte solch eine perfekte Täuschung gewirkt worden sein? Bis jetzt war er der Ansicht gewesen, sein ritueller Entdeckungszauber sei unfehlbar, langwierig zu wirken und langsam, aber garantiert erfolgreich. Offensichtlich war dies nicht der Fall. Er verspürte den Drang, mehr über diesen Illusionszauber in Erfahrung zu bringen. Er mußte den Feinheiten einer Arbeit auf den Grund gehen, die derartig perfekte Täuschungen beschwor.

Er konzentrierte sich auf seine astrale Wahrnehmung und näherte sich den falschen Auren. In diesem Augenblick erlosch die Wirkung des Zaubers, als habe er nur auf die Berührung seines Geistes gewartet, als wünsche er seine Geheimnisse zu wahren. Mana blitzte auf, spritzte in alle Richtungen und schloß sich grell strahlend wieder den pulsierenden Strömen der Welt an.

Maurice empfand einen Anflug von Kummer, dann leise Verzweiflung.

Als er zu seiner weltlichen Wahrnehmung zurückkehrte, hörte er draußen in der Gasse ein Krachen, als werde eine Mülltonne umgestoßen, dann das wütende Fauchen einer Katze.

Jaeger fuhr herum und stürzte hinaus in die Gasse.

Die Situation kam Maurice plötzlich bekannt vor. Das Fauchen der Katze erinnerte ihn an etwas. Er legte den Kopf in den Nacken und nickte. Dann schloß er die Augen und lachte leise. Es war eine Nacht der Listen und Tricks geworden, neue und alte. Die fauchende Katze in der Gasse. Welche Art von Schamane konnte solch einen kindischen Trick benutzen und doch die Magie auf so komplexe Weise manipulieren, daß sie illusionäre Auren beschwor?

»Gebieter«, sagte Daniella. »Sieh dir das an.«

Maurice öffnete die Augen, dann folgte er seiner ersten Frau in das Schlafzimmer. Auf einer Kommode lag ein Gegenstand, der auf den ersten Blick einem Monofaserschwert ähnelte, wie es zu Tausenden von Ares Macrotechnology und anderen Konzernen hergestellt und im Plex verkauft wurde. Auf der Astralebene war die Bedeutung des Schwerts jedoch offensichtlich. Seine Aura hatte den Charakter eines lebenden Wesens, das jetzt nicht mehr lebte. Das Schwert war einmal von Macht erfüllt gewesen und hatte als Fokus für Zauber gedient. Die Erinnerung an diese Zauber war immer noch vorhanden. Maurice bezweifelte, daß es ihm gelingen würde, viel über diese Zauber herauszufinden, aber das war eine zweitrangige Erwägung.

Die Schwingungen der Person, die das Schwert getragen hatte, waren ebenfalls noch vorhanden. Das machte das Schwert so bedeutend. Offenbar war es vom Schamanen der Runner zurückgelassen worden, vielleicht im Austausch für etwas anderes, das er mitgenommen hatte. Das war eine Eigenart dieses Schamanen, das beharrlichste Gerücht, das Maurice über ihn gehört hatte. Wenn Bandit etwas nahm, ließ er dafür etwas anderes zurück. Maurice konnte sein Glück und die Dummheit dieses Bandit kaum fassen.

Das Schwert würde als Materieverbindung dienen

und Maurice folglich vermittels ritueller Magie direkt zu dem Schamanen, und damit zu den Runnern führen, wohin sie auch geflohen sein mochten.

Und diesmal würde Maurice auf keine noch so schlaue Illusion hereinfallen.

32

Die Kapelle des Ewigen Lichts befand sich direkt jenseits der Grenze zu Little Asia in Sektor 7. Für fünfhundert Nuyen durften sie Fillys Leiche in einen Raum mit parfümierter Luft, leiser Musik und gegossenen Plastikblumen betten, ohne daß ihnen Fragen gestellt wurden. Im Preis war ein fünfminütiger Trideo-Begräbnisgottesdienst, die anschließende Einäscherung und eine Urne für die Asche enthalten.

Rico bezahlte die Rechnung trotz Doks Proteste. Es war seine Pflicht. Er war der Anführer. Es war sein Fehler, daß er sich auf das Treffen mit Prometheus nicht richtig vorbereitet hatte, und dieser Fehler hatte Filly das Leben gekostet. Verglichen mit der moralischen Last dieser Tatsache waren fünfhundert Nuyen nichts.

Sie alle kannten die Risiken. Der Tod war ein integraler Bestandteil des Spiels. Um der Überlebenden willen gab Rico sich alle Mühe, nicht an den Preis seiner Fehler und an die Möglichkeit zu denken, daß er wieder etwas verpfuschen könnte. Wenn man überhaupt eine Chance zu überleben haben wollte, tat man, was man tun mußte, und sparte sich Kummer, Selbstzweifel und Fragen auf, bis der Run vorbei war und alle Leute sicher im Bett lagen.

Als die Aufnahme des Gottesdienstes durchgelaufen war, sagte Piper: »Holt der Tod mich einmal zu sich, erinnern sich die Leute hoffentlich, daß ich viele Freunde hatte und viele Freunde mich.« Sie hielt einen Augenblick inne, dann fügte sie hinzu: »Filly hatte viele Freunde. Und wir, ihre Freunde, haben sie immer noch. In unseren Herzen. Dort werden wir sie immer haben.«

Eine weitere Überraschung. Rico war verwirrt. Die Worte kamen ihm irgendwie zu offen mitfühlend für eine zurückhaltende Japanerin vor und zu christlich für eine fanatische Ökologie-Buddhistin. Vielleicht lag es an ihrem Geschlecht. Vielleicht bedurfte es einer Frau, um mit soviel Mitgefühl zu sprechen, um ihre Überzeugungen und Verhaltensmuster lange genug hinter sich zu lassen und etwas Angemessenes zu sagen. Rico fragte sich, woher die ersten, sich reimenden Zeilen stammten. Sie klangen, als stammten sie aus einem Gedicht, aber Piper hatte nie irgendein Interesse an Poesie erkennen lassen.

War nichts mehr, was es zu sein schien?

Dok fluchte und weinte, dann biß er die Zähne zusammen, wandte sich ab und ging weg. Rico dachte deshalb nicht geringer von Dok. Er zeigte nur seine innere Stärke.

Eine Stunde später trafen sie Mr. Victors Kontakt inmitten der Schlote und Fabriken von Sektor 10. Der Bursche zeigte ihnen ein leeres Lagerhaus nicht weit vom Hafensektor entfernt.

Das Lagerhaus war fünf Stockwerke hoch, ungefähr so breit wie ein LKW-Anhänger und zwischen eine Spedition und eine Art Gießerei gequetscht. Es roch nach verbranntem Metall.

Hinter dem großen Rolltor zur Lagerhalle befand sich eine Verladebucht, ein freier Platz, schmal, aber lang und mit einer Verladerampe am Ende. An die Rampe schloß sich ein kurzer Flur an, von dem mehrere kleine Räume abgingen: ein Büro, ein Waschraum und so etwas wie ein Empfangssalon. Plastikmobiliar und gepolsterte Sitzbänke. Holografien halbnackter Berühmtheiten wie Maria Mercurial, Taffy Lee und der *Sayonara Baby*-Freudenmädchen zierten die Wände. Der Boden war mit einem Durcheinander aus Müll, leeren Rauschgiftkapseln, BTL-Chiphüllen und Rattenscheiße übersät.

»Jetzt weiß ich, daß wir tief im Drek sitzen«, knurrte Shank.

Rico lag eine schroffe Antwort auf der Zunge, aber er

verkniff sie sich. Shank hatte recht. Vielleicht war ihre Unterbringung bei einem Run nie luxuriös gewesen, aber in der Regel hatten sie etwas gefunden, das man als anständig bezeichnen konnte. Räumlichkeiten, in denen man keine Bedenken zu haben brauchte, das Mobiliar zu benutzen oder sich auszuziehen, um eine Dusche zu nehmen. Daß sie Zuflucht in einer rattenverseuchten Bude in einer der verkommensten Gegenden des Plex suchten, sprach nicht gerade für einen guten Verlauf der Dinge. Ein Blick in den Waschraum bestätigte diese Einschätzung.

Beim Mittagessen, das aus Reis und Nudeln bestand, kehrte Ricos Blick immer wieder zu Marena Farris zurück, die sich den Mund mit einer Papierserviette abtupfte. Er würde eine Entscheidung hinsichtlich dieser Frau treffen müssen: Entweder er benutzte sie oder trennte sich von ihr. Anders ausgedrückt, entweder er nahm ihren Vorschlag an oder ließ sie laufen.

»Lassen Sie noch mal Ihren Vorschlag hören«, sagte er.

Farris zögerte und musterte Rico, als sei sie unsicher. Piper warf ihm einen scharfen Blick zu.

Dok verzog das Gesicht. »Welchen Vorschlag?«

»Hä?« fügte Shank hinzu.

Farris erzählte ihre Geschichte. Der Bursche, den sie bei Maas Intertech herausgehauen hatten, sei gar nicht Surikov gewesen, sondern ein Doppelgänger namens Michael Travis. Der echte Surikov sei immer noch bei Fuchi Multitronics und nicht besonders glücklich über diesen Zustand. Farris habe kurz vor ihrer Entführung im Namen des echten Surikov begonnen, über einen Wechsel zu einem anderen Konzern zu verhandeln. Wenn Rico und das Team ihr beim Vollzug dieses Wechsels halfen, werde sie dafür sorgen, daß man ihnen Bares zahlte und sie von der Daisaka-Sicherheit vergessen würden.

»Ich würde der verdammten Schnalle nicht trauen.«

Diese Worte hätten von Piper stammen können, aber es war Dok, der sie aussprach. Seine Stimme klang hart und rauh. Rico lehnte sich zurück und zündete sich eine Zigarre an. Shank sagte: »Niemand verlangt von dir, ihr zu trauen.«

»Nein, natürlich nicht.« Dok grinste bissig. »Nur, unser Leben aufs Spiel zu setzen!«

»Wir könnten das Geld brauchen.«

»Selbst wenn sie die Wahrheit sagt, sie kann nicht garantieren, daß uns die Daisaka in Ruhe läßt.«

»Garantien gibt es nie und für nichts, Chummer.«

»Und«, sagte Thorvin, »das Geld könnten wir trotzdem brauchen.«

»Alles Geld der Welt kann uns nicht wieder lebendig machen, wenn wir erst mal tot sind, mein Freund.«

»Aber ohne Geld sehe ich auch keine großen Überlebenschancen für uns.«

Dok sah Rico an und sagte: »Du kannst doch nicht ernsthaft daran denken, die Sache durchzuziehen?«

»Nicht?« sagte Rico.

»Es ist *Wahnsinn!*«

»Kein größerer Wahnsinn als jeder andere Run.«

In gewisser Weise schuldeten sie es vielleicht dem Burschen, der auf dem Parkplatz des Einkaufszentrums gestorben war, und auch Filly, fand Rico. Beide hatten ihr Leben verloren, weil ein Konzern Verrat geübt hatte. Für Farris und den echten Surikov – vorausgesetzt, er *war* der echte Surikov – etwas zu tun, würde eine Form der Vergeltung sein. Vielleicht die einzige Art von Vergeltung, die zu üben sie hoffen konnten. Irgendwann in der Zukunft konnten sie Fuchi und den anderen Konzernen so sehr schaden, daß sie vielleicht ein paar Punkte an der Börse fielen und etwas Geld verloren, indem sie ihre Computersysteme zum Absturz brachten oder häßliche Gerüchte über ihre finanziellen Rücklagen verbreiteten. Aber im

Augenblick war Farris' Vorschlag die einzige Chance zur Vergeltung, die sich ihnen bot. Ein erzwungener Wechsel eines Konzernangestellten. Ein Konzern von der Größe Fuchis würde nicht besonders darunter leiden, aber es war ein Stich.

»Bist du dabei oder nicht?« sagte Rico.

Dok starrte ihn kurz an. »Willst du damit sagen, die Entscheidung ist bereits gefallen?«

»Die Entscheidung lautet, daß wir uns alles ansehen, herausfinden, was wir können, Pläne machen und uns dann alles richtig überlegen. Wenn alles cool ist, machen wir es.«

»Wir könnten in eine Falle laufen!«

Rico nahm einen tiefen Zug von seiner Zigarre, bevor er sagte: »Seht euch doch um«, sagte er. »Die Falle ist bereits gestellt.«

»Ja«, sagte Shank. »Und sie schnappt verdammt schnell zu.«

Vom dreckverschmierten Fenster neben dem Tor zur Verladebucht hatte man einen ganz guten Ausblick auf die Straße. Rico hielt Wache, wenn auch aus keinem anderen Grund als dem, daß er nicht schlafen konnte. Ihm ging zuviel im Kopf herum. Er hatte nicht länger als eine halbe Stunde in der Dunkelheit der Verladebucht gestanden, als Piper hinten auf der Rampe erschien.

»*Jefe ...?*«

»Hier, *Chica*.«

Für jemand mit gewöhnlichen Augen war die Bucht fast schwarz. Piper tastete sich von der Rampe herunter und durch die Bucht. Rico umfaßte ihre suchende Hand und zog sie neben das Fenster. Sie schmiegte sich an ihn.

»Wir sollten uns einfach absetzen, *Jefe*«, sagte sie leise.

Rico murmelte: »Du weißt, daß ich das nicht kann.«

»Warum nicht?«

Er zählte noch einmal die Gründe für sie auf, aber in Wahrheit ging es über Fragen des Geldes und des Überlebens hinaus. Es ging auch über alles hinaus, was sie denjenigen, die gestorben waren, schuldig sein mochten oder auch nicht.. Es lief auf etwas ganz Einfaches hinaus: Marena Farris. Die Frau hatte möglicherweise Pläne, um von Fuchi wegzukommen, aber Tatsache war, daß sie noch nicht zu gehen bereit gewesen war, als sie sie geholt hatten. Also hatten sie sie im Prinzip entführt. Gekidnappt. Und jetzt war sie mittlerweile zu lange bei ihnen, als daß sie sie einfach hätten zurückschicken können. Die Fuchi-Sicherheit würde mit Sicherheit annehmen, daß an ihr herumgepfuscht worden war, daß sie anstelle einer loyalen Angestellten eine Art trojanisches Pferd zurückbekamen. Sie würde verhört, analysiert und Tag und Nacht jeden Augenblick überwacht werden. Vielleicht traute man ihr nie wieder. Piper würde wahrscheinlich sagen, daß das keine Rolle spielte, weil die Frau eine verdammte Konzernschnalle war, ein Feind. Rico sah das anders. Farris mochte eine Konzernschnalle sein, und vielleicht verfolgte sie geheime Pläne, aber sie war immer noch eine Frau und trotz allem ein menschliches Wesen. Für Rico bedeutete das, sie hatte das Recht ihren eigenen Weg zu gehen und wieder auf diesen Weg zurückgebracht werden, wenn jemand sie in eine Richtung zog, die sie nicht selbst ausgewählt hatte.

Das zu erreichen, würde einige Anstrengung erfordern, und Rico wünschte nur, er könnte Farris und dem, was sie ihm erzählt hatte, wirklich trauen. Er hoffte, sie spielte ehrlich oder doch zumindest so ehrlich, daß eventuelle Abweichungen von der Wahrheit nicht weiter ins Gewicht fielen.

»Vielleicht sollten wir irgendwohin verschwinden, wenn wir mit dieser Sache fertig sind«, sagte er.

Piper umarmte ihn krampfhaft und stöhnte: »Mir ist es egal, was wir tun, solange wir diese Sache lebend überstehen.«

»Wir werden es schaffen.«

Um ihrer aller willen hoffte Rico, daß er recht hatte.

33

Um kurz nach drei Uhr nachts änderte sich Marena Farris' Aura unmerklich, was darauf hindeutete, daß sie endlich auf einer der gepolsterten Bänke im Empfangsraum eingeschlafen war.

Um vier Uhr schien sie tief und fest zu schlafen. Alle anderen im Empfangssalon schliefen ebenfalls.

Bandit wartete noch ein wenig, dann begann er.

Seine Finger fanden das Medaillon unter seinem Hemd. Er benutzte es, weil es Macht enthielt. Der Zauber, auf den er sich vorbereitete, bedurfte trotz seiner Einfachheit großer Macht.

Er hob seine freie Hand ein wenig, nur ein wenig, eben genug, um mit den Fingerspitzen auf Marena Farris zu zeigen. Dann hauchte er die Worte, mächtige Worte, die niemals laut ausgesprochen werden durften. Dies war einer seiner verschlungensten Zauber, den er im Laufe der Jahre konzipiert und weiterentwickelt hatte. Jedes Wort mußte auf eine ganz bestimmte Weise ausgesprochen werden, und zwar lautlos, so daß ihre Geheimnisse für immer im Dunkeln blieben.

Langsam sammelte sich das Mana, zuerst um seine etwas erhobene Hand, dann zu einem schmalen Strom, der sich langsam, ganz langsam, durch die ätherische Ebene zog. Und sich langsam über Marena Farris' schlummernde Aura legte. Ihre Aura langsam einhüllte. In sie eindrang. Sich dann drehte, wand und mit ihr verband. Allmählich ein Netz wob. Allmählich eine Verbindung schuf.

Schlaf, gebot die Magie leise. *Schlaf, bis dir gesagt wird, daß du aufwachen sollst …*

Aus den Tiefen des Verstandes kam ein Laut, ein sanfter, freundlicher Laut, ein Laut der Eintracht und

Harmonie und bereitwilliger Ergebenheit. Langsam erhob er sich, und langsam nahm er Form an, konzentrierte sich zu einem Wort, einem Wort wie *Jaaaaa …*

Im richtigen Augenblick hob Bandit mit seiner freien Hand die Maske des Sassacus. *Wir sind eins … ein Geist, eine Seele …*

Jaaaa …

Dein Vertrauen in mich ist absolut …

Jaaaa …

Du hast mir alles gestanden … du hast mir all deine Geheimnisse anvertraut, große wie kleine … deine Geheimnisse mit mir zu teilen, bereitet dir große Freude, große Wärme … du willst mir alles erzählen … du möchtest mir alles mitteilen …

Jaaaa … so ist es …

Es gibt etwas, das du mir jetzt erzählen willst …

Jaaaa …

Wer ist der Mann, den du Ansell Surikov nennst?

Er ist Ansell … mein Mann …

Es gibt etwas, das er tun soll …

Jaaaa … das stimmt …

Erzähl mir davon …

Er … soll woandershin gehen … zu einer neuen … Organisation …

Erzähl mir, warum …

Es wird uns beiden nützen …

Hast du Geheimnisse vor den Runnern?

Ja … sie kennen meinen Namen nicht …

Wie lautet dein Name?

Fa … Farrah Moffit …

Warum ist dieser Name wichtig?

Wenn sie ihn wüßten, würden sie mir nicht trauen …

Stunden später, als die Frau Marena Farris – Farrah Moffit – erwachte, richtete sie sich langsam auf, strich sich das Haar zurück und drehte dann den Kopf, um ihn direkt anzusehen, ihn zu betrachten und anzustarren.

Sie wußte es.

Bandit sann darüber nach, wie das sein konnte.

»Würdest du einem Verräter trauen?«

Im gedämpften Licht des verfallenen Lagerhausbüros drehte sich Rico auf dem Drehstuhl zur Tür. Links neben ihm saß Piper mit ihrem Deck auf dem Schoß und einem Datenkabel im Kopf auf einem Armsessel. In den Schatten der Türöffnung stand Bandit und befingerte seine neue Flöte.

Rico hob das Kinn in seine Richtung. »Was sagtest du?«

»Würdest du einem Verräter trauen?«

»Schließ die Tür.«

Bandit trat vor und zog die Tür hinter sich zu.

»Von wem reden wir?« fragte Rico.

»Von der Frau. Marena Farris.«

»Sie ist eine Verräterin?«

»Das glaubt sie jedenfalls.«

»Wen hat sie verraten?«

»Vielleicht Fuchi Multitronics.«

»Das hat sie dir erzählt?«

Ein paar Augenblicke verstrichen. Bandit sah auf die Flöte in seinen Händen. Seine Miene war wie üblich völlig nichtssagend. Was er dachte, war sein Geheimnis. »Ich wollte mir hinsichtlich einiger Punkte Gewißheit verschaffen. Sie fürchtet um ihr Leben. Sie will, daß sich Ansell Surikov einer neuen Organisation anschließt. Sie befürchtet, daß du ihr nicht trauen wirst. Sie betrachtet sich als Verräterin. Einiges von dem, was du über sie weißt, ist falsch. Sie hat nicht immer für Fuchi Multitronics gearbeitet. Ihr Name ist nicht Marena Farris.«

Was bedeutete das jetzt schon wieder? Rico zwang sich, cool zu bleiben und sich in seinen Drehstuhl zurückzulehnen. »Wie lautet ihr richtiger Name?«

»Farrah Moffit.«

Rico durchforstete sein Gedächtnis. Der Name sagte ihm nichts. »Wer ist sie?«

»Eine ehemalige Angestellte von Prometheus Engineering, die als Maulwurf zu Fuchi geschickt wurde. Vor zehn Jahren wurde in aller Stille ein Fuchi-Freudenmädchen namens Marena Farris beseitigt. Farrah Moffit nahm ihre Stelle ein. Sie arbeitete sich in die Abteilung Sonderverwaltung hoch und nutzte ihre Stellung aus, um Fuchi-Geheimnisse auszuspionieren und sie an Prometheus weiterzuleiten. Sie glaubt, daß sie mittlerweile unter Verdacht steht. Sie hat ihren unbefristeten Urlaub nicht freiwillig angetreten. Sie hat Angst, zu Prometheus zurückzukehren, weil sie seit ihrer Beurlaubung keine Daten mehr übermittelt hat. Sie befürchtet, daß man sie töten könnte. Sie hält einen Wechsel zu Maas Intertech für den einzigen Ausweg.«

Rico rieb sich die Stirn. Mittlerweile hätten ihm mindestens hundert Fragen in den Sinn kommen müssen. Vielleicht war er aber auch zu müde, um so angestrengt zu denken. Vielleicht schaffte ihn der Run. Nur ein einziger Gedanke kam ihm. »Warum Intertech? Warum sollte Intertech ihr mehr trauen als alle anderen?«

»Ihr Kontakt hat eine ziemlich bedeutende Stellung. Sie haben sich schon vor Jahren kennengelernt. Wenn sie jemanden von Wert, jemanden wie Surikov, zu Intertech bringt, wird ihr Kontakt dafür sorgen, daß sie bekommt, was sie will.«

»Und was will sie?«

»Sie will Kinder beraten.«

»Was?«

»Sie ist Psychologin. Sie hat die Konzernintrigen satt. Sie will Kinder beraten, vielleicht selbst ein Kind bekommen. Sie will aus dem Spiel aussteigen.«

»Und du glaubst das? Alles, meine ich?«

»Ich glaube, daß sie es glaubt.«

Nichts war jemals gewiß. »Wer ist ihr Kontakt bei Maas Intertech?«

Bandit musterte Rico ein paar Sekunden lang mit stetem Blick, dann sagte er: »Ich habe nicht danach gefragt.«

Rico biß die Zähne zusammen, holte tief Atem und blies ihn dann langsam aus.

Was war am wichtigsten? Das war die Frage, die Rico immer wieder in den Sinn kam.

Das Problem bei diesem Run war, daß zu viele Faktoren mit hineinspielten. Man konnte verrückt werden, wenn man nur daran dachte, wenn man nur versuchte, alle Einzelheiten im Kopf zu behalten und sich über die Rolle aller Akteure klarzuwerden.

Der ganze Quatsch in bezug auf Farrah Moffit, wer sie wirklich war und woher sie kam, spielte wahrscheinlich überhaupt keine Rolle. Vielleicht saß sie nur zwischen den Stühlen, irgendwo in der Mitte, wo sie nicht sein wollte, genauso ein Opfer der Megakonzerne wie Rico und sein Team. Vielleicht suchte sie nur nach einem Ausweg. Rico war völlig klar, daß es keine Möglichkeit gab, sich Gewißheit zu verschaffen, und daß es praktisch eine Verschwendung kostbarer Zeit war, darüber nachzudenken.

Man mußte sich auf die Schlüsselaspekte konzentrieren. Auf das, was wirklich zählte. Was am wichtigsten zu sein schien.

War der Ansell Surikov, von dem Farrah Moffit ständig redete, tatsächlich der echte Ansell Surikov? Rico suchte in Gedanken nach einer Möglichkeit, diese Frage mit Gewißheit zu beantworten, dann hielt er inne. Was hatte es für einen Sinn? Sein Ziel bestand jetzt darin, Farrah Moffit wieder auf den von ihr gewählten Weg zu bringen. Welchen Unterschied machte es da, wie sie diesen Burschen nannte, den sie von Fuchi loseisen wollte, solange er tatsächlich weg wollte.

Nur drei Fragen schienen wirklich wichtig zu sein: Erstens, war Farrah Moffits Kontakt bei Maas Intertech zuverlässig? Zweitens, konnte sie den versprochenen Deal zustande bringen? Und drittens, wollte Ansell Surikov oder wer auch immer Fuchi tatsächlich verlassen?

Zuerst …

Piper öffnete die Augen. Der Telekomschirm an der Wand neben ihr flackerte und erwachte zum Leben. »Die Sicherheitsvorkehrungen in der Kristallblüten-Wohnanlage sind verschärft worden, *Jefe,* aber die Telekomleitungen sind nicht betroffen. Ich habe eine klare Direktverbindung zu der Wohnung, aus der wir Marena Farris geholt haben.«

»Du meinst Moffit.«

»Ja, entschuldige.« Piper rollte mit den Augen und sah ein wenig gereizt aus. »Aus der wir *Farrah Moffit* geholt haben.«

Rico ging durch den Flur zum Empfangssalon. Dok saß Farrah Moffit gegenüber und reinigte seine Ingram MP. Sowohl er als auch Moffit sahen auf, als Rico eintrat. Moffit sah ängstlicher und verlorener aus, als Rico es je bei einer Person gesehen hatte. Er nahm an, daß das nur natürlich war. »Wer ist ihr Kontakt bei Maas Intertech?« sagte Rico ohne lange Vorrede.

Ein furchtsamer Ausdruck schlich sich in Moffits Augen. »Muß ich … muß ich ihm einen Namen geben?« sagte sie zögernd.

Dok fluchte laut. Moffit warf ihm einen ängstlichen Seitenblick zu. Rico sagte: »Wir gehen nirgendwohin, bis wir nicht geprüft haben, was Sie uns erzählt haben. Bis alles zusammenpaßt. *Comprende?*«

Moffit schien sich damit abzufinden. Sie nickte, nur ganz schwach, dann sagte sie leise: »Sein Name ist Osborne. Das könnte ein Konzernpseudonym sein. Ich weiß es nicht. Er ist Vizepräsident der Abteilung Innenpolitik und Revision. Er kontrolliert eine Art Nachrichtendienst und verschiedene andere Bereiche, zu denen zum Beispiel das Personal gehört.«

»Wie stellen wir Kontakt her?«

»Wir haben ein festes Protokoll eingerichtet.«

»Dann lassen Sie mal hören.«

Die Prozedur war nicht sehr komplex. Wenn Moffit Osborne kontaktieren wollte, rief sie sein Büro von einem öffentlichen Telekom aus an, indem sie sich als persönliche Freundin auswies. Wenn Osborne gerade nicht abkömmlich war, hinterließ Moffit eine bestimmte Botschaft und rief später noch mal an. Wenn Osborne Kontakt mit ihr aufnehmen wollte, folgte er im wesentlichen derselben Routine. Das einzig raffinierte Detail war die Tatsache, daß sie tragbare Modulatoren benutzten, damit ihre Stimmen nicht identifiziert und mit ihrer jeweiligen Personalakte in Verbindung gebracht werden konnten.

Rico bedeutete Moffit, sich zu erheben. »Dann lassen Sie uns anrufen.«

Moffit schien bereit zu sein. Rico führte sie durch den Flur in das Büro und setzte sie vor den Telekomschirm. Er nickte Piper zu, und sie schloß die Augen. Der Telekomschirm blinkte blau und zeigte das Einheit-wählt-Fenster des lokalen Telekommunikationsgitters. Die Worte VIDEO AUS erschienen in der rechten oberen Ecke. Die gewählte Nummer blinkte in großen Ziffern auf der Schirmmitte.

Moffit hielt den Atem an und drehte sich mit vor Überraschung geweiteten Augen zu Rico um. »Das ist die Nummer meiner Wohnung.«

»Zuerst reden wir mit Surikov.«

Moffits Augen blitzten. »Nein!« rief sie. »Sie werden den Anruf abhören! Sie werden merken, daß wir ...!«

»Geschenkt.«

Auf dem Schirm tauchte das Gesicht eines Burschen auf, der Surikovs Zwillingsbruder hätte sein können. Rico sah genau hin, konnte jedoch keinen Unterschied zwischen diesem Surikov und demjenigen erkennen, der auf dem Parkplatz des Einkaufszentrums gestorben war. Surikov öffnete den Mund, als wolle er etwas sagen, dann wanderte sein Blick nach unten. PRIVATSPHÄRE AN blinkte am unteren Rand des Bildschirms. Surikov preßte die Lippen aufeinander, dann griff er nach unten und hielt sich einen Telekomhörer ans Ohr.

»Ja?« sagte er. »Wer spricht da?«

»Dr. Surikov«, sagte Rico.

Surikov nickte, wobei er jetzt ein wenig ungehalten wirkte. »Ja, ja«, sagte er. »Ihre Videokamera ist aus. Mit wem spreche ich?«

Eine weitere Botschaft von Piper blinkte auf dem Schirm auf: LEITUNG SICHER.

Eine letzte Prüfung war vorgenommen worden. Surikovs Telekom war sauber bis hin zum Hörer an seinem Ohr. »Sie kennen mich nicht«, sagte Rico. »Ich rufe wegen etwas an, das Sie interessieren wird. Achten Sie auf alles, was Sie sagen und wie Sie reagieren. Diese Leitung ist sauber, aber es wäre möglich, daß Ihre Wohnung überwacht wird.«

Surikov runzelte verwirrt, vielleicht sogar gereizt die Stirn. »Ich fürchte, ich verstehe nicht …«

Rico versetzte Moffit einen leichten Rippenstoß. Ihr Kopf ruckte hoch und zu ihm herum, dann richtete sie den Blick wieder auf Surikov, als Rico auf den Schirm deutete. Sie schien nervös wie nur was zu sein, verzweifelt. Eindeutig überrumpelt. Was auch Ricos Absicht gewesen war.

Die Frage war: Wie würde sie sich halten?

Moffit straffte sich abrupt auf ihrem Stuhl, setzte sich gerade. Ihre Finger zitterten. Sie keuchte. »Liebling … Liebling, sag nichts, *sag vor allem nicht meinen Namen!*«

Das letzte rasselte sie förmlich herunter. Surikov öffnete den Mund, als wolle er sie unterbrechen, besann sich dann jedoch anders.

»Du würdest uns verraten«, fuhr Moffit fort. Sie hielt nur einmal kurz inne, um noch einmal zu keuchen. »Jemand könnte zuhören. Dem zuhören, was du sagst. Bitte sag im Augenblick nichts. Ich weiß, daß das nicht leicht für dich ist. Sag nur … sag einfach ja, wenn du meine Stimme erkennst.«

Surikov starrte angestrengt auf den Telekomschirm. Rico war nicht sicher, ob der Bursche wütend, ungläubig oder beides war. »Ob ich …«, sagte er, indem er sich abrupt unterbrach. »Ja, natürlich. Ja.«

»Liebling, bitte sei vorsichtig«, sagte Moffit. »Sei ganz, ganz vorsichtig. Ich erkläre dir alles, was passiert ist, sobald wir wieder zusammen sind. Im Augenblick brauche ich deine Hilfe. Denk genau nach. Weißt du, was ich meine, wenn ich mich auf unser spezielles Projekt beziehe?«

Surikov runzelte die Stirn und schien jetzt verwirrt zu sein. »Ja«, sagte er. »Gewiß.« Er wedelte vage mit einer Hand. »Was könntest du sonst meinen?«

Moffit nickte. Ihre Augen schienen am Telekomschirm zu kleben. Ihr Blick kam Rico noch eindringlicher vor als der Surikovs. »Deshalb rufe ich an«, sagte sie. »Daran arbeite ich gerade. An unserem speziellen Projekt. Ich bin bei Leuten, die uns dabei helfen werden. Nach Beendigung dieses Anrufs mußt du dich so verhalten, als sei nichts Ungewöhnliches geschehen. Verstehst du, Liebling?«

»Ja, offensichtlich.« Plötzlich huschte ein Ausdruck der Verärgerung über Surikovs Gesicht, der jedoch einen Augenblick später wieder verschwunden war. Er nickte. »Ja, ja, ich verstehe. Ich bin nur, nun ja … damit habe ich einfach nicht gerechnet.«

»Ich verstehe, Liebling. Bitte hör mir zu. Die Leute, bei denen ich bin, sind sehr, sehr vorsichtig. Sie wollen eine Bestätigung von dir, daß du bereit bist, bei unserem Projekt mitzumachen. Du mußt irgend etwas sagen, um sie zu überzeugen, aber du mußt annehmen, daß jemand an deinem Ende der Leitung zuhört.«

Ein paar Augenblicke verstrichen. Surikov strich sich über die Stirn und seinen dünner werdenden Haaransatz. Seine Augen weiteten sich kurz wie die eines

Mannes, der mit dem Unbegreiflichen ringt. Zweimal öffnete er den Mund, als wolle er etwas sagen, um dann doch zu schweigen. »Nun«, sagte er schließlich. »Ich weiß nicht recht, wie ich es ausdrücken soll. Ich will einfach nur wieder mit meiner Frau zusammen sein. Alles andere ist ziemlich zweitrangig. Es fiel mir schwer ... sehr schwer, mich auf meine Arbeit zu konzentrieren. Ich bin so daran gewöhnt, daß sie hier bei mir ist. Ich weiß, daß sie mich sehr liebt und nur das Beste für mich will. Was soll ich sonst sagen? Ich vertraue ihr uneingeschränkt. Sie will, was ich will. Ich will, was sie will. Verstehen Sie?«

Farrah Moffit wandte den Kopf und begegnete Ricos Blick. Sie sah verängstigt, erwartungsfroh und hoffnungsvoll zugleich aus. Rico betrachtete den Mann auf dem Bildschirm, dann Moffit noch einen Augenblick lang, bis er schließlich nickte. »Sagen Sie auf Wiedersehen. Wir bleiben in Verbindung.«

Moffit sagte das und dann noch ein paar andere Dinge, die Rico nur noch mehr davon überzeugten, daß die Beziehung zwischen ihr und Surikov echt war oder doch zumindest echt genug für seine Zwecke.

Der Bursche wollte, was Moffit wollte.

Wahrscheinlich würde er auch genau das bekommen.

34

Zwanzig Minuten im Waschraum trugen mehr zur Wiederherstellung ihres psychischen Gleichgewichts bei als ihres Aussehens. Über die Hälfte dieser Zeit verbrachte Farrah auf der Toilette sitzend, das Gesicht in den Händen, die Augen geschlossen und um ihre Fassung ringend.

Der Schachzug des Anführers der Runner hatte sie völlig überrumpelt. Sie war in jenen kleinen Raum am Ende des Flurs in der Erwartung gegangen, es mit Osborne zu tun zu bekommen – um dann mit Ansell konfrontiert zu werden. Das hatte sie gezwungen, sehr abrupt ihre geistige Grundhaltung zu ändern, in wenig mehr als einem Augenblick. Bei einem Mann wie Osborne konnte sie es sich leisten, die Konzernfrau vom Scheitel bis zur Sohle zu verkörpern, die bis zur Skrupellosigkeit kalt war. Tatsächlich mußte sie sogar so sein. Bei Ansell durfte sie nichts anderes als die stereotype Frau sein, wie sie von Ansells Ansichten definiert wurde. Sich dem Mann auf die falsche Weise zu nähern, hätte zur Katastrophe führen können. Ihm die Gefahren der Situation nicht eindringlich genug vor Augen zu führen, hätte geheißen, eine noch größere Katastrophe heraufzubeschwören. Sie war gezwungen gewesen, sehr rasch zu denken, Intuitionssprünge zu vollziehen, zu denen sie sich nur halb in der Lage fühlte. Danach hatte sie am Rande einer Ohnmacht gestanden – starkes Zittern, Herzklopfen. Sie brauchte Zeit für sich alleine, um sich zu erholen und auf das Kommende vorzubereiten.

Sie hatte das Gefühl, als rauschten die Dinge zu schnell an ihr vorbei, als entglitten sie ihrer Kontrolle. Sie sagte sich, daß dem nicht so war. Ihr Plan nahm Gestalt an. Sie würde ihn in die Tat umsetzen.

Sie mußte es tun.

Vor dem verschmierten Spiegel über dem Waschbecken tat sie ihr möglichstes, um ihr Äußeres herzurichten. Das war nicht viel. Sie hatte keine Utensilien. Sie konnte sich schon glücklich schätzen, daß die Runner es für nötig befunden hatten, sie mit frischer Unterwäsche zu versorgen. Sie wusch sich das Gesicht, dann kämmte sie sich und band ihr Haar im Nacken zusammen. Zum Glück simulierten die kosmetischen Korrekturen, die an Gesicht, Lippen, Brauen und Wimpern vorgenommen waren, die grundlegendste Wirkung von Make-up. Das Resultat war einigermaßen überzeugend, wenngleich jeder, der sie kannte, den Unterschied sofort bemerken würde. Sie sah irgendwie weniger gepflegt aus als sonst. Unfertig. Einer Frau würde es mit Sicherheit sofort auffallen. Aber würde es auch ein Mann wie Osborne bemerken?

»Ich gebe Ihnen ein Versprechen«, sagte eine leise Stimme.

Farrah drehte sich zu dem Mann um, der in der Tür stand. Es war derjenige, der sie zuletzt bewacht hatte. Mit seinem ergrauenden, stoppelkurzen Haar und seinem Dreitagebart sah er wie der älteste der Runner aus. Außerdem war er derjenige, den das Treffen der Runner mit Prometheus am meisten mitgenommen zu haben schien. Die Frau, die bei diesem Treffen gestorben war, mußte seine Frau gewesen sein.

»Wenn Sie uns betrügen«, sagte er mit leiser Stimme, »werden Sie nie Ihr Zuhause wiedersehen.«

Farrah glaubte ihm. Trotz seiner offenkundigen Fertigkeiten im medizinischen Bereich verhielt sich dieser Mann wie jemand, der Konfrontationen und physische Gewalt gewöhnt war. Farrah bezweifelte nicht, daß er sie ohne Schwierigkeiten und ohne Reue töten konnte, wenn er es für angebracht hielt. Es war eine beängstigende Erkenntnis. Die letzten Tage waren mit derartigen Erkenntnissen überfrachtet gewesen.

»Verstanden?« beharrte der Mann.

»Ich werde Sie nicht betrügen«, erwiderte Farrah, die irgendwoher die Kraft nahm, mit einer Stimme zu antworten, die nicht zitterte. »Ich will das hier lebend überstehen. Ich will zu meinem Mann zurück.«

Für Farrah waren das überzeugende Beweise, doch sie sah sofort, daß ihr ein Schnitzer unterlaufen war, und zwar ein ziemlich übler. Die Miene des Mannes wurde giftig, und sein Mund verzog sich zu einem bösartigen Grinsen. »Genau«, fauchte er, indem er mit seiner Waffe hinter sich zeigte. »Bewegung.«

Sie kam der Aufforderung nach und trat in den Flur, wo sie etwas erwartete, sie wußte nicht, was – einen Schlag auf den Hinterkopf, zumindest einen Stoß. Nichts dergleichen geschah, und sie sah augenblicklich, warum. Der Anführer der Runner wartete und beobachtete alles vom Ende des Flurs. Seine Miene war hart und unnachgiebig, doch sie sah nichts von der Wut, die seine Züge bei anderen Gelegenheiten verzerrt hatte. Farrah nahm an, daß sie zumindest eine geringe Überlebenschance besaß, solange sie nichts tat, um diese Wut zu provozieren.

Auf ein Kopfnicken des Anführers ging sie an ihm vorbei und in den kleinen Raum, der wie ein Büro eingerichtet war. Wie ein schäbiges Büro. Die asiatische Frau war in ihr Deck eingestöpselt. Sie war eine weitere Unbekannte, die Farrah in ständiger Anspannung hielt. Die Asiatin haßte alles, was mit Konzernen und dem Konzernleben zu tun hatte. Sie schien den Tod aller Konzernangestellten zu wollen. Farrah hatte nicht den geringsten Zweifel, daß diese Frau sie bei der richtigen Gelegenheit, unter dem geringsten ›Vorwand‹, ebenfalls töten würde.

Der Anführer schloß die Tür, dann wandte er sich an Farrah und sagte: »Wir spielen das so, daß Sie alle Vereinbarungen treffen. Sie werden vor einem schwarzen

Hintergrund zu sehen sein. Der Mann wird nur Sie sehen können.«

Farrah nickte. »Ich verstehe.«

»Denken Sie an das, was ich Ihnen gesagt habe.«

»Ich denke daran.« Der Mann hatte ihr präzise Anweisungen hinsichtlich der Einzelheiten der Vereinbarung gegeben, die sie treffen sollte. Farrah schloß die Augen und sagte sich noch einmal, daß sie es irgendwie schaffen würde. Sie hatte keine Wahl. Alles hing davon ab.

»Sind Sie soweit?«

»Ja. Ich bin bereit.«

Das Wählfenster erschien auf dem Telekomschirm an der Wand, wurde jedoch kurz darauf durch das Weiden-und-Lotus-Logo von Maas Intertech ersetzt. Dann erschien das Gesicht einer sehr jungen und sehr attraktiven asiatischen Frau. »Mr. Osbornes Büro. Kann ich Ihnen helfen?«

Farrah lächelte. »Könnte ich bitte mit ihm sprechen?«

Die Frau lächelte ebenfalls, offenbar eine Geste des Wiedererkennens. »Ah, ja. Einen Augenblick, bitte.«

»Vielen Dank.«

»Keine Ursache.«

Das Konzern-Logo kehrte zurück, dann erschien Osborne. Er war kein gutaussehender Mann. Sein Gesicht ähnelte einem Haufen Kitt, den man zu groben, eckigen Linien geformt und dann gehärtet hatte. Er trug sein Haar im Samurai-Stil, über den Brauen geschoren und im Nacken zusammengebunden. Buschige Augenbrauen hüllten seine Augen in Schatten. Von seiner Kleidung war nur ein einfaches, kragenloses weißes Leinenhemd, das bis zum Hals zugeknöpft war, auf dem Bildschirm zu sehen. Auf der rechten Brust war eine kleine, dunkle kreisförmige Anstecknadel befestigt, die im Licht funkelte.

»Nett von Ihnen anzurufen«, sagte Osborne. »Ich hörte, Sie seien entführt worden.«

Osborne schien absolut nicht erfreut zu sein, doch Farrah hatte keine Schwierigkeiten, sich den Grund vorzustellen. Wenn er irgendwelche Gerüchte über ihre Entführung gehört hatte, würde er zumindest annehmen, daß ihre bisherigen Verhandlungen jetzt alle null und nichtig waren. Damit wären ihm gewisse Möglichkeiten verschlossen. Sie würde diese Annahme korrigieren und ihn auf den neusten Stand der Dinge bringen müssen. »Die Situation hat sich geändert.«

»Ja. Dessen bin ich mir bewußt. Ich bin mir auch der Tatsache bewußt, daß eine gewisse Person im Einkaufszentrum Willow Brook gestorben ist. Ich bin nicht sicher, ob ich Ihnen deswegen danken oder Sie verfluchen soll. Haben wir sonst noch etwas zu besprechen?«

»Tatsächlich sogar eine ganze Menge.«

»Ich bin ganz Ohr.«

»Mein grundsätzliches Angebot an Sie bleibt unverändert. Andererseits habe ich jetzt die Möglichkeit, die Person selbst zu rekrutieren und sie bei Ihnen zu geeigneter Zeit an einem passenden Ort abzuliefern.«

»Und wie ist es dazu gekommen?«

»Es *ist* dazu gekommen. Daraus ergibt sich folgendes: Ich bin bereit, im Austausch gegen gewisse Zugeständnisse auf gewisse Extras zu verzichten, über die wir verhandelt haben und die Sie am problematischsten fanden.«

Osborne schwieg ein paar Augenblicke. Zweifellos überlegte er sich, was ihr anstelle der Extras vorschwebte, die sie zuvor verlangt hatte. Zwischen diesen ›Vergünstigungen‹ gab es zum Teil beträchtliche Unterschiede. Der schlichte Geldwert war nicht immer der entscheidende Faktor. »Ich bin immer noch ganz Ohr.«

»Die entscheidenden Punkte beziehen sich auf mein Rekrutierungsteam. Es verlangt ein Honorar für seine Bemühungen.«

»Das klingt durchführbar. Was noch?«

»Als Folge anderer Rekrutierungen, die das Team

vorgenommen hat, erfreut es sich im Augenblick einer ganzen Menge unerwünschter Aufmerksamkeit. Das Team wünscht, daß das aufhört.«

Einen Augenblick lang schien Osborne fragen zu wollen, was das mit ihm zu tun hatte. Doch er war nicht so begriffsstutzig, die Frage tatsächlich in Worte zu kleiden. »Sie sagen damit doch nicht etwas, was ich glaube, daß sie sagen?«

Farrah nickte. Einmal.

Osborne hielt inne, um sich eine Zigarette anzuzünden, dann sagte er: »Die Daisaka-Sicherheit hält nach Ihrem Rekrutierungsteam Ausschau?«

»Das ist korrekt.«

»Wissen Sie, was ich denke? Daß Sie für das Verschwinden einer gewissen Person aus meinem Betrieb gesorgt haben. Warum könnten Sie so etwas getan haben?«

»Ich habe es nicht getan.«

»Nicht? Ich halte es für eine interessante Vorstellung. Aus mehreren Gründen. Unsere Forschungsabteilung verliert eine Kapazität, was Ihren Mann um so wertvoller macht. Außerdem erspart es mir den Ärger zu erklären, wie ein Hochstapler in unser Programm eindringen konnte. Je mehr ich darüber nachdenke, desto besser gefällt mir die Idee.«

»Dann sollten Sie mir dankbar sein.«

»Vielleicht bin ich das auch. Vielleicht betrachte ich es als Warnung.« Er hielt inne und betrachtete sie anzüglich. »Aber es ändert nichts an gewissen Tatsachen. Sie wollen, daß unsere Vereinbarung dokumentiert und beglaubigt wird, richtig? Wie jede normale, ordentliche Rekrutierung. Unglücklicherweise habe ich weder Befehlsgewalt über Kuze Nihons Sicherheitstruppen noch über andere Organisationen außerhalb des Wirkungskreises von Maas Intertech.«

Farrah lächelte, ebenfalls anzüglich. »Sie sind zu bescheiden.«

»Nur realistisch.«

»Aber Sie haben einen gewissen Einfluß.«

Osborne zog rasch an seiner Zigarette. »Ich könnte meine Einwilligung geben, mich ganz inoffiziell mit gewissen Stellen in Verbindung zu setzen, aber ich bin nicht bereit, Ihnen irgendeinen substantiellen Beweis für diesen Aspekt unserer Vereinbarung zu liefern. Sie müssen sich schon mit meinem Wort begnügen.«

»Diese Leute, mit denen wir es zu tun haben, sind keine Dummköpfe, Osborne.«

»Das haben sie bereits mit bemerkenswertem Nachdruck dokumentiert.«

»Reden wir von Tatsachen. Tatsache ist, daß dieses Team und ich Ihnen eine einmalige Gelegenheit präsentieren.«

»Das zu beurteilen, steht nur mir zu.«

Farrah hatte keinen Zweifel, daß Osborne wußte, was sie meinte, und ihr im stillen recht gab. Michael Travis' Entführung hatte gezeigt, daß die Sicherheitseinheit von Maas Intertech zumindest ziemlich lasch und wahrscheinlich sogar unfähig war. Mittlerweile würden Kopfe rollen und das gesamte Sicherheitssystem einer eingehenden Umgestaltung unterzogen werden. Wenn Osborne dem Vorstand plötzlich Ansell Surikov präsentieren konnte, würde er vergleichsweise als Held dastehen. Die Tatsache, daß ein Hochstapler direkt vor ihrer Nase gearbeitet hatte, brauchte nie erwähnt zu werden. Der Tod von Michael Travis konnte auf unverfängliche Weise erklärt werden, falls er überhaupt allgemein bekannt geworden war. »Sie müssen ein Auge auf das Büro des Geschäftsführers haben.«

»Ich habe ein Auge auf viele Dinge«, sagte Osborne sehr leise. »Ich bin bereit, über Ihre neuen Bedingungen zu verhandeln, weil ich Ihren Mann will. Ich bin sicher, daß Sie längst zu diesem Schluß gekommen sind. Wenn ich, wie Sie es nennen, meinen Einfluß geltend machen muß, werde ich das tun. Ich werde tun, was ich tun muß. Es wäre sogar vorstellbar, daß ich selbst den einen oder anderen Job für Ihr Team und daher Grund habe, mich für diese Leute zu verwenden. Aber versuchen Sie nicht, mich unter Druck zu setzen. Ich werde schnell unvernünftig, wenn Leute das tun.«

Farrah unterdrückte einen Schauder. Eine Sache, die sie ganz bestimmt nicht wollte, war die, einen Mann wie Osborne so zu provozieren, daß er unvernünftig wurde. Das konnte sich als fatal erweisen. »Sie haben meine aufrichtige Entschuldigung.«

Osborne wirkte nicht sonderlich beeindruckt. »Ich schlage vor, wir reden über Geld. Was für ein absurdes Honorar erwartet Ihr Team?«

Für ein Unternehmen mit den Mitteln von Maas Intertech war es nicht viel Geld, und Osborne blinzelte nicht einmal bei der Nennung der Summe.

Kurz darauf hatten sie die Verhandlungen abgeschlossen.

35

Dieser Osborne hatte es gesagt. Rico dachte darüber nach. Konnte Farrah Moffit diejenige gewesen sein, die den ursprünglichen Run gegen Maas Intertech in Auftrag gegeben hatte? Sie hielt sich echt gut am Telekom, ganz die coole Konzernfrau. Doch Rico hielt diese Möglichkeit für nicht sehr wahrscheinlich. Sie war eine verdammte Psychologin und hatte als Freudenmädchen bei Fuchi angefangen. Kaum hob jemand die Stimme, wurde sie ängstlich und verschüchtert. Es spielte keine Rolle, aber es gab ihm zu denken.

Rico rieb sich die Augen und unterdrückte ein Gähnen. Es schien Tage, Wochen her zu sein, daß er zum letztenmal anständig geschlafen hatte.

»Was nun?« fragte Moffit leise.

Rico verzog das Gesicht. »Jetzt gehen Sie in den Salon zurück.«

Er und sein Team mußten ein paar Pläne entwickeln.

»Meister«, flüsterte die Stimme. *»Wach auf.«*

Bandit erwachte, wechselte auf astrale Wahrnehmung und öffnete seine Augen dem astralen Widerpart des Empfangssalons. Die Auren Doks und Farrah Moffits leuchteten auf entgegengesetzten Seiten des schmalen Raumes. Zwischen ihnen schwebte die waschbärähnliche Gestalt eines Beobachters.

»Etwas Seltsames, Meister«, sagte der Beobachter. *»Du sagtest ...«*

»Ja.«

Bandit setzte sein astrales Selbst in Bewegung, richtete sich auf, kreuzte die Beine übereinander und stieg in die Höhe, während er gleichzeitig vorwärtsschwebte. Der Beobachter führte ihn durch den Flur, durch die

Tür zur Verladebucht, durch die Bucht und dann durch das große Rolltor nach draußen.

Als Bandit durch die astrale Form des Rolltors schwebte, war er plötzlich vom Strahlen gerichteten Manas, eines Zaubers, umgeben, als habe er direkt in die Sonne geschaut. Instinktiv zog er sich zurück, zurück in den trüben Schein der Verladebucht. Gleichzeitig errichtete er einen Schild, einen eigenen Zauber, der seinen Astralkörper in eine Sphäre schützender Energie hüllte.

Dann – nichts mehr. Keine Manapfeile schossen durch die starre Aura des Rolltors, um in seinen Schild zu schlagen. Keine monströsen Geister tauchten auf, um ihn anzugreifen. Was war er nur begegnet? Er ließ sich in den Boden sinken, bewegte sich ein Stück vorwärts, und schwebte dann durch die Gebäude auf der anderen Straßenseite wieder nach oben. Er sah einen fetten alten Mann, der auf einer Toilette saß und eine dicke Zigarre rauchte, aber ansonsten … nichts.

Der Nachthimmel erstrahlte im reflektierten Leuchten der Energien der Erde. Der Betriebslärm der umliegenden Fabriken lag in der Luft. Auf den Straßen fuhren Autos und Lastwagen.

Die Magie, die ihm direkt ins Gesicht geleuchtet hatte, war verschwunden. Sie hatte ihn berührt und war dann verschwunden. Was war das für Magie? Was konnte sie zu bedeuten haben?

Mit Sicherheit Ärger.

Das Treffen fand in Jersey City an der Pacific in der Nähe der Eisenbahnschienen statt. Treffen an feudalen Örtlichkeiten wie Einkaufszentren waren in der jüngsten Vergangenheit nicht besonders gut gelaufen, also ging dieses auf dem abfallübersäten Parkplatz des dortigen Quik Shop-Supermarktes über die Bühne.

Um drei Uhr nachts war der Parkplatz verlassen.

Rico sah sich vom Beifahrersitz des Lieferwagens

um. Die Gegend war schäbig, drei- und vierstöckige Ziegelbauten und rissige, bröckelnde Bürgersteige. Es war wie in Newarks schlimmsten Gegenden, nur daß hier die Cops noch arbeiteten, und sie schoben beileibe keine ruhige Kugel. Jersey City hatte seinen eigenen Privatkonzern, und dieser Konzern hatte seine eigenen Cops. Sie waren eine Gang wie alle anderen Gangs, aber sie hatten das Gesetz hinter sich. Sie waren auf Straßengerichtsbarkeit spezialisiert. Ein falscher Zug, und man endete mit einem Loch im Hinterkopf in irgendeiner dunklen Ecke.

Kein guter Platz für Pyrotechniker. Die Cops von Jersey City fuhren in gepanzerten Wagen und Kommandofahrzeugen in der Gegend herum und hatten rund um die Uhr Sturmtrupps in Alarmbereitschaft. Wenn es wirklich hoch herging, riefen sie die Panzer. Oder einen ihrer Kampfhubschrauber.

Um Viertel nach drei fuhr ein scharlachroter Toyota Ambassador auf den Parkplatz. Er trug das Logo von Paladin Cabs. Das bedeutete Karosseriepanzerung, pannensichere Reifen und Geschützvorrichtungen.

Heute nacht war auch ein Leibwächter inbegriffen.

Der Leibwächter sah wie ein Gossenpunk in Top-Montur aus. Er stieg in seinem dunkelgrauen Anzug aus dem Taxi, richtete sich auf, begutachtete die Straße, schloß die Tür des Taxis und heftete den Blick dann auf Thorvins Lieferwagen. Dann begutachtete er noch einmal die Straße. Rico konnte diese Angewohnheit einordnen. Man entwickelte sie, wenn man eine bestimmte Anzahl von Leuten gesehen hatte, die in den dunkleren Gegenden des Sprawl zu Hackfleisch verarbeitet worden waren.

Ein Profi würde seine Augen ständig in Bewegung halten, aber auf eine verstohlene Art und Weise. Das ließ einige Rückschlüsse auf den Burschen im Taxi zu. Osborne mochte ein gefährlicher Mann sein, aber er kannte sich nicht mit Messerklauen aus. Andernfalls hätte er keinen derartigen Clown als Leibwächter gehabt.

Auf Ricos Zeichen öffnete Shank die Seitentür des Lieferwagens und wartete dann geduckt und mit seinem M22A2 in der Hand, um den Clown zu beobachten. Rico ließ dem Clown ein paar Sekunden Zeit, um sich an die veränderte Situation zu gewöhnen, dann öffnete er die Beifahrertür und stieg aus.

Osborne kam zu ihm. Er betrachtete Rico einmal kurz von oben bis unten, dann sagte er: »Sie haben bei meiner Sicherheit gute Arbeit geleistet.«

Rico nickte. »Haben Sie die Stäbchen?«

Osborne zog eine kunstlederne Brieftasche aus seiner Jackentasche, öffnete sie und gab sie Rico, der die Kredstäbe mit dem Lesegerät an seinem Gürtel prüfte. Sie waren okay.

»Wir legen den Liefertermin fest, sobald wir die Ware haben.«

»Wann fangen Sie an?«

»Bald.«

»Das sollten Sie auch. Von diesem Deal hängt eine Menge für mich ab. Wenn Sie den Job schnell genug erledigen, werden wir in Zukunft einiges mehr zu besprechen haben.«

»Sicher, Amigo. Sind wir klar?«

Osborne nickte und stieg in das Taxi, das augenblicklich losfuhr. Rico sah zum Nachthimmel hinauf und kehrte dann zum Lieferwagen zurück.

Der nächtliche Regen würde bald kommen.

Viel zu bald.

36

»Es ist zwei Uhr fünfundvierzig.«

Rico bestätigte das über sein Kopfset. Die Nachricht kam von Piper und besagte, daß sie alles erledigt hatte, was im Mainframe-Computer der Kristallblüten-Wohnanlage zu tun war.

Rico schaltete das Mikro an seinem Kopfset ein. »Los.«

Der Kopter schlingerte abrupt und schoß nach links und aufwärts, während die Türen der Fahrgastzelle aufglitten. Rico wickelte sich die dicke mit Seide überzogene Abwurfleine um den linken Unterarm und zog die Sicherheitsleine an seinem Kommandoharnisch. Shank nickte ihm von der gegenüberliegenden Tür zu.

Plötzlich schossen sie über den Rand des Daches der Kristallblüten-Wohnanlage.

»*Jetzt!*« rief Thorvin.

Rico trat einfach einen Schritt nach vorn ins Leere.

Das Timing war absolut präzise. Der Kopter verlangsamte, während er ans Ende der Abwurfleine glitt. Er landete mit beiden Füßen auf der flachen, kiesigen Oberfläche des Daches, stolperte einmal und ging in die Knie, wobei er das Dach mit der Ares Special Service in der Hand absuchte. Shank landete einen Augenblick später hinter ihm. Der Kopter drehte ab und flog davon, um keine Aufmerksamkeit zu erregen. Kurz darauf hatten ihn die Nacht, die Häuserschluchten und das blendende Lichtermeer Manhattans verschluckt.

Das Dach war leer. Rico erhob sich und trabte zum Südrand. Shank folgte ihm. Sie zogen schwarze Kletterseile aus ihren Harnischen und schossen K-2-Auto-Kletterhaken gegen die niedrige Stahlbetonwand der Dachkante. Die Kryomag-Spitzen der K-2 brannten Löcher in den Beton. Danach breiteten sich Sekundärverstrebungen vom Mittelschaft der Haken aus und verankerten sie im Beton.

Das dauerte ungefähr fünf Sekunden. Das Einhängen des Kletterseils in die Haken und dann in die vorne an ihren Harnischen angebrachten I.M.I.-Kraftwinden dauerte weitere drei oder vier Sekunden.

»Fertig«, brummte Shank.

»Los.«

Die Winden waren programmiert. Vom Dach, fünfzig Stockwerke über dem Boden, fielen sie elf Stockwerke nach unten, dann hakten die Winden ein. Ein Ruck, ein Zug, und sie sanken mit den Füßen voran nur noch langsam nach unten. Schließlich kamen sie vor der Mauer aus verspiegeltem Makroplast, die das Wohnzimmer von Wohnung 35-8 schützte, zu einem Halt. Hier hatten sie Farrah Moffit herausgeholt, und hier würden sie jetzt auch Ansell Surikov finden.

Sie klebten einen langen Streifen Magnesiumklebeband über die verspiegelten Scheiben. Ein greller Blitz brannte ein großes Loch in die Scheiben.

Sie schwangen hinein.

Das Herz des hausinternen Mainframes benutzte die normale CPU-Metaphorik: ein weißer Raum, dessen Wände eine Ansammlung von Kontrolltafeln waren. Um 02:44:58:21:19 oder so schleuste Piper ein Black-Box-Programmicon in das Hauptlogiktafel-Icon ein und schickte dann ihr Signal ab.

»Es ist zwei Uhr fünfundvierzig.«

Eine Zeitlang geschah gar nichts, dann kündete ein Warnsignal des technischen Subprozessors von einem Durchbruch in der Außenwand von Wohnung 35-8. Das Black-Box-Programm in der Hauptkonsole veränderte das Signal und leitete es zum Diagnose-Subprozessor weiter, wodurch eine diagnostische Überprüfung der Technik-Subsysteme auf unterster Stufe eingeleitet wurde.

Augenblicklich kam die nächste Warnung, und eine weitere diagnostische Überprüfung wurde gestartet.

Die Schleife war geschlossen.

»Alarm! Alarm!«

Skip Nolans Blick irrte die Reihen der Kom-Techniker entlang, die vor den geisterhaft erleuchteten Konsolen im Kommandofahrzeug der Executive Action Brigade saßen. Auf einer Konsole blinkte das rote Alarmlicht. Die Finger von Tech Drei flogen hektisch über die Tasten der Konsole.

An seinem Kopfset herumfingernd, trat Skip hinter den Tech. Fenster Eins auf dem Hauptschirm der Konsole zeigte den Ausschnitt einer Stadt, in der es von hoch aufragenden Wolkenkratzern wimmelte, die im künstlichen Licht der Nacht strahlend hell leuchteten.

»Volltreffer«, sagte eine aufgeregte Stimme. Das Signal wurde von knisternder Statik unterbrochen. Die Übertragungsanzeige auf der Konsole wies den Sprecher als Mitglied von Boden Elf aus, dem Überwachungsteam, das die Aufgabe hatte, einen bestimmten Wolkenkratzer in Manhattans Upper East Side zu beobachten.

»Boden Elf, berichten«, sagte Tech Drei.

Die Stimme des Beobachters war mitten im Satz wieder da. »... gerade das Dach überflogen. Unseren Daten nach ein Hughes Stallion, wahrscheinlich bewaffnet. Wir haben hier einiges an Aktivität ...«

Wieder Statik.

»... zwei Unbekannte, die sich die Südwand herunterlassen.«

Fenster Drei auf dem Hauptschirm der Konsole zoomte abrupt an die Kristallblüten-Wohnanlage heran. Zwei dunkle Gestalten schienen an der verspiegelten Außenwand des Hauses zu kleben, vielleicht dreißig, fünfunddreißig Stockwerke über der Erde. Irgend etwas blitzte auf, und inmitten der blanken Hauswand erschien ein schwarzer Fleck. Die beiden Gestalten verschwanden in dem schwarzen Fleck.

Skip unterdrückte einen Fluch.

Er hatte es nicht glauben können, als Colonel Yates die Überwachung der Wohnanlage angeordnet hatte. Was, zum Teufel, hatte dieses Haus mit ihrem Auftrag zu tun? Die Brigade konnte es sich nicht leisten, ihre Ressourcen derart zu verschwenden. Ihre Ziele befanden sich irgendwo in Newark, nicht in Manhattan. Sie hatten genügend Gerüchte aufgeschnappt und Informationen zusammengetragen, um sich dessen einigermaßen sicher zu sein. Doch der Colonel hatte nur gesagt, er verfüge über spezielle Informationen, die nicht durch die üblichen Kanäle geflossen seien.

Jetzt sah es so aus, als unternehme jemand einen Run gegen die Wohnanlage. Skip stöpselte sich in die Konsole ein, rief eine Wiederholung der Videoaufzeichnung ab und befahl eine Vergrößerung der beiden dunklen Gestalten, die an der Hauswand hingen. Eine Computeranalyse ergab eine siebenundneunzigprozentige Übereinstimmung zwischen den Gestalten an der Hauswand und dem gespeicherten Material über die Runner, die an dem Run gegen Maas Intertech beteiligt gewesen waren.

Das konnte man getrost als Übereinstimmung betrachten.

Der Schuß ins Blaue des Colonels schien sich auszuzahlen.

Skip sah die Reihe der Konsolen entlang, bis sein Blick auf den verkrüppelten Körper im Rollstuhl fiel. Bobbie Jo – oder vielmehr ihr Verstand – war mit einer untermotorisierten Reserve-Drone verbunden, die langsam über das östliche Newark schwebte, langsam und auch vergeblich, wie es jetzt schien. Sie war zu weit vom Geschehen entfernt, um noch eingreifen zu können, viel zu weit entfernt. Die Drone war zu langsam, und Bobbie Jo wurde zu ängstlich. Sie konnte von

Glück sagen, wenn Colonel Yates ihren Vertrag nicht annullierte. Der Colonel glaubte nicht an jobbezogene Therapie.

Wenn sie doch nur die Kraft gefunden hätte, einen der Kampfhubschrauber der Brigade zu steuern ... Die Dinge hätten sich vielleicht besser für sie entwickelt.

Aber – dafür war jetzt keine Zeit.

Er stöpselte sich in seine Kommandokonsole. »Alarm, Alarm. Kop Eins, grünes Licht. Bereithalten für Zielerkennung auf Kanal drei.«

Eine monotone Stimme erwiderte. »Bestätigt. Hebe ab.«

Aus dem Hintergrund kam das stakkatoartige Geräusch sich immer schneller drehender Rotoren.

Als sich das Licht einschaltete, lag Surikov auf dem Bett, wobei seine Beine an der Seite über den Rand hingen, als habe er eine Weile dort gesessen und sich dann einfach zurückgelehnt, um gleich darauf einzuschlafen. Er trug einen schwarzen Hausmantel. Er war um die fünfzig und sah mit seinem dünner werdenden und ergrauenden Haar und dem kurzgeschnittenen Bart sehr intellektuell aus. Ein paar Fettpolster um die Hüften. Kein großer Mann. Auch kein kleiner. Nicht weit von seiner Hand lag eine Schnapsflasche.

Rico warf die Flasche weiter in die Bettmitte und versuchte Surikov wachzurütteln. Als das nicht klappte, ergriff er die Gelegenheit, Doks DNS-Scanner gegen Surikovs Arm zu pressen. Die Überprüfung dauerte etwa dreißig Sekunden und endete positiv. Identität bestätigt. Wiederum. Er zog Surikov hoch und schüttelte ihn.

Surikov grunzte, bewegte den Kopf hin und her und schien ganz langsam zu sich zu kommen. Er roch nach Schnaps. »Was ...?« murmelte er. »Wer ist da? Was ist los?«

»Wir bringen Sie zum Garten.«

»Ein Garten der Freude«, sagte Surikov mit einem albernen Grinsen. »Das ist meine Frau.«

»Wir bringen Sie nach Hause.«

Surikov starrte ein paar Augenblicke ins Leere, dann rieb er sich mit der Hand über den Mund und unternahm einen offensichtlichen Versuch, sich in den Griff zu bekommen. »Wie ... Sagen Sie mir ... wie gehen wir vor?«

Ohne Drek.

Die Runner hatten ihn Cannibal genannt.

Mit gesenktem Kopf und herabhängendem Haar beobachtete Farrah den Runner dabei, wie er sie beobachtete, wobei sie so auszusehen versuchte, als schenke sie ihm keinerlei Beachtung.

Er machte sie nervös.

Nach allem, was sie aufgeschnappt hatte, war Cannibal von den Runnern einzig und allein zu dem Zweck hergeholt worden, um bei ihr zu bleiben, um sich sowohl als Leibwächter als auch Aufseher zu betätigen. Der Ork hatte Cannibal als ›gemietete Messerklaue‹ bezeichnet. So sah er auch aus. Wie die Art von Person, die alles tat, was von ihr verlangt wurde, solange die Bezahlung zufriedenstellend war. Rote und schwarze Tätowierungen verwandelten sein Gesicht in eine bösartige Maske. Seine Zähne waren spitz zugefeilt und kohlschwarz gefärbt. Er trug irgendeine ungewöhnliche dunkel-metallische Rüstung am Oberkörper, und an seinem linken Ohr baumelte ein kleiner grauer Schädel. Er trug ein kompaktes Gewehr – möglicherweise eine Maschinenpistole –, zwei Pistolen, ein ziemlich kurz aussehendes Schwert und unzählige Messer.

Farrah wünschte, die Runner hätten genug Vertrauen in sie gehabt, um sie allein zu lassen. Ihr wäre es lieber gewesen, sie hätten sie in Handschellen zurückgelassen als ungefesselt, aber dafür mit diesem Kotzbrocken als Wächter.

Cannibal lehnte sich gegen die Wand und beobachtete sie. Eine unbestimmte Zeitspanne verstrich. Cannibal stieß sich von der Wand ab, drehte sich um und ging langsam aus dem Empfangssalon des Lagerhauses hinaus. Seine Schritte hallten über den Flur. Die Tür zur Verladebucht kreischte in den Angeln und schlug dann zu. Stille senkte sich über die Lagerhalle, hielt jedoch nur Sekunden an.

Viel zu bald kreischte und knallte die Tür erneut, und Cannibal kehrte zurück. Er lehnte sich wieder an die Wand, betrachtete sie und streichelte das Gewehr in seiner Hand. Er grinste.

»Mache ich dich nervös?«

Welche Antwort sollte sie dieser soziopathischen Persönlichkeit geben? Farrah versuchte sich zu entscheiden. Sie konnte von ihm nicht erwarten, daß er sich an irgendeine der üblichen sozialen Konventionen hielt. Letzten Endes würde ihn jede Antwort nur ermutigen. Eine offene Herausforderung, Blicke oder Worte des Trotzes oder der Verachtung, mochten ihn durchaus zu Gewalttaten anstacheln. Nein, wahrscheinlich war es besser, wenn sie nichts tat, nichts sagte, überhaupt nicht reagierte. Besser, sich völlig eingeschüchtert zu geben, in der Hoffnung, ihn wenig oder gar nicht zu provozieren.

»Ich könnte dich in einer Sekunde erledigen«, sagte er. »Ich könnte dich auf eine Weise erledigen, die uns beiden Spaß macht. Einmal habe ich diese Schnalle im Bett erledigt. Zuerst haben wir gebumst, dann habe ich ihr das Herz rausgerissen. Ich könnte dich auch so erledigen. Gerade bist du noch im Himmel. Und im nächsten Augenblick ...«

Farrah unterdrückte das Zittern, das sich auf ihren ganzen Körper auszubreiten drohte. Wenn er in ihre Nähe kam ... wenn sie keine andere Wahl hatte, als zu versuchen, sich selbst zu retten, würde sie eine und nur eine Chance haben.

Dann ging es ums Ganze.

37

Keine Alarmsirenen, keine Schreie ...
So weit so gut.

Rico sah zu, wie Surikov den Overall in weithin sichtbarem Orange mit den integrierten Plastikschuhen anzog, der ihn als nicht an eventuellen Kämpfen beteiligt ausweisen sollte, dann half er ihm in den Kommandoharnisch. Surikov bewegte sich langsam und verhedderte sich oft, als spüre er noch immer, was er getrunken hatte, und als habe er eine ganze Menge getrunken.

Rico scheuchte ihn ins Wohnzimmer, wobei der Bursche taumelte und im Dunkeln stolperte. Rico hielt ihn aufrecht und trieb ihn vorwärts, dann schaltete er das Mikro an seinem Kopfset ein. »Die Zeit?«

Piper erwiderte: »Es ist zwei Uhr achtundvierzig.«

Eine weitere Minute verstrich. Rico hielt seine Augen in Bewegung, sah immer wieder abwechselnd zu Shank und zur Wohnungstür. Er rechnete jeden Augenblick damit, Schreie, Schüsse und Explosionen zu hören, und daß ein Fuchi-Sicherheitsteam die Wohnung stürmte und das Wohnzimmer mit Gewehrfeuer eindeckte. Statt dessen hörte er das Schrappen eines Kopters. Während sich das Geräusch näherte, schoß plötzlich ein schwärzlicher Gegenstand durch das Loch in der Außenwand, fegte über die Bar, wobei Gläser und Flaschen zu Bruch gingen, und prallte dann gegen die Wand.

Der Gegenstand war ein Klebhaken, ein Makroplast-Gewicht mit einem selbstklebenden Überzug und einem mit einem Seil verbundenen Ring. Shank löste das Seil in aller Eile vom Haken und kam damit zu ihnen. Das Seil hatte drei Enden, die alle in einem massiven Bergsteigerhaken aus Metall ausliefen. Rico ließ einen Haken an Surikovs Harnisch einschnappen, den zweiten an seinem eigenen. Shank nahm den dritten.

Da schien Surikov endgültig aufzuwachen. Er zeigte auf das Loch in der Wand und sagte mit stahlharter Stimme: »Wir gehen *nicht* durch das Loch…«

Na schön.

Rico drückte eine Injektionspistole gegen Surikovs rechten Arm und schoß. Der Bursche blinzelte und riß seinen Arm weg, dann trübte sich sein Blick, als würde er jeden Augenblick zusammenklappen.

»Die Zeit?«

»Es ist zwei Uhr fünfzig.«

Shank half ihm, Surikov zum Loch in der Fensterwand zu schaffen. Das mit ihren Harnischen verbundene Seil straffte sich.

Ein rascher Blick und sie sprangen zusammen durch das Loch.

Das Dach der Gießerei bot mühelosen Zugang zu einem Fenster im dritten Stock des Lagerhauses. Claude Jaeger wartete ein paar Sekunden, in denen er beobachtete. Das Fenster, das von der Straße unten mühelos zu sehen war, verwandelte sich langsam in eine gummiartige, klebrige Masse, die wie Schleim über das Fensterbrett sickerte.

Wenigstens das hatte der Magier also hinbekommen.

Claude hüpfte durch den leeren Fensterrahmen, landete leichtfüßig und duckte sich. Diese Etage des Lagerhauses roch nach Harz und Farbe. Stapel alter Möbelstücke, von denen einige offenbar sogar aus echtem Holz bestanden, teilten die Halle in lange schmale Gänge. Claude suchte und fand den Weg zur Treppe. Zwei Etagen tiefer blieb er vor einer Metalltür stehen und lauschte.

Schritte näherten sich, leise hallend – die ruhigen, gemessenen Schritte eines Wächters, der sich nicht im geringsten eines Eindringens in sein Revier bewußt war.

Claude wich zurück und drückte sich flach an die Wand links neben der Tür. Einen Augenblick später kreischte die Tür und schwang direkt an Claudes Nase vorbei. Der Wächter folgte der Tür. In diesem Augenblick sah Claude das Gesicht des Wächters aus einer Entfernung von nur wenigen Schritten. Die Augen des Mannes blickten starr geradeaus in die Dunkelheit des Treppenhauses.

Claudes Faust schoß vorwärts und wieder zurück, und der Wächter brach zusammen. Das befriedigende Gefühl splitternder Knochen und zermalmter Knorpel hielt an. Claude lächelte, dann schleifte er die Leiche des Wächters ganz ins Treppenhaus.

Einer erledigt, einer noch übrig.

Wenn die übrigen Runner in ihr Versteck zurückkehrten, würden sie nur Tod vorfinden. Und Claude würde im Hinterhalt liegen und sie erwarten.

Er pirschte sich vorsichtig durch die Tür und in eine Art Halle, die Verladebucht auf der Vorderseite des Gebäudes. Er stand an der Verladerampe im hinteren Teil der Bucht. Unmittelbar links von ihm befand sich die übergroße Tür eines Lastenaufzugs. Dahinter eine normalgroße Tür. Diese führte in einen schmalen Flur und zu einem Büro, einem Waschraum und dann in einen kleinen Raum, der wie ein heruntergekommener Empfangssalon aussah.

Die Frau, die dort auf einer gepolsterten Bank saß, sah aus wie eine der Schnallen auf den Holos an den Wänden: wallendes Haar, vorspringende Brüste, ein Gesicht, das zugleich erhaben und nuttig war. Als Claude eintrat, hob sie den Kopf und zuckte ängstlich zurück, die Augen rund und geweitet. Sie keuchte und stotterte: »Wer sind Sie?«

Claude lächelte und ging direkt auf sie zu. »Ihre Freunde haben mich geschickt, um Sie abzuholen.«

»Was?« Sie sah ihn völlig verblüfft an.

Doch als er nach ihr griff, verwandelte sich das Erstaunen in animalische Furcht. Sie riß sich los und wollte sich erheben. Claude packte ihren Ellbogen und stieß sie auf die Bank hinunter. Ihr Kopf ruckte zurück, ihr Mund öffnete sich, und etwas wie eine schwärzliche Schnur schoß unter ihrer Zunge hervor. Claude spürte einen sanften Schlag auf der Brust und sah die Schnur wieder im Mund der Frau verschwinden, bevor er überhaupt begriff, was eigentlich los war.

Cybernatter. Narcoject-System. Das brennende Stechen, das plötzlich durch seine Brust schoß, ließ auf Hyperzyanid schließen, doch dann spürte er sein Herz hämmern, als wolle es jeden Augenblick platzen, und erkannte, daß sein Blickfeld verschwamm.

Was war es? Atropin? Bei so schnell einsetzender Wirkung? Er spürte, wie seine Beine unter ihm nachgaben, und fand sich plötzlich auf dem Boden wieder, wo er auf dem Rücken lag und blind an die Decke starrte.

Wie war das passiert? Was war überhaupt los? Warum war ihm so heiß, als verbrenne er innerlich? Er konnte nicht atmen. Es fühlte sich an, als spanne sich ein Metallreifen um seinen Hals und ein zweiter um seine Brust und zerquetsche ihn. Er versuchte Luft in seine Lungen zu zwingen, aber der Schmerz war überwältigend.

Engel. Er hörte Engel singen …

Surikov sah sich mit vor Erstaunen weit aufgerissenen Augen um, als die Wolkenkratzer vorbeiflogen, aber dann zog die Winde im Kopter die drei hoch, bis sie vor dem Einstieg in der Flanke des Kopters hingen. Dok griff nach ihnen, und einen Augenblick später standen Rico, Shank und Surikov wohlbehalten im Innern.

Dok hakte Surikov an eine Sicherheitsleine. Rico klinkte das Seil von seinem Harnisch aus und setzte sich auf den Sitz des Kopiloten. Der Kopter legte sich in eine Kurve und flog, immer schneller werdend, durch einen langen Tunnel aus Stahlbetontürmen.

»Drei Vögel!« schrie Thorvin plötzlich. »Sind auf Abfangkurs, verdammt!«

Rico schrie zurück: »Cops von der Hafenbehörde?«

Der Luftraum über Manhattan fiel in den Zuständigkeitsbereich der Hafenbehörde, die regelmäßig Patrouillenflüge unternahm. Thorvin schüttelte den Kopf. »Glaub' ich nicht!«

Wer, zum Teufel, konnte es sein? Piper hatte die Kristallblüten-Wohnanlage sauber unter Verschluß. Das ganze Unternehmen hatte nicht länger als ein paar Minuten gedauert. Wer konnte wissen, daß sie hier waren, und darüber hinaus auch noch Kopter in der Luft haben und sie ihnen so rasch auf den Hals schicken? »Kannst du sie abschütteln?«

»Habe ich EINE ANDERE WAHL, VERDAMMT?«

»Meister«, flüsterte die Stimme.

Bandit schloß die Augen im Innern der schwankenden, vibrierenden Welt des Helikopters und wechselte auf die Astralebene. Die waschbärähnliche Gestalt des Beobachters hockte vor ihm.

»Du mußt kommen«, sagte der Beobachter.

Bandit dachte darüber nach.

Sehr riskant.

Claude Jaeger tot? Getötet von einer Frau? Er zweifelte nicht an den Eindrücken, die ihm sein Astralsinn vermittelte, doch Maurice hatte trotzdem Mühe, sich mit dieser Tatsache abzufinden. Der körperliche Adept war ihm oft so formidabel vorgekommen, praktisch unzerstörbar. Er hätte es wissen müssen, dachte Maurice. Die Zeit widerlegte alle derartigen Lügen.

Jetzt würde er den Job selbst zu Ende bringen müssen.

Unwirsch verließ er seine Schnallen im Mercedes und überquerte die Straße zur schmalen Front des Lagerhauses. Die kleinere der beiden Türen klickte und öffnete sich auf ein Wort. Er betrat die länglich schmale, rechteckige Verladebucht, ging weiter bis zur Rampe im hinteren Teil und durch eine weitere Tür, den Flur entlang und schließlich in einen Raum, bei dem es sich wohl um eine Art Empfangssalon handelte. Die Frau war dort und auf einer gepolsterten Bank zusammengesunken. Sie schluchzte leise vor sich hin. Gesicht und Kopf waren vollständig hinter einem wirren Schopf weißblonder Haare verborgen. Jaeger lag tot auf dem Boden, auf dem Rücken, und sein Gesicht war zu einem Ausdruck unaussprechlichen Entzückens erstarrt.

»Meister«, murmelte ihm Vera Causa, seine Verbündete, ins Ohr. *»Vorsicht…«*

Maurice wechselte gerade noch rechtzeitig auf astrale Wahrnehmung, um die leuchtende Gestalt durch die rückwärtige Wand des Empfangssalons treten zu sehen.

Der Schamane…

Die Burschen in den Koptern hinter ihnen waren Profis. Thorvins Ausweichmanöver konnten sie nicht abschütteln. Und dasselbe galt für die ECW der halben Portion. Sie kamen von oben und unten, und Rico blieb keine Wahl, als Thorvin zum Hudson zu schicken. Sie würden versuchen müssen, die Jersey-Seite zu erreichen, in der Hoffnung, daß Thorvin irgendwo unterwegs noch Geschwindigkeit zulegen konnte, um sich ihrer Verfolger zu entledigen.

Während sie die dunkle Wasserfläche überflogen, schlugen die ersten Kugeln in den Rumpf des Kopters ein. Eine drang bis in die Kabine durch und bohrte sich in Shanks rechten Oberschenkel, eine andere zerschmetterte das Fenster neben Rico, und ein scharfkantiger Transparex-Splitter schnitt in seine Wange. Die Wunde war nicht tief und der Blutverlust minimal, aber nichts davon trug zu einer Besserung seiner Laune bei.

Er schaute nach hinten und sah, daß Bandit reglos, mit gekreuzten Beinen, geschlossenen Augen und seiner Flöte im Schoß dasaß.

Also auch von dieser Seite keine Hilfe zu erwarten.

»Sie HOLEN AUF!« rief Thorvin.

»Drück auf die Tube!«

»Ich drück ja, verdammt, ODER WAS GLAUBST DU?«

Bandit hielt dicht hinter der Rückwand des Salons inne. Er hatte die Leiche im Treppenhaus gesehen und sah jetzt die Leiche auf dem Boden hier in diesem Raum. Es ging etwas vor. Wie es schien, waren Ricos Bedenken hinsichtlich Farrah Moffits Sicherheit mehr als berechtigt gewesen. Bandit fragte sich nur, wie es kam, daß zwei Männer tot waren, während Farrah Moffit noch lebte.

Ein hochgewachsener schlanker Mann stand in der Tür des Salons. Seine Aura leuchtete plötzlich auf und enthüllte die Wahrheit über ihn. Der Mann war ein Magier, und er benutzte seine Astralsinne. Das bedeutete, daß er Bandit wahrscheinlich entdeckt hatte, was ihn nicht weiter störte. Viel mehr störte ihn, was neben dem Mann stand.

Der Geist hatte eine weibliche Gestalt. Er sah mehrmals von Bandit zu dem anderen Magier und wieder zurück. War dies ein beschworener Geist oder ein Verbündeter? So oder so, es verhieß nichts Gutes.

Zwei gegen einen.

Ein ungünstiges Kräfteverhältnis.

Bandit verspürte die Neigung, einfach zu verschwinden. Das Äquivalent eines Schrittes zurück, und er würde sich auf der anderen Seite einer Mauer befinden und immun gegen Zauber sein. Diese Möglichkeit war jedoch nicht ganz unproblematisch. Farrah Moffit war wichtig. Rico hatte viel Wert darauf gelegt, das jedem eindringlich klarzumachen. Wenn Bandit einfach verschwand, würde sie der Gnade dieses Magiers ausgeliefert sein.

»Ich bedauere das«, sagte der Magier. *»Noch ein letztes Wort zum Abschied?«*

Bandit nickte. *»Goodfellow.«*

Der so bezeichnete Geist trat aus der hinteren Wand des Salons und blieb links neben Bandit stehen. Er hatte die Gestalt eines Menschen, war jedoch schlank, klein und bärtig und trug seltsame Kleidung mit Rüschen und Spitzenbesatz. Er betrachtete Bandit einen Moment lang, dann richtete sich sein Blick auf den anderen Magier, dann verbeugte er sich mit einem Schnörkel und streckte einen Arm aus, die Handfläche nach oben gerichtet.

Der Boden grollte und bebte und spaltete sich. Der andere Magier schrie auf und fiel in den Spalt.

Goodfellow verbeugte sich noch einmal und verschwand.

Der Geist des anderen Magiers beugte sich vor, um in den Spalt zu schauen, dann sah er Bandit an und lächelte. »Du solltest verschwinden«, sagte er, »bevor mein Meister aufwacht.«

Bandit erkannte die Weisheit in dieser Bemerkung.

Er manifestierte sich auf der physikalischen Ebene und ging zu Farrah Moffit. Sie saß mit dem Rücken an der Wand auf der gepolsterten Bank und hatte die Beine an die Brust gezogen. Ihre Augen waren riesengroß und geweitet, und sie hielt sich eine Hand vor den Mund. Sie schien völlig verängstigt zu sein. Sie starrte weiterhin auf den Spalt im Boden, bis Bandit sich direkt vor ihr aufbaute, dann wurden ihre Augen noch größer, als sich ihre Blicke begegneten.

»Komm mit, wenn du leben willst.«

Moffit schluchzte noch einmal, dann nickte sie zögernd.

Die Landezone wurde zur Todeszone.

Ihnen blieb keine andere Wahl, als zu landen. Die

Alternative bestand darin zu warten, bis sie abgeschossen wurden. Die verfolgenden Helikopter stellten das Feuer selbst dann nicht ein, als sie über stark bevölkerte Abschnitte des Newarker Metroplex flogen. Bevölkert, klar, aber von wem? Von niemandem, der zählte.

Thorvins Versteck für den Kopter lag in den Ruinen von Sektor 13, einem alten stillgelegten Flugplatz in der Nähe eines längst vergessenen Friedhofs. Einer der kleineren Hangars war von einem Maschendrahtzaun umgeben, der oben zusätzlich mit Stacheldrahtschlingen gesichert war. Thorvin landete den Kopter innerhalb des Zaunes, und die anderen Kopter stießen auf sie herab.

Kugeln hämmerten gegen den Rumpf der Maschine. Thorvin drehte den Kopter so, daß er parallel zum Hangar stand und Deckung bot. Eine der Hangartüren öffnete sich, und Thorvins Lieferwagen fuhr ferngesteuert heraus. Der Waffenturm auf dem Dach eröffnete das Feuer. Mittlerweile setzten die anderen Kopter uniformierte Truppen ab.

Bandit war immer noch in Trance. Shank packte ihn, und Rico schnappte sich Surikov, und dann rannten sie zum Lieferwagen.

Es war ein kurzer Lauf – von der Seite des Kopters bis zur Seite des Lieferwagens –, nicht mehr als fünf Meter.

Die heranstürmenden Truppen deckten sie mit Gewehrfeuer ein.

Plötzlich brach Dok nach links aus und verließ die Deckung des Kopters, während er wie verrückt schrie und mit seiner Ingram um sich schoß. Es war reiner Selbstmord. Kaum sah Rico, was geschah, stieß er Surikov in den Lieferwagen und hechtete über den Beton. Doch es reichte nicht, nicht einmal mit seinen verchippten Reaktionen. In seinen Ohren hallten das Hämmern automatischer Waffen und Doks wütende, rachedurstigen Schreie, und nichts davon war wichtig. Nichts davon änderte irgend etwas.

Dok rammte ein frisches Magazin in die Ingram, dann wurde sein Kopf in den Nacken gerissen, und er fiel zu Boden. Rico zögerte nicht.

Als er hinter dem Helikopter auftauchte, hämmerten Kugeln gegen seine Brust. Der Aufprall raubte ihm den Atem. Er taumelte und fiel auf die Knie. Es fühlte sich nicht so an, als hätten die Kugeln seine gepanzerte Jacke durchschlagen, aber es tat weh. Mutter Gottes, und wie es weh tat. Er zwang sich vorwärts, packte Dok unter den Schultern und schleifte ihn zum Lieferwagen zurück. Noch mehr Kugeln prallten gegen seine Brust und seine Schultern. Noch einen Augenblick länger, und er wäre wahrscheinlich tot gewesen, genauso schlaff und leblos wie Dok, doch dann war Shank da, packte Dok um die Brust, hob ihn auf und schob gleichzeitig Rico zum Lieferwagen.

Ihnen blieb nur noch eine Chance. Sie mußten so flink wie Teufelsratten im Gewirr der Schnellstraßen verschwinden, bevor sie von panzerbrechenden Geschossen oder einer Rakete erwischt wurden. Sie mußten dorthin, wo sie die Kopter nicht erreichen konnten. Jetzt hing alles von Thorvin ab.

Und knapper konnte es nicht mehr werden.

Farrah Moffit kauerte in einer Ecke, die von einem Müllcontainer und einer Hauswand gebildet wurde. Bandit schwebte in sitzender Stellung, die Beine gekreuzt, so weit über dem Boden, daß er über den Müllcontainer hinweg sehen konnte. Stunden waren vergangen, und das war nicht gut. Wenn er nicht bald in seinen Körper zurückkehrte ...

Moffit brach wieder zusammen. Sie hatte eine sonderbare Art zu weinen. Es hörte sich an wie ein heftiger Hustenanfall, wobei eine Welle direkt in die nächste überging. Ihre Bestürzung schien echt zu sein. Der erste

Anfall hatte begonnen, als er sie gefragt hatte, was mit dem Burschen namens Cannibal und dem anderen Mann, der tot bei Moffit im Salon gelegen hatte, geschehen war. Sie schien völlig verstört zu sein. Vielleicht hatte sie in ihren Konzernfestungen ein behütetes Leben weitab von den Realitäten des Plex geführt. Zumindest verursachte sie nicht allzuviel Lärm.

Noch mehr Zeit verstrich, dann erhob sich ein Dröhnen, und schließlich bog Thorvins Lieferwagen in die Gasse ein.

Rico stieg aus und sah sich um.

»Sie sind da«, sagte Bandit.

Farrah Moffit erhob sich, ging zum Lieferwagen und fiel Surikov schluchzend um den Hals.

Bandit kehrte in seinen wartenden Körper zurück.

Dok sah tot aus.

38

Es endete erst, nachdem sie Surikov abschließend untersucht hatten.

Man hatte dem Burschen eine Wanze, einen Mikrotransmitter, in den Nacken implantiert, genau wie dem anderen Surikov, Michael Travis, den sie bei Maas Intertech rausgehauen hatten. Farrah Moffit hatte ihnen gesagt, daß sie damit rechnen müßten. Alle wichtigen Mitglieder des Forschungsstabes bei Fuchi hätten solch einen Transmitter, hatte sie gesagt. Sie selbst sei dafür nicht wichtig genug.

Die Wanze zu entfernen, war nicht leicht. Rico hatte etwas Erfahrung mit erster Hilfe, aber Shank hatte mehr, also übernahm er den Job. Den größten Teil der eigentlichen Schnibbelei erledigte Doks Ausrüstung. Als Shank seine Arbeit beendet hatte, war Surikov blaß und bewußtlos, aber Doks Geräte versicherten ihnen, daß er es überstehen würde.

Sie schüttelten ihre Verfolger ab. Sie lasen Farrah Moffit und auch Bandit auf. Einen zweiten Bandit. Einen Bandit, der wie ein Geist aussah. Einen Bandit, der über dem Boden schwebte und schließlich im Körper des Bandit verschwand, der die ganze Zeit über bei ihnen gewesen war. Es war unheimlich und wäre völlig irre gewesen, hätte Rico dergleichen nicht schon öfter gesehen.

Man nannte es astrale Projektion.

Sie fuhren zu ihrem Versteck in Rahway, Sektor 13. Es schien erforderlich zu sein. Sie waren völlig erledigt, der Regen war gekommen und gegangen, und sie brauchten alle etwas Schlaf.

Doch zuvor mußte noch eine Kleinigkeit erledigt werden: Sie riefen Osborne an, um alles für den Austausch von Surikov und Moffit gegen Nuyen zu regeln. Das Treffen wurde für die nächste Nacht anberaumt.

Als Rico sich schließlich ins Bett legte, war es kurz vor Mittag. Er schien Sekunden später eingeschlafen zu sein. Piper zog sich im Dunkeln aus und legte sich dann behutsam neben ihn, schmiegte sich an ihn und lehnte den Kopf ganz leicht gegen seine Schulter. So lag sie den ganzen Nachmittag lang bei ihm, entschlossen, ihn schlafen zu lassen und sich so wenig wie möglich zu bewegen.

Sie konnte und würde sich nicht gestatten zu schlafen. Diese letzten Stunden vor dem Treffen mit Maas Intertech mochten die letzten sein, die sie zusammen verbrachten, intim, als Mann und Frau. Sie versuchte jeden Augenblick auszukosten, das Gefühl seines Körpers, seinen Moschusduft, seine Wärme, das leise Geräusch seines Atems. Sie rief sich alles ins Gedächtnis, was sie je an ihm bewundert hatte. Sie wehrte sich gegen die Tränen, die immer wieder in ihr hochstiegen. Sie betete lautlos zu den Kami für ihre Rettung, verspürte aber nicht die geringsten Zweifel darüber, wie die Nacht enden würde.

Das Leben bot wenig Freude und noch weniger Liebe. Alles war viel zu schnell vorbei. Sie wehrte sich gegen Trauer und bitteren Kummer.

Sie hatte die ganze Zeit gewußt, wie es enden würde, dieser Run, alles. Das Schicksal ließ sich nicht abwenden. Die Konzerne hatten die Macht. Maas Intertech verfügte durch seine Muttergesellschaft Kuze Nihon über praktisch unbegrenzte Ressourcen. Vielleicht erwartete sie heute nacht die gesamte Daisaka-Sicherheit, wenn sie zu dem Treffen erschienen. Welche Chance hatten sie gegen so eine Armee? Sie würden zerquetscht werden wie Würmer unter dem Fuß eines Riesen.

Sie wünschte nur, sie hätte Rico früher kennengelernt, so daß sie mehr Zeit mit ihm hätte verbringen können. Er war der einzige Mann, den sie je wirklich geliebt hatte. Ohne ihn gab es für sie kein Leben mehr.

Ein Gedanke spendete ihr so etwas wie einen schwachen Trost. Wenn sie heute nacht starb, dann nicht für Ansell Surikov oder Farrah Moffit. Auch nicht, um den Kampf gegen die unterdrückende Macht der Megakonzerne voranzutreiben oder den Planeten zu retten. Vielmehr würde sie für *Jefe* sterben, für ihren Geliebten. Sie würde sterben, um all das zu verteidigen, woran er glaubte und was er für gut und richtig erachtete. Sie würde für ihn sterben und nur für ihn.

Nichts anderes schien jetzt noch eine Bedeutung zu haben.

Der Streit begann, als die Dämmerung in Dunkelheit überging. Shank sah Thorvin an, und Thorvin zuckte die Achseln.

»Ich bin auch sprachlos«, sagte Thorvin.

Er begann, als Piper irgendwo im Flur mit lauter Stimme verkündete, sie würde den Rest des Teams zu dem Treffen mit Maas Intertech begleiten. Sie könne in der Matrix nichts tun. Bei dem Treffen könne sie zumindest eine Waffe tragen. Rico sagte ihr schroff, sie werde nicht mitgehen. Sie protestierte. Er fluchte. Sie fingen beide an zu schreien.

Es war das erstemal, daß Shank Piper je schreien gehört hatte.

Um neun Uhr abends standen sie in einem Raum mit Plastikblumen, parfümierter Luft und leiser Musik in der Kapelle des Ewigen Lichts in Sektor 7. Für fünfhundert Nuyen hatten sie für Dok denselben Deal abgeschlossen wie für Filly. Nur hatte diesmal niemand etwas zu sagen, als die Trideoaufzeichnung der Totenmesse endete. Dok hatte selbst alles gesagt, als er wie ein Wilder auf die Rollbahn gerannt war und seine MP leergeschossen hatte. Es ging um Filly und Rache und darum zu tun, was man tun mußte, ungeachtet der Konsequenzen. Ungeachtet selbst des Todes.

Nach der Messe kam ein Bursche in einem ordentlichen schwarzen Anzug mit einer Urne voller Asche zu ihnen. Rico stopfte eine Handvoll Asche in Surikovs Hosentasche.

»Vergessen Sie das nie«, sagte er. »Was Sie jetzt erwartet, ist teuer bezahlt worden.«

Surikov erbleichte und sagte: »Nein, ich vergesse es nicht. Bestimmt nicht.«

Das Treffen fand in Sektor 9 inmitten der von Gangs heimgesuchten Bauruinen des Owens Parks statt. Die Straße war nur einen Block lang. Bauschutthaufen, die leeren Skelette ausgeschlachteter Wagen und alle möglichen Arten von Müll und Abfall säumten den Straßenrand. Die Fenster der längst verlassenen und nur noch von Pennern bewohnten Häuser waren mit Plastikfolien bedeckt oder mit dünnen Makroplastbohlen vernagelt.

Am Himmel schwebten massige Wolken, die das Mondlicht in ein seltsames, fast unirdisches Licht tauchte.

Niemand schien in der Nähe zu sein.

Um kurz nach Mitternacht bogen zwei weiße Toyotas um die Ecke und fuhren langsam den Block entlang. Sie hielten auf der anderen Straßenseite neben dem Lieferwagen. Rico wartete und sah sich alles ganz genau an. Thorvin hatte eine Drone in der Luft, die alles überwachte. Bandit war in Trance und beobachtete astral. Von keinem der beiden kam eine Warnung. Vielleicht spielte Osborne ehrlich.

Vielleicht kam alles in Ordnung.

Die hintere Tür der vorderen Limousine öffnete sich. Der Bursche, der ausstieg, war nicht mit dem Clown von einem Punk zu vergleichen, den Osborne zu ihrem ersten Treffen mitgebracht hatte. Dieser war eine echte Messerklaue, cool und ganz Konzern, locker in seinen Bewegungen und aufmerksam und auf der Hut, ohne mehr zu zeigen, als er mußte.

Shank stieg aus und ließ sein Schießeisen sehen. Rico folgte ihm und ging dann zur Straßenmitte. Dort begegnete ihm Osborne. In der Ferne grollte Donner, und die Luft fühlte sich ungewöhnlich warm und feucht an.

»Die Stäbchen?« sagte Rico.

Osborne reichte ihm eine kunstlederne Brieftasche, die sieben beglaubigte Kredstäbe enthielt, welche die Prüfung durch Ricos Gürtelscanner alle bestanden. Rico gab Osborne die Brieftasche zurück, dann schaltete er das Mikro an seinem Kopfset ein.

Die Seitentür des Lieferwagens glitt auf und gab Osborne den Blick auf Surikov und Moffit frei. Piper war bei ihnen im Wagen. Rico hoffte, daß sie so viel Verstand hatte, in Deckung zu bleiben. Sie wußte, wie derartige Treffen abliefen, aber er fürchtete, daß sie nicht tun würde, was sie sollte.

»Mein Tech ist im anderen Wagen«, sagte Osborne.

Rico nickte.

Osborne winkte, und ein Bursche in dunkelblauem Anzug trat vor. Nachdem ihr diagnostischer An[illegible] den DNS- und Retina-Scanner des Techs f[illegible]lich erklärt hatte, nickte Rico in Richtung Lieferwagen. Der Tech ging hinüber, um Surikov zu untersuchen. Rico behielt Osborne und die Messerklaue im Auge, doch keiner von beiden benahm sich verdächtig oder sah aus, als habe er etwas anderes im Sinn als das bedächtige Geschäft des ›Produktkaufs‹ oder der ›Rekrutierung‹.

Die Wolken am Himmel schienen noch tiefer zu sinken. Ein paar Nebelfetzen trieben durch die Straße. Doch weder von Thorvin noch Bandit kam eine Warnung.

Der Tech kehrte aus dem Lieferwagen zurück. Nickte.

Osborne bedeutete ihm, in die zweite Limousine zurückzukehren, dann sah er Rico an und sagte: »Jederzeit, wenn Sie bereit sind.«

»Sie haben sich vergewissert, daß die Ware echt ist?«

»So echt, wie sie nur sein kann.«

Rico schaltete sein Mikro ein. Während Surikov und Moffit langsam zur Straßenmitte gingen, händigte ihm Osborne die Kredstäbe aus. »Vielen Dank«, sagte Moffit mit einem Blick auf Rico.

Sie ließ es sogar aufrichtig klingen.

Rico wich zurück, dann drehte er sich schnell um und stieg in den Lieferwagen. Shank folgte ihm und knallte die Seitentür zu. Der Lieferwagen rollte an und beschleunigte rasch. Surikov. Moffit und die beiden weißen Limousinen verschwanden im dichter werdenden Nebel.

Dann bog der Lieferwagen um eine Ecke, und Bandit sagte: »Ärger.«

Der Nebel war jetzt so dicht, daß außer weißlichen Schwaden kaum noch etwas zu sehen war. Der Lieferwagen tauchte in ein Meer aus wirbelndem, wogendem Weiß ein. Thorvin fluchte laut vor sich hin.

Plötzlich kam etwas direkt auf sie zu. Rico blieb ge-[illegible] genug Zeit, um mitzubekommen, daß es ein [illegible]r, der kaum zwei Meter über dem Asphalt schwebte und nahe genug erschien, um ihn anfassen zu können. Das einzige Detail, das ihm auffiel, war das schwarze Gorilla-Logo auf der Nase des Kopters.

Irgend etwas explodierte. Vielleicht eine Rakete. Rico sah Feuer. Die Welt dröhnte und krachte und drehte sich, und als sie schließlich anhielt, konnte er wegen des vielen Rauchs kaum etwas erkennen. Blut lief ihm in den Mund, er spürte einen Druck an der linken Seite, und wenn er zu tief einatmete, schmerzte es höllisch. Der Lieferwagen schien auf dem Dach zu liegen; seine Fenster waren geborsten und zerschmettert. Rico bemühte sich aufzustehen, doch irgend etwas lag auf ihm, drückte ihn nieder, und dann erkannte er, daß Piper direkt neben ihm war, keuchte, vor Schmerz stöhnte und plötzlich hustete.

Er fand ihre Schultern. Ihr Stöhnen steigerte sich zu einem schrillen Aufschrei, als er sie aufrichtete. Rauch stieg ihm in die Augen. Die Farbe des Rauchs wurde immer dunkler. Wo, zum Teufel, war die Tür? Irgendeine Tür …

Irgend etwas krachte. Shank schrie auf. Sie stolperten auf die Straße. Rauch vermischte sich mit Nebel. Die Straße war mit brennenden Trümmern übersät, so weit Ricos Auge reichte.

Schüsse ertönten, eine ganze Kompanie schien mit automatischen Waffen um sich zu schießen.

»WO IST THORVIN?« bellte Shank.

Die Erde erbebte unter der Wucht einer weiteren Explosion hinter ihnen. Die Druckwelle hätte Rico fast umgeworfen. Rico taumelte und fing sich wieder, doch Piper stolperte und fiel auf die Knie. Rico zog sie wieder hoch, doch sie wollte einfach nicht stehen, wollte einfach nicht auf den Beinen bleiben. Und da sah er die blutige Masse ihrer Haare, die ihr seitlich am Kopf klebte, und die dunklen Flecke hinten im Rücken auf ihrer Jacke.

»Sie ist ERLEDIGT!« brüllte Shank.

Shank zog Rico vorwärts, und Piper glitt ihm aus den Händen, fiel zu Boden wie ein nasser Sack. Rico versuchte stehenzubleiben, doch Shank zog ihn weiter, und dann prallte ein halbes Dutzend Kugeln gegen seine Schultern und seinen Rücken, und er hätte fast das Bewußtsein verloren.

Das war es, wurde ihm klar. Das Ende. Es gab nirgendwo Deckung. Es schien, als hämmerten tausend MGs in seiner nächsten Umgebung. Er versuchte den Predator 2 aus dem Halfter an seiner Hüfte zu ziehen, aber er konnte die Hand einfach nicht fest genug um den Kolben schließen, um die Waffe herauszubekommen.

Er stolperte über Trümmerstücke und Abfallhaufen, während Shank ihn vorwärts schob und rief: »Bleib in BEWEGUNG!«

Als Rico schließlich stehenblieb und sich umsah, befand er sich in einer Gasse, und Shank war nirgendwo zu sehen. Die Gasse war völlig leer. Er taumelte noch ein paar Schritte vorwärts, dann machte er kehrt und ging zurück. Er konnte nur daran denken, daß er Piper wie ein Stück Abfall auf irgendeiner Straße im Niemandsland liegengelassen hatte, ohne daß jemand um ihren Tod trauerte.

Was, zum Teufel …

Was, zum Teufel, stimmte nicht mit ihm?

Seine Beine gaben nach, und er schlug schwer auf dem Boden auf. Er fühlte sich so müde, so schwach. Er konnte die Augen einfach nicht mehr offenhalten. Er legte den Kopf auf den kühlen, rauhen Asphalt und atmete tief aus.

In die Dunkelheit.

39

Minx zögerte und schaute weg, während ein schwaches Lächeln ihre Lippen kräuselte. Wenn sie das tat, wußte Monk mittlerweile, lauschte sie Funksprüchen oder empfing vielleicht einen Telekomanruf mit ihrer implantierten Headware. Sie war früher einmal eine Art Bote gewesen. Jetzt empfing sie hauptsächlich Anrufe von Freunden.

Die *Verwandlung* hatte keinen Einfluß darauf, auf die Implantate. Nach der *Verwandlung* konnte man sich aus verschiedenen Gründen, die Minx noch nicht näher erklärt hatte, keine neuen Implantate mehr einsetzen lassen, aber alles, was man vor der *Verwandlung* besessen hatte, funktionierte genau wie zuvor.

Was auch gut so war, dachte Monk.

Jetzt sah Minx ihn an und lächelte.

»Es wird Zeit«, sagte sie.

»Mh-mh.«

Sie rannten – rannten und rannten – Treppen herunter, durch einen langen Tunnel, weitere Treppen herunter, durch eine Tür, dann über den erhöhten Laufsteg neben den Fahrspuren einer Schnellstraße. Sie mußten rennen, weil, wie Minx es nannte, ›ihr Fenster für diese Gelegenheit‹ nur sehr klein war. Das bedeutete, sie mußten sich beeilen. Sie mußten ›pünktlich‹ sein.

Die rötliche Dunkelheit behinderte sie nicht. Monk konnte ausgezeichnet sehen. Tatsächlich sogar besser als bei vollem Tageslicht.

Ein großer Lieferwagen mit blinkendem Blaulicht und voll aufgeblendeten Scheinwerfern schoß aus der Kurve der Schnellstraße und hielt mit quietschenden Reifen vor ihnen an. Die Beifahrertür flog auf. Minx zog an Monks Hand, und sie stiegen ein.

Der Motor des Kleinlasters heulte auf, und sie fuhren

los. Der Bursche hinter dem Lenkrad in der Uniform von Omni Police Services sah sie an und grinste. Seine Augen funkelten feuerrot. Er lachte. Minx hielt sich die Hand vor den Mund und erbebte vor lautlosem Gelächter. Monk konnte sich ein Grinsen nicht verkneifen, obwohl er nicht so genau wußte, worüber er eigentlich grinste.

Zwischen Minx und ihren Freunden kursierte dieser private Witz, den er nicht ganz verstand. Monk vermutete, daß er etwas damit zu tun hatte, was sie waren oder was sie geworden waren, vielleicht auch mit der *Verwandlung* oder irgendwas, aber er war noch nicht dahintergekommen.

Minx schien das nichts auszumachen.

»Du bist so kickig«, sagte sie zu ihm. »Du wirst es schon kapieren. Laß dir ruhig Zeit.«

Der Laster donnerte auf irgendeine Straße auf Bodenniveau, und alles wurde dunstig und neblig. Der Dunst und die dichteren Nebelschwaden sahen alle irgendwie rötlich aus. Alles sah so aus.

Sie hielten inmitten von etwas an, das wie ein Kriegsgebiet aussah. Überall waren Streifenwagen, blinkende Blaulichter, Burschen in Uniform, Burschen mit Kanonen. Minx packte Monks Hand und zog ihn aus dem Laster. Nur ein paar Meter entfernt lag eine Frau. Eine Asiatin.

Minx lächelte und nickte, drängte ihn mit den Augen, mit ihrem ganzen Gesichtsausdruck, es zu tun.

Monk kniete nieder. Die asiatische Frau mochte auf den ersten Blick tot aussehen, weil sie in einer riesigen Blutlache lag, aber sie war nicht tot, noch nicht ganz. Ihr Körper war noch vom subtilen Glanz des Lebens umgeben. Er war kaum zu sehen, und Monk hatte erst kürzlich angefangen, diese Dinge überhaupt zur Kenntnis zu nehmen, aber nun, da er wußte, wonach er Ausschau halten mußte, nun, da Minx es ihm gezeigt hatte, konnte er es sehen, und zwar ganz deutlich, vorausgesetzt er nahm sich die Zeit, genau hinzusehen.

Er beugte sich vor, legte seinen Mund auf den Mund der Frau und atmete dann langsam ein. Er atmete weiter ein, bis er spürte, wie sein ganzer Körper von einem Kribbeln erfaßt wurde. Mit diesem Kribbeln war ein Entzücken verbunden, das noch besser war als Sex, zumindest seiner begrenzten Erfahrung nach. Es war mehr als nur ein körperliches Entzücken. Es bewirkte, daß er sich stark und mächtig fühlte, beinahe unüberwindlich. Wenn er seiner Phantasie freien Lauf ließ – eine Gefahr, vor der Minx ihn gewarnt hatte –, konnte er beinahe glauben, so große Macht zu besitzen, daß praktisch alles möglich …

Minx drückte seine Schulter und bückte sich, um ihn zu küssen. Sie tauschten ihren Atem, indem sie jeder in den Mund des anderen ausatmeten und dann diesen süßen Hauch des anderen einatmeten.

»Jetzt bin ich an der Reihe«, sagte sie leise und mit einem Lächeln.

Monk nickte. »Klar.«

Es warteten noch andere Halbtote.

Sie waren im Chimpira, als der Anruf kam. L. Kahn nahm ihn am Telekom in seiner Nische entgegen. Ravage, die neben ihm saß, hörte das Gespräch mit. Ein Informant berichtete, daß die Runner, die angeworben worden waren, um Ansell Surikov bei Maas Intertech herauszuholen, soeben in Sektor 9 in einen Hinterhalt geraten waren. Mittlerweile war die Polizei am Schauplatz des Hinterhalts eingetroffen, aber der Informant hielt die Runner für tot.

L. Kahn unterbrach die Verbindung, saß einen Augenblick lang still und fluchte dann leise vor sich hin. »Da habe ich Rückendeckung ohne Ende angeworben, und was passiert? Die Daisaka-Sicherheit erwischt sie mit einem Kampfhubschrauber. Es gibt keine Gerechtigkeit. Überhaupt keine.«

Ravage stimmte zu, nahm L. Kahns Drink, hob ihn an die Lippen und trank einen Schluck. L. Kahn runzelte die Stirn und sah sie an. Es war sein mißbilligendes Stirnrunzeln. Sein unduldsames.

»Ich hatte in letzter Zeit genügend Probleme«, sagte er. »Strapaziere nicht unnötig meine Geduld.«

»Manchmal habe ich solche Anwandlungen«, erwiderte Ravage.

»Du mußt lernen ...«

Falls er noch mehr zu sagen hatte, bekam er es jedenfalls nicht mehr heraus. Ravage schüttete ihm den Drink ins Gesicht. Während er noch darauf zu reagieren begann, zog sie ihm die Hand über den Hals. Die Dornen unter ihren implantierten künstlichen Fingernägeln schnitten durch das Fleisch wie ein heißes Messer durch Butter. Kein merklicher Widerstand.

Als die erste Blutfontäne aus der Wunde spritzte, ballte sie die Hand zur Faust und schmetterte sie in L. Kahns Gesicht. Knochen und Knorpel brachen, und sein Kopf knallte gegen die Rückwand der Nische. Der blutende Mann fiel nach hinten, glitt zu Boden und fiel wie ein nasser Sack in sich zusammen, und das alles in kaum mehr als einem Augenblick.

Dann sprang Ravage auf und vom Tisch weg, bevor ein Blutspritzer ihren hautengen silbrigen Bodysuit beflecken konnte.

Die beiden Orks, die L. Kahn als zusätzliche Leibwächter angeheuert hatte, betrachteten die Szenerie, dann sahen sie einfach Ravage an und warteten. Diese beiden Orks machten sich keine Illusionen hinsichtlich ihrer Stellung in der Newarker Unterwelt. Sie begriffen, daß der gute Soldat einfach nickte und gehorchte, wenn Befehle von oben kamen. In diesem Fall hatten sie Nuyen von ihr, ihrem neuen Arbeitgeber, akzeptiert, bevor sie genickt und Gehorsam gelobt hatten. Mit einer raschen Geste bedeutete sie ihnen, sich der Leiche anzunehmen.

»Werft ihn in den Graben.«

Die Müllabfuhr würde die Leiche wegschaffen.

Als sie den Club verließ, blieb sie vor einem Telekom stehen und wählte die Nummer, die ihr neuer Boß ihr gegeben hatte. Der Helfer des Bosses, ein dunkelhäutiger Elf, nahm den Anruf entgegen. Er sah sie fragend an.

»Alles erledigt«, sagte sie zu ihm.

»Muy bien«, erwiderte der Elf.

Damit war ihre Arbeit für diese Nacht beendet.

Das Sonnenlicht, welches durch das dunkle, dreckverschmierte Fenster fiel, kam und ging. Tage verstrichen, doch Rico bemerkte es kaum. Er lag auf einer nackten Matratze auf dem Boden eines verkommenen Raumes in einem leerstehenden Haus. Er hatte eine Flasche und etwas zu essen neben sich stehen. Um seine Brust waren Verbände gewickelt, die mehr Schnitte und Schrammen bedeckten, als er zu zählen Interesse hatte. Irgendein Überlebensinstinkt hatte ihn gezwungen, einen Straßendoc aufzusuchen und sich im sicher Unterschlupf zu verkriechen, den er kannte.

Als er schließlich in jener Gasse aufwachte, war er Piper zurückgekehrt, doch mittlerweile waren d Straßen verlassen und die Leichen verschwunder Sogar das Wrack des Lieferwagens war entfernt worden. Es brach ihm das Herz. Vielleicht hatte es ihn sogar seine Seele gekostet.

Ihm fielen jetzt immer wieder Kleinigkeiten ein, wie Piper gelächelt oder gelacht hatte, wie sie die Augen niedergeschlagen hatte, wenn ihr etwas peinlich war. Trotz ihrer beachtlichen Fähigkeiten als Deckerin war sie für ihn in erster Linie eine zurückhaltende Japanerin gewesen, eine sanfte, liebevolle und treue Frau, die besser ausgesehen hatte als alle anderen Frauen, die er je gekannt hatte, und so würde er sie auch immer in Erinnerung behalten. Ihm ging plötzlich auf, daß dieses verwahrloste Haus nicht weit von der Stelle entfernt war, wo sie sich zum erstenmal begegnet waren. In eben dieser Wohnung hatten sie sich zum erstenmal geliebt. Vor ein paar Jahren war die Wohnung noch nicht so verkommen gewesen. Sie war verwohnt gewesen, aber sicher. Ruhig.

Wie viele Monate hatten sie hier gewohnt? Er konnte sich nicht mehr erinnern. Er war überrascht gewesen, daß das Haus immer noch stand.

Es war alles, was ihm noch geblieben war. Er war nicht gut genug gewesen, um irgend jemanden zu retten. Er hatte zugelassen, daß sie von den Megakonzernen benutzt worden waren. Sicher, sie hatten Farrah Moffit und den echten Surikov rausgeholt und beide Maas Intertech übergeben, und wenn schon.

Was spielte das jetzt noch für eine Rolle?

In der Nacht zerschlug er die Flasche und hielt sich das scharfkantige Ende der größten Scherbe an den Hals, um dann ein paar Minuten lang so dazusitzen. Er spürte, wie das Glas über seine Haut kratzte, aber er wußte, daß es aussichtslos war. Er hatte nicht die Kraft, es zu tun. Es war ihm nicht wichtig genug, es zu beenden. Er ließ den Arm sinken und den Splitter fallen. Es war vorbei. Er war bereits tot. Er würde einfach hier liegen bleiben, bis sich die letzten Lebensfunken in der Nacht verflüchtigt hatten.

Stunden vergingen. Leise Geräusche drangen an sein Bewußtsein, weit entferntes Quietschen und Kreischen. Er dachte an Ratten und Teufelsratten und die anderen Kreaturen, welche die finsteren Ecken des Plex bewohnten, und dann öffnete sich langsam die Tür zu seinem Zimmer.

Zwei dunkle Gestalten erschienen in der Tür, deren Umrisse vor dem tieferen Schwarz des Flurs deutlich zu sehen waren. Eine sah klein aus und schien die Kur-

ven einer Frau zu haben. Der andere hatte die massive Statur eines großen Mannes, möglicherweise eines Orks.

»Ich wußte, daß ich dich hier finden würde.«

Was, zum Teufel… Die Stimme klang wie Pipers. Langsam richtete sich Rico auf und schaltete seine Jikku-Augen auf Lichtverstärker, um besser sehen zu können. Zu seiner Verblüffung sah er Piper und Shank dort stehen. Sie sahen mitgenommen aus, aber sie waren offenbar noch am Leben. Rico mühte sich krampfhaft, etwas zu sagen. Er bekam keinen zusammenhängenden Satz heraus. Er konnte nicht glauben, was er vor sich sah.

»Nach einem kurzen Schlaf erschaffen wir uns auf ewig neu, *Jefe*«, sagte Piper sanft. »Und ich werde es dir beweisen, Liebster, aber zuerst muß ich dich küssen.«

Sie kam näher, lächelte warm.

Ihre Augen glühten feuerrot.

40

Der Kopter setzte auf dem Landepolster auf dem Dach von Fuchi-Tower Fünf auf. Gordon Ito hatte sich längst von seinem Sessel erhoben und wartete vor der Tür der Passagierkabine. Sein stellvertretender Direktor, sein leitender Assistent und sein Sicherheitsleiter beeilten sich, ihre Notebooks abzuschalten und Aktenmappen zu schließen. Sein persönlicher Leibwächter erhob sich lediglich und baute sich neben ihm auf.

Kaum war die Luke geöffnet und die Leiter herabgelassen, verließ Gordon den Kopter und schritt über das Landepolster zur Dachlounge. Er ging schnell, lief jedoch nicht. Er hatte etwas, um das er sich sofort kümmern wollte, aber das rechtfertigte keine Hast. In Gordons Augen rechtfertigte nichts Hast. Hast produzierte Fehler, und in seiner Stellung resultierten hastige Entscheidungen und Aktionen in der Regel in Katastrophen.

Der Fahrstuhl brachte ihn zwanzig Stockwerke nach unten in seine Bürosuite. Augenblicke später betrat er sein Privatbüro. Die Teedame brachte Tee. Gordon zündete sich eine Platinum Select an, dann nahm er seinen Tee und verbrachte drei Minuten damit, auf die Fensterwand hinter seinem Schreibtisch zu starren und sich zu überlegen, wie er vorgehen sollte.

Als er sich entschieden hatte, kehrte er hinter seinen Schreibtisch zurück und holte sich das Telekom heran. Einen Augenblick später erschien das von einem schwarzen Dreieck überschattete Fuchi-Logo auf dem Schirm. »Mr. Ito.«

»Mr. Xiao.«

»*Konichiwa.*«

»*Konichiwa.*«

»Was bringt Sie heute abend auf meinen Schirm, Gordon?«

»Ich habe soeben Informationen erhalten. Ich dachte, sie würden Sie vielleicht interessieren. Man sagte mir, Ansell Surikov und Marena Farris seien von Maas Intertech rekrutiert worden.«

»Ja, dessen bin ich mir bewußt, Gordon.«

»Hatten Sie die Absicht, deswegen irgend etwas zu unternehmen?«

»Ich glaube nicht.«

Gordon zwang sich, für einen Moment innezuhalten und nachzudenken. Xiaos Reaktion war zu gelassen, selbst für einen Mann, der normalerweise praktisch keine Gefühlsregung zeigte. Irgend etwas ging vor. »Sie haben die Angelegenheit persönlich in die Hand genommen. Insbesondere haben Sie mir befohlen, die Finger von Farris und Surikov zu lassen. Jetzt sind beide bei Maas Intertech. Dadurch wird sich Kuze Nihons Position in mindestens zwei technologischen Schlüsselbereichen verbessern. Und Sie wollen deswegen nichts unternehmen?«

»Es ist nicht nötig, Gordon.«

»Darf ich Sie daran erinnern, daß Surikov eine führende Kapazität auf dem Sektor der Biotechnik ist.«

»Maas Intertech hat Surikov nicht.«

Gordon lehnte sich zurück, nahm einen tiefen Zug von seiner Zigarette und dachte nach. Seine Informationen konnten nicht falsch sein. Sie stammten direkt von der Quelle. Das bedeutete, Xiao mußte sich irren oder lügen – aber bedeutete es das tatsächlich? »Wen haben sie dann?«

»Sie sind wieder am Ausgangspunkt angelangt, Gordon.«

Gordon zögerte einen Augenblick, dann sagte er: »Sie verdammter Hurensohn.«

»Ja«, erwiderte Xiao. »Ich fürchte, ich habe es ihnen wieder besorgt.«

Xiao hatte sie reingelegt – Maas Intertech, alle. Gordon eingeschlossen. »Wie haben Sie es gemacht? Offensichtlich haben Sie einen zweiten Doppelgänger geschaffen. Aber Sie haben es anders gemacht als ich. Sie würden niemals den Trick eines anderen benutzen.«

Zwei Augenblicke des Schweigens, dann wurde der Schirm dunkel, als die Verbindung unterbrochen wurde.

Bastard.

Epilog

Waschbär war schlau. Seine Pfoten waren geschickte Hände. Er konnte jede Falle entschärfen und jeder Gefahr entkommen, ob im Wald oder in der Stadt, im Gebirge oder in einem unterirdischen Tunnel. Aber das machte ihn nicht perfekt, nicht annähernd. Oder unberührbar. Oder furchtlos. Oder sicher hinsichtlich seiner eigenen Motive. Jedenfalls nicht in Bandits Augen.

Es war ihm gelungen, Verletzungen zu vermeiden, als sich der Lieferwagen überschlagen hatte. Es war ihm gelungen zu vermeiden, von irgendeiner der vielen Dutzend Kanonen getroffen zu werden, die die Straße mit einem Kugelhagel eingedeckt hatten. Es war ihm jedoch nicht ganz gelungen zu vermeiden, von der Explosion versengt zu werden, die den Lieferwagen in ein flammendes Inferno verwandelt hatte. Und danach hatte er keine Zeit verschwendet, sondern sich sofort aus dieser nebligen Straße des Todes entfernt.

Seine Art war Waschbärs Art, und Waschbär kämpfte nicht, wenn er so offensichtlich unterlegen war. Es wollte Bandit einfach nicht vernünftig erscheinen, daß sich irgend jemand in so einer Situation zum Kampf stellte oder etwas anderes tat, als zu fliehen.

Oder machte er sich nur etwas vor?

Es kam nicht oft vor, daß ihn derart beunruhigende Gedanken in sein Medizinzelt begleiteten. Dies war sein ganz privater Ort, sein Platz zum Alleinsein. Hier, in diesem Keller eines Wohnhauses, hatte er die für seine Magie notwendigen Fetische und rituellen Materialien versteckt. Hier, in diesem kleinen, finsteren Raum, hatte er die Zerreißprobe bestanden, die ihm den ersten echten Vorgeschmack auf die tieferen Wahrheiten der Metamagie geliefert hatte. Die Probleme der

Außenwelt, der mundanen Welt, kamen ihm an diesem Ort seltsam und fremdartig vor, als gehörten sie nicht dazu.

Jetzt betrachtete er die Flöte, die auf seinem Schoß lag, dann hob er sie an den Mund und fing zögernd und leise an zu spielen. Er bemühte sich nicht, irgendein bestimmtes Lied oder besondere Noten zu spielen. Er ließ die Musik einfach aus sich herausfließen. Er ließ etwas anderes als seinen bewußten Verstand entscheiden, wie das Lied klingen sollte.

Nach einer Weile wurde ihm bewußt, daß er nicht mehr allein war. Der Alte Mann war wieder da.

Bandit drehte sich um und stellte fest, daß er mit gekreuzten Beinen direkt hinter ihm saß. Der Alte Mann sah vage asiatisch aus, doch sein dünnes graues Haar fiel ihm über die Schultern, und alles, was er an Kleidung am Leib trug, schien aus mit Ketten, Perlen und Knochen verziertem, natürlichem braunen Leder zu bestehen, wie es die Eingeborenen lange vor dem Erwachen getragen hatten. Bandit drehte sich zu ihm um. Lange Zeit sahen sie einander nur an.

War dies Waschbär in irgendeiner menschlichen Gestalt oder lediglich ein Geist, der es sich zur Aufgabe gemacht hatte, ihm als Führer zu dienen? fragte sich Bandit. Die Stimme des Alten Mannes war staubtrocken und rauh wie das Knarren alter Holzdielen. Und doch verbarg sich eine starke, pulsierende Kraft unter der kratzigen und manchmal zitternden alten Stimme.

»Also«, sagte der Alte Mann. »Was willst du? Du hast mich gerufen. Du mußt etwas wollen.«

»Ich weiß nicht«, sagte Bandit stirnrunzelnd. »Ich bin beunruhigt.«

Der Alte Mann zuckte kaum merklich die Achseln. »Ich habe keine Antworten. Ich bin nur ein alter Mann.«

»Du bist weise.«

»Sicher, das ist das, was du denkst. Ich bin alt und weise, also muß ich alle Antworten kennen.« Der Alte Mann nickte schwach. »Vielleicht irrst du dich. Wenn ich je Antworten hatte, habe ich sie wahrscheinlich vergessen. Schon vor langer Zeit. Bevor du geboren wurdest.«

»Es muß doch etwas geben, das du mir sagen kannst.«

Wiederum schwiegen sie eine Zeitlang, dann sagte der Alte Mann: »Ich könnte dir eine Menge sagen. Alte Leute können stundenlang erzählen. Vor langer Zeit hörte ich mal zwei Leute miteinander reden. Ich glaube, sie kamen von jenseits des großen Meers. Einer stellte immer nur Fragen, und der andere versuchte sie zu beantworten. Wie viele Fische sind dort in dem Teich? fragte der eine. Der andere wußte es nicht. Er versuchte zu raten. Was er nicht zu verstehen schien, war, daß es keine Antwort gab. Vielleicht gibt es überhaupt keine Antworten außer denen, die du für dich selbst findest.«

»Was ist mit der Wahrheit?«

Der Alte Mann zuckte wiederum die Achseln. »Mit der Wahrheit ist es so eine Sache. Jeder sieht sie auf seine Weise. Du bist ein Schamane. Du solltest das besser als jeder andere wissen. Frag zwanzig Zauberkundige nach der Wahrheit über Magie. Wie viele Antworten bekommst du?«

»Mindestens zwanzig.«

»Ich könnte dir viel erzählen, wenn ich mich erinnern könnte, aber was würde das schon bedeuten? Was dir die Dinge bedeuten, das ist es, was zählt. Wie lauten deine Antworten? Was sagen sie über dich aus? Wohin führen sie dich? Was für eine Art Schamane wird dadurch aus dir? Solche Dinge. Wie gefallen dir meine Antworten bis jetzt?«

»Ich bin mir nicht sicher.«

»Das ist wahrscheinlich gut. Ich bin ein alter Mann.

Ich hatte viel Zeit, mir Dinge zu überlegen. Du bist noch ziemlich jung. Du solltest Fragen haben. Dinge, derer du nicht sicher bist. Ich habe meinen Frieden mit Mutter Erde gemacht. Du noch nicht. Vielleicht hast du nicht einmal damit angefangen.«

»Ich weiß nicht, was du meinst.«

Der Alte Mann runzelte die Stirn. »Vielleicht hast du zuviel Zeit in der Stadt verbracht. Ich nehme an, du warst nicht sehr aufmerksam. Das ist verständlich. Es kann ziemlich schwierig sein, in der Stadt nachzudenken. Was ich meine, ist, daß die Erde unsere Mutter ist. Es ist ganz einfach. Du wirst es schon verstehen. Du hast nur noch nicht viel darüber nachgedacht. Alles stammt von der Erde ab. Ohne sie sind wir nur ein paar unwahrscheinliche Ideen, die im leeren Raum treiben. Ohne die Erde sind wir alle tot.«

»Vielleicht sollte ich mich auf die Erde einstimmen. Auf die Natur.«

»Das mußt du mir sagen. Du bist der Schamane. Du hast dich auf Zauberfokusse eingestimmt, damit du bessere Magie wirken kannst. Was ist mit der Natur? Und was ist mit der Erde?«

»Wie mache ich das?«

»Du bist der Schamane. Du mußt es mir sagen.«

»Vielleicht sollte ich in die Wildnis gehen.«

»Wenn du meinst. Die Wildnis ist ein Teil der Erde. Ich glaube nicht, daß irgend jemand das bestreiten kann.« Der Alte Mann hielt inne, dann sagte er: »Vielleicht drücke ich mich nicht klar aus. Ich sage nur, daß du die Stadt vielleicht so gut kennst, daß du etwas vergessen hast. Etwas Wichtiges.«

Bandit dachte nach. »Die Stadt ist auch ein Teil der Natur.«

»Ich glaube nicht, daß irgend jemand das bestreiten kann.«

»Wolltest du mir das sagen?«

»Ich glaube, das gehört auch dazu.«

»Was übersehe ich?«

»Was würde es dir nützen, wenn ich dir sagte, was ich glaube? Ich könnte mich irren. Wenn ich das Falsche sagte oder du mich falsch verstündest, würdest du einen Haufen Zeit damit vergeuden, dummen Ideen nachzugehen. Warum sollte ich mein Gewissen damit belasten? Du bist derjenige, der all die Fragen stellt. Du glaubst, du übersiehst etwas. Was glaubst du denn, was du übersiehst?«

»Es könnte alles mögliche sein.«

»Du hast recht. Wenn es das ist, was du glaubst. Vielleicht ist das deine Antwort. Ich für meinen Teil denke an etwas ganz Bestimmtes. Ich gebe dir einen Tip. Du entscheidest, ob er dir irgendwas bedeutet.«

»In Ordnung.«

»Was ist in der Stadt?«

»Leute.«

»Was ist mit denen?«

Bandit runzelte die Stirn, atmete schwer aus und betrachtete seine Flöte. Die Flöte gab ihm die Antwort. Sie zwang ihn, es zu sehen. »Die Leute sind auch ein Teil der Natur.«

»Ich glaube nicht, daß irgend jemand das bestreiten kann.«

»Vielleicht war ich so lange von so vielen Leuten umgeben, daß ich das vergessen habe. Es gibt eine Menge Leute in der Stadt. Es ist leicht, sie einfach zu ignorieren. Vielleicht wollte ich sie ignorieren. Vielleicht mußte ich sie ignorieren, um mich auf die Magie zu konzentrieren. Um zu lernen. Um zu wachsen.«

»Vielleicht ist das deine Antwort.«

»Vielleicht sollte ich die Leute nicht mehr ignorieren.«

»Das ist eine Idee«, stimmte der Alte Mann zu. »Wenn ich mir einer Sache sicher bin, dann der, daß die Leute ein Teil der Welt sind wie jedes andere Lebewesen auch. Ich sehe nicht, wie du dich im Einklang mit der Natur befinden kannst, ohne zugleich auch im Einklang mit den Leuten zu sein. Es ist in Ordnung, in die Wildnis zu gehen. Geh, wohin du willst. Die Natur ist überall. Sie durchdringt alles und umgibt alles. Vergiß nur die Leute nicht. Du weißt, was ich meine. Es ist offensichtlich.«

Bandit nickte.

»Wenn du die Natur kennenlernen willst, mußt du die Natur erleben, nicht nur die Regionen der Welt, die dir gefallen. Du mußt den Schrei des Falken hören, wenn er herabstürzt, um eine Maus zu töten. Du mußt das Brüllen der Tigerin hören, wenn ihr eines ihrer Jungen abhanden kommt. Du mußt dem Murmeln des Gebirgsbachs lauschen, dem Zischen der Schlange, dem Todesschrei des Präriehundes, dem Quaken des Frosches, dem Rauschen der Blätter, dem Flüstern des Windes. Du mußt die Stimme der Erde hören, in welcher Gestalt sie auch auftritt. Vielleicht in jeder Form, in der sie auftritt. Und ich nehme an, du mußt auch den Leuten zuhören. Sie sind ein Teil der Erde.«

Bandit nickte. »Du hast recht.«

»Ich bin ein alter Mann. Ich höre dir nur zu und sage dir meine Meinung. Ich könnte mich völlig irren. Was zählt, ist das, was du glaubst.«

»Ich glaube, ich muß mich auf die Leute einstimmen.«

»Dann ist das deine Antwort.«

Eine Antwort, ja, aber nicht die ganze Antwort. Bandit dachte eine Weile darüber nach, dann sagte er: »Ich wünschte, ich hätte mehr tun können. Ich wünschte ... ich wünschte, ich hätte meinen Freunden helfen können.«

»Deinen Freunden, den Runnern.«

Bandit nickte.

»Manchmal weiß man erst, daß man Freunde hatte, wenn sie nicht mehr da sind.«

»Ich weiß nicht, was mit ihnen passiert ist.«

Eine Zeitlang herrschte Schweigen, dann sagte der Alte Mann: »Manchmal haben die Leute einfach Pech. Manchmal stehen die Chancen auch zu schlecht. Du hast getan, was du konntest. Als es an der Zeit war, hast du dich selbst gerettet. Wahrscheinlich war das sowieso alles, was du tun konntest. Vielleicht war das sogar alles, was du tun solltest. Der Weg des Schamanen läßt sich nur schwer bestimmen. Ich nehme an, du mußt noch viel lernen.«

Bandit nickte.

»Vielleicht mußt du mit dieser Sache einfach abschließen.«

»Ich empfinde … Bedauern. Vielleicht sogar Reue.«

Der Alte Mann reckte sich und gähnte. »Dann mußt du ein Mensch sein. Jedes menschliche Wesen wünscht sich, daß es dieses oder jenes anders gemacht hätte. Es ist wie ein Naturgesetz. Ein Teil der Natur. Ein Teil dessen, was du bist. Du versuchst aus deinen Fehlern zu lernen. Wenn du schlau bist, wirst du es beim nächstenmal besser machen.«

Bandit nickte.

»Ich brauche etwas Schlaf.«

»Werden wir uns wieder unterhalten?«

»Sicher. Spiel nur auf dieser Flöte. Ich glaube, du hast lange nach ihr gesucht. Vielleicht war es dir nur nicht klar. Spiel einfach das Lied, dann komme ich. Du weißt, welches Lied.«

Bandit dachte darüber nach und nickte dann.

»Vergiß nur nicht, daß ich viel schlafe. Alte Männer werden wunderlich, wenn sie zu wenig Schlaf bekommen. Du verstehst schon.«

»Ich glaube, ja.«

»Dann vergiß auch das nicht: Die Welt ist nicht an einem Tag erbaut worden. Es hat lange gedauert, um so weit zu kommen, und sie ist immer noch nicht fertig. Sie wird nie fertig werden. Wenn etwas fertig ist, ist es tot. Aber selbst dann ist es noch nicht fertig.

Nichts ist je wirklich fertig. Manchmal sieht es nur so aus.«

»Das Leben ist eine Reise. Keine Aneinanderreihung von Ankunftsorten.«

»Da hast du deine Antwort. Bis später.«

Bandit zögerte, als er den leeren Raum an der Rückwand seines Zelts betrachtete. Dann sagte er sanft und freundlich: »Schlaf gut.«

Glossar

Arcologie – Abkürzung für ›**Architectural Ecology**‹. In Seattle ist sie der Turm des Renraku-Konzerns, ein Bauwerk von gigantischen Ausmaßen. Mit ihren Privatwohnungen, Geschäften, Büros, Parks, Promenaden und einem eigenen Vergnügungsviertel gleicht sie im Prinzip einer selbständigen, kompletten Stadt.

Aztechnology-Pyramide – Niederlassung des multinationalen Konzerns Aztechnology, die den Pyramiden der Azteken des alten Mexikos nachempfunden ist. Obwohl sie sich in ihren Ausmaßen nicht mit der Renraku-Arcologie messen kann, bietet die Pyramide mit ihrer grellen Neonbeleuchtung einen atemberaubenden Anblick.

BTL-Chips – Abkürzung für ›**Better Than Life**‹ – besser als die Wirklichkeit. Spezielle Form der SimSinn-Chips, die dem User (Benutzer) einen extrem hohen Grad an Erlebnisdichte und Realität direkt ins Gehirn vermitteln. BTL-Chips sind hochgradig suchterzeugend und haben chemische Drogen weitgehend verdrängt.

Chiphead, Chippie, Chipper – Umgangssprachliche Bezeichnung für einen BTL-Chip-Süchtigen.

chippen – umgangssprachlich für: einen (BTL-)Chip reinschieben, auf BTL-Trip sein usw.

Chummer – Umgangssprachlich für Kumpel, Partner, Alter usw.

Cyberdeck – Tragbares Computerterminal, das wenig größer ist als eine Tastatur, aber in Rechengeschwindigkeit, Datenverarbeitung jeder Ansammlung von Großrechnern des 20. Jahrhunderts überlegen ist. Ein Cyberdeck hat darüber hinaus ein SimSinn-Interface, das dem User das Erlebnis der Matrix in voller sinnlicher Pracht ermöglicht. Das derzeitige Spitzenmodell, das *Fairlight Excalibur,* kostet 990 000 Nuyen, während das Billigmodell *Radio Shack PCD-100* schon für 6200 Nuyen zu haben ist. Die Leistungsunterschiede entsprechen durchaus dem Preisunterschied.

Cyberware – Im Jahr 2050 kann man einen Menschen im Prinzip komplett neu bauen, und da die cybernetischen Ersatzteile die ›Leistung‹ eines Menschen zum Teil beträchtlich erhöhen, machen sehr viele Menschen, insbesondere die Straßensamurai, Gebrauch davon. Andererseits hat die Cyberware ihren Preis, und das nicht nur in Nuyen: Der künstliche Bio-Ersatz zehrt an der Essenz des Menschlichen. Zuviel Cyberware kann zu Verzweiflung, Melancholie, Depression und Tod führen.

Grundsätzlich gibt es zwei verschiedene Arten von Cyberware, die **Headware** und die **Bodyware.**

Beispiele für Headware sind **Chipbuchsen,** die eine unerläßliche Voraussetzung für die Nutzung von **Talentsofts** (und auch BTL-Chips) sind. **Talentsofts** sind Chips, die dem User die Nutzung der auf den Chips enthaltenen Programme ermöglicht, als wären die Fähigkeiten seine eigenen. Ein Beispiel für ein gebräuchliches Talentsoft ist ein Sprachchip, der dem User die Fähigkeit verleiht, eine Fremdsprache so zu benutzen, als sei sie seine Muttersprache.

Eine **Datenbuchse** ist eine universellere Form der Chipbuchse und ermöglicht nicht nur Input, sondern auch Output. Ohne implantierte Datenbuchse ist der Zugang zur Matrix unmöglich.

Zur gebräuchlichsten Headware zählen die **Cyberaugen.** Die äußere Erscheinung der Implantate kann so ausgelegt werden, daß sie rein optisch nicht von biologischen Augen zu unterscheiden sind. Möglich sind aber auch absonderliche Effekte durch Gold- oder Neon-Iris. Cyberaugen können mit allen möglichen Extras wie Kamera, Lichtverstärker und Infrarotsicht ausgestattet werden.

Bodyware ist der Sammelbegriff für alle körperlichen Verbesserungen. Ein Beispiel Für Bodyware ist die **Dermalpanzerung,** Panzerplatten aus Hartplastik und Metallfasern, die chemisch mit der Haut verbunden werden. Die **Smartgunverbindung** ist eine Feedback-Schaltschleife, die nötig ist, um vollen Nutzen aus einer Smartgun zu ziehen. Die zur Zielerfassung gehörenden Informationen werden auf die Netzhaut des Trägers oder in ein Cyberauge eingeblendet.

Im Blickfeldzentrum erscheint ein blitzendes Fadenkreuz, das stabil wird, sobald das System die Hand des Trägers so ausgerichtet hat, daß die Waffe auf diesen Punkt zielt. Ein typisches System dieser Art verwendet ein subdermales **Induktionspolster** in der Handfläche des Trägers, um die Verbindung mit der Smartgun herzustellen.

Jeder Straßensamurai, der etwas auf sich hält, ist mit **Nagelmessern** und/oder **Spornen** ausgerüstet, Klingen, die im Hand- oder Fingerknochen verankert werden und in der Regel einziehbar sind.

Die sogenannten Reflexbooster sind Nervenverstärker und Adrenalin-Stimulatoren, die die Reaktion ihres Trägers beträchtlich beschleunigen.

decken – Das Eindringen in die Matrix vermittels eines Cyberdecks.

Decker – Im Grunde jeder User eines Cyberdecks.

DocWagon – Das DocWagon-Unternehmen ist eine private Lebensrettungsgesellschaft, eine Art Kombination von Krankenversicherung und ärztlichem Notfalldienst, die nach Anruf in kürzester Zeit ein Rettungsteam am Tat- oder Unfallort hat und den Anrufer behandelt. Will man die Dienste des Unternehmens in Anspruch nehmen, benötigt man eine Mitgliedskarte, die es in drei Ausführungen gibt: Normal, Gold und Platin. Je besser die Karte, desto umfangreicher die Leistungen (von ärztlicher Notversorgung bis zu vollständigem Organersatz). Das DocWagon-Unternehmen hat sich den Slogan eines im 20. Jahrhundert relativ bekannten Kreditkartenunternehmens zu eigen gemacht, an dem, wie jeder Shadowrunner weiß, tatsächlich etwas dran ist: Never leave horne without it.

Drek, Drekhead – Gebräuchlicher Fluch; abfällige Bezeichnung, jemand der nur Dreck im Kopf hat.

ECM – Abkürzung für ›**E**lectronic **C**ounter**m**easures‹; elektronische Abwehrsysteme in Flugzeugen, Panzern usw.

einstöpseln – Bezeichnet ähnlich wie **einklinken** den Vorgang, wenn über Datenbuchse ein Interface hergestellt wird, eine direkte Verbindung zwischen menschlichem Gehirn und elektronischem System. Das Einstöpseln ist die notwendige Voraussetzung für das Decken.

Exec – Hochrangiger Konzernmanager mit weitreichenden Kompetenzen.

Fee – Abwertende, beleidigende Bezeichnung für einen Elf. (Die Beleidigung besteht darin, daß amer. mit ›Fee‹ auch Homosexuelle, insbesondere Transvestiten bezeichnet werden).

geeken – Umgangssprachlich für ›töten‹, ›umbringen‹.

Goblinisierung – Gebräuchlicher Ausdruck für die sogenannte Ungeklärte Genetische Expression (UGE). UGE ist eine Bezeichnung für das zu Beginn des 21. Jahrhunderts erstmals aufgetretene Phänomen der Verwandlung ›normaler‹ Menschen in **Metamenschen.**

Hauer – Abwertende Bezeichnung für Trolle und Orks, die auf ihre vergrößerten Eckzähne anspielt.

ICE – Abkürzung für ›Intrusion Countermeasure Equipment‹, im Deckerslang auch Ice (Eis) genannt. Grundsätzlich sind ICE Schutzmaßnahmen gegen unbefugtes Decken. Man unterscheidet drei Klassen von Eis: **Weißes Eis** leistet lediglich passiven Widerstand mit dem Ziel, einem Decker das Eindringen so schwer wie möglich zu machen. **Graues Eis** greift Eindringlinge aktiv an oder spürt ihren Eintrittspunkt in die Matrix auf. **Schwarzes Eis** (auch Killer-Eis genannt) versucht, den eingedrungenen Decker zu töten, indem es ihm das Gehirn ausbrennt.

Jackhead – Umgangssprachliche Bezeichnung für alle Personen mit Buchsenimplantaten. Darunter fallen zum Beispiel Decker und Rigger.

Knoten – Konstruktionselemente der Matrix, die aus Milliarden von Knoten besteht, die untereinander durch Datenleitungen verbunden sind. Sämtliche Vorgänge in der Matrix finden in den Knoten statt. Knoten sind zum Beispiel: I/O-Ports, Datenspeicher, Subprozessoren und **Sklavenknoten,** die irgendeinen physikalischen Vorgang oder ein entsprechendes Gerät kontrollieren.

Lone Star Security Services – Die Polizeieinheit Seattles. Im Jahre 2050 sind sämtliche Datenleistungsunternehmen, auch die sogenannten ›öffentlichen‹ privatisiert. Die Stadt schließt Verträge mit unabhängigen Gesellschaften, die dann die wesentlichen öffentlichen Aufgaben wahrnehmen. Renraku

Computer Systems ist zum Beispiel für die öffentliche Datenbank zuständig.

Matrix – Die Matrix – auch Gitter genannt – ist ein Netz aus Computersystemen, die durch das globale Telekommunikationsnetz miteinander verbunden sind. Sobald ein Computer mit irgendeinem Teil des Gitters verbunden ist, kann man von jedem anderen Teil des Gitters aus dorthin gelangen.

In der Welt des Jahres 2050 ist der direkte physische Zugang zur Matrix möglich, und zwar vermittels eines ›Matrix-Metaphorischen Cybernetischen Interface‹, kurz Cyberdeck genannt. Die sogenannte **Matrix-Metaphorik** ist das optische Erscheinungsbild der Matrix, wie sie sich dem Betrachter (User) von innen darbietet. Diese Matrix-Metaphorik ist erstaunlicherweise für alle Matrixbesucher gleich, ein Phänomen, das mit dem Begriff **Konsensuelle Halluzination** bezeichnet wird.

Die Matrix ist, kurz gesagt, eine informations-elektronische Analogwelt.

Messerklaue – Umgangssprachliche Bezeichnung für einen Straßensamurai.

Metamenschen – Sammelbezeichnung für alle ›Opfer‹ der UGE. Die Gruppe der Metamenschen zerfällt in vier Untergruppen:

a) **Elfen:** Bei einer Durchschnittsgröße von 190 cm und einem durchschnittlichen Gewicht von 68 kg wirken Elfen extrem schlank. Die Hautfarbe ist blaßrosa bis weiß oder ebenholzfarben. Die Augen sind mandelförmig, und die Ohren enden in einer deutlichen Spitze. Elfen sind Nachtwesen, die nicht nur im Dunkeln wesentlich besser sehen können als normale Menschen. Ihre Lebenserwartung ist unbekannt.

b) **Orks:** Orks sind im Mittel 190 cm groß, 73 kg schwer und äußerst robust gebaut. Die Hautfarbe variiert zwischen rosa und schwarz. Die Körperbehaarung ist in der Regel stark entwickelt. Die Ohren weisen deutliche Spitzen auf, die unteren Eckzähne sind stark vergrößert. Das Sehvermögen der Orks ist auch bei schwachem Licht sehr gut. Die durchschnittliche Lebenserwartung liegt zwischen 35 und 40 Jahren.

c) **Trolle:** Typische Trolle sind 280 cm groß und wiegen 120 kg. Die Hautfarbe variiert zwischen rötlichweiß und mahagonibraun. Die Arme sind proportional länger als beim normalen Menschen. Trolle haben einen massigen Körperbau und zeigen gelegentlich eine dermale Knochenbildung, die sich in Stacheln und rauher Oberflächenbeschaffenheit äußert. Die Ohren weisen deutliche Spitzen auf. Der schräg gebaute Schädel hat 34 Zähne mit vergrößerten unteren Eckzähnen. Trollaugen sind für den Infrarotbereich empfindlich und können daher nachts unbeschränkt aktiv sein. Ihre durchschnittliche Lebenserwartung beträgt etwa 50 Jahre.

d) **Zwerge:** Der durchschnittliche Zwerg ist 120 cm groß und wiegt 72 kg. Seine Hautfarbe ist normalerweise rötlich weiß oder hellbraun, seltener dunkelbraun. Zwerge haben unproportional kurze Beine. Der Rumpf ist gedrungen und breitschultrig. Die Behaarung ist ausgeprägt, bei männlichen Zwergen ist auch die Gesichtsbehaarung üppig. Die Augen sind für infrarotes Licht empfindlich. Zwerge zeigen eine erhöhte Resistenz gegenüber Krankheitserregern. Ihre Lebensspanne ist nicht bekannt, aber Vorhersagen belaufen sich auf über 100 Jahre.

Darüber hinaus sind auch Verwandlungen von Menschen oder Metamenschen in Paraspezies wie **Sasquatchs** bekannt.

Metroplex – Ein Großstadtkomplex.

Mr. Johnson – Die übliche Bezeichnung für einen beliebigen anonymen Auftraggeber oder Konzernagenten.

Norm – Umgangssprachliche, insbesondere bei Metamenschen gebräuchliche Bezeichnung für ›normale‹ Menschen.

Nuyen – Weltstandardwährung (New Yen, Neue Yen).

Paraspezies – Paraspezies sind ›erwachte‹ Wesen mit angeborenen magischen Fähigkeiten, und es gibt eine Vielzahl verschiedener Varianten, darunter auch folgende:

a) **Barghest:** Die hundeähnliche Kreatur hat eine Schulterhöhe von knapp einem Meter bei einem Gewicht von etwa 80 kg. Ihr Heulen ruft beim Menschen und vielen anderen Tieren eine Angstreaktion hervor, die das Opfer lähmt.

b) **Sasquatch:** Der Sasquatch erreicht eine Größe von knapp drei Metern und wiegt etwa 110 kg. Er geht aufrecht und kann praktisch alle Laute imitieren. Man vermutet, daß Sasquatche aktive Magier sind. Der Sasquatch wurde 2041 trotz des Fehlens einer materiellen Kultur und der Unfähigkeit der Wissenschaftler, seine Sprache zu entschlüsseln, von den Vereinten Nationen als intelligentes Lebewesen anerkannt.

c) **Schreckhahn:** Er ist eine vogelähnliche Kreatur von vorwiegend gelber Farbe. Kopf und Rumpf des Schreckhahns messen zusammen 2 Meter. Der Schwanz ist 120 cm lang. Der Kopf hat einen hellroten Kamm und einen scharfen Schnabel. Der ausgewachsene Schreckhahn verfügt über die Fähigkeit, Opfer mit einer Schwanzberührung zu lähmen.

d) **Dracoformen:** Im wesentlichen wird zwischen drei Spezies unterschieden, die alle magisch aktiv sind: Gefiederte Schlange, Östlicher Drache und Westlicher Drache. Zusätzlich gibt es noch die Großen Drachen, die einfach extrem große Vertreter ihres Typs (oft bis zu 50 % größer) sind.

Die Gefiederten Schlangen sind von Kopf bis Schwanz in der Regel 20 m lang, haben eine Flügelspannweite von 15 m und wiegen etwa 6 Tonnen. Das Gebiß weist 60 Zähne auf.

Kopf und Rumpf des Östlichen Drachen messen 15 m, wozu weitere 15 m Schwanz kommen. Die Schulterhöhe beträgt 2 m, das Gewicht 7,5 Tonnen. Der Östliche Drache hat keine Flügel. Sein Gebiß weist 40 Zähne auf.

Kopf und Rumpf des Westlichen Drachen sind 20 m lang, wozu 17 m Schwanz kommen. Die Schulterhöhe beträgt 3 m, die Flügelspannweite 30 m und das Gewicht etwa 20 Tonnen. Sein Gebiß weist 40 Zähne auf.

Zu den bekannten Großen Drachen zählt auch der Westliche Drache *Lofwyr*, der mit Gold aus seinem Hort einen maßgeblichen Anteil an Saeder-Krupp Heavy Industries erwarb. Das war aber nur der Auftakt einer ganzen Reihe von Anteilskäufen, so daß seine diversen Aktienpakete inzwischen eine beträchtliche Wirtschaftsmacht verkörpern. Der volle Umfang seines Finanzimperiums ist jedoch unbekannt!

Persona-Icon – Das Persona-Icon ist die Matrix-Metaphorik für das Persona-Programm, ohne das der Zugang zur Matrix nicht möglich ist.

Pinkel – Umgangssprachliche Bezeichnung für einen Normalbürger.

Rigger – Person, die Riggerkontrollen bedienen kann. Riggerkontrollen ermöglichen ein Interface von Mensch und Maschine, wobei es sich bei den Maschinen um Fahr- oder Flugzeuge handelt. Der Rigger steuert das Gefährt nicht mehr manuell, sondern gedanklich durch eine direkte Verbindung seines Gehirns mit dem Bordcomputer.

Sararimann – Japanische Verballhornung des englischen ›Salaryman‹ (Lohnsklave). Ein Konzernangestellter.

SimSinn – Abkürzung für **Sim**ulierte **Sinn**esempfindungen, d. h. über Chipbuchsen direkt ins Gehirn gespielte Sendungen. Elektronische Halluzinogene. Eine Sonderform des SimSinns sind die BTL-Chips. **SIN** – Abkürzung für **S**ystem**i**dentifikations**n**ummer, die jedem Angehörigen der Gesellschaft zugewiesen wird.

So ka – Japanisch für: Ich verstehe, aha, interessant, alles klar.

Soykaf – Kaffeesurrogat aus Sojabohnen.

STOL – Senkrecht startendes und landendes Flugzeug.

Straßensamurai – So bezeichnen sich die Muskelhelden der Straßen selbst gerne.

Trid(eo) – Dreidimensionaler Video-Nachfolger.

Trog, Troggy – Beleidigende Bezeichnung für einen Ork oder Troll.

Verchippt, verdrahtet – Mit Cyberware ausgestattet, durch Cyberware verstärkt, hochgerüstet.

UCAS – Abkürzung für ›**U**nited **C**anadian & **A**merican **S**tates‹; die Reste der ehemaligen USA und Kanada.

Wetwork – Mord auf Bestellung.

Yakuza – Japanische Mafia.